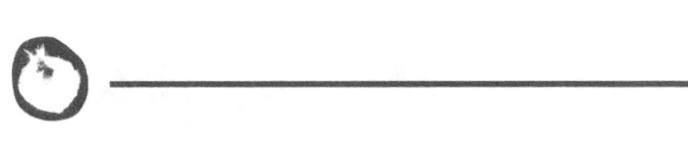

Copyright Information
Title: Men Die Together
Author: Esmaeel Zarei
Copyright Year: 2025
ISBN: 978-1-990157-37-0

از داستان‌های کوتاه ایران- ۳

انتشارات انار

مردها با هم می‌میرند

| اسماعیل زرعی |

خوشی نظّارهٔ این داستان کن
تماشـای گل این بوستـان کن

انتشارات انار

مردها با هم می‌میرند
از داستان‌های کوتاه ایران-۳
نویسنده: اسماعیل زرعی
دبیر بخش «از داستان‌های کوتاه ایران»: بنفشه حجازی
مدیر هنری و طراح گرافیک: عبدالرضا طبیبیان
چاپ اول: زمستان ۱۴۰۳، تورنتو، کانادا
شابک: ۰-۳۷-۹۹۰۱۵۷-۱-۹۷۸
مشخصات ظاهری کتاب: ۲۶۰ رویه
قیمت: ۱۵ £ - ۱۸ € - CAD $ ۲۶ - US $ ۱۹

No. 157, Lee Av., Bradford, ON, Canada :نشانی
L3Z 1A8 :کدپستی
pomegranatepublication@gmail.com :ایمیل
pomegranatepublication :اینستاگرام

دیدار با شیطان

: دیوانه... دیوانه‌ی دیوانه!

جیغِ مینو، از جایـی دور می‌آمـد؛ خیلـی دور، انـگار اطـراف صدایـش را بـا لایه‌های متعددِ پنبه پوشانده باشند، خفه، اگرچه عصبی، ولی نرم؛ آن‌قدر که اصلاً تکان نمی‌داد؛ ضربه نمی‌زد؛ مثل این‌که هیچ اتفاقِ مهمی نیفتاده باشد؛ او، همین‌طـوری، بی‌خـودی، فقط هـوس کـرده باشـد جیـغ بزنـد. و مـن، گیـج و گُنـد، خیلـی گُنـد، از خـودم می‌پرسیدم: مگه چـه کـرده‌م؟... چرا داد می‌زنـه؟...

سـر می‌چرخاندم ببینمـش توی مـه، یا غبـار، و یا پشتِ دشت‌هـا، دره‌هـا و کوه‌هـا.

: کوه‌های کجـا؟... دشت‌های کجـا؟... کـدام مـه؟... باید حتماً ایسـتاده باشـه؟!..

نمی‌دانستم؛ نمی‌دیدمش. فقط حضور داشت؛ حس می‌شد، همین؛ آن‌هم آزاردهنده، عذاب‌آور. گویا قرار بود سه‌بار جیغ بزنند؛ چرایش را نمی‌دانم؛ هیچ‌وقت هم ندانستم. دفعه‌ی اول که گفتم، در حالتِ گیجی بمانم، یا ناباوری؛ مثل کسی که دچار کابوسی وحشتناک شده باشد. صدا را بشنود؛ زنش را ببیند یا نبیند؛ ولی واکنشی نداشته باشد؛ هیچ.

: دیوانه... دیوانه‌ی دیوانه!

همین؛ نه یک کلمه کم، و نه یک کلمه زیاد. انگار او هم دچارِ بُهت شده باشد، ناباوری. آخر مگر می‌شود شوهرش، شوهر عزیزش، شوهرِ مهربانش، یعنی منی‌که همه‌ی عمرم سعی کرده‌ام آزارم به مورچه هم نرسد یک‌مرتبه آدمکُش از کار دربیایم: آدمکُش؟... واقعاً حقیقت داره؟... یعنی تا حالا آزارم به مورچه هم نرسیده... حتا یک دانه؟!...

همه را از خودم پرسیدم؛ بی‌آن‌که دنبالِ جواب باشم. بعد، به‌فاصله، یا بدونِ فاصله، جیغِ دوم را بشنوم: چه کردی خانه خراب، چه کردی؟ جوانِ مردم را چرا از بین بردی دیوانه، مگه زده کله‌ت؟

این‌مرتبه بلندتر از قبل، آشکارتر، وحشتناک‌تر؛ طوری‌که من هم بترسم؛ هراسان بشوم. نگران چشم بدوزم به او که از خرید برگشته، یا از آشپزخانه زده بیرون، شاید با شنیدنِ سروصدا، با شنیدنِ کشمکش؛ شاید هم از همان اول پشتِ درگوش بوده ببیند چه می‌گوییم و کار به‌کجا می‌کشد. به‌هرحال، خودش را برساند جلوی درِ اتاق، وحشت‌زده به چاقوی خون‌چکان نگاه کند، به دست‌های آلوده‌ی من؛ و او، که غرقِ خون، روی زمین، روی زمین که نه، روی فرشِ، آخرین دست و پاهایش را می‌زند؛ بعد به‌رعشه می‌افتد؛ رعشه‌های ریز مرگ، که گاهی زیر پوستش می‌دود؛ مارپیچ، تند و ظریف، تکانش می‌دهد و گاه آن‌قدر پنهان می‌ماند که آدم خیال می‌کند راست‌راستی کار تمام شده؛ جنازه دیگر جنازه است، جان ندارد.

اول، او دیده بودش، مینو. آن‌وقت‌ها اسمش مریم بود؛ وقتی‌که هنوز جنایتی اتفاق نیفتاده بود؛ درحقیقت، تصمیمی هم به انجامِ قتل نبود؛ کسی آمده بود دیداری شکل بگیرد نه معمولی، نه روزمره، اتفاقی، نادر. خوانده بودم چندبار این‌جا و آن‌جا، نه زیاد، به‌هرحال دو نفر ملاقات می‌کردند با هم؛ و من مانده بودم در عالمِ حیرانی. تکراری بودنش باعث شد. وقتی‌هم فکر می‌کردم چطور این‌قدر سریع اتفاق افتاد را هم نمی‌دانستم. تازه، این‌که وقوع جنایت و عوض کردنِ اسم، چه ربطی به‌هم دارند را هم هیچ‌کس نمی‌داند، حتا من که شوهرش هستم. البته من عادت کرده‌ام به تغییر و تحولاتِ ناگهانی، به وقایعِ خلق‌الساعه، مثل رفتن، رفتن که نه، بی‌اراده کشیده شدن دنبال آدم‌های مختلف، شنیدنِ حرف‌های عجیب‌غریب و یا دیدنِ مناظرِ کابوس‌مانند؛ یا حتا مثل همین رویدادِ دردناک که اصلاً به‌خواب هم نمی‌دیدم.

به‌هرحال، دیده بودش؛ آن‌هم نه یک مرتبه، دو بار، توی دو روزِ متوالی؛ با همان کت‌وشلوارِ دودی‌رنگ، پیراهنِ آبیِ چهارخانه، مرتب و شیک. تعجب می‌کرد. می‌گفت: اگر گدایی، معتادی و یا نان‌خشکه فروشی بود، باز چیزی؛ ولی نه یک مردِ خوش‌تیپ، نه یک جوانِ متین!...

متین را همین‌طور الکی می‌گفت؛ مطمئن بودم. اگر می‌پرسیدم چرا متین، بدون‌شک هیچ جوابی نداشت بدهد. رفته بود سنگکِ تازه گرفته بود، طبقِ عادت. زود می‌رود نکند نانوایی شلوغ شود. همین‌که هوا روشن شده بود، نه روشنِ روشن که، گرگ و میش تقریباً، چادر چاقچورکرده، ساکِ پارچه‌ای را برداشته، رفته بود دوتا سنگک گرفته بود. نان‌ها هنوز داغ بود که برگشت؛ هنوز آفتاب طلوع نکرده بود. آماده می‌شدم بروم بنشینم پشتِ کامپیوتر. در را که بازکرد، غر زد، فحش داد؛ طوری هم موقع حرف‌زدن پلک‌هایش را دَراند که یعنی این‌قدر ترسیده است که نگو. گفت:

این‌جا دیگه چرا؟ دل‌مان خوشه تو محله‌ی اعیان‌نشینیم. گفتیم خوبه از گند و کثافتِ کوچه پس‌کوچه‌های قدیمی راحت شدیم؛ این‌جا دیگه فقط میعادگاهِ عشاقه. نگو گند و کثافت هست و این‌هم می‌آد روش!...

عشاق را به‌طنز گفت؛ دختر و پسرهایی که هرروز یار عوض می‌کنند که عشاق نیستند. دفعه‌ی اول که گفت، خوب متوجه نشدم کی را دیده است. رنگِ لباسش را گفت، قدوقواره، و حتا سن‌وسالش. حواسم نبود؛ مثلِ اغلبِ اوقات که ذهنم مشغول است. سرسری گوش دادم؛ عینِ خانه‌ی قبلی که هرچند روز یک‌بار می‌آمد می‌گفت یکی شاشیده توی دالانِ جلوی در، یا سرِکوچه تپه‌ای گُه گذاشته‌اند. به کومه می‌گفت تپه، یک تپه!

مرتب عُق می‌زد و می‌گفت. موقع شستنِ شاش و پاک کردنِ نجاست هم همین‌طور؛ حتا به مرحله‌ی بالاآوردن هم می‌رسید. نه‌که راست‌راستی بالا بیاورد. دست ازکار می‌کشید، می‌دوید داخلِ خانه، خصوصاً سعی می‌کرد جلوی چشمِ من باشد. خم می‌شد، کنارِ راه‌آبِ حیاط، جلوی درِ مستراح، یا هر جای دیگری و آن‌قدر عق می‌زد تا آبِ لزجی از دهانش راه بگیرد. معلوم بود کمی اغراق می‌کند؛ اما این‌مرتبه عق نزد؛ فقط متعجب بود. گفت: اگه دیر می‌رسیدم، حتماً می‌شاشید دیوارِآن‌سمت؛ درست روبه‌روی درِ خانه‌ی ما!

گویا خیال کرده بود مشغولِ بازکردنِ دگمه و یا پایین‌کشیدنِ زیپِ شلوارش بوده که سر می‌رسد. نه با دادوفریاد، یا توپ‌وتشر، فقط غرغرکنان، فحشش داده بود. هنوز سرِفرصت نبودم؛ هنوز نمی‌دانستم کی را دیده است. حواسم بیشتر پیشِ نوشته‌هایم بود. هوس کردم سربه‌سرش بگذارم: می‌ذاشتی بنده‌ی خدا با خیالِ راحت کارش را بکنه. مال این‌یکی که دیگه بو نمی‌ده. مگه نگفتی معتاد نبوده؟ شاشِ معتادها بو می‌ده!

گفت: ایش!

به پوستِ دماغش چین انداخت. دهانش را باز و لب‌هایش را گِرد کرد؛ انگار بخواهد عق بزند. گفت: اولِ صبح چه حرفا می‌زنی تو هم!

و ادامه داد: دستشویی بودی والا همان موقع نشانت می‌دادمش!

داخل که آمده بود، از لای پنجره‌ی آشپزخانه یواشکی سرکشیده بود تا تأثیرِ به‌قول خودش بدوبیراهش را ببیند. گفت: دیدم همین‌جوری....

برای یک‌آن حرفش را بُرید؛ خیلی سریع، سرش را کمی کج‌گرفت. یک دست را، سرانگشت‌های یک دست را، زیرِ چانه گذاشت؛ دستِ دیگر را زیرِ سینه، عمودگرفت تا ستونِ آن‌یکی دست باشد؛ چشم به سقف دوخت و ادامه داد: همین‌جوری دست زیرِ چانه گذاشته، یکی‌یکی پنجره‌ی خانه‌ها را دید می‌زد. گمانم دزدی، چیزی بود؛ خیلی مرموز!...

او درگیرِ کلمه‌ی مرموز شد؛ انگار چندبار تکرارش کرد؛ اما من به ژستش دقیق شده بودم که بیشتر شبیه کسی بود جلوی دوربینِ عکاسی، آماده‌ی لبخندزدن تا دزدی‌که دنبالِ راهِ نفوذ بگردد.

دفعه‌ی دوم، قبل از این‌که بپیچد داخلِ بن‌بست، دیده بودش. دیده بود با همان کت‌وشلوارِ دودی‌رنگ و پیراهنِ آبیِ چهارخانه از خَمِ بن‌بست بیرون آمده، با او سینه‌به‌سینه شده بود؛ طوری ناگهانی که از ترس نزدیک بوده است جیغ بزند. گفت: خواستم نانِ داغ را بکوبم تو صورتش بی‌شرف. پاشو، پاشو برو ببین چکار می‌کنه!

رفتم سرکشیدم؛ ناچار بودم بروم، والا آن‌قدر دنباله‌اش را می‌گرفت که وقتی نمی‌ماند به‌کارم برسم. بیرون، سه ساختمان بیشتر نبود؛ دو خرابه، انتهای بن‌بست که فقط در داشتند؛ درهای چوبیِ زهواردررفته؛ و سه آپارتمانِ سه‌طبقه، این‌طرف و آن‌طرف، که توی طبقه‌ی اولِ اولی‌شان ما بودیم؛ طبقه‌ای‌که در طولِ روز یک گُله‌ی کوچک زیادتر آفتاب بهش نمی‌تابید؛ آن‌هم نه به اتاق‌ها، فقط به هال.

نه سطحِ کوچه و نه به در و دیوارها، هیچ‌جا لکه‌ی شاشی، یا کومه‌ی نجاستی دیده نمی‌شد.

از این‌که تمرکزم را به‌هم زده و وقتم را تلف کرده بود، کلافه شدم. برگشتم. پرسیدم: پس کو، پس چرا کاری نکرده؟

: نمی‌دانم. خودم هم تعجبم. یک‌جورهایی عجیب‌غریب بود. تو می‌گی پس برای چه آمده بود؟ حتماً آمده بود دوباره این‌جوری واسته و با چشم‌های مرموزش به در و دیوارها زل بزنه؛ ها؟!

دوباره همان‌طور دست زیرِ چانه به سقف و زوایای بلندِ هال نگاه کرد. نگاه که نه، حالتِ نگاهش، شکلی‌که ایستاده بود، آشنا بود؛ یک آشنایی دور؛ مثل خاطره‌ای که فراموش شده و فقط جای خالی‌اش مانده باشد. کت‌وشلوار را هم انگار جایی دیده بودم: پیراهنِ آبیِ چهارخانه... پیراهنِ آبیِ چهارخانه... چهارخانه....

ناچار پرسیدم: گفتی چه ریختی بود؟

رنگِ لباسش را گفت، شیک‌پوشی‌اش را؛ و این‌که نه زیاد، تقریباً بلند و چهارشانه است، با چهل و پنج‌شش سال سن احتمالاً. احتمالاً، چون گمان می‌کرد. گفت: نه‌که حتماً چهل و پنج‌شش سالش باشه ها؛ این‌جوری به‌نظر من رسید؛ فکرکردم باید این‌قدر داشته باشه. شاید تو ببینی‌اش بگی نه، بیست و پنج‌شش ساله!

و اضافه کرد: لباسش با این‌که نو و شیکه، ولی بفهمی‌نفهمی رنگش پریده. انگار زیاد جلو آفتاب راه میره؛ قیافه‌ش هم همی‌جوریه؛ جوانه، ولی کهنه‌س!

: جوان، ولی کهنه؟ این دیگه چه صیغه‌ایه؟...

قسم خورد راست می‌گوید. گفت: می‌گم یک‌جورهایی عجیب‌غریبه، باور نمی‌کنی!

جستجو نتیجه نداشت؛ هرقدر به مغزم فشار آوردم یادم نیامد کسی را که می‌گفت کجا و کی دیده‌ام. همین‌که مشغول نوشتن شدم فراموشش کردم. او هم اگر به غیبت‌اش ادامه می‌داد، اگر می‌رفت و دیگر برنمی‌گشت مطمئناً دچار مهلکه نمی‌شد. برای خودش به گشت‌وگذارش از این شهر به آن شهر، از این محله به آن محله ادامه می‌داد. اما چه فایده که بعد از دو روز غیبت، دوباره سروکله‌اش پیدا شد. این‌مرتبه توی رختخواب بودم؛ نه که خواب باشم، به‌علتِ سرماخوردگی، به‌خاطر خوابیدن جلوی کولر، حال نداشتم از رختخواب بیایم بیرون، که مینو آمد و بیرونم کشید. هول‌هولکی نان را توی سفره گذاشت و نهیب زد: پاشو. پاشو. دوباره آمده!

بلند شدم. نُکِ دماغم به‌شدت خارید. سعی کردم جلوی عطسه‌ام را بگیرم. مینو با احتیاط لای پنجره‌ی آشپزخانه را باز کرد، خودش هم همراهِ من سر کشید و زیر گوشم زمزمه کرد: ببین!

دیدم. خودش بود. با همان کت‌وشلوار و پیراهن. همان‌طور دست زیر چانه، زل زده بود به فضای بالای سر ما؛ نه به پنجره‌ی طبقه‌ی بالایی‌ها که، حتا نه به سر درِ خانه؛ طوری‌که اگر نگاهش نخی بود، یا سیمی بود، و یا هر چیزِ قابلِ لمس، بدون‌شک تماسش را با موی سرمان حس می‌کردیم. لباسش کمی رنگ‌پریده شده بود. رنگِ خودش هم؛ به‌قولِ مینو کهنه. جای پای گذشتِ زمان به‌جای خط انداختن و چروک کردن، فقط رنگ بُرده بود؛ رنگِ صورت و لباس، هر دو.

ناگهان پرت شدم به بیست‌سال؛ نزدیک به بیست‌سالِ قبل. به‌خانه‌ی نوخاص با سه حیاطِ بوگندوی تودرتویش، با اتاق‌های اغلب دوده‌گرفته و مستأجرهای متعددِ فلک‌زده‌اش؛ دالانِ درازِ نمورِ نیمه‌تاریکِ ورودی؛ دیوارهای کاهگِلی که سال‌های سال ناظرِ خاموشِ رفت‌وآمدِ آدم‌های گوناگون بودند؛ ناظر ماجراها و وقایعِ تلخ و شیرین، شادی‌های

کوچک و غم‌های بزرگ، شاهدِ فقر و فساد و تباهی در کنار عشق و انسانیت و بزرگواری....

یادآوری زمان گذشته زیاد طول نکشید. نگاهش چرخید سمتِ ما. مرا که دید، نه‌که چشم‌هایش برق بزند، شوق‌وذوق بکند و یا تندوتیز بشود؛ فقط حالتِ نگاهش از ماتی بیرون آمد؛ جان گرفت. نکردم زود پنجره را ببندم. نکردم از اول به گفته‌ی مینو اهمیت ندهم خودم را توی دردِسر نیندازم، سرگردان نکنم. ولی کردم؛ گوش دادن به حرفِ این و آن؛ حتا به حرفِ کسی که زنت باشد، توجه کردن به دنیای بیرون، دنیای عوضیِ عبوسِ نامردی که احاطه‌ات کرده است جز دردسر، جز دوندگی و درگیری و هزار کوفت و زهرمارِ دیگر نتیجه‌ای ندارد که. به‌هرحال، کار از کار گذشت. تا به خودم بجنبم توی اتاقم بودیم، روبه‌روی هم. مینو استکانِ چای را گذاشته و رفته بود تا به فکر ناهار باشد؛ یا شاید رفته بود خرید، شاید هم پشتِ در گوش ایستاده بود بشنود با این آشنای قدیمی به‌قول خودش، با این مهمانِ ناخوانده، ناخوانده که هیچ، با این آدمِ سمجِ زورگو، چه می‌گویم؛ خبر نداشتم که؛ برایم هم مهم نبود؛ مهم او بود که مظلومانه، معصومانه، دو زانو، کنار قفسه‌ی کتاب‌ها نشسته بود. با سرانگشتش پرزهای قالی‌را نوازش می‌کرد و بی‌آن‌که چشم از استکانِ چای بردارد، گلایه‌کنان می‌پرسید چرا رهایش کرده‌ام. چرا بلاتکلیف گذاشتمش. می‌گفت: بزرگوار! حتماً شنیدین می‌گن روحِ کسی‌که خودکشی می‌کنه آن‌قدر سرگردان می‌مانه تا عمرِ طبیعی‌ش سر برسه. مثلاً جوانی که قراره شصت‌سال عمر بکنه اگه تو بیست و سه‌چهار سالگی خودکشی کنه، روحش سی و شش‌هفت سال سرگردان می‌مانه؟ من‌هم این‌جوری شدم. سرگردان ماندم، بیست ساله، بیشتر از بیست سال؛ دقیقاً بیست سال و یازده روز!

یادم نیامد اشاره‌ای کرده باشم به خرافی بودنش. در واقع بینِ آن‌همه

آدم مجالی برای اشاره به روحیاتِ این نبود. شاید....

با ادامه‌ی حرف‌هایش نگذاشت افکارم پروبال بگیرد. لب که باز کرد، دوباره بوی کهنگی در اتاق منتشر شد. گفت: از پا درآمدم، پیر شدم آن‌قدر دنبال‌تان گشتم!

پیر که نشده نبود، اغراق می‌کرد؛ فقط کمی رنگش رفته بود؛ وگرنه همانطور ورزیده، غبراق و قوی بود. تا نفسی تازه کند، رفتم سراغِ قفسه‌ی بایگانی‌ها. یک‌طرفش کومه‌ی بزرگی از باطله‌ها، دست‌نوشته‌های اولیه؛ و طرفِ دیگرش کومه‌ای کوچک‌تر، مرتب‌تر، از نوشته‌های نهایی، آماده‌ی چاپ، منتظر. هفت‌صد هشت‌صد برگ کاغذِ آچهار را از داخلِ کیسه‌ی نایلونی بیرون کشیدم؛ آوردم کنار دستم گذاشتم. خودکارم را هم گذاشتم کنارش. نگاهِ او این‌مرتبه روی کاغذها ثابت ماند؛ بی‌آن‌که از گفتن بماند. ردم را از تهران گرفته بود؛ از بین دریایی از خانه و خیابان و کوچه‌پس‌کوچه؛ از جایی‌که شروع به نوشتنِ رمان کرده بودم. گفت: بینِ میلیون‌ها آدم. شما هم که ماشاالله هر دوسه سال یک‌بار خانه عوض می‌کنین؛ انگار شده عادت براتان!

صورتش گُل انداخت و گفت. شوخی محجوبانه‌اش رنگِ خنده روی لب‌هایم نشاند. سعی کردم لحنم مهربان باشد؛ واقعاً هم از تهِ دل دوستش داشتم همان‌موقع؛ یادم است.

: این دیگه تقصیر من نیست عزیزم؛ مستأجری یعنی خانه‌به‌دوشی، آوارگی؛ به‌قولِ خودت هر دوسه سال دربه‌درِ کوچه‌ای دیگه و محله‌ای دیگه شدن؛ حتا دربه‌درِ شهرها؛ نداریه دیگه، چه می‌شه کرد!

دربه‌در را که گفتم، یادِ عنوانی افتادم‌که اهالی قلمِ همدان برای بزرگداشتِ قاسمِ امیری انتخاب کرده بودند: «ای شعرِ دربه‌در، هرچه کوچه، از آنِ توست!».

عذرخواهی کرد. گفت نخواسته است نداشتنِ توانِ مالی‌ام را به‌قولِ خودش برای خریدنِ یک خانه‌ی هرچند کوچک به‌رخم بکشد. گفت تا ده‌دوازده سال قبل همه‌اش خیال می‌کرده است هنوز ساکنِ تهرانم. کوچه‌به‌کوچه، محله‌به‌محله، خیابان‌به‌خیابان را می‌گشته است. گشت‌وگذار مگر تمام‌بشو بوده؟

گفت: از بد شانسی دیگه مطلبی هم از شما چاپ نمی‌شد تا از طریق تاریخ و مکانی‌که همیشه آخرِ نوشته‌ها می‌ذارین، بدانم کجایین. یکهو نه کتابی، نه مجله‌ای، یا روزنامه‌ای؛ قحطی اسم‌تان آمد تو همه‌شان!

نشریاتِ متعدد را ورق زده بود؛ هرچند وقت یک‌بار هر کتاب‌فروشی را که سراغ داشت، سر زده بود؛ غافل که من ناگهان دچار اُفتِ روحی و جسمی شده بودم؛ دردها، زخم‌ها و ضعف‌های جسمانی‌ام، روحی‌ام، همه در یک شب از پستوهایشان بیرون زده، یورش آورده بودند، دو دفعه‌ی پیاپی درست حسابی زده بودنم زمین؛ دو دفعه تا لبه‌ی نیستی کشانده بودنم؛ سومین ضربه را اگر زده بودند، رفته بودم، راحت شده بودم از این زندگی نکبت‌بارِ لعنتی؛ که نزده بودند. ده روز توی سی‌سی‌یو بستری‌ام کرده بودند، جسمم را فقط؛ از پسِ روحِ سرکش و زخمی‌ام برنیامده بودند که؛ نتوانسته بودند بخوابانندش؛ حتا در تیمارستان هم. بعد، درگیرِ آزمایش‌ها، درگیرِ دوا درمان بوده‌ام، و ناچار، تن دادن به جراحی قلب. این‌همه ماجرا طول کشیده بود تا یک‌سال، نزدیک به یک‌سال. یک‌سال هم دورانِ نقاهتِ عملی سخت، خیلی سخت. بعد هم راهی شهرهای کوچک‌تر شده بودم تا از دود و دم و سروصدا و شلوغی دور باشم. دوری‌ای‌که به نوشتن هم سرایت کرده بود تا چهار سال بعدتر. در این مدت طولانی پنج‌شش داستانِ کوتاه بیشتر نتوانسته بودم بنویسم. با این حال‌وروز دیگر حوصله‌ی نامه‌پراکنی، رفتن تا پستخانه و ارسال داستان، نقد و یا مقاله برای نشریاتِ مرکز نمی‌ماند؛

فقـط بـا روزنامـه‌هـا و یـا هفته‌نامه‌هـای محلـی کار می‌کردم؛ آن‌هـم به‌نـدرت. بیشـترِوقتـم صـرفِ جمع‌وجورکـردنِ نوشـته‌های دورانِ گذشـته می‌شـد بـرای چـاپ به‌صـورت کتـاب. ناشـر پیـدا کـرده بـودم، سـه ناشـر؛ امـا نشـر آثـار طـول کشـید، خیلـی. داسـتان‌ها جمع‌وجـور می‌شـد، تایـپ می‌شـد، می‌رفـت تهـران و همان‌جـا می‌خوابیـد؛ نـه بـرای یـک مـاه و دو مـاه، بـرای سـال‌ها.

گفـت: عاقبـت شـانس آوردم، سـرِ انتشـار کتاب‌هاتان بـاز شـد. کتاب تازه‌تـان کـه آمـد، فهمیـدم دیگه تهـران نیسـتین؛ رفتیـن، آن‌هـم بعد از ده‌دوازده سـال!

گفته‌اش را تأییـد کـردم؛ خـب البتـه، متأسـفانه چـاپ هرکتابم بـا کتابِ قبلی ازلحـاظ زمانـی خیلـی طولانی می‌شـه!

بسـته‌ی کاغذهـا را گذاشـتم روی زانویـم، سـریع و بی‌هـدف ورق زدم. نسـیمی ملایـم صورتـم را نـوازش داد. بی‌آن‌کـه چشـم از کاغذهـا بـردارد سـر به‌تأییـد تکان داد. گفت؛ بلـه، بلـه متأسـفانه!

و ادامـه داد: فقـط عیبِ کار ایـن بـود که تاریـخ داسـتان‌ها همه مـال قبـل بـودن!

بـا انتشـار کتابِ جدید، فهمیـده بـود تهـران نیسـتم. شـتاب‌زده رفتـه بـود همـدان دنبـال آدرس‌هـای تـازه. از اهالـی کتـاب و مطبوعـات سـراغم را گرفتـه بـود. گفتـه بودنـد: چهارپنج سـالیه رفتـه، به کـدام شـهر و یا کجا، معلـوم نیسـت؛ شـاید هـم خودش را سـربه‌نیسـت کرده که یکهـو آب شـده رفته زمیـن!

بـرای سـربه‌نیسـت کردنِ خـودم هـم دلیـل آورده بودنـد: داسـتان‌های تلخـی کـه او می‌نوشـت؛ نگاهِ ناامیدانـه‌ای او به هسـتی، معلـوم بود عاقبتـش به‌کجـا می‌رسـه!

و پوزخندزنـان اضافـه کـرده بودنـد: این‌کـه تا این‌مـدت زنـده مانـده بـود، مایـه‌ی تعجبـه!

چهارسال بعد، با انتشار کتابِ دیگر، رفته بود شیراز. گفت: خیال کردم رفتین مجاور حضرتِ حافظ شدین. پیشِ خودم گفتم خوش به‌حالتان!

صدای فروشنده‌ای که گاری دستی‌اش را سر کوچه کشانده بود، باعث شد لحظه‌ای ساکت بماند، گوش بدهد و نگاهی به قفسه‌ی کتاب‌ها بیندازد. هوا کم‌کم گرم می‌شد. تعارف کردم: چای سرد شد. بخور خستگی‌ت درره!

تشکر کرد، اما لب نزد؛ حتا استکان را برنداشت. ادامه داد: بچه‌های شیراز خیلی دوست‌تان دارن. همه‌اش از خوبی‌های شما می‌گفتن، از مهربانی‌تان. اصرار داشتن اگه دیدم‌تان حتماً سلام‌شان را برسانم و بخوام باهاشان تماس بگیرین!

: مهربان!!!

به‌هرحال هر چهارپنج سال، چاپِ کتابی تازه، کمی به‌مقصد نزدیک‌ترش کرده، راهنمایی‌اش کرده بود عاقبت کجا پیدایم کند. گفت: کتاب‌فروش‌ها فقط تلفن‌تان را داشتن؛ نشریات هم فقط شماره می‌دادن، اصرار که می‌کردم مظنونانه ساکت می‌ماندن یا سعی می‌کردن از سر بازم کنن. عاقبت دبیر سرویس ادبی یکی از روزنامه‌ها بعد از کلی بازجویی و بعدِ این‌که مطمئن شد فقط کارِ ادبی با شما دارم، نشانی جدیدتان را داد؛ این، چهارمین خانه است که اجاره می‌کنین این مدت، مگه نه؟

: بله. بله چهارمین خانه است. خب، چرا زنگ نزدی، تلفن می‌کردی؟

: صد دفعه بیشتر دل‌دل کردم تماس بگیرم، ولی ترسیدم شاید به‌جا نیارین، یا تحویل نگیرین، یا آن‌قدر سرتان شلوغ باشه که وقت ندین و هزار فکروخیالِ دیگه!

؛ عجب، عجب، چقدر زحمت کشیدی؛ این همه دردِسر!

لحظه‌ای سکوت روی اتاق سایه انداخت. هنوز عطر تنش در هوا موج می‌زد. آدم را می‌انداخت یاد ظهرهای تابستان و زیرزمین‌های نمورِ تاریک.

پرسیدم: چطور شد تصمیم گرفتی دنبالم بگردی؛ یعنی از کی شروع کردی به گشتن؟

دوباره نگاهش به‌سمتِ بسته‌ی کاغذها که این‌بار بینِ من و او نشسته بود، پَر کشید. خیال کردم حتا دلش می‌خواهد بردارد ورق‌شان بزند؛ یا دستِ‌کم لمس‌شان کند. با حرکتِ چشم و ابرو به آن‌ها اشاره کرد و جواب داد: وقتی با خبر شدم رمان‌تان تمام شده که دختر بزرگه‌ی نوخاص را دیدم، اتفاقی، خیلی شیک و پیک‌تر و سرحال‌تر از آنچه شما توصیف کرده بودین.آمده بود سری به خانه باباش بزنه، نه قبلیه‌ها، یک خانه تازه‌سازِ مد روز شش طبقه، مرا رو خرابه‌های اولی دید. تحویل که نگرفت؛ فقط تعجب کرد، با فیس‌وافاده. می‌خواست رد بشه که نذاشتم. پرسیدم چه خبره؛ چرا این‌جور عاطل‌وباطل مانده‌م. اولش نخواست جواب بده، خیال کرد می‌خوام باهاش لاس بزنم. اصرار که کردم، اول پرسید: مگه نبردنت، دوباره برگشتی چکار؟

: کجا را دارم برم؟ مگه می‌توانم دل بکنم برم؟ فقط بگو چه شده؛ جانِ مادرت!

ریشخندم کرد. گفت: با آن‌همه اتفاق هنوز خواب ماندی، خوابت خیر باشه. خیلی وقته رُمان تمام شده، داره می‌شه نزدیکِ یک‌سال؛ تو برگشتی این‌جا که چه؟

بعدش نماند تا بیشتر بپرسم. این‌جوری شد که یکهو دلم شکست، خبر شدم غافل مانده‌ام، فراموش شده‌ام. تا قبلِ آن خیال می‌کردم هنوز مشغولِ نوشتنین. دلم را خوش کرده بودم عاقبت یک‌روزی حتماً یادی هم از من می‌کنین، دل‌تان به رحم میاد؛ آنجوری ولم نمی‌کنین به امانِ خدا!

راست می‌گفت؛ اگرچه کمی قاتی کرده بود. یعنی وقتی گفت، یادم آمد ای داد، وسط‌های کار فراموشش کرده‌ام. آن‌موقع، بیست و سه‌چهار سال

زیادتر نداشت. با همین کت‌وشلوار و پیراهن، با همین شکل و قیافه، فقط شاداب، توی قاب نشانده بودمش تا به درودیوارِ اتاقش زل بزند. اتاقی خالی توی خانه‌ای درندشت با مستأجرهایی از همه قماش، از دلال و قاچاقچی گرفته تا شاگرد مکانیک و سپورِ شهرداری و شاطر نانوایی و حتا زنی دَدَری. خیال کردم راست می‌گوید؛ واقعاً آمده است تا خودش را به‌یادِ من بیاورد، که البته آورد.

رنجیده گفت: حتا اسم هم برام نذاشتین. نگفتین اگه کسی بخواد صدام کنه باید بگه چه، بگه یارو؟

لحنش کمی تغییرکرد، کمی تند شد. سر بلند کرد و نگاهی گذرا به من انداخت. رنجش در چشم‌هایش هم دیده می‌شد؛ رنجش و حجب و حیا با هم. سعی کردم خودم را از تک‌وتا نیندازم، بدهکارش نشوم. نوازشگرانه دستی روی رمان کشیدم: در عوض کاری کردم که دخترهای همسایه، فرصت را که مغتنم می‌دیدن، می‌آمدن دید زدنت. بتول؛ یادت رفته؟...

یک‌باره خون به صورتش دوید. خنده‌ای شرم‌آلود روی لب‌هایش نشست؛ سرجایش وول خورد. صدایش با حسرت همراه شد: چه فایده. از درزِ تخته‌های درِ چوبی. تازه، من‌هم که مجبور بودم مدام چشم بدوزم جلو، به بالای کومه‌ی خُردوریزی که کنجِ اتاق جمع شده بود، یعنی مثلاً اثاثه‌ی زندگی‌ام...

: راستی چرا جمع‌شان کرده بودم. می‌خواستم اسباب‌کشی کنه؟ فرستاده بودمش دنبال خانه بگرده؟

یادم نیامد. حرفِ بیست سال قبل بود، حدودِ بیست سال. یکی از شخصیت‌های فرعی رمان؛ شخصیتی بی‌نام و نشان که تنها عکسش هست. نه حرف و حرکتی، نه حضوری، هیچ. عکسی‌که فقط در ذهنِ دختری یادآورِ خاطره‌ای کوتاه است؛ خاطره‌ی آرزوی محالِ تصاحبِ جوانِ

شکیلی‌که چند روزی، سه‌چهار هفته، ساکنِ یکی از اتاق‌ها بوده و بعد ناگهان غیبش زده است.

پرسید: بعد چه، بعدش چه شد. رمان‌تان به کجا رسید؟ من‌که وسط‌های کار کنار زده شدم!

به متلکش اهمیت ندادم؛ طبق‌معمول، از تکرارِ یک موضوع؛ از دوباره‌گویی یک‌حرف، بی‌زار بودم. رمان را برداشتم. توی هوا، طوری حرکت دادم که سریع ورق بخورد. پرسیدم: تا کجاش بودی. می‌بینی‌که من حسابی پیر شده‌م. حافظه‌ی درست‌حسابی ندارم. خصوصاً بعد از جراحی. خبر داری جراحی کرده‌م؟

تمایلی به‌دانستن جراحی من و وضع روحی و جسمی و کلاً زندگی من نداشت. از نگاه و از سکوتش پیدا بود. دوباره تکرار کردم: تا کجاش بودی؟ اصغر زردول، شوهرِ هاجر برای پیدا کردنِ کار ناچار رفت جنوب و آن‌جا ماشین بهش زد و راننده بی‌آن‌که به بیمارستان ببردش، فرار کرد. شاطرمظفر، اوستای اصغر به هاجر که با دخترِ تازه متولد شده‌اش تنها و بی‌پول مانده بود طمع می‌کند و....

حرفم را برید: این‌ها را می‌دانم؛ این‌که خودش را بزرگوار نشان میده و هاجر را به‌دام می‌اندازه و روحیه‌ی خُرد شده‌ی هاجر که بعد از آلوده شدن و بعد از مرگِ دخترش می‌خواد خودش‌را مجازات کنه. حتا حسین‌آقا، بابای بتول‌که از داد و بیدادهای زنش آمنه عاصی می‌شه و از فشارِ تنگدستی و بدبختی می‌شه موادفروش و عاقبتِ حشمت نقاش که ناامیدی و تنهایی آن‌قدر آزارش می‌ده که خودش را آتش می‌زنه و سرنوشتِ بقیه‌ی مستأجرها، همه را می‌دانم. می‌خوام بدانم بعدش چه شد. بعد؟

حرف که می‌زد، صدایش پایین و بالا می‌شد؛ مثل کسی‌که بی‌حوصله شده اما خودش را کنترل می‌کند؛ سعی می‌کند مؤدب بماند. معلوم

بود شخصیتِ متزلزلی دارد؛ از فراز و نشیب‌های کلامی‌اش پیدا بود؛ از روحیه‌ی متغیرِ آن‌به‌آنش.

لحظه‌ای مِن‌مِن کرد؛ سرخ شد؛ سر به اطراف چرخاند؛ نفسِ عمیق کشید؛ سرفه زد؛ آن‌قدر تا متوجه شدم می‌خواهد درباره‌ی دخترها بپرسد اما آن اتاق‌نشینی دایمی، آن سکوتِ ناشکستنی بقدری محجوبش کرده بود که نمی‌توانست آشکارا منظورش را بگوید. کمکش کردم: بتول شوهر کرد. عاقبت، فلک‌زده‌ای پیدا شد دست آن دخترِ زحمت‌کشِ آرزومند را بگیره ببردش خانه‌ی بخت!

آماده شدم لبخند بزنم و یادآوری کنم چقدر چشمش دنبال این بوده، که نارضایتی را از جابه‌جا شدنش فهمیدم. یادم آمد همان‌موقع هم دلِ خوشی از بتول نداشت. نه که از او متنفر باشد، تحویلش نمی‌گرفت. خب البته قدوقواره‌ی رشید و شادابِ این کجا و بتولِ سیاه‌سوخته‌ی چروکیده کجا. ماندم چه بگویم. نمی‌دانستم دلش به‌هوای چه کسی بوده. بیست‌سال از ماجرا گذشته بود، نزدیک به بیست‌سال یا بیشتر.

گشت‌وگذارِ بی‌نتیجه‌ی ذهنی‌ام را که دید، ناچار از جیبِ کتش مشتی کاغذ بیرون آورد؛ کاغذهای چرک و چروکیده‌ای که لبه‌شان رفته بود و می‌رفت از شدتِ پوسیدگی وا برود. آن‌ها را روی زانو گذاشت و با احتیاط دست کشید کمی صاف بشوند. عرقِ شرم روی پیشانی‌اش نشسته بود. با صدایی لرزان، بی‌آن‌که دقیق شود، تقریباً از حفظ، جمله‌ای را خواند: ... پری، چشم از اتاق گروهبان برنمی‌داشت....

سریع لب بست و چشم به چشمم دوخت.

: پری؟... پری؟... پری کیه؟

جواب را از روی نوشته خواند: ... پری، خواهر تهمینه، کنار بساطِ چای نشسته، چشم به سماور نفتی دوخته بود که قل‌قل می‌کرد. بیشتر از

هفده سال نداشت؛ با موهای پُرپشتِ خرمایی‌رنگ و صورتِ گردِ سرخ و سفید؛ قدی کوتاه و پُر...

سرگردانی‌ام را که دید، دوباره ورق زد؛ جمله‌ای دیگر را خواند: ... نگاه پری، به سمتِ اتاقِ گروهبان برگشت. سینه‌اش پُر شد و بالا آمد. سعی کرد کسی متوجه آهِ حسرت‌زده‌اش نشود...

و بی‌معطلی صفحه‌ای دیگر را نشان داد که دورِ پاراگرافی از آن را خط کشیده بود: ... خانه در سکوت فرو رفت. پری، لحظه‌ای گوش به سکوتِ دلگیر داد. طاقت نیاورد. بلند شد. زیلو پاره‌ای را که فرشِ جلو درگاه بود برداشت. بُرد انتهای ایوان، چسبیده به اتاق گروهبان، روی زمین پهن کرد. برگشت. قاچ هندوانه را به خسرو داد. دست او را گرفت و بیرون برد، کنار خودش، روی زیلو نشاند. هوا زیاد داغ نبود، گرمای دلچسبی داشت. پشت به در داد. لذتی رخوتناک در وجودش دوید. حس کرد دَرگرم است؛ جان دارد؛ حتا گمان کرد قلبِ در، تاپ‌تاپ، خودش را به پشت او می‌کوبد.

نگاهی به اطراف انداخت. نورآفتاب، نیمی از سطح ایوان را روشن کرده بود...

خواست قسمتی از ورقی دیگر را بخواند که بی‌طاقت شدم: صبر کن ببینم، صبر کن. پری کیه، گروهبان کیه؛ این چیه داری می‌خوانی؟

سریع سر بلند کرد و زل زد به چشم‌هایم. حسرت و تمسخر یک‌جا در نگاهش نشست. کمی دل‌دل کرد، لب جوید؛ اما عاقبت حرفش را زد؛ آن‌هم با لحنی گستاخ: چه حافظه‌ی خوبی داری آقای داستان‌نویس. چشمت نزنن. خب، معلومه؛ گروهبان منم؛ پری هم خواهرِ تهمینه است، زنِ اشرف!

کاغذها را توی هوا جلوی چشم‌هایم تکان‌تکان داد: این‌هم صفحه‌هایی از رمانِ خودته، (سایه‌های ناگزیر). رمانی که من توش گم شدم؛ یادت

نیست؟!

نه، یادم نبود. حتماً اشتباه می‌کرد. مطمئنی این‌که می‌خوانی نوشته‌ی منه؛ از همان رمانه؟

پقی زیر خنده زد. نگاهِ تمسخرآمیزش را به نگاهم دوخت: اختیار داری استاد، یعنی شما شخصیت‌های داستانِ خودتان را به‌جا نمی‌آرین. دست‌خوش بابا!

لحنش به‌کلی عوض شد. پرده‌ی حجب و متانت را کنار زد. قاطع و عصبی ادامه داد: من به عشق پری آمدم مستأجر شدم، مرض که نداشتم. غریب بودم. یک روز تو بازار پری را دیده بودم. دل بهش باخته بودم. آمده بودم نزدیکش باشم تا اگه بتوانم همکلامش بشم؛ یادت نیست؟

می‌گفت و کاغذها را ورق می‌زد، پس و پیش می‌کرد، سطربه‌سطر را بی‌صدا و سریع می‌خواند. خیسِ عرق شده بود. صورتش گُل انداخته بود. نمی‌توانستم چشم از او بردارم. پاک گیج شده بودم. پرسیدم: خب، مگه خودت نگفتی حتا اسم هم برات نذاشتم؛ پس گروهبان چیه؟ خواندی گروهبان!

خیال کردم مچش را گرفته‌ام. قهقهه زد: گروهبان هم شد اسم؟ گروهبان، درجه است؛ درجه‌ای که هرچندسال یک‌بار تغییر می‌کنه! صدای به‌هم خوردن کاسه و قابلمه از توی آشپزخانه به‌گوش رسید. بوی پیازداغ هم بفهمی‌نفهمی به اتاق سرکشیده بود. تصمیم گرفتم من هم به مسخره تلافی کنم: آها، پس بگو. بگو آمدی مستأجر خانه‌ای شدی تا دختری را تور بزنی. آن هم دختری شانزده‌هفده ساله و حتماً سفیدمفید و تپل‌مپلِ موطلایی!

ابروهایش گره‌خورد. لب‌هایش را جوید. مشخص بود به‌سختی جلوی خودش را گرفته است. فهمیدم اشتباه کرده‌ام؛ اگرچه به‌ظاهر پیر که نه،

گذشتِ زمان کهنه‌اش کرده، اما هنوز خام است؛ هنوز جوان است و به‌شدت غیرتی. نباید جلوی عاشقی مثل این، این‌قدر تن‌درست و ورزیده، از دلبَرش با لحنِ تمسخرآمیز حرف می‌زدم؛ آن‌هم با کلامی که بدبختانه بی‌آن‌که عمدی باشد، هوس‌آلود شده بود؛ با این حال از رفتارش خوشم نیامد. کلاً از این‌که کسی بی‌ادبانه حرف بزند بیزارم.

قبل از آن‌که کلمه‌ی دیگری بینِ ما رد و بدل شود، صفحه‌ی موردِ نظرش را پیدا کرد. خواست به‌دقت گوش بدهم؛ و خواند: ... سکوت محزونی روی حیاط سایه انداخته بود؛ سکوتی‌که صدای دور زنی که (مور) می‌آمد، آن‌را دلگیرتر می‌کرد؛ به‌قدری که روی سینه‌ی پری فشار آورد و دلش را تنگ کرد. ناچار، گوشه‌ی پتو را روی جثه‌ی غرقِ خواب خسرو کشید و آهسته توی ایوان آمد. از حیاط سوم بوی تریاک به همه‌جا سر می‌کشید. عموصفدر، خسته از کار، آمده بود لقمه‌ای ناشتایی بخورد؛ چایی بنوشد؛ دودی بگیرد تا خستگی از تن برود.

پری مطمئن بود حالا صغراخانم با قدِ کوتاهِ پُر، صورتِ گردِ گوشت‌آلود و آبله‌دارش کنارِ سماور نشسته است و از شوهرش پذیرایی می‌کند.

آرام، طوری‌که از بالاخانه و از توی حیاطِ اولی دیده نشود به اتاق گروهبان نزدیک شد. سرش را به شیشه چسباند. دست‌هایش را دو طرفِ صورت گذاشت تا راحت داخل را ببیند. گوشه‌ای از پرده‌ی ساتنِ آبی‌رنگ پشتِ پنجره کنار رفته بود. از درزِ آن، قسمتی از اتاق دیده می‌شد. زیلوی نو خوش‌رنگ و تخت تاشوی یک‌نفره‌ای که کومه‌ی رختخواب رویش چیده شده بود؛ میل‌های سنگین زورخانه، دمبل‌های آهنی، تخته‌ی شنا و قاب‌عکس روی پیش‌بخاری، اثاث آن‌را تشکیل می‌داد.

توی قاب، گروهبان نشسته بود، نیم‌رخ؛ با لباسِ خاکی‌رنگِ نظامی؛ درجه‌ی هشت‌مانند روی بازویش؛ صورت بیضی‌شکل، دماغ کوچک،

چشم‌های بادامی و موی سری که آلمانی زده شده بود؛ مغرورانه چشم به دوربین دوخته بود.

سینه‌ی پری بالا آمد و پایین رفت. آهی که از گلویش بیرون زد؛ او را یاد نفس‌های پُرهیاهوی گروهبان انداخت، عصرها که ورزش می‌کرد. همین‌که می‌آمد، لباس نظامی‌اش را مرتب به چوب‌رختی می‌آویخت. پوتین‌هایش را واکس می‌زد و برق می‌انداخت. سر و صورتی صفا می‌داد. جلوی آینه‌ی قدی بی‌قابی می‌ایستاد و شروع می‌کرد ورزش؛ با زیرپیراهن سپیدِ رکابی که بازوهای گره‌دارش را و سینه‌ی برجسته‌ی پُرمویش را بیرون می‌انداخت. همیشه درِاتاق را باز می‌گذاشت و از دل آینه نگاه‌اش به بیرون بود.

پری، موفق نشده بود یک دلِ سیر نگاهش کند؛ همین، باعث حسرتش شده بود؛ بعکسِ بتول که تا چشم پدر-مادرش را دور می‌دید، می‌رفت تکیه به لنگه‌ی درِاتاق گروهبان می‌زد و سربه‌سر او می‌گذاشت. پری همیشه ناچار بود سرش را پایین بیندازد. دلش را خوش کند به نیم‌نگاهی گذرا و حرف‌هایی که اولین و آخرین بار از او شنیده بود. وقتی‌که درست مثل امروز، البته نه صبح، نزدیکی‌های غروب، خانه خالی شده و او به بهانه‌ی رفتن به مستراح از جلوی اتاق گروهبان رد شده بود، شنیده بود آهسته صدایش می‌کند. پشت به او مانده و فقط گوش داده بود که با لهجه‌ی آذری گفته بود: بی‌مروت؛ من فقط به‌خاطر تو آمده‌ام این‌جا. من‌که تو محله‌ی خوبی اتاق داشتم. آن‌هم با دو تا از همشهری‌هام که تنها نباشم. ولی وقتی تو بازار دیدمت تصمیم گرفتم بیام بشم همسایه‌ت؛ هرجا که باشه. حالا منتظرم ببینم چه می‌گی؛ چه می‌خوای؛ اصلاً راضی هستی یا نه؛ می‌خوام نامه بفرستم برای خانواده‌م. بنویسم بیان خواستگاری. ولی تو که راه نمیدی!

راست می‌گفت. سه ماه از آمدنش به خانه‌ی نوخاص می‌گذشت. در این مدت، کله‌ی سحر می‌رفت پادگان و بعدازظهر می‌آمد خانه.

به بهانه‌ی ورزش، به بهانه‌ی رُفت‌وروب و شست‌شو می‌ماند شاید مجالی دست بدهد و با او هم‌کلام شود؛ اما او همیشه از دسترسش دور می‌شد؛ فرار می‌کرد. نه که نخواهد؛ می‌خواستش. آرزویش بود به یک درجه‌دار، به یک گروهبان، گروهبانی به قشنگی او شوهر کند. گروهبان بلند قامت بود، بلند و پُر؛ اندامی مردانه؛ صدایی گرم و دلنشین؛ اما صورتش معصومیت بچه‌ها را داشت؛ خصوصاً مواقعی‌که دستمالی به سر می‌بست، با زیرپیراهنِ سفید و شلوار خاکی‌رنگش، کنار راه‌آب، توی حیاط می‌نشست رخت می‌شست. این‌جور مواقع، دیدنش حتا از دور، دلِ پری را خنج می‌کرد. وجودش همه چشم می‌شد تا پنهان از دیگران آن قامت ورزیده‌ی خوش‌فُرم را با نگاهش پیش بکشد و نوازش کند. چقدر از بتول بدش می‌آمد؛ از خود شیرینی‌هایش، از این‌که می‌رفت خانه‌ی بغلی، سطل‌سطل آب برای او می‌آورد و هرچه گروهبان می‌خواست زیر بار نرود، بتول ناچارش می‌کرد دستکم آب را قبول کند. او که کاسه همسایه ازکسی نمی‌گرفت. به بتول یا آمنه هم که بارها خواسته بودند اتاقش‌را جارو کنند و رَخت‌وپَختش را بشویند اجازه نداده بود.

آمنه از ارتباط بتول با او استقبال می‌کرد. او دندان تیزکرده بود دامادِ نظامی به چنگش بیفتد تا از دفترچه‌ی خواربارش استفاده کند. این‌را بارها پیش تهمینه و هاجر گفته بود؛ همان روزهای اولی که گروهبان اثاثِ مختصرش را آورده و با قواره‌ی سالم و جوانش چشم همه را پُرکرده بود. اما او اعتنایی به بتول نداشت. هرقدر بتول خودشیرینی می‌کرد، این، بیشتر میل‌سردی نشان می‌داد؛ طوری‌که دوسه بار بتول غریده بود: مثل این‌که ته آسمان سوراخ شده و فقط این یکدانه گروهبان چکنه ازش افتاده. چه فیسی!

دستی نامرئی چنگ انداخت و قلبِ پری را درخودش فشرد: چرا رو

خوش بهش نشان ندادم؟ منِ گیس بریده. خدا مرگم بده!

زودتر از آنچه انتظارش می‌رفت زمان سر آمده بود. هنوز سه ماه از آمدنِ گروهبان نگذشته بود که ناچار شده بود برود مأموریت. روز آخر، انگار از بعدازظهر تا ساعاتی از شب، کمین کرده بود شاید او را تنها بیابد؛ به حرف بکشاند. عاقبت فرصت فراهم شده بود؛ آن‌هم وقتی که مثل دفعه‌ی اول، پری رو به مستراح می‌رفت. آهسته صدایش کرده بود؛ از دل تاریکی حیاط. زار زده بود: بی‌انصاف دق‌مرگم کردی. مرا کُشتی با این‌همه بی‌اعتنایی. تا کی می‌خوای دهن قشنگت را ببندی؟

جواب نداده بود. خبر از مأموریت نداشت که. همان‌طور مانده بود؛ آفتابه به‌دست، پشت به ایوان؛ پشت به نور کم‌سویی که از دل اتاق‌ها قسمتی از قامتش را روشن می‌کرد.

گروهبان گفته بود: هنوز آدرسِ خانه را به پدر-مادرم نداده‌م نکنه کنفت بشم. می‌خوام الکی نندازم‌شان زحمت. تو هم که انگار فقط یک مجسمه‌ی قشنگی؛ یک مجسمه‌ی خیلی قشنگِ بی‌احساس. فردا کلیدِ اتاق را برات جا می‌ذارم. می‌ذارمش رو سَردَر. اگه زمانی هوای مرا کردی بیا گشتی تو اتاقم بزن. خودم که نیستم؛ باید برم مأموریت. معلوم نیست کی برگردم. فرصت که بشه می‌آم. ولی تو هم نامرد نباش گُل‌قزی‌جان، برو تو اتاقم چرخی بزن تا عطر تنت جا بمانه برام!

کلمه‌ی مأموریت، کلمه‌ی رفتن، دلِ پری را از جا کنده بود. هراسانش کرده بود. سه ماه زمان، کافی بود تا از صداقتِ این عاشق جوان، از پاکی و درستی، از شایستگی او مطمئن شود. بله را بگوید؛ اگرچه هنوز حیای دخترانه مانع ابرازِ احساس می‌شد، از این‌که برگردد بگوید: بگو بیان. بگو خانواده‌ت بیان!

نگفته بود؛ حتا جرأت نکرده بود برگردد و با لبخندی هرچند کمرنگ

دل او را به دست بیاورد. فقط مانده بود؛ با قلبی هراسان که سر به سینه می‌کوبید؛ با صورتی گل انداخته و هیجانی مهار شده؛ گوش به حرف‌های او، به گلایه‌ها و ابراز عشق‌های او داده بود، آن‌قدر تا صدای پایی در تاریکی، هر دو را رمانده بود.

روز بعد، پری غرق خواب بود که گروهبان به دلِ سیاهی زده، رفته بود؛ اما جستجو برای پیدا کردن کلید، هیچ نتیجه‌ای نداشت...

آهی کشید و از خواندن ماند. دوباره زل زد به استکانِ چای و با سرانگشت پرزهای قالی را نوازش کرد. مطمئن بودم اشک زیرِ پلک‌هایش حلقه زده است؛ تلاش می‌کند خودش را نشکند. حق داشت؛ نوشته، دلگیر بود؛ عاشقانه و پُر احساس. اما من ننوشته بودمش؛ شک نداشتم؛ اگرچه زبانِ داستان، شبیه زبانِ من بود؛ شخصیت‌ها هم همه آشنا بودند، منهای پری؛ منهای گروهبان. ناگهان یادم آمد: خوب شد خواندی. خواندی لباسِ خاکی‌رنگ؛ یعنی لباسِ ارتشی‌ها؛ مگه نه؟ اما تو کت‌وشلوار داری. تا جایی که یادم میاد فقط همین کت‌وشلوار را توصیف کردم و جلو درهم با همین لباس شناختمت. ببینم، مطمئنی اشتباه نمی‌کنی؟

به سایه‌های ناگزیر اشاره کردم و ادامه دادم: این داستان عاشقانه که خواندی نه‌که بد باشه، ولی نوشته‌ی من نیست!

جرقه‌ای در ذهنم درخشید. دقیق‌تر نگاهش کردم و پرسیدم: ببینم، مطمئنی یکی از شخصیت‌های همین رمانی؟! نکنه حاصلِ ذهنِ داستان‌نویسِ گیج‌وویجِ دیگه‌ای هستی آمدی الکی خودت را بچسبانی بیخِ ریشِ من؟!

سر بلند کرد و تحقیرآمیز نگاهم کرد. درست حدس زده بودم، چشم‌هایش سرخ بود؛ آماده‌ی اشک‌ریختن و در عینِ حال لبریز از تنفر؛ به‌قدری که نتوانستم تحمل کنم؛ چشم به سمتِ پنجره چرخاندم. بیرون، هوا صاف

بود. یک جفت قمری روی هره‌ی پنجره‌ی آخرین طبقه‌ی ساختمانِ روبه‌رو نشسته بودند و عاشقانه نُک به نُکِ یکدیگر می‌ساییدند. نورِ آفتاب توی شیشه منعکس شده بود و چشم را آزار می‌داد.

لحنِ نرم و اندوهگین‌اش دوباره مرا به اتاق برگرداند. پرسید: چرا نمی‌خوای قبولم کنی؟ چرا می‌خوای از سر بازم کنی؟ چه‌جور ممکنه فراموشم کرده باشی؟ مرا فراموش کردی، پری را چه؛ آن دخترِ پاک و معصوم که سراپا عشق و معرفت و وفاداریه، او را دیگه چرا؟

ورق زد و صفحه‌ای را انتخاب کرد: این‌را چه می‌گی؛ این‌همه محبت و وفای یک دخترِ شانزده‌هفده ساله؛ این را چه‌جور دلت میاد فراموش کنی؟! آدم مگه از سنگ باشه این‌همه احساس پاک و قشنگ را بخوانه یا بشنوه، ولی هیچ حس‌وحالی بهش دست نده و دلش نسوزه. مگه می‌شه؟ به‌خدا تا حالا هزار دفعه، هزارِ چه، خیلی بیشتر از هزار دفعه خواندمش؛ نه فقط این یک تکه؛ همه‌شان را؛ همه‌ی این ورق‌ها را آن‌قدر خوانده‌ام که کلمه‌به‌کلمه‌شان را از بَرَم. گوش بگیرا!

شروع به خواندن‌که کرد، غرور در صدایش موج زد: همین‌که تهمینه آمد و جای قبلی‌اش نشست، اشرف پرسید: بد می‌گم. پیشنهاد از این بهتر؟ خُب، پری مثل خواهر خودم می‌مانه. حیفه بیفته دستِ غریبه. وصلت با غریبه الله‌بختکی‌یه. مثل خریدنِ هندوانه می‌مانه؛ نمی‌دانی کاله یا رسیده. من می‌گم ندایی بدیم به مراد ببینیم مردِ زن گرفتن هست یا نه. مراد جوان سالم و سربه‌راهیه. پشتکارش هم خوبه. اصلاً می‌گم بیاد شهرو ردستِ خودم کار بکنه، صبح‌دوصبح خودش می‌شه یه‌پا اوساکار. چه‌جوره؟

تهمینه نگاهی به پری انداخت که با یک‌دست قاشق را توی تابه می‌چرخاند و با دست دیگرش دسته‌ی تابه را گرفته، ظاهراً توجه‌اش به غذا بود؛ اما دقیق به آن‌ها گوش می‌داد. جواب داد: نمی‌دانم والله.

اول باید ببینیم نظر پری چیه و بعدش با بابام اینا حرف بزنیم. من که اختیاردارش نیستم!

:گمان نکنم بابات مخالفتی داشته باشه. مرادِ ما را دیده؛ یعنی ممکنه پسندش نکنه؟

تهمینه خندید: برادرتو را چجور پسند نمی‌کنه. جوان به آن خوبی. نه اهل سیگاره، نه اهل رفیق‌بازیه. سالمِ سالم. من‌که از خدامه!

رو به پری کرد: ها، تو چه می‌گی؟

پری سر بلند کرد؛ نگاهی گذرا به او انداخت و دوباره خودش را سرگرمِ آشپزی کرد. صورتش سرخ شده بود. سعی می‌کرد از زیرِ نگاهِ اشرف فرار کند. اشرف متوجه شد حضورش مزاحم ردوبدل کردنِ نظرهاست. برای آن‌که خلوتی بین دو خواهر ایجاد کرده باشد به بهانه‌ی شستنِ دست و صورت از اتاق زد بیرون.

تهمینه دوباره از پری پرسید: چه می‌گی. آیزنه‌ت که غریبه نیست. زود بگو تا تکلیف‌مان را روشن کنیم!

پری سر بلند نکرد. فقط لب‌هایش لرزید: خیلی هولین؟

تهمینه یکه خورد. متعجب پرسید: هول؟!.... هول چه؟

پیازها سرخ شده، کشمش‌ها باد کرده و با زردچوبه قاطی شده بود. صدای جلزوولزشان شنیده می‌شد. پری، فتیله‌ی والور را پایین کشید. تابه را از روی آن برداشت و قابلمه را بالا گذاشت. در قابلمه را که بازکرد، بخار و بوی خوشِ سیب‌پلو به صورتش خورد. تابه را روی قابلمه گذاشت و درش را بست. سعی می‌کرد نگاهش با نگاهِ خواهر تلاقی نکند: همین دیگه آبجی؛ گفتی بیام شهر موقع‌هایی که آیزنه نیست، تنها نباشی؛ مونست باشم. نگفتی می‌خوای شوهرم بِدی!

چشم‌های تهمینه گرد شد: یعنی نمی‌خوای شوهرکنی؟ این‌که آرزوی

هر دختریه!

: اگه مزاحمم، یا اگه دیگه احتیاجی به من ندارین، خب بَرَم گردانین تویسرکان!

: معلوم هست چه می‌گی. مزاحمم و بَرَم گردانین تویسرکان و این شِرووِرا یعنی چه!

پری جواب نداد. سرش را زیر انداخته بود و با لبه‌ی دامنش بازی می‌کرد.

تهمینه مشکوک شد: کسی را دوست داری؟

جوابی نشنید. تکرارکرد: پرسیدم کسی را دوست داری. آره یا نه؟

نگرانی در صدایش موج می‌زد. دلهُره به جانش افتاده بود. در یک‌آن، ده‌ها خیال به مغزش یورش آورد: چرا جواب نمی‌دی. لال شدی مگه؟

پری آه کشید: نه!

تهمینه دودل ماند. خواهرش را خوب می‌شناخت. می‌دانست دختر سربه‌هوایی نیست. چه از قبل، وقتی‌که پیش پدر و مادرشان زندگی می‌کرد و چه در این مدت که کنارش بود، کوچک‌ترین حرکتِ ناشایستی از او نه دیده و نه درباره‌اش شنیده بود؛ اما شهر بزرگ بود و مملو از دوز و کلک؛ بخصوص رفتارِ آمنه و بتول را که به‌یاد می‌آورد بیشتر شک می‌کرد؛ اما پری نشست-برخاستی با آن‌ها نداشت. با بتول که اصلاً نمی‌جوشید. همیشه از او دور می‌گرفت؛ بدون آن‌که او و یا اشرف سفارش کرده باشند؛ طوری‌که این دوری‌گرفتن‌ها باعث شده بود بتول کینه‌اش را به‌دل بگیرد. تنها هم که از خانه بیرون نمی‌رفت. خریدن مایحتاج با اشرف یا تهمینه بود. وظیفه‌ی پری، آشپزی و رُفت‌وروبِ اتاق بود. اگر ضرورت داشت بیرون برود، اشرف، یا خواهرش همراهش می‌شدند.

: پس چه؟

این پرسش، ذهنش را به آشوب کشید؛ اما هرچه بیشتر کاویید، کمتر

یافت. ناچار، به او پیله کرد. سعی کرد بفهمد اتفاقی برایش افتاده است یا نه. اول، با زبانی خوش، با گوشه و کنایه؛ بعد، با ترفند و تمهید و حتا تهدید؛ سرراست هم که به دلواپسی‌اش اشاره کرد، هیچ موفق نشد؛ اما مطمئن شد دل به کسی داده است. خودش زن بود؛ احساسِ زن‌ها را، خصوصاً خواهرش را خوب می‌فهمید؛ حتا اگر هیچ اشاره‌ای هم نکرده باشد. اصرارکرد: پری جان، عزیزم، خواهرِ قشنگم، راستش را بگو. اگه دیر بشه آبرومان می‌ره، ها؛ آن‌وقت خون راه می‌افته، می‌فهمی؟!

پری کلافه شد. مشت روی ران‌هایش کوبید: خیال کردی من این‌قدر شُستم، آبجی!

لحنش خیلی تند بود؛ سراپا رنجش؛ سراپا قهر، غضب و اعتراض. تهمینه کمی آرام شد. سعی کرد دلداریش بدهد: نه عزیزم. اتفاقاً آن‌قدر که به تو اعتماد دارم به خودم مطمئن نیستم. می‌دانم شیرپاک خورده‌ای. فقط از این‌که نمی‌خوای شوهر بکنی کمی جا خوردم!

: خب نمی‌خوام شوهر بکنم؛ این‌که عیب و عار نیست. حالا زوده برام. همین!

تهمینه مجبور به عقب‌نشینی شد. هر راهی‌که رفته، هر سوالی‌که کرده و هر کلکی‌که زده بود، همه بی‌نتیجه مانده بود؛ ناچار تسلیم شد: باشه. هرجورکه تو دوست داری. من برم حیاط یه جوری آیزنه‌ات را حالی‌ش کنم که بهش بَرنخوره. تو هم اصلاً به‌رو خودت نیار عزیزم. باشه؟

لب ازکلام بست؛ کاغذ راکنارش گذاشت و مغرورانه زل زد به من؛ منتظرِ جواب، ببیند چه می‌گویم، چه بهانه‌ی دیگری دارم. حق داشت؛ جوانی به سن‌وسالِ او، البته بیست‌سال قبلش منظورم است، و عشقِ پاکی که دختری نورسیده، پاک و زیبا مثل پری، آن‌طور جانانه ازش دفاع می‌کرد سراپا افتخار بود. من‌هم اگر بودم، همین‌قدر کیف می‌کردم و مغرور می‌شدم.

سکوت که به درازا کشید، لب بست و قوز کرد. پلک‌هایش را پایین انداخت و به‌فکر فرو رفت. شک نداشتم رفت به بیست سال قبل به گفته‌ی خودش، کمی کمتر یا بیشتر از بیست سال، دورانِ عشق‌وعاشقی‌اش با پری. بلند شدم. رفتم سراغِ قفسه‌ی بایگانی‌ها، دنبالِ دست‌نوشته‌های اولیه. تهِ دلم آرزو می‌کردم دورش نیانداخته باشم. کومه‌ی بزرگِ کاغذها را ورق زدم، پس‌وپیش کردم. خوشبختانه بودش؛ نه نسخه‌ی اول، بازنگریِ سوم. آن‌موقع‌ها با کامپیوتر کار نمی‌کردم. تغییرات روی کاغذ انجام می‌شد. صفحه‌ی آخر تاریخ زده بودم این بازنگری چقدر زمان برده است. آوردم جلوی چشمِ او صفحه‌به‌صفحه را نگاه کردم. تعدادِ برگ‌ها زیاد بود؛ زیاد، سیاه، خط‌خورده و بعضی لکه‌لکه؛ نشانه‌ی نیاز به بازنویسی‌های بعدی. سکوت روی اتاق سایه انداخته بود. جز خش‌خشِ کاغذ و ریزش آب از توی آشپزخانه صدایی به‌گوش نمی‌رسید؛ تا دقایقی طولانی.

نبود: نیست؛ می‌بینی‌که. اسمی از پری یا گروهبان تو این رمان نیست!

به‌التماس افتاد: آن‌جا نیست، این‌جا هست. تو این ورق‌ها هست. اگه پری نیست یا گروهبان نیست باید بقیه‌ی شخصیت‌ها هم نبودند؛ ولی هستند؛ همه‌شان. ببین!

ورقی را جدا کرد و زیر نگاه من شروع کرد به خواندن: از خانه که بیرون زدند، هوا ابری بود؛ و آسمان، خاکستری. هرازگاهی تندبادی می‌وزید، ذراتِ خاک را می‌آورد به سروصورت رهگذرها می‌کوبید و دامن چادر زن‌ها را بالا می‌بُرد، لوله می‌کرد و می‌چرخاند. کاغذپاره‌ها، نایلون‌های دورریخته، بوته گیاه‌های خشکِ کَنده شده از بامِ خانه‌ها و ذرات زباله، به دست باد، به هر سمتِ کوچه رانده می‌شد.

به گذر رسیدند. نانوایی شاطرمظفر باز بود؛ اما هنوز دست به‌کار نشده بود. جلوی دکان، عده‌ای زن و مرد و کودک، پشت به دیوار داده، منتظر

ایستاده و یا نشسته بودند. بالاتر، خیابان می‌رفت تا مثل بعدازظهرهای هر پنج‌شنبه شلوغ‌تر شود. جلوی مغازه‌ی آقای‌نکویی، پیکانی سفید پارک شده بود. راننده، دست به‌فرمان، گاهی سر به اطراف می‌چرخاند و گاه زل می‌زد به دکان. دو مردِ دیگر که مثل راننده‌ی پیکان، پیراهنِ سفیدِ بی‌یقه و کت‌وشلوار سورمه‌ای پوشیده و عینک‌های‌دودی زده بودند، دوروبَرِ آقای‌نکویی می‌پلکیدند. یکی‌شان بیرون ایستاده بود. همه‌جا را زیر نظر داشت. لحظه‌به‌لحظه نزدیک می‌رفت؛ چیزی می‌گفت و بلافاصله برمی‌گشت محل قبلی‌اش تا تسلط کافی به اطراف داشته باشد. دیگری که داخل رفته، مقدار زیادی کتاب و نوشته را بغل زده، منتظر راه افتادنِ آقای‌نکویی بود هرجا که او می‌رفت، به هر گوشه‌ی مغازه که نزدیک می‌شد، همراهی‌اش می‌کرد.

آقای‌نکویی کتش را پوشیده بود و شتاب‌زده دفترها و پوشه‌ها و کاغذ کادوهایی را که جلوی درآویزان بود جمع می‌کرد. عینکش را که مرتب از روی بینی عرق کرده‌اش سُر می‌خورد، با سرانگشت بالا می‌زد؛ اخم‌آلود، یکریز لب‌هایش می‌جنبید. آماده می‌شد با آن‌ها برود.

اگرچه مردها نهایتِ احتیاط را کرده بودند کسی متوجه‌شان نشود، با وجودِ این، دوسه نفری، این‌سمت و آن‌سمتِ خیابان، بی‌آن‌که جلو بروند، پنهانی حرکات آن‌ها را زیر نظر داشتند.

از بین زن‌ها، فقط فرنگیس پی به‌ماجرایی بُرد که اتفاق افتاده بود. دلش سوخت. می‌دانست موقع برگشتن، خبر ناگواری برای شوهرش دارد. درحالی‌که سعی می‌کرد از بقیه جا نماند. مرتب برمی‌گشت تا عاقبتِ آقایی‌نکویی را ببیند. جلوتر از او، آمنه و بانو با هم، و تهمینه و پری پشت سرِ آن‌ها گرم گفت‌گو بودند. نصرت و قدرت، بینِ راه، از سر و کول هم بالا می‌رفتند؛ یکدیگر را دنبال می‌کردند؛ چیزی می‌گفتند؛ قهقهه می‌زدند؛ و

رضا و خسرو یکی دست در دست مادر و دیگری چادر مادر را در مشت فشرده، همراهِ آن‌ها کشیده می‌شدند.

پیکان آمد و به‌سرعت از کنارِ زن‌ها گذشت. فرنگیس با نگاه دورشدنش را تعقیب کرد. همین موقع، پری به‌شدت یکه خورد. یک‌باره نفسش بند رفت. رنگ از رویش پرید. ناخواسته دست روی قلبش گذاشت و به‌سختی مانع جیغ زدنش شد: گروهبان... گروهبان!...

به زبان نیاورد؛ اما وجودش یکپارچه فریاد زد: گروهبان... گروهبان!...

کلمه‌ی گروهبان در ذهنش جوشید و به‌آنی وجودش را پُر کرد. سرشار از شادی، از شوق، با چشم‌هایی بیرون‌زده از حدقه به مقابلش زل زد؛ به گروهبان؛ با همان قدِ بلندِ رعنا؛ با همان لباس نظامی خوش‌دوخت که قالبِ تنش بود؛ با سرشانه‌های پهن و بدنِ ورزیده. که کلاهش را دست گرفته، سرش را پایین انداخته، سربالایی خیابان را در پیش گرفته بود. می‌رفت؛ آن‌هم به فاصله‌ی دو‌سه قدم جلوتر از آن‌ها .

لب باز کرد فریاد بزند: آقاگروهبان، گروهبان‌آقا!

به خودش آمد. لب‌هایش را محکم به‌هم فشرد. نگاهی به تهمینه انداخت. خوشبختانه متوجه تغییر حالت او نشده بود. چشم به روبه‌رو داشت و هنوز حرف می‌زد.

دوباره نگاهش به سمتِ جوان دوید. قامت او را روی حدقه‌ی چشم‌هایش نشاند. با نگاه، وجودش را در آغوش کشید. بی‌تاب شده بود. نمی‌دانست باید چکار کند. اگر صدایش می‌کرد، زن‌ها متوجه می‌شدند. سرزنشش می‌کردند. آبرویش پیش همسایه‌ها می‌رفت. نمی‌توانست همان‌طور هم رهایش کند برود. مدت‌ها انتظار کشیده بود. مدت‌ها منتظر مانده بود برگردد تا بگوید او نیز دل به او داده است. بگوید سکوتِ سنگین آن شبش نه از عمد، که از سرِ حجب‌وحیا بوده

است. دل‌دل کرد به بهانه‌ای جلو برود. جلوتر از بقیه. خودش را به او نشان بدهد. حتا کمی پا تند کرد. دلش خواست تهمینه هم همپای او پیش برود. از خودش پرسید: این‌جا چکار می‌کنه... کی برگشته... چرا نیامده سرِ خانه و زندگی‌ش؟!

ناگهان رنجش، مثل شهابی سوزان، از گوشه‌ای سریع سر کشید؛ آمد و به دلش فرو رفت. یک‌مرتبه شتابِ پاهایش رنگ باخت. کناربه‌کنارِ خواهرش قدم برداشت: یعنی همه‌ش کلک بود؛ می‌خوام برم مأموریت و، معلوم نیست کی برگردم و، فقط به خاطر تو این اتاق را گرفته‌م و چه و چه و چه. همه‌ی آن حرفا دروغ بود؟!

رنجش می‌رفت تا کم‌کم تبدیل به بدبینی شود؛ به نفرت. نفرتی‌که با قلبِ پاک پری بیگانه بود. به خودش نهیب زد: او و دروغ؛ او و کلک. خاک تو دهنم. خاک به سرم!

لبش را گاز گرفت. سعی کرد سوءظن را از ذهن براند. تلاش هم کرد؛ اما نشد. نتوانست. آنچه مقابلش بود جایی برای دفاع نمی‌گذاشت. عشقش را می‌دید، دلخوشی‌اش را، مردی را که هستی‌اش را به او بخشیده بود، اگرچه فقط در رویا، در خیال؛ اما حالا مقابل او، درست به فاصله‌ی چند قدم، بی‌اعتنا به او، پشت به او، می‌رفت. می‌رفت تا بی‌گمان به خانه‌ای دیگر، به اتاقی دیگر برود و در آن‌جا دل از دختری دیگر ببرد و او را نیز در آتشِ انتظار بنشاند: خدا می‌دانه تا حالا چند تا دختر را بدبخت کرده!

آن‌همه شوق‌وذوق، سرکوبیدن‌های سراسیمه‌ی دل به سینه، خیلی زود رنگ باخت؛ جایش را به بدگمانی داد: پس تو هم توزرد بودی و نمی‌دانستم شازده!

آهی سرد از سینه‌اش بیرون آمد؛ لبه‌های چادرش را تکان داد و به هوا رفت. حسرت و دریغ به جانش نشست. دریغ از مدتی‌که به انتظار

نشسـته و حسـرتِ از دسـت دادن عشـقی که در خیـال کاشـته، بـا آرزوهـای دورودراز آبـش داده؛ بـا کشـیدن دیـواری از سـکوت در اطرافـش، به‌خیـال خـودش از هرگزنـدی محفوظـش داشـته و فقط مخصوصِ خـودش پـرورده بـود. عشـقی باشـکوه؛ امـا حـالا می‌دیـد چـه سـاده بـوده اسـت؛ چـه راحـت فریـب خـورده اسـت.

هرچنـد به‌تدریـج نفـرت، جـای عشـق را در وجـودش پُـر می‌کـرد؛ امـا خوشـحال شـد کـه خـودش را رهـا نکـرده بـود؛ حتا جواب ابـراز عشـق‌های او را هـم نـداده بـود؛ حتمـاً به خاطر همینـم زود پـا شـد رفت به بهانه‌ی مأموریت؛ وقتی دیـد کلاه سـر مـن نمیـره!

گروهبـان، کلاه را سـر گذاشـت. از جیـب بلـوزش بسته‌ای سـیگار بیـرون آورد. نخـی از آن را گوشـه‌ی لـب گذاشـت. ایسـتاد و فنـدک زد. دسـت‌هایش را قاشـقی گرفت تـا بـاد شـعله را خامـوش نکنـد.

: سـیگاری‌م بوده آقای ورزشـکار, چقـدر کلک!

حرصـش گرفـت. زن‌هـا از کنـار گروهبـان گذشـتند؛ پـری هـم؛ اگرچـه نـه بـه بی‌اعتنایـی آن‌هـا، نـه بـه سـرعتِ آن‌هـا؛ آرام، آهسـته؛ طوری‌کـه دلـش می‌خواسـت هـر قدمی‌کـه برمی‌دارد یک‌سـاعت، یـک روز، یـا روزهـا طـول بکشـد؛ امـا همین‌کـه از نیم‌رخ صورت او را دیـد ناگهان هم خنده‌اش گرفت و هـم خجولانه خـودش را نفریـن کـرد؛ خـاک تو سـرت؛ خـاک تو دهنـت دختره‌ی دیوانـه ؛ چـه زود گنـاه آن بیچـاره را شُسـتی!

زن‌هـا، گـرم گفت‌گـو لحظـه‌ای جلـوی بن‌بسـتی ماندنـد تـا گاری‌ای از جلوی‌شـان بگـذرد. دوبـاره کـه راه افتادنـد، پـری هنـوز به اتفاقـی کـه برایش افتـاده و توهمـی کـه دچارش شـده بـود، فکـر می‌کـرد. از این‌کـه خیلـی زود قضـاوت کـرده، در بـاره‌ی یگانـه عشـقش ظنِ بـد بـرده بـود، خـودش را سـرزنش می‌کـرد. در خیالـش گروهبـان را جلـوی خـودش نشـانده بـود و از او عـذر می‌خواسـت...

راست می‌گفت؛ همه‌ی زن‌های سایه‌های ناگزیر بودند؛ همه‌ی همه که نه؛ تعدادی‌شان؛ اما خودشان بودند. ماجرای آقای نکویی هم دقیقاً همانی بود که در رمان اتفاق می‌افتاد؛ اما پری، گروهبان، این دو نفر از کجا آمده بودند، نمی‌دانستم. حدس زدم این جوان، این عاشق یا به‌قول خودش گروهبان، از داستانی دیگر، از رمانِ نویسنده‌ای دیگر، یواشکی جیم شده تا خودش را به من قالب کند شاید به عشقش برسانمش. جرأت نکردم به زبان بیاورم. ناچار پرسیدم: خب، که چه؟ حالا گیریم شخصیتِ سایه‌های ناگزیر باشی. چه می‌خوای. می‌خوای برسانمت به پری؟

پقی زیر خنده زد؛ خنده‌ای تلخ، حسرت‌آلود. آه کشید. اشک در چشم نشاند. گفت: از مرحمتِ حضرت‌عالی من هیچ‌وقت به عشقم نمی‌رسم. حتماً این را هم فراموش کرده‌ای که مرا دادی کشتن؛ با همه‌ی امید و آرزوهایی که داشتم؛ با همه‌ی جوانی‌ام. یادت نیست؟

بغض نگذاشت ادامه بدهد. ساکت ماند و با زانوی انگشت گوشه‌ی پلکش را پاک کرد.

نوبتِ من شد که یکه بخورم و دلم بسوزد؛ هراسان که نه، متعجب بپرسم: تو را به کشتن داده‌م؛ من؟... کی، کجا؟...

سر به‌تأیید تکان داد. قطره‌ی اشک افتاد روی گونه‌اش و سُر خورد. ورقی را جدا کرد و به سمتم سُراند. به پشت تکیه داد و چشم‌های خیسش را دوخت به دست‌هایم. کاغذ را برداشتم و خواندم: ... درست در این حال و هوا بود که درِ اتاق گروهبان باز شد؛ در بامدادی بی‌آفتاب؛ صبح یکی از روزهای آخرهای پاییز؛ هنگامی‌که کومه‌ی ابرهای تیره روی هم می‌غلتیدند، بدون آن‌که خیال بارش داشته باشند؛ فقط اخم کرده بودند؛ و دلِ آسمان را تنگ. باد، خار و خاشاک را توی هوا می‌چرخاند و بالا می‌بُرد. آسمان، سربی‌رنگ بود؛ و غبارآلود. کبوترهای احمد، بی‌صاحب،

لبه‌ی بام کز کرده بودند. باد، پرهای‌شان را به بازی گرفته بود. از تهمینه خبری نبود؛ نه از او و نه از همسایه‌های دیگر. عده‌ای برای خرید، یا کارِ دیگری بیرون از خانه بودند و آن‌ها هم که مانده بودند، به اتاق‌های‌شان پناه برده بودند. حیاط‌ها خلوت بود. جز هوهوی باد، صدایی شنیده نمی‌شد. اما این سکوتِ دلگیر زیاد نپایید. ناگهان از دلِ تاریکِ دالان، چند زن و مردِ سیاهپوش، همهمه‌کنان و شتابان داخل شدند. روی گونه‌ی برخی از زن‌ها ردِ خون و خراش بود و سروکله‌ی تعدادی از مردها گِل‌گرفته. جوان قوی هیکلی که پیشاپیش می‌آمد، یکراست آن‌ها را به حیاط دوم راهنمایی کرد و اتاق گروهبان را نشان داد. از پله‌ها بالا رفتند، شتاب‌زده و نگران. کم‌ترین اعتنایی به اطراف نداشتند.

اولین کسی که متوجه‌ی ورودشان شد، آمنه بود، غم‌گرفته، از لای لنگه‌های در به بیرون زل زده، سوز و سرما را به‌جان خریده بود تا تیرگی و تنهایی اتاقش را کمرنگ کند.

جوان، قفل را گرفت و چرخاند. چفت از ریشه بیرون آمد. در باز شد. زن‌ها به قاب‌عکس یورش بردند. یکی‌شان آن‌را از دیوار قاپید و روی سینه گذاشت. صیحه کشید. بقیه شیون کردند؛ عده‌ای با زبانی غریب؛ گویشی ناآشنا و آن‌ها که صورت خراشیده بودند با زبان کُردی. مردها مشت به پیشانی زدند و هق‌هق کردند.

آمنه، متعجب به بیرون کشیده شد. دید زاری‌کنان، اشک‌ریزان به در و دیوار بوسه می‌زنند و لابه‌لای کلمه‌های کُردی، چیزهایی می‌گفتند که او هیچ از آن نمی‌فهمید. طولی نکشید که قاب‌عکس و اثاثِ ناچیز گروهبان توی پرچم سه رنگ پیچیده شد و همراهِ سیاهپوش‌ها از خانه بیرون رفت. اتاق خالی ماند. اتاقی که در سکوت، سیاه هم می‌نمود. اتاقی که انگار هنوز نیمی از شیون زن‌ها و ناله و گریه‌ی مردها در آن باقی بود.

آمنه مبهوت آن آمدنِ ناگهانی و این رفتنِ عجولانه بود که مثل گردبادی، یورش آورده، همه چیز را در خود پیچیده، لحظه‌ای مانده و به همان سرعت رفته بود؛ که گرمای تنی را، حضور کسی را پشتِ سرش حس کرد. برگشت. پری را دید با رنگی پریده، چشم‌هایی بیرون زده از حدقه و لب‌هایی به‌هم فشرده به مسیری که سوگواران رفته بودند، به جای خالی‌شان زل زده بود.

لب بازکرد چیزی بگوید که از دلِ دالان، سروصدای نوخاص را شنید که همراهِ همهمه‌ی عده‌ای می‌آمد.

مشخص نشد به این سرعت نوخاص ازکجا و توسطِ کی با خبر شد که قبل ازآن‌که خانواده‌ی گروهبان از بن‌بست بیرون بروند راه‌شان را سد کرد، آن‌ها را به خانه برگرداند و اجاره‌ی عقب افتاده را طلب کرد.

پدر و مادرِ گروهبان زبان او را نمی‌فهمیدند؛ ناچار، خویشانِ کُرد، ضمن آن‌که با نوخاص کلنجار می‌رفتند، گفته‌های هر طرف را برای طرفِ مقابل ترجمه می‌کردند.

نوخاص شاکی بود یک‌سال و هفت ماهِ تمام است که پسرآن‌ها کرایه‌ی اتاقش را نداده است و خانواده‌ی گروهبان از طریق مترجم‌ها معترض شدند فرزندشان فقط نه ماه درجبهه بوده و هنوز چهل روز نیست که شهید شده است. آن‌ها گفتند تا هفته‌ی قبل اطلاع نداشته‌اند پسرشان در این شهر اتاقی اجاره کرده بوده است. اشاره به جوان قوی‌هیکل کرده، گفتند: این، از دوستان و همدوره‌ای‌های اوست که موقع اسباب‌کشی، کمک کرده تا او به این خانه بیاید و هفته‌ی گذشته که ازشهادت دوستش مطلع شده و برای تسلیت سراغ آن‌ها رفته، ماجرا را گفته است.

نوخاص‌که می‌دید شاهدِ زنده حضور دارد، ناچار رضایت داد اجاره‌ی یازده ماه را بگیرد تا به گفته‌ی خودش روح فرزندشان درآرامش بماند.

بعد از آن‌که اسکناس‌ها را گرفت، مرتب چید و در جیب گذاشت و بعد از آن‌که آن‌ها ناراضی و نفرین‌کنان رفتند، شاد و پیروز، بی‌اعتنا به چشم‌های پُر نفرتِ آمنه؛ بی‌خبر از پری که هراسیده و دلتنگ دویده بود توی اتاق و پرده را کشیده بود، رفت داخلِ اتاقِ خالی چرخی زد و بیرون آمد. راضی و سعادت‌مند نگاهی به گوشه وکنارِ حیاط انداخت و از خانه بیرون زد...

: عجب، عجب ؛ نوخاصِ لعنتی!

به زبان نیاوردم؛ فقط از ذهنم گذشت. لبخندی هم زیرِ پوستم دوید. این‌کارها از نوخاص بعید نبود. آن ناجنسی که من خلق کرده بودم، برای پول تن به هرکاری می‌داد.

نگاهم به‌سمتِ سایرِ اوراق پر کشید. موضوع به‌شدت جذبم کرده بود؛ بخصوص ادغام دو زمان، دورانِ گاری و خانه‌هایی که هنوز لوله‌کشی آب نشده بودند با زمان جنگ.

بی‌آن‌که اجازه بگیرم باقی‌مانده‌ی کاغذها را از دستش بیرون کشیدم. دوسه صفحه بیشتر نبود. با ولع شروع کردم خواندن: ... عاقبت پری هم رفت؛ نه مثل آبی‌بی؛ نه مثل حشمت، هاجر، حسن و یا هرکسِ دیگر که همه‌ی تار و پودشان را بُریده، با خود برده و آنچه باقی گذاشته بودند، فقط یادی بود، خاطره‌ای در اتاق‌های خالی‌شان؛ جای خالی‌شان؛ که گاه در ذهن بقیه می‌جوشید.

پری خودش رفته، اما دلش را جا گذاشته بود. دلی‌که با همه‌ی وجود برای عشقِ سفر کرده‌اش می‌تپید؛ در انتظار بازگشتش لحظه‌شماری می‌کرد. عشقی‌که با همه‌ی توان از ابرازش، از اظهارش خودداری شده بود؛ نه فقط در مقابل همسایه‌ها؛ نه فقط در مقابل خواهر و شوهرخواهر و هر آشنای دیگر؛ حتا در برابر معشوق هم؛ اما چه فایده، که این همه صبر و سکوتِ طاقت‌سوز؛ سرانجامی تلخ داشت.

اگرچه بعد از شنیدن خبر شهادتِ گروهبان؛ بعد از آن‌که خانواده‌ی داغدارش آمدند و مختصر اثاث فرزندشان را بردند؛ هیچ‌کس برق یا ریزش قطره‌ای اشک از چشم‌های ماتم‌گرفته‌ی پری ندید؛ اما آه‌های سوزناکی که گاه و بیگاه از سینه بیرون می‌داد، خیلی زود رازش را پیش خواهرش فاش کرد.

همان روزِ اول، تهمینه که برگشت، خبر آمدنِ کسان گروهبان و بردن اثاثش را که شنید؛ وقتی‌که دید خواهرش، پری شادابِ ساعتی قبل، یکباره رنگش پریده، بی‌حوصله شده، افسرده شده، پلاسیده است؛ شست‌اش خبردار شد که موضوع از چه قرار بوده است. متوجه شد آن انزوا گزینی‌ها، آن در رویا غرق شدن‌ها و خیال‌پردازی‌های خاموشانه‌ی خواهرش سرچشمه از عشقی می‌گرفته که کنار به کنارشان، چسبیده به اتاق‌شان بوده است.

ازآن‌روز به بعد، دیگر هیچ‌کس رنگِ خنده برلب‌های پری ندید. هرچند پیشتر، هرازگاهی در خود جمع می‌شد؛ آهی می‌کشید سرد؛ اما در خود فرو رفتن‌ها و آه کشیدن‌های آن زمانش رنگِ امید و انتظار داشت؛ نه آلوده به درد بود؛ نه آمیخته به حسرت و دریغ؛ و نه این‌قدر عمیق و طولانی.

ازآن‌روز به بعد، ناگهان توده سیاهی از غم و سکوت آمد و مثل چادری نامریی، همه‌ی وجودِ پری را پوشاند. از رفت‌وآمدهایش کاست؛ از حرف زدن‌هایش با این و آن؛ از بازی کردن‌هایش با خسرو؛ از دقت و به‌کار بردنِ سلیقه در پخت‌وپز، شستشو و انجام کارهای خانه. درعوض، ساعت‌هایی از شبانه‌روز، در کنجی می‌نشست با ابروهای گره خورده، لب‌های به‌هم فشرده، چشم می‌دوخت به نقطه‌ای موهوم و دزدیده از نگاه دیگران، فقط آه می‌کشید.

تهمینه، برای زدودن خاطره‌ی عشق و یا دست‌کم، کاستنِ غمِ از دست دادنِ آن، چند بار مستقیم و غیرمستقیم به مراد، برادر شوهرش

اشاره کرد و پیوندی‌که خواسته‌ی اشرف بود؛ اما نتیجه‌ای نداشت جز اخم و سکوت‌هایی که اغلب تا ساعت‌ها به درازا می‌کشید.

این وضع ادامه داشت تا دو روز قبل که پدرشان آمده بود سری به داماد، دخترها و نوه‌اش بزند. با خودش نصفه کیسه‌ای گردو و مقداری کشمش سوغات آورده بود که نیمی از آن بین همسایه‌ها تقسیم شد.

بعد از آن‌که پیرمرد، دیداری تازه کرد و کارهایی را که در شهر داشت انجام داد، موقع بازگشت به تویسرکان، پری اعلام کرد او هم می‌خواهد برای همیشه برگردد پیش پدر و مادرش.

اشرف از این تصمیم متعجب شد. خیال کرد حرکتی کرده‌اند، حرفی زده‌اند که موجبِ رنجش پری شده است؛ خصوصاً رفتار این اواخر، گواهِ این موضوع بود در نظر او؛ اما تهمینه می‌دانست رنجشی در بین نیست؛ فقط، پری دیگر دلِ ماندن ندارد، همین و بس. او دیگر نمی‌تواند هر روز، صبح تا شب، بارها از مقابل اتاق گروهبان بگذرد و غم یادِ او را در خاطرش زنده کند و شب‌ها با حسرتِ از دست دادنش سر روی بالش بگذارد. بنابراین، ناچار است برود شاید از عذابی‌که می‌کشید، کمی بکاهد.

قبل از حرکت، تهمینه، خواهرش را به گوشه‌ی دنجی از حیاط کشاند و با سماجت برای آخرین بار خواست تا جواب خواستگاری اشرف را بدهد.

پری ، نه نه گفت و نه آری؛ فقط نگاهی به اتاق گروهبان انداخت که حالا شده بود مسکنِ اسفندیار و فرنگیس و بقیه‌ی اعضاء خانواده‌اش. برای اولین و آخرین بار قطره‌ای اشک در چشم غلتاند. خواهرش را بغل کرد. بوسید و گفت: ببخش اگه اذیتت کردم!...

خط، خطِ خودم بود؛ رنگِ خودکار هم همانی بود که آن‌موقع‌ها استفاده می‌کردم، سیاه. شیوه‌ی به‌کار بردنِ کلمه‌ها، جمله‌بندی، حال و هوا؛ همه موبه‌مو با قلمِ من شکل گرفته بود؛ بی‌آن‌که خودِ من دخیل

باشـم، بی‌آن‌کـه بـه یاد داشـته باشـم، حتـا ذره‌ای‌اش را. از تعجب گیـج شـده بـودم. نسـخه‌ی نهایـی رمـان را یـک مرتبـه‌ی دیگـر ورق زدم؛ دسـت‌نویسِ سوم را هـم. نتیجـه‌ای نداشـت؛ بی‌خـود چشـم‌هایم را خسـته می‌کـردم. تـوی مخمصـه افتـاده بـودم. نمی‌دانسـتم باید چـه بگویـم و چـکار کنـم. دوبـاره پرسـیدم: خـب، کـه چـه؛ حـالا می‌گـی مـن چـه کنـم؟

با همه‌ی وجود پرسیدم؛ عمیقاً می‌خواستم راهنمایی‌ام کند.

گفـت: چیـزِ زیادی نمی‌خـوام؛ توقـع نابجایـی نـدارم. دستنوشـته‌ی اولیـه‌ات را اگـه پیـدا می‌کـردی می‌دیـدی مـن همینم‌کـه تـو ایـن صفحه‌هـا نوشـتی؛ نـه آن موجـودِ پـوچ و بی‌مصرفی کـه تـو رُمانـت گـم می‌شـه. من‌هـم می‌خـوام همیـن باشـم، عاشـق. حتـا اگـه قـراره ازبیـن بـرم، مهـم نیسـت؛ مـرا بـده کشـتن امـا آن عشـقِ پاک را ازم نگیـر؛ عاطـل و باطلـم نکـن!...

صدایش کم‌کم اوج گرفت؛ هیجـان‌زده شـد: یـک عکـس، یـک عکس‌کـه گاهـی زنی یـا دختـری نگاهـی بهـش بینـدازه چـه ارزشـی داره. مـن بایـد وجـود داشـته باشـم، حتـا اگـه شـده به‌شـکلِ خاطـره. باید قلبی بـرام بتپـه؛ کسـی بـا همـه‌ی وجـود دوسـتم داشـته باشـه؛ همیـن. ایـن خواسـته‌ی زیادیـه؟

نـه، خواسـته‌ی زیادی نبـود؛ خصوصـاً خـودم هـم جـذبِ ماجـرا شـده بـودم؛ این‌کـه ازقبـل، آگاهانـه یـا فقـط درضمیـرِ ناخـودآگاه می‌خواسـته‌ام ماجـرای عاشقانه‌ای به این‌شکل دررمانم بگنجانم یا نه، این‌که این جوان شخصیتِ فـراری ازکتـابِ داسـتان‌نویسِ دیگـری اسـت کـه بـه مـن پناهنـده شـده یـا همـان عکـسِ فرامـوش شـده دررمـانِ خـودم کـه اززیـادی سـکوت، ازتنهایـی بی‌پایـان، خیال‌پـرداز شـده؛ دیوانـه شـده، دختـری را بـرای خـودش سـاخته، ماجراهایـی را درذهـن‌اش خلـق کـرده و همـه را به‌مـن نسـبت داده اسـت و یـا هرچیـزدیگـر، هیـچ مهـم نبـود؛ اتفاقـاً بـا اضافـه کـردنِ ایـن قسـمت‌ها یـک تیـر و دو نشـان می‌کـردم؛ هـم شـخصیتِ فرامـوش شـده‌ای باقـی نمی‌مانـد و هـم

بخشِ عاشقانه‌ای به رمانم اضافه می‌شد.

بعد از سکوتی کوتاه، با خواسته‌اش موافقت کردم. از شادی دست‌ها را به‌هم کوبید. آمد جلو، صورتم را بوسید. خواست دستم را هم ببوسد که نگذاشتم. چند مرتبه تکرار کرد: ممنونم. ممنون!...

همین لحظه مینو هم آمد، خوش و خندان، بشقابی میوه‌ی تازه‌شسته جلوی ما گذاشت؛ انگار همه‌ی داستان را شنیده و موافقتِ مرا جشن گرفته بود؛ حق داشت؛ مثل همه‌ی زن‌ها از ماجراهای عاشقانه لذت می‌برد. موقع بیرون رفتن هم زیرلبی گفت: مبارکه!

ندانستم مخاطبش من بودم یا او؛ اما همین کلمه باعث شد نگاهم به سمتش کشیده شود که می‌رفت در را پشتِ سرش ببندد. گمان کردم درحینِ رفتن یواشکی به جوان اشاره کرد؛ اشاره‌ای تشویق‌آمیز؛ طوری‌که این‌هم بی‌معطلی شیر شد؛ با لحنی ملایم، با قیافه‌ای حق‌به‌جانب، زمزمه‌کنان گفت: خب، راست می‌گه استاد؛ حیف نیست دختر به این خوبی و نجابت، آن‌جور غصه‌دار بمانه؟

زدم زیرِ خنده: چه‌کارش کنم خب؟... بدمش شوهر؟

دوباره شرم روی صورتش سایه انداخت. نگاهش را از من دزدید، به لکنت افتاد: خب، بعله، آخه حیفه...

: بدمش به کی، مراد؟ همان‌که خودت گفتی اشرف براش در نظر گرفته؟

هول شد. چشم به چشمم دوخت: نه. نه...

نتوانست ادامه بدهد؛ لب بست؛ نگاه از من دزدید. خودش را سرگرمِ جمع‌وجورکردنِ کاغذهایش کرد. شستم خبردار شد. جدی شدم؛ کمی هم عصبی: پس بفرما جنابعالی آمدی سنگِ خودت را به‌سینه بزنی. خب مگه نمی‌گی گروهبان بودی، مگه نخواندی از بین رفتی؟ این‌همه ماجرا که از خودت درآوردی...

بینِ حرفم دوید؛ خودِ شما نوشتین!

: به‌فرض من نوشته‌م؛ این‌ها را چکارکنم. خط بکشم روش؟!

: چه اشکالی داره، شما که داستان‌نویسین؛ راحت می‌توانین موضوع‌ها و ماجراها را تغییر بدین. خب بذارین دو دلداده به‌هم برسن؛ چه می‌شه مگه؟!

از شدتِ عصبانیت قهقهه زدم؛ نه عزیزم؛ نه داداش‌جان؛ تو عمرم سفارش قبول نکرده‌م. اگه سفارشی می‌نوشتم که این حال‌وروزم نبود؛ این‌جور دربه‌درِ خانه‌ها نمی‌شدم که. خواستی شاغلت کنم، درجه‌دارت کنم، از یک عکسِ بی‌هویت به جوانی گوشت و خون‌دار تبدیلت کنم که قبول کردم؛ گفتم چشم. عاشقِ دلخسته خواستی مثل آن دختره، پری، که گفتم باشه؛ آن‌هم فقط به‌خاطر این‌که واقعاً دلم سوخت برات. دیگه قرار نیست قلمِ مرا تو دست بگیری و بچرخانی!

اخم کرد. هم خواسته‌اش را رد کرده و هم از دلبرش با تحقیر یاد کرده بودم. ناراحت شد، خیلی، چندبار لب به دندان گزید؛ من‌من کرد؛ به‌خودش فشار آورد حرفی بزند، اصراری، التماسی و یا شاید اعتراضی، که هیچ‌یک از دهانش بیرون نیامد. تسلیم شد. غرید: باشه، به‌درک. مهم نیست. تو هم که برای خودت خدایی می‌کنی!

آه کشید و نگاهی به درِاتاق انداخت که بسته بود. غرور و ترحم با هم در وجودم منتشر شد. اخم‌آلود پرسید: خب، عاقبت چه می‌شه؟ من که نبودم بدانم سرنوشتِ شخصیت‌هات به‌کجا می‌رسه. اقلاً بگو بدانم سرِ آن بیچاره‌ها چه آورده‌ی؟!

لجم گرفت. خیلی بد حرف زد؛ با این حال جوابش را دادم؛ نه با اشتیاق؛ لاقیدانه. بی‌خبر از این‌که دنبالِ بهانه می‌گردد: آخرش چند نفر نقلِ مکان می‌کنن محله‌های دیگه یا میرن شهرهای زیارتی؛ ولی آن‌هایی‌که می‌مانن

زیرِ آوارِ انفجارِ موشک پاره‌پاره می‌شن. دقیقاً یادم نیست، گمانم نوخاص و خانواده‌اش حیاط خودشان را دوباره می‌سازن، البته این مرتبه آپارتمانی!

ناگهان تکان خورد. راست نشست؛ آماده‌ی جهیدن. هراسان چشم به چشمم دوخت: انفجار؟... انفجارِ موشک؟!

: آره خب؛ بعد از گم‌وگور شدنِ حسن‌زردول، بعد از این‌که آن‌قدر سنگ به سرِ هاجر می‌کوبن که می‌میره و بعد از کشیدنِ چهارپایه از زیرِ پای حسین‌آقا و بعد که آقای نکویی، کتاب‌فروشِ محله را قطعه‌قطعه می‌کنن و بعد از این که اسفندیار دچارِ افسردگی می‌شه، تو یک روزِ برفی موشکی می‌افته رو خانه و هرکس که مانده، همه را پودر می‌کنه می‌بره هوا!

آتشِ خشم در چشم‌هایش زبان کشید. نفرت وجودش را ملتهب کرد. نتوانست راحت بنشیند؛ نیم‌خیز شد. با صدایی خفه، ناباورانه، پرسید: همه را پودر می‌کنه می‌بره هوا؟... همه را پودر می‌کنه، به همین راحتی؟

غافل بودم چه عواقبی در انتظارم است؛ هنوز آرام بودم و مطمئن؛ مطمئن به بزرگ بودنم؛ محق بودنم: راهِ دیگه‌ای نبود؛ سرنوشتِ محتوم همه‌ی ما همینه دیگه!

بی‌طاقت شد. دستش را بالا برد و تکان‌تکان داد. فریاد زد: چه می‌گی استاد؛ چه می‌گی پرفسور؟ همه را دادی کشتن و بعد به‌همین راحتی ادعا می‌کنی سرنوشتِ محتومِ همه‌ی ما... سرنوشتِ محتومِ همه‌ی ما اینه؟... این‌جوری اسمِ خودت را می‌ذاری نویسنده؟

می‌دانستم بیشتر از ناکامی خودش می‌سوزد تا از سرنوشتِ دیگران؛ با این‌حال خشونتش قابلِ تحمل نبود؛ بی‌سوادیش هم. اخم کردم: نویسنده نه؛ داستان‌نویس. نویسنده، کلمه‌ای عامه که به هرکس...

نگذاشت حرفم تمام بشود. داد زد: هرچه، نویسنده، داستان‌نویس یا هر خرِ دیگه؛ هیچ‌کدام‌شان نیستی. هیچ‌کدام‌شان نیستی. بی‌خود

نمی‌گم. خوانده‌م؛ با علم و اطلاع می‌گم. این بیست‌سال و یازده‌روز فرصتِ خوبی بود تا همه‌ی نوشته‌هات را مرور کنم. هرچندتا کتاب‌که چاپ کردی، همه‌شان‌را چند مرتبه خوانده‌م؛ درسته چاپ نشده‌ها را ندیده‌م، ولی مطمئنم تو آن‌ها هم همه‌ش بو خون می‌آد، بو فقر و یأس و بدبختی؛ چه رمان‌ها و چه داستان‌های کوتاهت. اصلاً قلمت به سمتِ نابودی می‌چرخه. تو کی داستان‌نویسی، قصابی، آدم‌کشی!

سعی کردم آرام باشم؛ اگرچه کارد به استخوان رسیده بود؛ اگرچه از ناراحتی به صدایم گره افتاده بود: خواهش می‌کنم مواظب حرف زدنت باش. اشتباه نکن، من نیستم که این‌بلاها را سرِ شخصیت‌های داستان‌هام می‌آرم؛ روزگاره؛ به قول تو روزگارِ قصاب. بارها تو مصاحبه‌ها و تو مقالاتم تأکید کرده‌م که هیچ هنرمندی از زشتی لذت نمی‌بره!...

صدایم می‌لرزید، دست‌هایم هم، اگرچه مشت شده، روی زانو مانده بود. او هم سخت به‌هیجان آمده بود؛ عرق می‌ریخت؛ نفس‌نفس می‌زد. مهلت نداد حرفم را تمام کنم: روزگار، روزگار، روزگار. حرفِ مفت می‌زنی. تو شیطانی، می‌خوای گناهت را بندازی گردن این و آن؛ اصلاً صد رحمت به شیطان؛ عزرائیلی. مرگِ مجسمی. مصاحبه‌هات و مقالاتت هم به دردِ خودت می‌خوره!

و با تحکم امر کرد: مرا بِکُش بیرون. نمی‌خوام شخصیتِ داستانت باشم. مرده‌شور خودت و داستانت را ببرد؛ مرا از رمانت بیرون بِکُش!

چشم‌هایش برق زد؛ برقی جنون‌آمیز. من هنوز با همه‌ی توان تلاش می‌کردم خوددار باشم؛ معقولانه جواب بدهم: بیرون کشیدن که ممکن نیست؛ درسته احتمالِ چاپ نداره اما در هرصورت رُمانیه که نوشته شده؛ دنیاییه که به وجود آمده و شکل گرفته؛ نمی‌تونم به‌خاطر تو، دنیای دیگران را هم نابود کنم!

: آن‌هم چه دنیایی!

به ریشخندِ غضب‌آلوده‌اش اهمیت ندادم. اضافه کردم: اما تکلیفت، بله، خوشبختانه رمان هنوز توفیقِ چاپ نداشته؛ می‌شه دست‌کاریش کرد. باید هم تکلیفت را مشخص کنم؛ در غیر این‌صورت رمانِ خودم ناقص می‌مانه!

در حینِ گفتن تصمیم گرفتم به‌نحوی مسخره‌اش کنم: باشه. اصلاً عکسِ نکره‌ای مثل تو را می‌خوام چکار. به‌جای تو، پوسترِیکی از ستاره‌های هالیوود را می‌ذارم؛ عکسِ یک زنِ لوند، که هم جذاب‌تره و هم بی‌دردِ سر...

نگذاشت حرفم تمام شود. با نکِ پا زد کاغذ و قلم و سینی چای که سرد شده بود، همه را پرت کرد سمت من. گوشه و کنارِ اتاق پر شد از شتکِ چایی و شکسته‌های استکان و قندان. به‌همین قانع نشد، خیز برداشت، سیلی محکمی خواباند زیر گوشم. برق از کله‌ام پرید. فراموش کردم کی‌ام، چه سن‌وسالی دارم؛ موقعیتِ اجتماعی‌ام چه هست، حتا وضع جسمانی‌ام را هم ازیاد بردم. من‌هم خیز برداشتم سمتِ قیچی توی قفسه‌ی کتاب‌ها. نه، نه. قیچی توی اتاق من چکار می‌کند؟ به سمتِ کاردِ مخصوصِ بازکردنِ پاکت‌نامه: به‌اندازه‌ی کافی تیز هست؟... مگر این‌طور وسیله‌ای دارم؟...

به‌هرحال، کارد یا چیزی شبیه کارد در دست‌هایم بود؛ از آشپزخانه آمد، یا از هر جایی دیگر؛ گلاویز شدم، سر از پا نشناخته؛ با همه‌ی وجود. به‌قدری آنی و سریع که وقتی به‌خودم آمدم غرقِ خون، نفس‌نفس می‌زدم؛ و او، به‌رعشه‌ی مرگ افتاده بود.

این لحظه قرار بود، مینو بیاید التهابِ اتاق را ببیند و جیغِ سوم را بکشد، رساتر و وحشت‌زده‌تر از هر مرتبه‌ی دیگر؛ اصولاً هم باید همین‌طور باشد. و با همان جیغ بپرسد: چکارش کردی. جوانِ مردم را چکار کردی، دیوانه؟

یا بپرسد: چرا زدیش؟

جواب بدهم؛ من نزدمش که!

: اگه نزدیش پس چاقوی خونی تو دستِ تو چه می‌کنه؟

به دستم نگاه کردم، چاقویی نبود؛ خونی نبود؛ مینو هم فریاد نزده بود؛ هنوز نیامده بود. نمی‌دانستم باید تکان بخورم یا نه، باید به‌خودم بیایم یا نه؟ سرگردانی طولانی نشد. مینو آمد، با لیوانی چای، متعجب پرسید: این‌ها چیه پاره می‌کنی؟ این‌همه کاغذ. نکنه نوشته‌هاته؟ مگه دیوانه شدی؟!

لحنش آرام بود و سرزنش‌آمیز. همان‌موقع واقعاً تکان خوردم، به‌خودم آمدم. کفِ اتاق پُر بود از کاغذپاره؛ پاره‌های سایه‌های ناگزیر؛ چرا پاره کرده‌ام؟!.. چرا پاره کرده‌ام؟!.. اصلاً چرا پاره کنم؟

مینو هراسان سر کشید تو، با صدایی آهسته اما شتاب‌آلود گفت: برس. برس. مردی آمده جلو درِ خانه، آن‌سمتِ کوچه، نمی‌دانم می‌خواد چه بکنه بی‌شرف!

طوری موقع حرف زدن پلک‌هایش را دراند که یعنی این‌قدر ترسیده است که نگو. از پشتِ سرم که می‌آمد، ادامه داد: چشمِ ما روشن، بگیر تحویل، این، اولی‌ش. دلمان خوشه تو محله‌ی اعیان نشینیم. گفتیم خوبه از گند و کثافتِ کوچه پس‌کوچه‌های محله‌های قدیمی راحت شدیم، این‌جا فقط...

به آشپزخانه رسیدیم. کتری هنوز جوش نیامده بود. خیلی هوس چای کردم. شعله‌ی گاز را بالا کشیدم. چشم چرخاندم دنبالِ چای‌دان. روی اُپن نبود؛ توی کابینت و حتا زیر اجاق هم نبود. همیشه این‌طور است؛ هیچ‌وقت جادستِ مریم را پیدا نمی‌کنم. هروقت خانه نباشد عزا می‌گیرم چیزی را که می‌خواهم کجا دنبالش بگردم.

۳۰ مردادماه ۱۳۹۰ ــ ۸ شهریورماه ۱۳۹۰

خواب‌های غمگین

: آه گندت بزنن. هیچ فایده‌ای نداره؛ انگار رفتنیه. بیا جلو، سر بذار رو قلبش. گوش بده!...

رها شدم. تکیه زدم به سیاهی‌ها و یواشکی گوش دادم، بی‌آن‌که دیگر برایم مهم باشد؛ یا فقط گمان کردم مهم نیست. تعدادِ ضربه‌ها بقدری بود که کم‌کم ذهن را هم کِرِخت می‌کرد. صداشان اتاق را پُرکرده بود؛ راهرو را؛ آسانسور را؛ آن پایین، خیابان را و حتا بام را. کافی بود کنارِ پنجره بروم، گوشه‌ی پرده را پس بزنم و ببینم؛ یا گوش به در بچسبانم و بشنوم. نیازی به روشن کردنِ چراغ نبود؛ هرچند زدنِ کلید برق هم نتیجه‌ای نداشت؛ ساعت‌ها بود سراسرِ شهر در تاریکی غوطه می‌زد. تاریکی‌ای که کمک می‌کرد رعب و وحشتِ بیشتری منتشر شود؛ وحشت از سایه‌های پنهان

در این جا و آن جا، از بسته شدنِ راه‌ها؛ و بدتر از همه، از تکرارِ واقعه. مانده بودم چه‌کنم؛ رو به کی ببرم؛ خودم را باخته بودم؛ در گردابی از بی‌پناهی که آرام‌آرام مرا در خودش می‌چرخاند؛ می‌چرخاند و به قعر می‌بُرد. خیال می‌کردم حالاست که از پا بیفتم؛ حالاست که یک‌مرتبه کار تمام بشود. با چشم‌هایی بی‌شک رک‌زده، نه با آرامش، نه با اطمینان که، دزدکی، محتاطانه، طوری که حضورم حس نشود، سر به اطراف می‌چرخاندم؛ سر که نه، فقط حدقه‌ی چشم؛ شاید ببینم، هرگس، حتا یک نفر آشنا، آشنای دور حتا. و بدون‌آن‌که لب باز کنم، ناخواسته، مکرر، جمله‌ای می‌آمد و می‌گذشت: چه بلایی سرم می‌آد؟... چه بلایی سرم می‌آد؟...

همین پرسش، مثل پرده‌ای چند لایه، مثل هاله‌ای متراکم مرا در خودش می‌فشرد؛ نفسم را بند می‌بُرد؛ آن‌قدر که هر لحظه ممکن بود به تقلا بیفتم، تقلای مرگ؛ اما قبل از آن‌که دو سر دایره‌ی نیستی به‌هم بیاید، آمد. آن‌هم چه آمدنی؛ در جلوه‌ای دوگانه. از یک نگاه به‌آنی؛ مثل نسیمی که ناگهان از سمتی ناپیدا بِوَزَد و بی‌درنگ برود به پنهانگاهی دیگر؛ نسیمی که حتا فرصت نکنی نوازشش را رو موهات، رو پوستت حس کنی و بمانی، که آیا بود؟... که آیا وزید؟... یا فقط ساخته‌ی دل‌رحمی‌های خیالت بود معطر، بلند، بیست و پنج‌شش ساله، با موهای چین‌چینِ افشانِ سیاه و صورتِ به‌قاعده پهنِ مهتابی‌رنگ که ناگهان پرده‌ی دورِ افکارت را پاره کرد؛ جلوت ظاهر شد، پیش آمد و دستت را گرفت؛ دستِ یخ‌زده‌ای که انگار به رعشه هم دچار بود. و از منظری دیگر، حضوری مقتدر، موثر، بسیار ژرف؛ که تا اعماقِ جسم و جان رسوخ کند؛ بشود پاره‌ای جدا نشدنی از تنت؛ از خاطراتت.

جینِ آبی پوشیده بود، با مانتویی به همان‌رنگ که از زیرش گوشه‌هایی از بلوز سپیدش پیدا بود. سینه‌به‌سینه‌ام ایستاد. دست‌نوشته‌اش را لوله کرده، به کفِ دستِ دیگرش می‌کوبید و با چشم‌هاش در نگاه‌ام می‌خندید.

چشم‌هاش حسِ نیمه‌شب‌های تابستانی جاده‌ای کوهستانی را داشت خوابیده زیر نورهای متمایل به سرخِ آمیخته به مهتاب، با زوایای تاریکِ وهم‌آور؛ و صدای سکوت‌خوانِ سایشِ لاستیک بر آسفالت.

: این نگاه را می‌شناسم؛ این چشم‌ها را می‌شناسم!...

: چشم؟ فقط چشم‌هام را می‌شناسی؟...

: نه، فقط چشم نه. خودت را؛ خودِ خودت را؟...

: از کجا می‌شناسی... چطوری؟...

: چطوری؟!..

به ذهنم فشار آوردم. رو یادهام هنوز ردی از لایه‌های خاکستر مانده بود؛ لایه‌هایی که همه چیز را دور می‌کرد؛ مبهم می‌کرد؛ شَک می‌انداخت تو دلِ آدم.

: اما این‌که شک نداره دیگه. خودشه؛ خودِ خودش...

: خودِ خودش؟...

خسته شدم. جواب نمی‌آمد. رهاش کردم و به پرسشِ دیگر پرداختم: تا حالا این جور نگاهم کرده بود؟... تا حالا این‌جوری با من حرف زده بود؟... دختری می‌خواند و من گوش می‌دادم. من می‌خواندم و دختری گوش می‌داد. همین و همین.

: پس چطور پیوند خوردیم به هم؟... پس چطور جنسِ کلام‌مان عوض شد؟...

پاسخ نداشتم.

: اصلاً کجا ایستاده‌م؟... چطور بلند شده‌م؟...

سؤال پشتِ سؤال هجوم آورده بود اما نه جوابی و نه فرصتِ چندانی برای جستجو؛ بازبینیِ حالتِ دقایقِ قبل هم اهمیتی نداشت. مهم همین بود که گرمیِ وجودش را حس می‌کردم؛ رایحه‌ی مست‌کننده‌ی نفسش

را بفهمی‌نفهمی؛ آرامشِ عمیقی که ارمغان آورده بود؛ و شوقی که هنوز در لفافه‌ای ضخیم از بُهت دور خودش می‌پیچید. انگار با حضورش تاریکی رنگ باخت؛ صداها کم شد؛ و سکوتی گوارا سخت در تقلا تا سروسینه بساید به در و دیوار، تا سایه بیندازد همه‌جا.

: دیگه داشتم ناامید می‌شدم!

عاقبت بند از پای نفسم باز شد. توانستم حرف بزنم؛ یا فقط خیال کردم حرف زده‌ام. یکی از ابروهای نازکِ کشیده‌اش را بالا بُرد. چشم‌های درشتش پُر از تعجب شد، آمیخته به لطف: ناامید؟!... ناامید از چه پیرمرد؟... خیال می‌کردی نمیام؟...

با پیری یک‌عمر فاصله داشتم؛ اصطلاحی بود که به‌شوخی استفاده می‌کرد. پوستِ بینیِ کوچکش کمی جمع شد؛ لب‌های خوش‌فرمش هم از سرِ مهر: آخی، بمیرم الهی!...

پاسخ که به درازا کشید، سؤالش را تکرار کرد. نجواکنان جواب دادم: می‌ترسیدم واقعه تکرار بشه!

: واقعه!... کدام واقعه؟!...

پسرکی سراسیمه جیغ زد. زنی آمد و گذشت. جوانی از درد به خودش پیچید. آماده شدم شرحِ ماجرا کنم؛ حتا لب هم باز کردم، اما ماندم: کدام واقعه!

ابرو گره زدم؛ انگشت به پیشانی گذاشتم؛ پلک تنگ کردم و چشم دوختم به سقف، به در، و به درونم.

نه. شکل و شمایل از یاد رفته بود. نه فقط جزئیات، کُلِ قضیه هم. فقط تأثیرش مانده بود؛ آنچه در خاطره‌ها رسوب می‌کند و به دیواره‌ی یادها می‌چسبد؛ بی‌آن‌که قابل تشخیص باشد؛ مثل شعله‌های سرکشی که در دورانی دور خاکستر شده باشد.

ناچار، روزنامه را به طرفش درازکردم؛ تکه کاغذِ کهنه‌ای که روش نوشته بودند: مجهول‌الهویه.

عکسی را هم انداخته بودند سیاه-سفید؛ تار؛ آن‌هم رو کاغذِ کاهیِ رنگ‌ِرو رفته؛ طوری که اصلاً نمی‌شد تشخیص‌اش داد. فقط جسمِ مچاله‌ای بود رو آسفالتِ خیابانی، گوشه‌ی کوچه‌ی ماشین‌رویی، شاید هم خارج از شهر، کنارِ جاده. عکاس، هیچ دقت و سلیقه به‌کار نبرده بود؛ نه انتخابِ زاویه‌ی مناسب، نه تلاش برای شفافیتِ تصویر و نه حتا زوم رو چهره، که دستِ‌کم کمکی کند به متن: عکسِ فوق متعلق به مردی است حدوداً پنجاه ساله؛ متوسط‌القامه، با موهای کم‌پشتِ فلفل‌نمکی، پیراهنِ بلندِ سپید، پیژامه‌ی راه‌راهِ طوسی و دمپایی.

همین. دیگر ننوشته بودند کجا پیدا شده، چه اتفاقی براش افتاده و یا چرا عکسش را چاپ کرده‌اند. انگار دل‌شان نیامده بود کلماتِ بیشتری براش هزینه کنند.

خنده از لبش پرید. روزنامه را گرفت. کمی به عکس زل زد؛ کمی به من. زیر و بالاش کرد؛ دور و نزدیکش بُرد؛ از زاویه‌های مختلف نگاه‌اش کرد و بعد پرسش‌گرانه چشم دوخت به چشمم: تویی؟!

جواب دادم: همین. همین دیگه. کمی هم قاطی کرده‌ن؛ هم سن و هم خودِ عکس. لکه‌ها را ببین!

سعی کردم بیشتر توضیح بدهم؛ هیچ یادم نیامد؛ انگار بخش‌هایی از حافظه‌ام را از دست داده بودم؛ انگار محکم به کله‌ام کوبیده بودند؛ طوری که قسمتِ بیشترِ هرچه داخلش بوده بیرون ریخته؛ آثارِ چندانی ازگذشته نمانده باشد.

نفسی که از سینه بیرون داد مثل آه بود؛ یا مرغی که از قفس آزاد شده باشد؛ پَر زد و رفت. شاید متوجه شد از من چیزی دستگیرش نمی‌شود.

خودش دقت کرد بفهمد علتِ مرگ چه بوده؛ تصادف، سکته، و یا...
نتیجه نگرفت.

: آخه از یک جسمِ مچاله‌ی سیاه چه چیزی دستگیرآدم می‌شه جز مرگ؛ جز تنهایی و غربت؟

: او گفت یا من؟... مخاطبش من بودم یا پدر؟...

او هنوز غرقِ عکس بود، با لب‌های به‌هم فشرده؛ و من، بی‌صبرانه فقط در انتظار؛ با نفسی حبس شده. اما تنهایی و غربت، ناخودآگاه به ذهنِ یکی از ما خطور کرده بود؛ طوری که انگار از مدت‌ها پیش، از سال‌های دور، گوشه‌جایی موذیانه پنهان بوده تا این‌وقت، تا این دقیقه، که یکهو همراه با مرگ هجوم بیاورد و تنگ محاصره‌مان کند.

امان نداد حالت‌مان پایدار بماند. از قالبِ دقت بیرون آمد. شاداب و سرزنده، دستم را کشید به سمتِ در، طوری که انگار هیچ کلامی نگفته بودیم؛ هیچ حرکتی نکرده بودیم؛ نه نشستی، نه برخاستی، تعارفی، تصمیمی، و یا حتا این که چقدر از پیاله‌ی زمان کم شد تا راهی شویم.

قدم که بیرون گذاشتیم، آپارتمان هنوز موج می‌زد از ضربه‌ها، از ضجه‌ها. بوی دود می‌آمد؛ و سوختگی. آسانسور کار نمی‌کرد؛ ناچار پله‌ها را در پیش گرفتیم؛ درحالی‌که مرتب چپ‌وراست می‌شدیم، شکم تو می‌بردیم، خودمان را پس می‌کشیدیم، پیش می‌انداختیم، ویراژ می‌دادیم مکرر تا به سیاهی‌های سوگوار ساییده نشویم، پا رو ناله‌ها نگذاریم یا خاطره‌ای را له نکنیم؛ بی‌اعتنا به پسرکی ترسان که سایه‌به‌سایه‌مان می‌آمد.

نفس‌نفس‌زنان، بریده‌بریده لب باز کردم: می‌دانستم می‌آیی عاقبت!

راست می‌گفتم. از مدت‌ها قبل نشانه‌هاش را دریافته بودم؛ رخ نمودنش را گمان برده بودم؛ نه آشکارا، از طریق خواب‌ها که یکهو همه غمگین شده بودند؛ در هر ساعتی از شب یا روز، همین که پلک می‌بستم،

هرچه می‌دیدم، آمیخته به حزن بود؛ حزنی که تا اعماقِ وجود نفوذ می‌کرد؛ طوری قلبم را می‌فشرد که هراسان از جا می‌پریدم؛ خیسِ عرق، چشم می‌دوختم به گذشته‌ام که بی‌وقفه ته‌رنگِ شتاب‌هام را یدک می‌کشید؛ سرگشتگی‌هام را و هراس‌ها.

من می‌گفتم و او فقط گوش می‌داد؛ بی‌آن‌که نگاه‌ام کند؛ تا بیرون، تا کوچه.

کوچه خلوت بود؛ و سکوت، یکباره سنگینی کرد؛ البته آن‌قدر گوارا که نفسی به آرامش کشیدم؛ نگاهی به آسمان انداختم، آبیِ آبی. آن دوردورها، فوجی کبوتر وسعتی را به نرمی می‌چرخیدند؛ و پیشتر، آفتابی به‌رنگِ طلا، از لبه‌ی بام‌های کوتاه‌وبلندِ کاهگلی و آجری پا آویخته بود. رایحه‌ی گیج‌کننده‌ی گُلنمِ آب بر خاک می‌آمد؛ بویِ سبزه‌ی تازه رُسته، و بویِ عید که کشیده می‌شد دنبالِ روزها.

از لای پیراهنِ صورتی‌اش بیرونش کشید. گوشه‌ای، رو پا نشست. دامنِ کوتاهِ زرد با راه‌راه‌های نارنجی پوشیده بود؛ جورابِ سپیدِ ساق‌کوتاه، و کفشِ قرمزِ براقی که بندش دور مچ‌های باریکش حلقه شده بود. هنوز بو نُقل و نان‌شیرینی می‌داد. کاغذ را سرِ زانوش گذاشت و دست کشید به چین‌های احتمالی‌اش. دو برگ از مجله‌ای مصور بود؛ نقاشی‌های رنگی از هواپیمایی که قیروقاچ می‌زد تو آسمانی انباشته از لکه‌های سپیدِ ابر؛ و پایین، خیابان پُر بود از ماشین‌هایی که لایه‌های لوله‌ای شکلِ بخار را به دنبال داشتند؛ زن و مردی عینکی؛ پسری با شلوارک و بلوزی آستین کوتاه و دختربچه‌ای همسنِ خودش که موهای بورش را هم درست مثل او بافته، دو رشته، عینِ طناب‌هایی طلایی رو شانه‌ها و سینه‌اش؛ همه در کادرهای کوچک‌وبزرگِ تقریباً زرد؛ با نوشته‌هایی که نمی‌توانستم بخوانم؛ و همین مشتاقم می‌کرد دقیق‌تر بشوم؛ بیشتر سر بکشم اما جرأت نکنم

خودم را بچسبانم به او، از ترسِ قهرکردن‌هاش.

پرسیدم: چیه؛ این عکس‌ها چه هستن؟

: قصه است؛ یک قصه‌ی خیلی‌خیلی قشنگ. بشین تا برات بخوانم!

منتظر موافقت نماند؛ احتیاجی هم نبود. با صدایی دلنواز، با مکث‌هایی پیاپی، کلمه‌کلمه را به‌سختی خواند و معنا کرد. و من، گاه به تصاویر خیره شدم و گاه به دهانِ کوچکِ او؛ و نگاه‌هایی دزدکی به جثه‌ی ظریفِ کشیده‌اش، به صورتِ سپیدِ باریکش، به پاهای لاغرش که پُرزهای بسیار تُنُکِ طلایی داشت؛ به غروری کودکانه که در همه‌ی حرکاتش موج می‌زد و دلم غَنج زد برای هرچه بیشتر بودنش.

تنهایی دلپذیرمان به درازا نکشید. به فاصله‌ای کوتاه از هم، درِ چوبی دو خانه، یکی، درست روبه‌روی ما، جایی که زانوبه‌زانو نشسته بودیم؛ و دومی کمی بالاتر، قبل از خمِ کوچه، باز شد تا جمع‌مان چهارنفره شود؛ سه پسر و یک دختر؛ و دَم بگیریم: حمامک مورچه داره/ دورو برش کوچه داره...

رهگذرها می‌آمدند و می‌رفتند؛ زن و مرد، پیر و جوان، غرزنان برخی، تشویق‌کنان عده‌ای، و خیلی‌هایی که هیچ اهمیت نمی‌دادند به جیغ‌وویغ‌های کودکانه‌ای که کوچه را انباشته بود.

حیف نماند تا بازی به آخر برسد. رفت تا شوروشوقِ من‌هم فروکش کند؛ بی‌آن‌که از خواندن بمانم؛ از ورجه‌ورجه کردن.

یکی از پسرها غرید: این دختره، شُرور، چیه... چرا این‌قدر افاده‌ایه؟!

دفعه‌ی اولی نبود کسی از او می‌رنجید؛ دختر بزرگ‌تر همسایه‌ی خانه‌ی بغلی‌شان گفته بود: آه، کِرمِ زرد؛ انگار از دماغ فیل افتاده دختره‌ی لوس!...

نمی‌دانستم چطورکسی از دماغ فیل می‌افتد؛ فیل را فقط تو قصه‌ها شنیده بودم؛ اما شک نداشتم آنچه می‌گوید ریشه در دلخوری دارد. مهم نبود کسی از او برنجد یا نه. چه بهتر، رنجش‌ها به نفعِ من بود؛ من می‌شدم تنها

همدمش. درست مثل روزی که بچه‌های محل به بازی نگرفته بودندش. بغض کرده و لب برچیده، درِ چوبی خانه‌ی ما را به‌صدا درآورد. قطره‌ای اشک در چشم‌هاش بود و ابروهای نازکِ طلایی‌اش گره خورده. داخل که آمد، رضایت داد برویم زیرِ درختِ تاکِ پیر، زیلوِ کوچکی کنار باغچه، رو زمینِ آجرفرش پهن کنیم و دور از نگاهِ بزرگترها دکتردکتر بازی کنیم. یک مرتبه من می‌شدم مریض و دراز می‌کشیدم جلوش تا او با فرو کردنِ نرمِ پره‌ای کاه به قسمتی از تنم درمانم کند و دفعه‌ی دیگر او بیمار بود و من گرمِ مداواش؛ آن‌هم زیرِ جیک‌جیک و شاخه‌به‌شاخه پریدن‌ها و سرک کشیدن‌های گنجشک‌های شیطانی که آنی آرام‌مان نمی‌گذاشتند. آن‌هم درست هنگامی که رایحه‌ی معصومانه‌ی کودکی آمیخته بود با بوی غریزه‌ای غریب.

خانه، خالی بود. زیرزمین‌های تاریک با پنجره‌هایی از کاشی‌های سبزِ دالبُر دالبُر، هر سه؛ و اتاق‌های کوچک و بزرگِ روشان، پشتِ درهای بسته، همه نفس در سینه حبس کرده بودند؛ درست مثل هر بار که نوبتِ آمپول زدنِ من می‌شد و نفسم بند می‌رفت از اشتیاق.

سرخوشی دیر نپایید. چوب‌های زهوار دررفته ناله کردند و لولای زنگ‌زده‌ی در به جیروجار افتاد. هیئتی بزرگ، سیاه‌پوش، زنبیل به دست به خیال من، داخل شد. اول فکر کردم مادرم است؛ عزیز، نه بی‌بی؛ نه بزرگ؛ نه یغور. کوتاه، توپُر؛ با سینه‌های برآمده؛ از خرید برگشته؛ از بازار. شاید جوابِ سلامِ ما را بدهد؛ جلو بیاید؛ با حرکتِ دست گنجشک‌ها را ساکت کند؛ حتا به تلافی فضولی‌شان بتاراندشان؛ تو چشم‌های ترسیده از گناه‌مان بخندد و نگاهی بیندازد به سبزه‌ها، به شقایق‌ها، به بابونه‌ها و خاکشیرهای لبه‌ی بام و در نهایت، به آفتابِ زردی که جلو ایوان خوش لمیده بود. لبه‌ی چادر را پس بزند و از داخل زنبیلِ پلاستیکی، آبنباتی، آدامسی، شکلاتی، یا دستِ‌کم دانه‌ای خیار، دانه‌ای زردک، یا هرچه، مهمان‌مان کند. که نکرد؛

که بیرون‌مان کرد؛ با توپ‌وتشر؛ با جیغ‌وداد: تخمِ جن‌های بی‌همه‌کس. حرام‌لقمه‌های!...

صداش کِش آمد و دنبال‌مان راه افتاد.

بیرون، اگرچه دیگر باران نمی‌بارید اما کوچه‌ی خاک‌فرش یکپارچه گِل بود؛ با چاله‌های کوچک‌وبزرگِ آب، که این‌جا و آن‌جا ایجاد شده؛ و برگ‌های زرد و نارنجیِ خیسیده‌ی توت‌ها و تاک‌های خانه‌ها که این سمت، پای دیوارها ریخته بود. قدم که برمی‌داشتیم، خِش‌خِش خُرد شدنِ بعضی برگ‌ها را می‌شنیدیم و چالاپ‌چالاپِ چسبندگی گِل به کفش‌هامان. کمی که رفتیم دامنش را بینِ زانوهاش جمع کرد. رو شیبِ ملایمِ ابتدای بن‌بست چمباتمه زد. دامن، بیشتر از آنچه باید بالا رفته بود. انگشت‌هاش را خم کرد؛ من‌هم؛ تا دست‌هامان قلاب شوند به‌هم. و عقب‌عقب رفتم تا سُر بخورد رو سرازیریِ لیز. او غش‌غش خندید و من گُر گرفتم از تماشا.

هوای ابری کمی سوز داشت؛ همین، راهِ رفت‌وآمدِ همسالان را بسته بود؛ اگرچه هرازگاهی زنی یا مردی از جلو بن‌بست رد می‌شد و نگاهی به ما می‌انداخت؛ اما من سراپا شور بودم؛ خستگی‌ناپذیر. مرتب اصرار می‌کردم بنشیند تا بکشانمش؛ بنشیند تا بکشانمش. بنشیند تا...

خسته که شد، ناراضی، بن‌بست را پشتِ سر گذاشتیم. انحنای کوچه را در پیش گرفتیم. مسافتی بالاتر، تو محوطه‌ی وسیعی که کوچه‌های پُر پیچ‌وخمِ متعدد را انشعاب می‌داد، شیر جگری‌رنگِ آب بود که برخلاف همیشه هیچ زنی کنارش ظرف نمی‌شست، رَخت نمی‌شست و یا سطل‌سطل آب نمی‌بُرد خانه‌اش. شاد و خندان دست‌هامان را شستیم؛ کفش‌های گِلی را هم؛ بی‌اعتنا به سردی آب که نیش می‌زد به پوست؛ و بی‌اهمیت به سرما که نُکِ دماغ و رو گونه‌هامان را سرخ کرده بود؛ تا سروکله‌ی (ابوقداره) پیدا شد، بزن‌بهادرترین لاتِ محله، با ردِ متعددِ

چاقو و خالکوبی‌های رو صورت، رو گردن، سینه، بازوها و حتا مچِ دستش. نزدیک که شد، سیگار را کنج لب گذاشت. خم شد. پنجه‌ی تیره‌اش را زیر آب گرفت. نگاهی به شتک‌های گِلِ رو ساق‌های باریکِ او انداخت و غضبناک در نگاهِ ترسیده‌ی من خندید. لب که جنباند، سیگارش لرزید. غرید: توله‌سگ، خوب دید می‌زنی برا خودت به بهانه‌ی بازی ها؛ خیال کردی هیشکی نمی‌بینه؟...

و یکهو رو سرم ترکید: ها؟...

ضربه‌ی صداش پرتم کرد به عقب. ترس و بُهت به‌هم آمیخت و پرسشی که مثل برق آمد در وجودم نشست: کی از جلوِ بن‌بست رد شده بود!؟..

فرصتِ سرافکندگیِ بیشتر نداد. منتظر جواب هم نماند. با دستِ آبچکانش به پسِ کله‌ام کوبید. صداش نرم شد و در گوشم نشست: بی‌خیال، خوش باش قُزمیتِ مُردنی!

راست می‌گفت؛ خیلی لاغر بودم؛ به همین قدوقواره‌ی تو؛ دور از جانِ مادرت. یادم نیست سیگارِ خیسِ پرت شده داخلِ حوضِ کوتاهِ سیمانی را برداشت یا نه؛ اما وقتی می‌رفت، حریصانه، خشمگین و با حقارتی که به جانم ریخته بود، پیکرِ زمخت و شانه‌های پهنش را می‌پاییدم که مرا در حسرتِ بزرگ‌شدن می‌نشاند؛ در حسرتِ قوی‌شدن. بدون‌شک اگر قوی بودم نمی‌گذاشتم کسی به پسِ کله‌ام بکوبد؛ سرم غر بزنند و بدتر از همه، بیاید او را درست مقابل چشم‌های متعجبم ببرد؛ هرچند آمد، جوان، میان‌بالا، موسیاه، با لب‌هایی کلفت زیرِ سبیلی قیطانی؛ سر و صورتی صفا داده؛ با کت‌وشلواری نو؛ مردی آشنا. لُپِ مرا نوازش کرد و دستِ او را گرفت بُرد. جرأتِ اعتراض نداشتم. خشکم زده بود. حیرت‌زده که چه راحت همراه‌اش می‌رفت؛ بی‌کمترین گلایه‌ای؛ حتا سر برگرداند مرا ببیند؛ منی که مهربان‌ترین همبازی‌اش بودم؛ منی که یک‌دفعه تنها مانده بودم؛ تُهی شده بودم.

از نظر که دور شدند، بغضم ترکید. هراسان، نفس‌نفس‌زنان خودم را به انتهای بن‌بست رساندم؛ به دلِ سکوتِ نمناکی که نگران نشسته بود. کوبه‌ی آهنی را به طوقه‌ی زیرش کوبیدم، پشتِ سرِ هم و پُرتوان؛ توانی که اندازه‌ی دست‌های کوچکِ من بود. و فریاد زدم: خاله مریم. خاله مریم. خاله مریم!...

پا پس کشیدم. به روزنه‌ی وسطِ دیوارِ بلندِ کاهگلی چشم دوختم و فریاد زدم. دوباره درکوبیدم. سراپا ترس. یکپارچه خبر؛ یکپارچه هیاهو؛ آن‌قدر تا عاقبت آمد؛ با صورتِ گِردِ سرخ‌وسفیدش؛ با قدِ کوتاهِ گوشت‌آلودش؛ هن‌هن‌کنان؛ و با اعتراضِ مادرانه‌ای که درکلامش موج می‌زد. امان ندادم. بریده بریده، اشک‌ریزان شرحِ ماجرا کردم: خاله‌جان، بُردن. سُرور را بردن خاله‌جان!...

خنده‌ای مهربانانه به لب نشاند: کجا دیدی‌شان... سرِکوچه؟

منتظر جواب نماند. مچم را گرفت، بُرد داخلِ حیاط. گفت: آمده بودن دامادسلام!

گفت: همین‌جا باش تا برگردم!

رو سکوِ یکی از تاق‌نماها نشستم، نه‌که از هق‌هق بمانم، از شور و شتاب هم؛ تا او بالا رفت از راه‌پله‌ی باریکِ گچکاری شده؛ از سنگ‌های بزرگِ خاکستری رنگ. داخل مهتابی پیچید. در سبزِ چوبی با شیشه‌های چهارگوش را بازکرد. رفت تو و بلافاصله برگشت. مشتش بزرگ شده بود. من هنوز زار می‌زدم: بُردن. خاله مریم، سُرور را بردن!...

مشت را خالی کرد داخلِ جیبم؛ سه‌چهار دانه نان‌شیرینی بود، و مقداری نُقلِ بیدمشکی. دست رو سرم کشید. دلداری‌ام داد: عزیزکم ناراحت نباش. نبردنش که. مگه کسی می‌توانه به‌زور ببردش؟ خودش رفته، خودمان دادیم ببرن. مگه دیشب با مامانت نیامدی عروسی‌ش؟!...

عزیز قهر و اخمش با بابام را فراموش کرده بود و وسطِ معرکه غوغا می‌کرد. پیراهنی بلند از تورِ سیاه با پولک‌های براقِ نقره‌ای پوشیده و موهای همیشه کوتاهِ چتری‌اش را رگه‌رگه رنگ‌های گوناگون زده بود. بینِ حلقه‌ی رقصندگان به تنهایی پا می‌کوبید، دست می‌افشاند، دستمال می‌چرخاند و تندتند سینه‌ی بزرگش را می‌لرزاند. طلاهاش و قطره‌های درشتِ عرقِ رو صورت و گردنش همه زیرِ نورِ چراغ‌ها برق می‌زدند. زن و مرد شده بودند تماشاچیِ او. گیج شدم. بی‌آن‌که از گریه بمانم پرسیدم: عروسی‌ش... خودتان دادین!...

: آره عزیزم. تو هنوز این چیزها حالی‌ت نیست، تو هنوز بچه‌ای طفلکم!

صدای نرمش را در گوشِ جانم ریخت. انگشت‌های گرمش را به گونه‌هام کشید. خواست آرام بگیرم، دلتنگی نکنم، اشک نریزم. مرتب صدام کرد.

با نوازش‌هاش بیدار شدم. قبلِ آن‌که پلک بازکنم، خیال کردم هنوز خاله مریم است؛ یا مادر. خیال کردم مادرکنارم نشسته؛ خم شده، طوری که موهای سیاهِ بلندِ چین‌چینش چهار طرفِ سر و صورتم، رو بالش و پتو ریخته؛ صورتِ به‌قاعده پهنِ مهتابی‌رنگش را نزدیکِ صورتم آورده و با چشم‌های درشتِ زیرِ ابروهای نازکِ کشیده‌اش، خیره‌ام شده است. انگشت‌های بلندِ نرمش را رو گونه‌هام، زیر پلک‌هام می‌کشد و عطر نفسش را، کلمه‌های گواراش را رو وجودم می‌ریزد؛ رو جثه‌ی ریزه‌ی غرقه در غمم تا آرامم کند؛ تا دلداری‌ام دهد. و من، بی‌آن‌که از هق‌هق بمانم، زل‌زده‌ام به او که کم‌کم پس کشیده می‌شود؛ پس و پس‌تر؛ تا به کنجِ اتاقِ دو دری برسد، نزدیکِ لنگه‌ای از درِ چوبیِ قطورِ قهوه‌ای‌رنگ که بازشده است رو به حیاطِ آجرفرش؛ رو به حوضِ آبیِ مواج با تلاطم‌های ریز و ماهی‌های سرخ و سیاهِ متعددش؛ و رو به آسمانی آبی‌تر، با لکه‌های کوچک‌وبزرگِ ابر در دوردست. پس‌پس می‌رود تا عوض شود؛ بشود عزیز؛ عزیزِ قد کوتاه؛ بنشیند رو قالیِ

زمینه‌سرخِ پُرز بلند با نقش‌ونگارهای تنیده در هم. تکیه بدهد به کومه‌ی رختخواب‌های پیچیده در موجی رنگارنگ. و گیوه را سرِ زانوش بگذارد. یک دست به آن و با دستِ دیگر مکرر دلیوان را از بیرون، از لابه‌لای بافته‌های ریزی که دیواره‌ای را شکل داده‌اند فرو ببرد و از داخلش بیرون بکشد؛ فرو ببرد و بیرون بکشد. همراهِ با صدای کشیده شدنِ نخ و همراه با قد کشیدنِ تدریجیِ دیواره، نرم‌نرم مویه‌کند؛ دقیقاً مثل مادر؛ مویه‌ای دلگیر، همراه با آه‌هایی هرازگاهی؛ همراه با قطره‌های اشکی شاید، برای از دست دادنِ برادرِ جوان‌مرگش انگار؛ برای قوم و خویش‌هاش که ازشان دور مانده گویا؛ و شاید برای جوانی و زیبایی زنی کوتاه که آرام‌آرام، بی‌حاصل، بی‌حاصلِ بی‌حاصل که نه، کم عیش‌ونوش‌تر از آنچه می‌خواهد، از دست می‌رود؛ و یا زنی بلند، عاشق و قانع که ناخواسته، در خانه‌ای خاموش فنا می‌شود.

اما پلک که بازکردم، هیچ کدام نبودند؛ بچه هم نبودم. اولین چیزی که دیدم شلوارِ جینش بود؛ قالبِ زانوهای کلفت. لبه‌ی تختم نشسته بود و دست به صورتم می‌کشید. صدام می‌کرد. هشیاری‌ام را که دید، پرسید: چته پیرمرد؟ چرا این‌قدر بیقراری می‌کنی؟... خواب می‌دیدی؟

: خواب می‌دیدم؟!.. خوابیده بودم؟!.. کی؟!.. مگه نرفتیم بیرون؟...

نپرسیدم. نگفتم. فقط از ذهنم گذشت. خیسِ اشک. خواستم بگویم: گفتم که، خواب‌هام همه غمگین شده‌ن؛ مدت‌هاست!

مدت‌ها بود پدر می‌آمد از راهی دور؛ از جایی ناشناخته؛ انگار غبارآلود، خسته؛ با قیافه‌ای گرفته، نه اخم‌آلود که؛ هیچ‌وقت اخمش را ندیدم؛ هیچ‌وقت توپ‌وتشرش را نشنیدم. می‌گفت: غم‌وغصه‌هایی که برات گذاشتم، با این‌همه محرومیت که خودتم گرفتارشی، بسه. دیگه انصاف نیست غرولند بکنم. آخه مگه من چه کردم تو زندگی‌م برا تو؟...

می‌آمد می‌رفت در قالبِ من. می‌شدم او؛ می‌رفتم تو خاطراتش.

می‌شدم قهرمانِ ماجراهاش. ماجراهایی که هیچ‌کدام سرانجامِ خوشی نداشت. خواستم بگویم: تنها تفاوتِ من و پدر این بود که او زن‌بابا داشت و من نداشتم!

خواستم ماجرای سوختنِ لُمَبرش را بگویم با کفگیرِ داغ؛ و داغ‌ودرفش‌های بی‌شمارِ دیگری که یک‌عمر تحمل کرد؛ اما حیفم آمد دلش را به‌درد بیاورم؛ خصوصاً با صفیرهایی پیاپی که هنوز به گوش می‌رسید؛ با ضجه و فریادی که همه‌جا را پُرکرده بود؛ و بو سوختگی و خون و مرگ؛ آن‌هم در تاریکیِ چسبناکی که چهره‌مان را، قواره‌مان را در وّهم می‌نشاند. باید به‌جای کمک به انتشارِ بیشترِ درد و رنج، کاری می‌کردم دستِ‌کم شاد جلوه کنیم؛ اما با چه؟... چطوری؟...

به فکرم رسید اسمش را بپرسم؛ شاید جوابش شادی به ارمغان بیاورد؛ شادی‌ای آشکار، عمیق و ماندنی. چه جواب می‌داد؟...

شاید که نه، حتماً می‌گفت: س... س... س....

(س)ها سرِ زبانم آمدند و گیر کردند؛ در مغزم شروع کردند به رژه رفتن. سُرور که نبود، مطمئنم؛ هرچند دیگر هیچ‌وقت ندیدمش؛ ندانستم کجا بردندش؛ چه به سرش آمد؛ اما اگر به‌فرضِ محال هم می‌دیدمش، بدون‌شک در همان نگاهِ اول می‌شناختمش؛ در هر قدوقالبی که بود و به هر شکلی؛ دخترکی که ناگهان از کوچه‌های کودکی‌ام پَر زده، رفته بود. اما این، سرور نبود. اسمِ مستعاری که با س شروع شده باشد هم نبود. سِ خالی هم که نمی‌شد باشد؛ شاید سوسنی، سیمینی، سنوبری، صنم‌بری، سیمایی، سیمایی، سی....

: سیماخانم، سیماجان!...

صدای زنِ همسایه می‌آمد، از پشتِ تیغه‌ی نازکِ بینِ دو حیاط. دستش را هم بالا گرفته بود تا کاسه‌ی چینیِ گُلسرخی پیدا باشد، خالی:

سـیماجان، دخـتـر گلـم نـذرت قبـول؛ خـدا قبـول کنـه انشـاالله!

آشِ رشته‌ی نـذری؛ خوشـمـزه‌تریـن غـذایـی کـه دوسـت داشـتم؛ خصوصاً وقتـی کـه رشـته‌های بلـند را بیـن لب‌هـام می‌گذاشـتم و بـا هورتـی ممتـد بـالا می‌کشـیدم؛ مـارِ زردِ باریکـی بـود کـه یـواش یـواش بـه لانـه‌اش می‌رفت.

کاسـه کـه گرفتـه شـد، زنِ همسـایـه گفـت: نیفـته. قبـول بـاشـه. انشـاالله هرچـه زودتـر خبـرای خـوش بشـنوی؛ راحـت بشـی بـه امیـدِ خـدا!

جوابـش آهی سـرد بـود کـه از سیـنه بیـرون آمـد؛ همـراه بـا قطـره‌ای اشـک شـاید کـه بـه آنی بیـرون پریـد و رو گونـه لغزیـد؛ و صـدای بغض‌آلـودی کـه همـراه بـا بـوِ سـوختگی جـواب داد: کـی؟... کـی دیـگه صغرا‌خانـم‌جان فدات‌شـم؟ بـه خـدا جان‌به‌لب شـده‌م؛ دیـگه دارم دق‌مـرگ می‌شـم. شـب و روز یـک چشـمم اشـکه و یـک چشـمم خـون؛ ولـی مگـه خلاصـی دارم؛ ولـی مگـه چـاره دارم. از ناچـاری پنـاه بـرده‌م بـه صاحبِ نـذر؛ مگـه خـودش گـره از‌کارش بـاز بکنـه!

جیـنِ آبـی پوشـیده بـود، بـا پیراهنِ سـفیدِ یقه‌مردانـه کـه تـا نزدیکی‌هـای رانـش کشـیده می‌شـد. رایحـه‌ی مادرانگـی‌اش در جانـم می‌نشسـت. جـواب شـنید: حـق داری سیماجـان. دخـترم، گُلـم، حـق داری. مـرد، چـراغِ خانـه‌سـت؛ سـتونِ خانـه‌سـت. دور از جـان، خـراب بشـه خانـه‌ای کـه مـرد تـوش نبـاشـه. مـردِ تـو هـم برمی‌گـرده سـر خانه‌زندگی‌ش. درسـت می‌شـه به‌خـدا. مـن دلـم روشـنه. ولـی یـک چیـزی می‌گم نـاراحـت نشـی هـا؛ می‌دانـی کـه خیـلی دوسـتت دارم؛ یعنـی مثـل بچـه‌ی خـودم...

بچـه کـه گفـت، حرفـش نـاتمـام مانـد؛ بغـض کـرد؛ بعـد بـا صدایـی گـره‌دار ادامـه داد: اگـه چیـزی می‌گم از راهِ دلسـوزیه، خودتـان هـم بی‌تقصیر نیسـتین. آخـه چپ‌و‌راسـت، هرکـی از راه می‌رسـه را راه می‌دیـن خانـه کـه چـه؟... همـه کـه خـوب نیسـتن؛ همـه کـه محـرم نیسـتن!

دوبـاره آه، دوبـاره سـوز؛ و جوابـی کـه بیشـتر شبیـه نالـه بـود: چـه بگـم والله

فدات شم، شوهرمه و رفیق‌هاش؛ به قولِ خودش مهمان‌های عالی‌قدر!
: خب، یک مرتبه، دو مرتبه؛ آدم چند مرتبه باید سرش به سنگ بخوره تا به خودش بیاد؟

و صداش آمیخته به تمسخر شد: مهمان‌های عالی‌قدر!...

مکث کرد.

مکث کردم. اگر بپرسم چه؟... قهر نمی‌کند؟... اخم نمی‌کند؟... گلایه که: چه زود همه‌چیز را فراموش کردی؛ چه شد آن‌همه دلدادگی؛ چه شد آن‌همه انتظار. داستان‌ها هیچ، حتا یک اسمِ ناقابل هم یادت نماند پیرمرد؟

دلدادگی و انتظار را بروز نداده بودم، مطمئنم. به اسم هم اصلاً فکر نکرده بودم، اگرچه مدام دیده بودمش در همه‌ی عمر؛ آن قد و بالای رعنا، کمرِ باریک، پوستِ مهتابی‌رنگ، گردنی که آن‌قدر لطیف بود آدم هوس می‌کرد گازش بگیرد، مثل دراکولا؛ دراکولا که یادت هست، با هم رفتیم سینما؟... آن رایحه‌ی مست‌کننده‌ی دایمی که از سراسر وجودش منتشر می‌شد؛ صداش که انگار سروشی غیبی بود؛ و نگاه‌اش انسان را لُخت می‌کرد؛ شناور در اقیانوسی از لطف، از مهر، از زیباییِ جاودانه. جا برای پرسیدن نمی‌ماند. تازه، هرچه صداش می‌کردم، کمش بود. چه اسمی می‌توانست این همه حُسن را یکجا داشته باشد؟...

نپرسیدم؛ بیشتر از ترسِ رنجانیدنش. قناعت کردم به سیما؛ جز سیما چه می‌توانست باشد؟... دوباره از خاطرم گذشت بگویم: می‌دانستم می‌آیی عاقبت!

بگویم: از مدت‌ها قبل نشانه‌هات را دیده بودم؛ رخ نمودنت را گمان برده بودم؛ نه آشکارا که، از طریق خواب‌هام؛ همه‌شان یکهو غمگین شده بودن!

بگویم تا برقِ دندان‌های ریزِ سپیدش در سرابِ نگاه‌ام بچکد؛ تا

چشم‌های افسونگرش دستپاچه‌ام کنند. قسم بخورم: راست می‌گم به جانِ خودت!

"به جانِ خودت" را لرزان بگویم. نمی‌دانم لب بگزم یا نه، اما دلم فرو بریزد: نکنه دروغ گفته باشم؟... چرا قسم خوردم؟!...

هرچند آن‌قدر زیباست که راست و دروغم را اهمیت ندهد؛ پنجه‌ام را بفشارد و قهقهه سر بدهد. خنده‌ای ریز و سرشار از شعف؛ بی‌اعتنا به رهگذرِ پیرِ ژولیده‌مویِ ژولیده‌رو که ابروهای پُرپشتِ بلندش را گره می‌زند و منزجر نگاه‌مان می‌کند؛ غرزنان، دور گرفته از ما، از کناری می‌گذرد. و همین، توپ خنده‌ی مرا هم می‌ترکاند. کوچه ناگهان سرشار می‌شود از غش‌غشِ شادی. شادی‌ای که پرده‌های متعددِ بُهت را پیاپی پاره می‌کند.

نه، نگفتم، لام‌تاکام؛ هیچ؛ اصلاً لب نترکاندم چون دیگر نباید وقت را هدر می‌دادم؛ از وحشتِ تکرارِ آنچه پیشتر واقع شده بود. پایین هم که رفتیم، در کوچه‌پس‌کوچه‌های پدر نماندم تا خاطره‌ی سُرور تکرار نشود؛ تا یادِ بی‌بی‌اش نیاید یا عزیزش؛ یکراست به خیابان پیچیدم؛ بینِ تراکمِ ماشین‌ها، رفت‌وآمدها، سر و صداها؛ و مردمی که پیاده‌روها را اِشغال کرده بودند. مغازه‌دارها چراغ‌های متعددِ پُرنورشان را روشن کرده بودند؛ همین‌طور تابلوهای نئونِ رنگارنگِ اغلب چشمک‌زن را. گفتگوها، خنده‌ها، سروکله‌زدن‌های فروشندگان و خریداران، دعوت به دیدار و انواع تبلیغاتِ مختلف با نورهای متنوع، همه به‌هم آمیخته بود. خیابان موج می‌زد از ازدحامی لذتبخش. و ما، در آن هیاهویِ خوشبخت پیش می‌رفتیم؛ همگام با هم؛ چسبیده به‌هم. طوری هماهنگ با من قدم برمی‌داشت که در همه‌حال بخشی از بدنِ ظریفش به بازو، به سینه و هرازگاه به قسمتِ بالاتر از زانوم تکیه داشته باشد؛ آن‌هم با تنی که هُرمِ جاده‌های تابستانی را داشت؛ هُرمی گَشَنده. و با پچ‌پچه‌هایی رویاگونه، که گرمی نفسش لاله‌ی

گوشم را نوازش کند.

هنوز تا موقع شام خیلی مانده بود. از کافه‌ای مملو از جمعیت، دو بستی قیفی گرفتیم تا لیس‌زنان به گردش ادامه بدهیم؛ خصوصاً برای دید زدنِ نُکِ زبانِ کوچکِ صورتی‌رنگش که دم‌به‌دم به سفیدی ساییده می‌شد. این بار بازو حلقه کرده بودیم و بلند می‌گفتیم. کسی به ریزخندهای گه‌گاهیِ ما اعتنایی نداشت؛ همان‌طور که ما، شاید هم فقط من، اهمیتی به هیچ تنابنده‌ای نمی‌دادم؛ به جهانی اگر سراپا خشم.

هوای خوشِ نیمه‌های بهار به‌وجدمان آورده بود؛ بخصوص که قرصِ کاملِ ماه؛ هرچندقدم نورِ نقره‌ای خنک‌کننده‌اش را از لابه‌لای شاخه‌وبرگِ بیدها و چنارهای سر به آسمان ساییده عبور می‌داد و بر سطحِ خیابان، به کفِ پیاده‌رو و زیرِ پای مردم می‌ریخت. آن‌به‌آن عطری، ادوکلنی، بوِ سیگاری، دودِ جگرکی‌ای، روغنِ سرخ‌کرده‌ای همراه می‌شد با آهنگ‌هایی شاد که از بلندگوِ ماشین‌های گذرا و از داخل مغازه‌ها بیرون می‌ریخت. برخی آهنگ‌ها طوری مجذوبش می‌کرد که گاهی تکه‌ای‌شان را عیناً، البته آهسته، زیرِ گوشم نجوا کند؛ قروغمزه به چشم‌وابرو بدهد؛ افسونگرانه شکلک درآورد و تندتند حلقه‌ی دستِ ظریفش را تنگ‌تر کند؛ طوری که سینه به بازویم بساید و ریزخندش را سر بدهد.

مسافتی که رفتیم، به پارک رسیدیم. سیاهی درخت‌ها بقدری بالا کشیده بودند تا سر و گردن‌شان زیرِ آبشارِ ماه نقره‌ای بشود؛ و با هر وزشِ ملایمی، شاخه‌هاشان خم‌وراست می‌شد تا از فاصله‌هایی که بین‌شان به وجود می‌آمد؛ چراغ‌ها چشمک بزنند. آن‌دوردورها، رو تپه‌ی کوتاهی انگار، سرخی آتشی بینِ سیاهی‌ها سعی می‌کرد خودش را به رخم بکشد که اهمیت ندادم. نه به آتش و نه به جوان‌بچه‌ای که بی‌وقفه کوچک و بزرگ می‌شد؛ پیدا و پنهان می‌شد؛ بی‌آن‌که غیر ببینندش.

رو نیمکتی از سنگ نشستم؛ او هم، بعد از آن‌که دامنِ مانتوِ آبی‌اش را جمع کرد؛ زانو شلوارِ جینش را پایین کشید تا ساقِ پاش پیدا نباشد. چای خوردیم. چیپس گرفتیم. نیم‌نگاه‌های انداختیم به رفت‌وآمدِ زوج‌های جوان. اخم کردیم به گداهای سمجی‌که یک‌ریز دوروبرمان می‌پلکیدند. اهمیت ندادیم به پسرکی که یکی از روزنامه‌هاش را گرفته بود سرِ دست و مکرر داد می‌زد. در عوض زل زدیم به پیرمردی تنها، با سر و ریشِ یکپارچه سپید که بی‌وقفه با مخاطبِ خیالی‌اش حرف می‌زد؛ سر و دست تکان می‌داد؛ تهدیدش می‌کرد؛ تشویقش می‌کرد؛ نصیحت. دل براش سوزاندیم. یواشکی به حرکاتش خندیدیم. از فیلمی که گویا شبِ قبل دیده بودیم و یک صحنه‌اش با آنچه می‌دیدیم شبیه بود حرف زدیم. بعد، از سفری که انگار رفته بودیم شمال یا جنوب؟... شمال شاید، طبقِ نشانی‌هایی که می‌داد. حاشیه‌ی جنگل، شیفته‌ی آن‌همه درخت، بیمِ گم شدن از طرفی و لذتِ ماجراجویی از طرفِ دیگر. رفتنِ لبِ دریا و زل زدنِ به تلاطمِ آب. وسوسه‌ی تن‌دادن به موج‌های پابوس؛ زیرِ چترِ داغِ تابستان. آیا عاقبت به دلِ جنگل هم زده بودیم؟... آیا لابه‌لای تنه‌ی قطورِ درخت‌ها، مخفی هم شده بودیم؟... زیرِ قارقارِ بی‌امانِ کلاغ‌ها؛ زیرِ جیغ‌های گوشخراشِ پرنده‌های ناشناخته؛ زیرِ زمزمه‌ی مرموزِ برگ‌ها؛ و سکوتی که همه‌ی صداها را در خودش تحلیل می‌بُرد؛ طوری که در نهایت به‌جان می‌آمدیم؛ یکدیگر را صدا می‌کردیم؛ صدا می‌کردیم، صدا...

تأخیرکه می‌افتاد خیال‌های ناجور هجوم می‌آورد. هراسان می‌شدیم؛ التماس می‌کردیم؛ قسم می‌دادیم: خودت را نشان بده... جانِ من خودت را نشان بده. زَهرَه‌م می‌ترکه ها. جانِ من!...

پوستِ بازوش را نشان داد و گفت: خوب برنزه نشدم!

لب برچید. بین قهر و آشتی، اصرارکرد: یک دفعه‌ی دیگه باید بریم ها؛

اصلاً هر سال باید بریم لبِ دریا!

: چشم؛ چشم فدات شوم!

هرچه می‌خواست به دیده‌ی منت می‌پذیرفتم، هرچه می‌گفت با دل و جان می‌شنیدم تا احساسِ گرسنگی‌اش، که راهی رستوران‌مان کرد.

نیمه‌های شب، به آپارتمان برگشتیم؛ خوشحال از گردشی بی‌نظیر. سرشار از لذتِ همدمیِ بی‌سابقه. غرقه در آرامشی رویایی. لباس عوض کردیم. کمی رو مبل ولو شدیم. به قفسه‌های کتاب زل زدیم. حتا من بلند شدم نزدیکِ میز تحریرم رفتم. دستی رو نوشته‌هام کشیدم؛ دستی به سر و گوشِ کامپیوتر. وسوسه‌ی تایپِ همین دقایق می‌رفت بنشاندم پشتِ میز که سوتِ کوتاه و ظریفش را شنیدم. نزدیکِ دیوار ایستاده بود؛ رو به قابِ بزرگِ زنی به‌تمام آراسته، غرق در تورهای سپید مرواری‌دوزی شده؛ کنارِ مردی با پیراهنِ سپید و کت‌وشلوارِ سیاه، شیک. سر انگشتِ کشیده‌اش دوسه ضربه به قاب زد که معنی‌اش را دقیقاً نفهمیدم. شاید می‌خواست بپرسد: عکسِ شبِ عروسی ماست؟... این منم؟... این تویی؟.... یا صبر کن ببینم... نکنه پدر و مادرت‌ان؟...

و به هلهله‌ی سیاهی که قاب را احاطه کرده بود اشاره کند؛ اما برقِ چشم‌هاش اجازه‌ی تعمق نداد؛ خصوصاً گوشه‌خندِ لب‌های شعله‌ورکننده‌اش که میله‌های سینه را پاره می‌کرد. تن به اشتیاقِ سوزاننده‌ی سیری‌ناپذیر جوانی دادیم. تراشه‌های وّهم را از خود تکاندیم و همین‌طور ذراتِ شکننده‌ی حصارِ ظریفی که فاصله انداخته بود بین‌مان. به آغوش ململ و ساتن و مخمل خزیدیم. رایحه‌ی عطر او و بو تندِ ادوکلنِ من به‌هم آمیخت. سکوتِ سرخِ اتاق شاهدِ زمزمه‌ها شد. شاهدِ داغ و داغ‌تر شدنِ هوا؛ و گاه‌خنده‌های او البته.

هنوز چنگ به نرم‌صخره‌ها می‌زدیم، نفس‌زنان، خیسِ عرق، در راهِ قله

بودیم که تقه‌ای به در خورد. ناگهان از رفتن ماندیم. گوش دادیم به امیدِ این‌که اشتباه شنیده باشیم. شاید صدا از آپارتمانِ مجاور باشد؛ شاید از پایین، تو خیابانِ شب؛ شاید رو بام، که فاصله‌ی چندانی نداشت با ما؛ و یا از هر جای دیگری جز درِ اتاق؛ اتاقی که گمان می‌کردیم امن است.

ضربه تکرار شد. اشتباهی در کار نبود؛ این را ضرباتِ بعدی گفت بلندتر و با مکثِ کمتر؛ آن به‌آن هم شدت گرفت؛ آن‌قدر که مجال نداد بپرسیم؛ کاملاً بپوشیم؛ یا دستِ‌کم به فکر چاره باشیم موقعِ مقابله. در که باز شد، آمد تو، به قامتِ من؛ اگرچه هر جا که می‌رفت صورتش در تاریکی می‌ماند اما بقدری آشنایی پراکند که هیچ واکنشی نداشته باشم. به آنی دستش را گرفت تا از رختخواب جدا شود؛ پشتِ سرش کشیده شود؛ با او برود؛ درحالی‌که سعی می‌کرد با دستِ دیگرش که آزاد بود، جای‌جایی از جلو پیراهنِ بلند توری‌اش را بگیرد و به‌هم بیاورد. کبوتر سپیدی بود پرپرزنان که دنبالِ شاهینی می‌رفت؛ بی‌اعتنا به من. من که نه، مجسمه‌ی دربانی با لباسِ زیر. همچنان دستگیره به دست، جلو در ایستاده بودم. دربانی که زمان را فراموش کرده بود؛ مکان را فراموش کرده بود؛ حتا خودش را؛ تا دقایقی طولانی؛ تا ساعاتی ممتد؛ تا زمانی که پاهاش از خستگی به مورمور بیفتد؛ کم‌کم به خودش بیاید؛ گیج‌وگنگ نگاهِ سرگردانش را به اطراف بدواند؛ به اتاقی که یکهو خلوت شده باشد؛ خالی شده باشد؛ دلگیر؛ مثل پیکری که گوشه‌ای‌اش را کنده باشند؛ خلأیی دَرَش ایجاد کرده باشند. و به سکوت گوش بدهد؛ سکوتی آواره که زیر سقف شروع به چرخیدن کرده بود؛ شروع به تنیدنِ تورِ بُهت؛ و پرسشی که موریانه‌وار، آرام‌آرام به مغز یورش می‌آورد: چرا جلوش را نگرفتم؟... چرا هیچ کاری نکردم؟... چرا؟...

یک‌مرتبه به خودم آمدم. به سمتِ پنجره یورش بردم. پرده را کنار زدم. آن پایین، پایین‌تنه‌اش تقریباً رو زمین کشیده می‌شد. چادرش افتاده بود

دورِ کمرش و به دست و پاهاش می‌پیچید. سروسینه‌اش بیرون افتاده بود؛ همین‌طور قسمت‌هایی از پیراهنِ سیاه با گل‌های سرخِ درشت و پیژامه‌ی کبودش با ستاره‌های ریزِ سفید. مرتب جیغ می‌زد و سعی می‌کرد موهای کوتاهِ رنگ‌شده‌اش را از چنگِ زن بیرون بکشد. زن، قوی‌تر بود؛ بلندتر؛ خشمگین و فحاش با کلماتی مثل هرزه؛ مثل کوفتی؛ مثل شوهردزد؛ آکله گرفته و خیلی دیگر از این دست؛ بی‌آن‌که از لگد زدن بماند؛ از لنگه کفش کوبیدن به سر و بدنِ عزیز. عزیزی که درد می‌کشید؛ عزیزی که جیغ می‌زد؛ ساییده می‌شد رو خاک‌فرشِ کوچه و دورِ خودش و دورِ زن چرخانده می‌شد درون دایره‌ای از تماشاگران. تماشاگرانی که سوزشِ بی‌امانِ آفتاب که نه، سفیدی سینه و پوستی که این‌جا و آن‌جا بیرون می‌افتاد دهان‌شان را خشک می‌کرد بی‌گمان.

درآن هیاهو یک‌آن نگاه‌اش به بالا پَر کشید؛ به کودکِ رو پشت‌بام. مرا دید ترسیده، دزدکی خوابیده بودم رو کاهگِلِ گرم و سر کشیده بودم پایین. نگاه‌مان که تلاقی کرد، دلم هُری ریخت. خودم را پس کشیدم؛ از ترسِ سرزنشش، برای سرزنشی که باید به‌جانم می‌افتاد و یا فقط به خاطر مکثی طولانی که تردیدِ شرمگینانه‌ای همراه داشته باشد؟...

جابه‌جا شدم. از کنجی دیگر چشم دراندم برای دیدنش. پایین‌تنه‌اش تقریباً رو زمین کشیده می‌شد. دامنِ مانتو آبی‌اش پس رفته بود؛ همین‌طور آستین‌های پیراهنِ سپیدش تا نزدیکی‌های شانه. شلوار جینش کشیده می‌شد رو آسفالت. گره‌ی روسری‌اش شل شده، افتاده بود رو شانه‌هاش. موهای بلندش پریشان بود. هراسان از نگاه‌های نامحرم؛ وحشت‌زده از دست‌های مردهای غریبه‌ای که دورِ بازوهاش گره شده بود. دیگر از "فدات‌شم، فدات‌شم" گفتن‌هاش خبری نبود. سعی می‌کرد خودش را به زمین بکوبد؛ خودش را به زمین بدوزد؛ بی‌آن‌که از جیغ زدن

بماند؛ از تقلا کردن هم. مرتب داد می‌زد. به آن‌هایی که می‌بردندش فحش می‌داد. براشان لگد می‌انداخت. طوری به خودش کش‌وقوس می‌داد که تعادل‌شان را از دست می‌دادند؛ تلوتلو می‌رفتند؛ تپق می‌زدند. گاهی رو به جمعیت، رو به آسمان، رو به خورشیدی که پشتِ لایه‌های غبار پنهان بود التماس می‌کرد؛ کمک می‌خواست. تحریک‌شان می‌کرد؛ ترغیب‌شان می‌کرد: بی‌غیرت‌ها، نامردها!...

همه چشم شده بودند. نفس از سینه‌ای بیرون نمی‌آمد. من‌هم جرأت نداشتم نزدیک بروم. اشک‌ریزان، مامان‌مامان‌گویان، پشتِ سرشان، لابه‌لای جماعتِ خاموشی که با رعایتِ فاصله قدم‌به‌قدم بدرقه می‌کردند؛ کوتاه‌تر از بقیه؛ کوچکتر از بقیه؛ تا کنار خیابان؛ تا وقتی که دوسه نفری به‌سختی بلندش کردند و چپاندنش داخل.

ماشین که از جا کنده شد و رفت، درد از سرگرفته شد؛ همراه با صفیرِ ضربه‌ها. ابتدا دور، بی‌رمق. کم‌کم پیش آمد؛ پیشتر. تن گستراند. عمیق شد؛ عمیق‌تر. قوی شد؛ قوی‌تر؛ بقدری‌که اتاق را پُر کرد؛ راهرو را پُر کرد؛ آسانسور و حتا بام را. لابه‌لای ضجه‌ها، لابه‌لای ناله‌ها و نفرین‌ها، صدای دیگری هم شنیده می‌شد، هرچند ضعیف؛ هر قدر گنگ؛ اما ته‌رنگی از آشنایی داشت؛ طعمی از خاطره‌ای شیرین؛ که تسکین می‌داد؛ که نیرو می‌داد. گوش تیز کردم. دقیق شدم. نه. این دفعه دیگر اشتباه نمی‌کردم؛ این یکی دیگر مویه‌ی مادر بود؛ از جایی خیلی خیلی دور. معطل نکردم. زدم به دلِ تاریکی؛ بی‌واهمه از افتادنم؛ بی‌ترس از اصابتم با دری، با دیواری، جایی.

هرچه پایین‌تر می‌رفتم، از ابهتِ صفیرها کاسته می‌شد؛ از سوزشِ دردم. ناله‌هام هم رنگ می‌باخت. در عوض، مویه، بلندتر می‌شد؛ قوی‌تر؛ طوری که ته‌رنگی از شک اگر هنوز باقی بود، جایی براش نماند. خودش بود، حتماً گرمِ بافتنِ گیوه. گیوه که نه؛ دوره‌اش سر آمده بود. اصلاً بلد

نبود ببافد. نبافته بود. شاید بلوز، و یا هر دوخت‌ودوزِ دیگری. دستش به‌کار؛ و تنش به نوسان؛ آونگی. حتماً نشسته بود و شعری سوزناک می‌خواند؛ و قطره‌های گاه‌گاهیِ اشک، برای برادرِ جوانمرگش شاید، برای قوم و خویش‌هاش که ازشان دور مانده بود؛ شاید هم برای زندگی از دست‌رفته‌ی خودش و یا هرکسِ دیگر؛ عیناً عزیز.

تخته‌های پوسیده‌ی در ناله کرد. لولاهای زنگ‌زده به جیروجار افتادند. داخل که رفتم، یکباره مویه خاموش شد. جاش را داد به سکوتِ محزونی که رو خانه سایه انداخته بود. حیاط آجرفرشِ پُر از خار و خاشاک؛ حوضِ کاشیِ غبارگرفته؛ تاکِ پیرِ پیراهن‌پاره‌ای که سر رو شانه‌ی بام گذاشته بود؛ و پسرکی دست‌به‌زانو، کنج حیاط، که چشم دوخته بود به اتاق‌ها و زیرزمین‌ها با درهای بسته‌شان؛ انگار همه به غریبی فکر می‌کردند، به غربت.

نیمی از حیاط در سایه فرو رفته بود و در نیمه‌ی دیگر، درست چسبیده به حوض، زیرِ آفتابی زرد، تکه‌هایی از بال و مشتی پرِ سفید، بازیچه نسیمی هُرم‌دار شده بود.

داد زدم: مامان... مامان!...

پژواکِ صدام گفت: عزیز!.. عزیز!...

صدا در سکوتِ زمان چرخید و گم شد. ناگهان ترس به دلم افتاد؛ وحشت از ناشناخته‌ها؛ از موجوداتِ موهومِ قصه‌ها: از بس تو گوشم خوانده بودن؛ چه عزیز، چه بی‌بی و چه مادربزرگ؛ ولی گمان نکنم سیما تو را با خرافات آشنا کرده باشه. کرد؟...

: کرد؟...

از شور و شتاب افتادم. با تردید، با دقت و هراسیده به درهای بسته زل زدم. منتظر ماندم یکی‌شان باز کند؛ تکانی، یا دستِ‌کم سیاهی‌اش یکی از پشدری‌ها را کمی پس بزند. شاید با دیدن‌شان از ابهت‌شان کاسته

شود؛ ترسم بریزد. دوباره تکرار کردم: عزیز!... عزیز!...

فریادم گره داشت؛ چیزی به گلوم چنگ انداخته بود. احساسِ سرما می‌کردم، پوستم به مورمور افتاده بود. یکهو هوا برام سرد شد؛ و حسی غریب آمد سراغم. انگار از هر طرف در محاصره بودم؛ در حلقه‌ی تنگِ موجوداتی نامرئی؛ حلقه‌ای که آن‌به‌آن تنگ و تنگ‌تر می‌شد؛ بی‌آن‌که کسی به کمک بیاید؛ تا دقایقِ طولانی. اما انتظار نتیجه نداشت؛ ترس از موهومات هم. وحشتِ تنهایی قوی‌تر بود. ناچار راه افتادم؛ آرام، کُند؛ صداکنان؛ انگار اسمش به من نیرو می‌داد. از پله‌های سنگی بالا رفتم. چفتِ بالای در را انداخته بودند. دستم به آن نمی‌رسید؛ احتمالاً بی‌بی این کار را می‌کرد؛ هر دفعه که برای خریدی، سرکشی به همسایه‌ای و یا کاری از خانه بیرون می‌رفت. شاید برای محفوظ ماندنِ خوردنی‌ها از دستِ من. خوراکی‌هایی که تو صندوقِ بزرگ چوبی‌اش، تو زنبیلِ کنجِ صندوق‌خانه و یا هرجای دیگری نگه می‌داشت: ناخنک می‌زده‌ام؟... ناخنک می‌زده‌م؟...

هیچ یادم نیامد. بعد از شش‌هفت سالگی، بقیه‌ی عمر هیچ‌وقت جرأت نکردم سراغی از عزیز بگیرم. بابا سخت عصبانی می‌شد. اخم می‌کرد. تشر می‌زد: نشنوم دیگه ها... نشنوم دیگه اسمش را بیاری ها!...

نمی‌توانستم معطل بمانم بزرگتری بیاید چفت را بیندازد. در را تکان‌تکان دادم؛ با هر تکان، زنجیرِ سیاه خش‌خش کرد و به جنبش افتاد. محکم‌تر. عاقبت افتاد، در باز شد. پرده‌ی سفید با نقش‌ونگارِ مینیاتوری را پس زدم. قالی زمینه‌سرخ با پُرزهای بلندش هنوز کفِ اتاق بود؛ و کومه‌ی رختخواب‌های پیچیده در موجِ چسبیده به سه‌کنجِ دیوارِ سفید؛ و همین‌طور سماورِ برنجی، کاسه‌ی مسی و قوریِ گلسرخی و استکان و نعلبکی‌های چیده شده رو میزِ چوبی پایه‌کوتاه با دامنِ چین‌چینی از تورِ گل‌دار؛ و رف‌ها و تاقچه‌های پُر ظرف و ظروف.

رو قالی، طفلی چهاردست‌وپا راه می‌رفت؛ با پستانکی سرخ به دهان و آبِ لزجی که از زیرِ چانه‌اش راه گرفته بود. دور دایره‌ی کوچکی از فرش می‌چرخید و اصواتِ ذوق‌زده‌ای از گلو بیرون می‌ریخت. هر حرکت و صداش قهقهه‌ای مردانه و صدای زنانه‌ای را به‌هم می‌آمیخت؛ بی‌آن‌که طفل تفاوت‌شان را بداند. کمی بعد، به پشت دراز شد؛ یکهو قد کشید، شکل عوض کرد؛ شد پسرکی خسته از بازی‌های پر هیاهو؛ با تکه‌هایی از خاطره‌ی لحظه‌های دور و نزدیکِ قبلش؛ جلو چشمِ همبازی‌هاش، بچه‌های محل، مغرورانه چند پَر از بالای سرِ گنجشکی را گرفته، تو هوا نگه‌اش داشته و یک‌ریز دَم گرفته بود: مسگری بکن تا ولت کنم؛ مسگری بکن تا ولت کنم!..

گنجشک چپ‌وراست می‌شد و تاب می‌خورد؛ درست مثل مسگرها که ایستاده، دست به دیوارهای دو طرف می‌گرفتند و با چرخشِ مکررِ کمر، ظروفِ مسی زیرِ پاشان را صیقل می‌دادند.

پسرک شکل عوض کرد؛ نه فقط بیرونی؛ از درون هم؛ طوری که ذهنش از شیطنت تهی شد؛ و قواره‌اش باریک. کتابی رو سینه گذاشت؛ سخت دنبالِ کارآگاهِ خصوصی قدرقدرتی که سطربه‌سطر، صفحه‌به‌صفحه، او را با خودش می‌کشاند به محله‌ها، خیابان‌ها، اسکله‌ها، شهرها و کشورهایی غریب.

مظلومیتِ پسر، به سینه‌ام چنگ انداخت. بی‌صدا زمزمه کردم: ببخش عزیزکم؛ ببخش، پسرِ بیچاره‌ام!...

طوری که آرامش خاطره‌ها را به هم نزنم، داخل رفتم. تلنگری به درِ صندوقِ موهوم زدم؛ گشتی دورِ اتاق. فقط عطرِ گذشته‌ها مانده بود، با قصه‌ها، تعریف‌ها و گفتگوها؛ و رایحه‌ی معطرِ غبارگرفته‌ای که دل را تنگ می‌کرد؛ بخصوص کلامِ پدر، که غبارِ حسرت روش نشسته بود: به نظرِ تو، من هفتاد سالگی‌ام را می‌بینم؟...

بی‌بی اخم‌آلود فقط نگاه‌اش کرد. عزیز طوری مشغولِ آرایش خودش و

زمزمه‌ی آهنگِ دلخواه‌اش بود که اصلاً نشنید شوهرش چه می‌گوید؛ فقط سیما اشک در چشم نشاند؛ بغض‌آلود جواب داد: این چه حرفیه می‌زنی فدات‌شم؟ درد و بلات به جانم. انشاالله صد سالگیت را هم می‌بینی!...

: سیماجان، ببخش. نه که بخوام خودم را لوس بکنم؛ این جور حس می‌کنم!

: لطفاً از این حس‌ها نکن؛ البته اگه نمی‌خوای اشکِ مرا در بیاری!

به من اشاره کرد: این بچه پدر می‌خواد. باباش باید رو سرش باشه!

نماندم به حرف‌هاشان گوش بدهم. بیرون رفتم. تو اتاق سه‌دری، رف‌ها و تاقچه‌های مزین به بلورآلات، عتیقه‌جات، قلیان‌های تنه‌نقره‌ای، تُنگ‌های ناصرالدین‌شاهی، و قاب‌عکس‌های رو دیوارها؛ همه انگار مرتب و منظم منتظر مهمان‌های گران‌قدر بودند؛ مهمان‌هایی که همهمه و یادشان در هر کنج و زاویه ساکت مانده، گوش به‌زنگ مانده بودند.

یکایک اتاق‌ها را گشتم. هر در را با نامِ مادر باز کردم. بی‌پاسخی‌هاش غمگینم می‌کرد. سراغِ زیرزمین‌ها رفتم؛ اولی محلِ نگهداریِ غرابه‌های شربت، تغارهای ترشی، خیک‌های روغن و ظرف‌های مربا بود که بعد از کودکی‌های پدر هنوز هم بوشان شامه را نوازش می‌کرد. دومی، لانه‌ی زمستانی مرغ و خروس‌ها، با انباری بزرگی برای نگهداری هیزم و زغالِ دورانِ کرسی و بخاری هیزمی؛ و همین‌طور محل ظرف‌وظروفِ اضافی که همیشه لابه‌لاشان چیز دندان‌گیری پیدا می‌شد که برغم خیالاتِ ترسناک، پدر را تا آن‌جا بکشاند.

درِ زیرزمینِ سوم را که باز کردم، رو هوا بود؛ با پیراهنِ بلندِ سپیدش که نیمی از جلوش باز مانده، و از زیر آن، موهای سیاه-سفیدِ رو شکمش بیرون افتاده بود؛ با پیژامه‌ی راه‌راهِ طوسی که آلوده به لکه‌های ریز و درشتِ سرخ بود. هنوز دمپایی‌هاش تو هوا نرم‌نرم حرکتی آونگی داشت.

هـرازگاه از سـرِ انگشـتِ شسـتش قطـره‌ای خـون می‌چکیـد.

بـه آنـی تکـه روزنامـه آمـد از جلـو چشـمم رد شـد: مجهول‌الهویـه. عکـسِ فـوق متعلـق بـه مـردی...

و به دنبالش جمله‌ی: نقش بود در زلالِ حیات، پیش از تلنگرِ مرگ!

نـه کـه بگویـم. نـه کـه دیگـری بگویـد؛ سـطری بـود سـرگردان در خاطره‌هـا؛ در خوانده‌هـا کـه ناگهـان سـقف را رو سـرم آوار کـرد. ضربـه، بقـدری سـخت بـود کـه دردش را پـسِ کلـه‌ام، رگه‌رگـه رو پشـتم، بیـن مهره‌هـای سـتونِ فقراتـم، در ذره‌ذره‌ی وجـودم حـس کـردم؛ طـوری کـه جلـو چشـم‌هام سـیاهی رفـت؛ همـه چیـز از ذهنـم پریـد و یکهـو خامـوش شـدم.

•••

قبلـش نـه نـور بـود، نـه ظلمـت؛ نـه رنـج، نـه شـادی و نـه هیـچ رنگ‌وبـو و حس‌وحالـی دیگـر؛ خـلأ بـود، خلأیـی واقعـی؛ نیسـتی‌ای بـه تمـام معنـا؛ امـا پیـش از آن‌کـه قلـب بتپـد، قبـل از آن‌کـه جـان بـه تـن برگـردد، شـعور بازگشـت؛ آگاهـی از وجـودِ خویشـتن. بعـد، تِق، قلـب، اولیـن تپشـش را کـرد و بـه فاصلـه‌ای کوتـاه پشـتِ سـرش تالاپ‌تولـوپ تالاپ‌تولـوپ، شـروع کـرد بـه زدن. همـراه بـا زندگـی، تاریکـی آمـد؛ نارضایتـی آمـد؛ پشـیمانی از عقبگـرد بـه راهـی کـه طـی شـده و زندگـی‌ای کـه سـر آمـده بـود؛ سراسـیمگی هـم؛ و شـعله‌های سرکشـی کـه هیـچ نـور نداشـت؛ بـا تکه‌پاره‌هـای روزنامـه، بـا ضجه‌هـا، ضربه‌هـا و صـدای کسـی کـه شـیهه کشـید و گفـت: برگشـت، برگشـت دکتـر!

: برگشت؟!

: آره، جانِ تو، برگشت!

پرنـده‌ای پَرپَرزنـان تـن بـه قفـس می‌کوبیـد. صـدای ضربدیدگـی پَـر و بالـش می‌آمـد؛ کسـی قهقهـه زد: گفتـم کـه، جنسـش را مـن می‌شناسـم، خـودش و خانـواده‌اش و هفـت جـدش. تخـم و ترکـه‌ی سـگ‌ان؛ هفـت‌جـان!...

صداش، آرام و یکنواخت دور شد؛ مثل ماشینی که زوزه‌کشان بیاید رو جاده‌ای خلوت و سریع برود. قسمتی از پهلوم چنگ خورد، چلانده شد و بلافاصله رها شد: اینا‌ها ببین!

سعی کردم ببینم. پرده‌ی سفیدِ ماتی با حاشیه‌ی مواجِ سیاه جلو چشم‌هام کشیده شده بود. یک جای سالم... عکس... بی‌بی.... زخم و کبودی... حماقت‌ها... مجسمه‌ای از سرب... طوری که حتا تقاصِ گُله‌گُله‌های آتش هم....

کلمه‌ها رژه رفتند؛ نه مقابلِ چشم‌هام؛ نه در ذهنم؛ جایی دور؛ نامرتب، درهم‌برهم، پس‌وپیش؛ مشتی صداهای موریانه‌ای که بینِ هم بپلکند؛ بی‌تصویر. دراین بین، کلامی آشنا، کلامی مهربان آبشاری شد و آشفتگی‌ها را شست: هیچ‌کس به دلخواهِ خودش نمیره صغراخانم جان؛ مگه مغزش خرابه بره فدات‌شم. به‌زور می‌برنش!

یکهو از تب‌وتاب افتادم؛ از هول و هراس هم. سوار بر موج‌هایی رخوت‌انگیز؛ آرام‌بخش. مادر بود شاید؛ بعد از چندمین آشِ نذری؛ بعد از چندمین سوری که می‌داد.

بقیه‌ی حرفش در تاریکی گم شد.

اولی گفت: قلبش عینِ ساعت می‌زنه. عجیبه، خیال کردم برنمی‌گرده. ببین!

دیدم. جمله‌ها بی‌کس افتاده بودند این‌جا و آن‌جا. هرازگاهی باد، گوشه‌ی یکی‌شان را به بازی می‌گرفت؛ می‌رفت بلندش کند، پرتش کند به قعر پرتگاه.

: چه ببینم؟!

: نه. منظورم گوش دادنه. مسخره‌ت گرفته ها تو هم. گوش بده!

گوش دادم. باد، وزیدن گرفته بود؛ از شمال، از جنوب، از شرق یا غرب؟...

آرام‌آرام آتش را پیش کشید؛ از دلِ سیاهی؛ از دورترین نقطه‌ی ممکن؛ و یکباره نشاندش تو حیاط. بدون این‌که بتوانم نزدیکش بروم. گفته بود حق ندارم از جا جنب بخورم؛ بعد از شکستنِ ناگهانی قفلِ سکوت؛ سکوتی چند روزه از موقع بازگشتش. سکوتی که سیاه‌اش کرده بود؛ پژمرده‌اش کرده بود؛ تو خودش برده بودش؛ دُورش کرده بود، از من، از خانه و حتا از خودش. خرید که نمی‌رفت؛ غذا که نمی‌پخت و حتا مویه هم دیگر نمی‌کرد. صغراخانم شده بود همه‌کاره‌ی خانه. فرصتی اگر پیش می‌آمد، کار و زندگی‌اش را ول می‌کرد می‌دوید برای سرکشی به ما؛ پخت‌وپز برای ما؛ خودش می‌گفت. می‌گفت: به ارواح شوهرِ مرحومم، به جان آن دوتا غنچه‌ی پَرپَرم...

اسمِ بچه‌هاش که می‌آمد، مدام مکث می‌کرد؛ بغض می‌کرد. شاید می‌افتاد یادِ روزی نزدیک‌های عید که رفته بودند خرید؛ خودش و شوهرِ قبلی‌اش و دختر و پسرشان. تو ماشین بودند که ناگهان هواپیماهای عراقی حمله کرده بودند به شهر. بعد با صدایی خیس ادامه می‌داد: از حالا تا صد سالِ دیگه هم که باشه میام کلفتی خودت و بچه‌ات سیماجان، عزیزجان؛ دردت بخوره طوقِ سرم، فقط بگو چه شده، چه بلایی سرت آوردن که یکهو لال شدی دخترِگُلم؟!

مادر لال شده بود، بعد که برگشت، با سروصورتی خونی، کبود؛ با موهای وِزوِزی، آن‌قدر به خودش چنگ زده بود، آن‌قدر خودش را زده بود که قشنگی‌اش یک‌روزه پریده بود؛ شده بود شکلِ پیرزن‌های جادوگرِ تو قصه‌ها. شده بود پیرزنی که شب تا صبح، صبح تا شب دست دورِ زانو، فقط‌وفقط زل بزند به یک نقطه. جوابِ کسی را نمی‌داد، حتا جوابِ من که مدام به پروپاش می‌پیچیدم؛ دلتنگی می‌کردم؛ می‌ترسیدم؛ از حالتش، از قیافه‌ی غریبش و از زندگیِ تازه که یکهو شکل عوض کرده بود؛ شده بود سکوتِ گورستان، وقت‌هایی که بینِ هفته می‌رفتیم، برای این‌که خلوت

باشد؛ برای این‌که واهمه نداشته باشیم؛ مادر می‌گفت. من که جز قبرها چیز ترسناکی نمی‌دیدم. صغراخانم قاشق را جلو دهانش می‌گرفت و اصرار می‌کرد: دخترگلم، عزیزکم، اقلاً چیزی بخور، یک قاشق؛ این‌جوری تلف می‌شی ها، رحمت به این طفلِ معصوم بیاد!

لب‌های کبودشده از هم باز نمی‌شد. چشم‌های ثابت به چرخش در نمی‌آمد. خاموشی، پرده‌ای از آهن بود که بین او و دیگران فاصله می‌انداخت؛ نه تنها فاصله، انگار غریبه‌اش هم می‌کرد. اگرچه من صبح تا غروب آزاد بودم هرقدر دلم می‌خواهد تو کوچه-پس‌کوچه‌ها بپلکم؛ با هرکس می‌خواهم بازی کنم یا کتاب‌ها را از پستو بیرون بکشم؛ الکی ورق بزنم؛ رو هم بچینم؛ باهاشان خانه بسازم؛ چند طبقه رو هم؛ بعد بزنم پایه؛ آوار رو آوار بریزم؛ کسی نبود مدام مراقبم باشد؛ تذکر بدهد؛ گوشم را بکشد و بگوید: ذلیل مُرده مگه نگفتم!...

ظهرها سفره همیشه نان داشت. دست‌پختِ صغراخانم طعمِ غذاهای مادر را می‌داد. استراحتی، گردشی تو زیرزمین‌ها یا اتاق‌ها و دوباره راهیِ بیرون؛ اما غروب، همین که سایه‌ی شب می‌آمد یواش یواش چادرش را پهن کند، دلم می‌گرفت. می‌نشستم روبه‌روش. دست به زانوش می‌گذاشتم؛ گوشه‌ی پیراهنش را می‌گرفتم تکان‌تکانش می‌دادم: مامان!.. مامان!...

صدا از دیوار می‌آمد از او نه. ناچار می‌رفتم کنارش. تکیه می‌دادم به پهلوش. گرمای وجودش را می‌چشیدم؛ عطرِ تنش را؛ و گوش می‌دادم به سکوت‌های غمگینش. بیرون، لابه‌لای برگ‌های تاک، گنجشک‌ها هیاهوکنان سر جای خواب دعواشان بود؛ و ماهی‌ها، هریک گوشه‌ای از حوض، خشک‌شان زده، فقط هرازچندی دُم می‌جنباندند. هوا می‌رفت تیره و تیره‌تر شود و سیاهی می‌آمد تا سایه‌اش را رو سرِ ما پهن کند اما مادر به هیچ‌یک از این‌ها اعتنا نداشت؛ همان‌طور چانه رو زانو، با

چشم‌های باز انگار خوابش برده بود. حتا پا نمی‌شد رختخوابِ مرا پهن کند. تا روزِ سوم، تا چند دقیقه بعد از آن‌که صغراخانم آمد، با او حرف زد، کلنجار رفت، بدونِ نتیجه. خسته که شد، سفره‌ی صبحانه‌ی مرا برچید و رفت. از اتاق که خارج می‌شد در را باز گذاشت تا به‌قول خودش کمی هوا بیاید تو، شاید حالِ مادر جا بیاید. گفت: میرم ناهارِ مشدی را بار بذارم، دستی به سر و گوش خانه بکشم، زودی برمی‌گردم!

مادر لب از لب باز نکرد. چانه از زانو برنداشت. چشم از نقطه‌ی موهومی‌که بهش زل زده بود هم؛ اما همین‌که او رفت، آرام‌آرام کمانِ کمرش راست شد. نگاهی کُند به اطراف انداخت؛ به در و دیوار؛ به اثاثیه و قاب‌عکس‌ها؛ انگار نرم‌نرم زبان می‌زد به دلبستگی‌هاش. رو قاب‌ها مکث کرد که پُر بود از عکس‌های جوراجور. من، دست زیرِ چانه، زبان درازکرده، با شکلکی شیطنت‌آمیز؛ پدر، در لباس سربازی تو کوه و کمر، با یقه‌ی کاملاً باز تا عضلاتِ ورزیده‌ی سینه‌ی قلنبه‌اش دیده شود؛ و خودش، ظریف، شکننده، غرق در تورِ سپید، با نیم‌تاجی از مروارید رو موهای چین‌چینِ بلند، سرشانه و بازوهای برهنه، یک دست به دامنی که کمتر کشیده شود زمین و دستِ دیگر، پنهان زیرِ گُل‌های رنگارنگ، حلقه دور بازوی قطورِ پدر؛ پدر که کت‌وشلوارِ سیاه پوشیده بود، با پیراهنِ سفید و کراواتی درست به رنگِ جگر...

نه که دوباره جوان شده باشد، نه که زیبا شده باشد، فقط نگاه‌اش جان گرفت؛ نگاه‌اش برق زد به اندازه‌ی مروری که خاکستر بردارد از رو آتشِ یادها. بعد چشمش به سمت من چرخید. یکهو از جا کنده شد؛ یورش آورد. بغلم کرد. های‌های شروع کرد گریه کردن. سرم را رو سینه‌اش گذاشت. شروع کرد بوسیدنم؛ بوییدنم؛ قربان‌صدقه رفتنم؛ نه نرم‌نرم؛ از قحطی دررفته انگار؛ دیوانه‌وار. گفت: دردت به جانم، عزیزکم، یک‌دانه پسرم،

گُل به‌سرم، روم سیاه، ناچارم تنهات بذارم قربانِ قد و بالات. قربانِ آن شکلِ ماهت. نمی‌توانم تحمل کنم؛ نمی‌توانم. تو که سالی دوازده‌ماه پدر رو سرت نیست بمیرم برات؛ حالا مادر هم روش؛ غصه نخوری‌ها؛ غصه‌نخوری‌ها فدات‌شم!...

ده مرتبه، صد مرتبه گفت غصه نخوری‌ها. کلامش خیس بود؛ صورتش خیس بود؛ لب و دهانش هم. بغضِ من هم ترکید بی‌آن‌که از حرف‌هاش سر دربیاورم؛ بی‌آن‌که از آنچه می‌خواست واقع شود خبر داشته باشم. صداش، غم و غصه‌ای که شُرشُر رو سرم می‌ریخت، نگاه‌هاش، همه خبرهای شوم داشت؛ شومی‌ای که ناخودآگاه نگرانم می‌کرد؛ دلم را تنگ می‌کرد. بعد گفت: فدات‌شم، همه‌ی گس، نترسی ها. پرده را که انداختم دیگه پسش نزنی‌ها؛ باشه... باشه دردت رو سرم؟!

مف واشکم قاطی شده، به صورت و سینه‌اش ساییده می‌شد. هق‌هق‌کنان جواب دادم: باشه!

: قول بده به مامان. بگو جانِ مامان. مَرد کوچولو، قولِ مردانه بده. قول می‌دی؟

کلمه‌کلمه‌اش با اشک همراه بود؛ با سوز و حسرت. قول دادم. قسم خوردم: جانِ مامان!

صدام لرزید، شکست؛ شاید پشیمان شده بودم از قَسَمم؛ اما او دیگر معطل نکرد؛ انگار می‌ترسید دوباره سروکله‌ی صغرا خانم پیدا شود. آخرینِ بوسه‌اش پر صداتر بود؛ چسبناک‌تر. بلند شد. پیراهنِ سفیدِ یقه مردانه تنش بود که تا نزدیکی‌های رانش کشیده می‌شد؛ با شلوارِ جینِ آبی؛ هرچند ساییده شده، زخم شده و لکه‌لکه. گره‌ی روسری‌اش را سفت کرد. یادآوری کرد چه قولی داده‌ام، با چشم‌های خون‌گرفته‌ی خیس و انگشتِ اشاره‌ای که تو هوا تکان‌تکان خورد. پرده را پشتِ سرش کشید و صاف کرد. از اتاق

زد بیرون. چفت را انداخت. پله‌ها را که پایین رفت، قولم را فراموش کردم. دویدم کنار جرزِ دیوار قایم شدم. از درزِ پرده سرک کشیدم. رفت تو زیرزمین. سریع برگشت با دبه‌ی نفت. نشست وسطِ حیاط؛ کنارِ حوضِ کاشی و ماهی‌های سرخ‌وسفیدِ بازیگوش؛ زیرِ آسمانی که آبی بود با لکه‌های سفیدِ ابر؛ و نسیمی که با لبه‌ی برگ‌های تاک بازی می‌کرد. دبه را بلند کرد گرفت رو سرش، مثل وقت‌هایی که خانه خالی بود و بی‌بی یا عزیز کنجِ ایوان، کنارِ تشت، حمام می‌کردند؛ با پارچ یا آفتابه‌ی مسی. عزیز می‌گفت: بچه‌جان، نگاه نکنی‌ها. پسرِ خوب که به بدنِ مامانش نگاه نمی‌کنه!

بی‌بی داد می‌زد: کور بکن آن چشم‌های باباغوری‌ت را تا نیامدم از کاسه درش بیارم!

هیچ‌کدام موهای بلندِ مادر را نداشتند؛ بلند و چین‌چین؛ مثل پله‌های سیاهِ براقِ معطری که از سه طرف پایین بیاید و پهن بشود؛ پایین بیاید و پهن بشود. هیچ‌کدام اندازه‌ی مادر جوان نبودند؛ جوان و مهربان و قشنگ. قدشان هم به اندازه‌ی او نبود؛ بلند و خوش‌تراش؛ خصوصاً با سلیقه‌ی سپید و آبی پسندش که قواره‌اش را آسمانی می‌کرد. نه که اندازه‌شان گرفته باشم؛ پدر قسم می‌خورد. گفت: این، تازه فقط ظاهرِ سیما بود. از باطنش چه بگم؟... از مهر و محبت‌هاش؛ از وفاش؛ از گذشت و بزرگواری‌ش؟... کی دیده یک زن این‌قدر عاشق شوهر و زندگی‌ش باشه؛ کی دیده...

بغض امان نداد ادامه بدهد. صدا تو دهانش ترکید. سرش را پایین انداخت و هق‌هق زد زیرِ گریه. شانه‌های استخوانی‌اش به‌شدت می‌لرزید.

حسابی که همه جاش خیس خورد، کبریت کشید. گرفت زیرِ دمپای شلوار جینش؛ زیر لبه‌ی پیراهنِ سفیدش. شعله، اولش کم بود؛ یک‌مرتبه قد کشید؛ یک‌مرتبه زبانه کشید. مادر حتماً سعی می‌کرد هیچ حرکتی نکند. حتماً تلاش می‌کرد دوام بیاورد؛ تحمل کند؛ حتا انگار می‌خواست

تا آخر بنشیند که ننشست؛ نتوانست. سوزش بقدری بود که یک‌دو قدم هم برداشت؛ این‌طرف، آن‌طرف. قواره‌ای گُرگُرکنان؛ سرگردان.

چند دقیقه‌ای متوجه وخامتِ اوضاع نشدم؛ مغزم از فعالیت افتاده بود؛ اما به خودم که آمدم با همه‌ی وجود جیغ زدم. جیغ زدم. جیغ...

: می‌خواد به هوش بیاد؛ از تلاطمِ زیر پلک‌هاش پیداست!

: چه بهتر؛ بذار بیاد!

: ببین، ببین دکتر!

دیدم. سرخِ سرخ بود؛ مثلِ دایره‌ی مشبکی از آتش. گفت: وقتی این را بذارم رو بدنت دیگه تا عمر داری یادت می‌مانه جاسوسی نکنی. خب؟ به بابات هم که بگی، پدرت را درمیارم؛ دوباره داغت می‌کنم. اصلاً دفعه‌ی دیگه زبانت را می‌بُرم، باشه؟

از ترس می‌لرزیدم. جرأتِ فرار نداشتم. پابه‌پا می‌شدم. پیچ‌وتاب می‌خوردم. یک‌ریز اشک می‌ریختم. التماس می‌کردم. قسمش می‌دادم: تو را به‌خدا بی‌بی‌جان. تو را به جانِ بابا!...

: تا تو باشی تو کارِ بزرگتر سر نکشی حرام‌زاده!

نکشیده بودم. رفته بودم سُرور را صدا بزنم با هم بازی کنیم. راه‌پله‌ی سنگی را که پشتِ سر گذاشتم، دیدم تو مهتابی ایستاده است؛ سینه‌به‌سینه‌ی خاله مریم. می‌گفت: مردکِ بی‌غیرت با این‌که قالش گذاشته و با گردن‌کلفتِ دیگه‌ای دررفته، هنوزکه هنوزه یادش می‌کنه. وقتی با حسرت از موهای کوتاهِ چتری و شلیته‌ی قرمز و قر و اطوارش می‌گه انگار او زلیخای دوران بوده و این عنترِ مردنی یوسفِ کنعانی... اصلاً ساخته شده برا قرمساقی!...

خاله مریم لب گزید و با اشاره‌ی چشم و ابرو مرا نشان داد. مثل کوهی از گوشت دور خودش چرخید و رو به من ایستاد. همان‌موقع چشم‌هاش به

سرخی کفگیر شد؛ صداش هم: تخمِ هرزه، گوش ایستادی جاسوسی بکنی؟!

معنی جاسوسی را نمی‌دانستم؛ همین‌طور موضوعِ آنچه شنیده بودم. وقتی دستم را می‌کشید از پله‌ها پایین می‌بُرد گفت: می‌بینی مریم‌جان گیر چه تحفه‌هایی افتاده‌م؟... آن از ناسلامتی، شوهرم؛ این هم از به‌اصطلاح بچه‌م!

تا خانه، یک‌ریز فحشم داد؛ تو سرم زد؛ نیشگونم گرفت؛ با پا زد به ساق‌هام؛ بی‌آن‌که دستم را رها کند. وقتی رسیدیم، پرتم کرد کنجِ اتاق؛ جایی که راهِ فرار نداشته باشم. والور را آورد گذاشت رو قالی. روشنش کرد. گفت: صبرکن؛ صبرکن. حالا نشانت می‌دم!

هیکلش چاق‌تر و پهن‌تر از همیشه شده بود؛ طوری که همه‌ی چشم‌اندازم را پُر می‌کرد؛ همه‌ی راهِ نجاتم را می‌بست. صداش آن‌قدر ترسناک که دیگر نتوانستم کنترل کنم؛ خودم را رها کردم. یکهو مایع ولرمِ تسکین‌دهنده‌ای بینِ پاهام راه گرفت. دردِ کُشنده‌ی مثانه‌ام به‌آنی کم شد. سعی کردم پایین را نگاه کنم؛ سخت بود. تیرِ زجرآوری که تو ستونِ فقراتم می‌دوید نمی‌گذاشت راحت گردنم را بچرخانم. کوفتگی بدنم به اندازه‌ای بود که اجازه‌ی هیچ حرکتی نمی‌داد؛ همین‌طور وَرَمِ دردناکِ دورِ پلک‌ها که دیدم را تار می‌کرد؛ اما در نهایت سرخی را دیدم. خونی که بتدریج پیش می‌رفت، قسمتی از شلوارم را تیره کرده بود و کم‌کم از پارچه بیرون می‌زد و رو زمینِ سمنتیِ چرک، موازاتِ بدنم و نیمکتی که به پهلو افتاده بود؛ درست از جلو دهانِ شلاقی که مثل ماری زخمی چنبره زده بود جاری می‌شد. جریانش نویدبخش بود؛ مثل مرهم. انگار همراه با آن، جان هم از بدنم بیرون می‌رفت. انگار مُهرِ تأییدی بود بر پایانِ همه‌ی عذاب‌ها. پلک بستم تا دورنمای آینده را مجسم کنم. نشسته بودم رو ابرهای شناور. نشستن که نه؛ درازکِش هم نه؛ بی‌هیچ وزنی. تکه ابری بودم شناور، بر

امواجی آرام؛ زیر تابشِ ملایمِ آفتاب. آفتابی که نوازشگرانه سراپام را دست می‌کشید؛ تازه می‌کرد؛ تُرد؛ به لطافت پوستِ نوزادان.

سیما گفت: پوستش با پوستِ خودت مو نمی‌زنه. چه عطری داره!..

بوییدت و گفت. بغلت کرده بود و می‌بویید و می‌بوسید و نگاه‌نگاه‌هایی به من می‌انداخت. اتاق از روشنایی، از عشق، از مادرانگی و از خوشبختی برق می‌زد؛ همه‌جا شُسته‌روفته بود. بهار تو درگاه نشسته بود طوری که می‌شد رایحه‌ی شکوفه‌ی درخت‌ها و عطرِ گل‌های خودرو لبه‌های بام را به مشام کشید. لب بازکردم جواب بدهم: خودت که از همه خوشبوتری!...

اگر می‌گفتم، حتماً پشتِ چشم نازک می‌کرد؛ پیچ‌وتابی می‌داد به سروسینه‌اش؛ دست می‌بُرد تو موهای بلندش از فرقِ سر تا رو کمرش را شانه می‌کشید؛ راست می‌نشست و سینه می‌داد جلو. خوب می‌دانست چه قسمت‌هایی از بدنش بی‌قرارترم می‌کند؛ آتش به جسم و جانم می‌زند. دست می‌گذاشت زیرِ چانه و با انگشتِ کوچکش ضرب می‌گرفت کُنجِ لبش تا بعد از مکثی که به اندازه‌ی یک دنیا لطف داشت با صدای ملکوتی‌اش بگوید:...

اما نگفتم. نبودش که بگویم. فقط مانتو آبی‌اش به چوب‌رختی آویزان بود. وقتی رسیدم؛ وقتی شنیدم؛ وقتی لکه‌ی سیاهِ وسطِ حیاط را دیدم و هراسان و ناباور درِ اتاق را بازکردم، از سیمای من فقط یک مانتو مانده بود؛ یک مانتوِ خالی؛ و پسربچه‌ای که لطمه‌ی شدیدِ روحی خورده بود؛ هر شب خودش را خیس می‌کرد؛ دچار کابوس می‌شد؛ جیغ‌زنان از خواب می‌پرید؛ و روزهاش اغلب همراه بود با سکوت، با غرق شدن در تصّورات؛ تصوراتی که تمامی نداشت؛ وقفه ناپذیر؛ مثل بیماری‌ای که به جانت بیفتد و دیگر رهای‌ات نکند؛ نه در خانه، نه درکوچه، نه در مدرسه و نه در هیچ زمان و مکانی که روزها و ماه‌ها و سال‌های بعد با خودش آورد؛ طوری که

وقتی به گذشته‌ام نگاه می‌کنم جز شادی‌ها و بازی‌های کودکی‌های پدر، جز شور و التهاب‌های جوانی‌اش و توده‌ی درهم تنیده‌ی خاطراتش، یادگارِ چشم‌گیری از خودم به یاد ندارم. جسمی بوده‌ام که بتدریج رشد کرده است؛ مدرسه رفته است؛ درس خوانده، هر سال در کلاسی بالاتر؛ فیلم دیده است؛ کتاب خوانده است، رمان‌ها، داستان‌های کوتاه ووو؛ ولی انگار همه در سکوت، همه در سکون، همه در بغضی مسلط بر پوسته‌ای خاموش، متحرک. هیاهویی اگر بوده است، فقط در درون.

: فقط در درون؟... فقط در درون؟... ما حتا با خودمان هم صادق نیستیم!

: نه. نه. نگو. بحثِ صداقت نیست. اصلاً بحثِ صداقت نیست. مشکل از جای دیگری است!

شک و تردید به جانم رخنه کرد. به محکمه‌ی دل کشیده شده بودم. به تب‌وتاب افتادم: بگم یا نه؟... بگم یا نه؟...

: ببین، ببین دکتر!...

دوباره تکرار شد؛ یا فقط طنینِ صدای لحظاتِ قبل بود که هنوز در زوایای کاسه‌ی سرم می‌چرخید؟... صدایی که از دلِ سیاهی‌ها می‌آمد؛ از جایی خیلی دور؛ انگار از پشتِ دیوارِ بلندِ دنیایی که غرقه در آن بودم. دیدم. یک جای سالم رو بدنش نبود. زخم و کبودی؛ زخم و کبودی؛ و جریانِ دل‌آزارِ خونابه. همراه با دیدن، هیاهو هم از گوشه‌وکنار سر کشید تا خودش را به زُخم بکشد؛ هیاهویی که آن به‌آن زیاد و زیادتر می‌شد؛ سروصدای ضربه‌ها، ضجه‌ها، ناله‌ها، خشم‌وخروش‌ها، توپ‌وتشرها همه مثل فاصله‌ای بلند، قطور؛ فاصله‌ای که بینِ مجانین و به‌اصطلاح معقول‌اندیشان قد می‌کشد هرازگاه؛ یا دیواری که هستی را از نیستی جدا می‌کند گاه‌به‌گاه. با وجود این، تحمل داشت. تاب می‌آورد، جانانه. اصلاً شده بود مجسمه‌ای از سرب؛ از آهن. طوری که گُله‌گُله‌ها که هیچ، از آسمان هم حتا اگر آتش می‌بارید، ذوبش

نمی‌کرد؛ سوزش‌های متعدد هم خم به ابروش نمی‌آورد؛ نه درد، نه یورشِ بی‌امانِ میکروب‌ها و ویروس‌ها به‌گفته‌ی خودش، و نه تقلا و عذاب؛ هیچ. شده بود اسطوره‌ی تحمل و توانایی که دهان‌به‌دهان، بندبه‌بند می‌گشت: مردی که پنجه در پنجه‌ی مرگ، مردانه پایداری می‌کند!

مرگ اما همیشه هیبتِ دهشتناکی ندارد. گاه شدتِ زجر، بسیاریِ ناتوانی، و یا حتا استمرارِ بی‌امیدِ دردی بی‌درمان، بیمارِ به‌جان آمده را به اشتیاق زمانِ ملاقات با مرگ می‌نشاند. دیداری که یک‌مرتبه تندیس را فرو می‌ریزد؛ اسطوره‌ی تحمل و توانایی را به آنی خُرد می‌کند؛ خاکشی. خودش می‌گفت؛ با حسرتِ سیاهی که همراهِ آه از سینه‌اش بیرون می‌زد؛ خمش می‌کرد، دَم‌به‌دَم. همین که آورده بودندش کشان‌کشان، ماده‌پلنگی غران که به سروکله‌ی همه چنگ می‌انداخت؛ بی‌محابا لگد می‌زد؛ فحش می‌داد بدونِ استثنا، بی‌ملاحظه؛ بی‌قرار؛ دیوانه‌ای زنجیرگسیخته؛ بخصوص که چشم‌شان هم افتاده بود به هم.

: هیچ تیری سوزاننده‌تر از نگاه‌های هراسانش نبود. من واقعاً دیدم آسمان چطور آوار می‌شه رو سرِ آدم؛ واقعاً فهمیدم آخرِ دنیا یعنی کجا!

آخرِ دنیا، نگاهِ هراسان، آوار شدنِ آسمان، همه در چشم‌های دودوزنِ به‌خون نشسته‌اش جمع شده بود، در آخرین دفعه‌ای که دیدمش. از پایه‌های ثابتِ جلسه بود. هجده‌نوزده سال بیشتر نداشت. خوش قواره، متین و مهربان. بهتر از بقیه داستان‌ها را نقد می‌کرد، تواناتر از سایرین شعر می‌گفت؛ خوب نقش بازی می‌کرد؛ شوخ بود مدام، و تابستان‌ها برای تأمینِ خرجِ تحصیلش، کارگری می‌کرد؛ می‌شد عمله. وسط‌های زمستان، در شبی برفی، ناگهان برهنه از خانه زده بود بیرون و دویده بود تا تاق‌بُستان.

این را از هم‌محلی‌هاش شنیدم؛ همین‌طور علتش را بزعم برخی‌شان: از بس کتاب می‌خواند!

: کتاب، آدم را دیوانه می‌کنه؟!

: کتاب چه کارها که نمی‌کنه!

این را من گفتم. آژیر باعث شد ببینمش؛ بشناسمش، برغم سر و ریشِ ژولیده‌اش. یک دستش را به سقفِ آمبولانس زنجیر کرده بودند. با دستِ دیگر به میله‌های پنجره چنگ‌زده و زل‌زده بود به جمعیتِ متراکمِ تو خیابان. عیناً مرغِ هراسیده‌ای در قفس. ماشین قیروقاچ می‌رفت سریع و با هر تکان، او رو پاهاش لق‌لق می‌خورد. کم مانده بود از نظرم دور شود برای همیشه که نگاه‌مان گره خورد به هم. لب گشود انگار،... نه، انگار نه. مطمئناً فریاد زده بود: باشه، باشه!

من هم دهان باز کردم؛ بی‌آن‌که فریاد بزنم باشد، باشد.

باشدم کِش داشت؛ گنجایش داشت؛ به اندازه‌ی دنیایی خشم؛ دنیایی درماندگی و در عین‌حال لبریز از فحش. نگفتم. نه‌که نخواهم، نمی‌توانستم بگویم. هاله‌ای سفید؛ به نازکیِ بخار، به تراکمِ ابر، دورم را گرفته بود و مرا می‌چرخاند. بالا می‌بُرد. پایین می‌آورد؛ چپ؛ راست. می‌کشاندم به هر سمت. می‌شنیدم بدونِ صدا. می‌دیدم به ملایمت، به‌کندی؛ حتا چهره عوض کردن‌هام را؛ چه وقت‌هایی که خودم بودم، یکه، یالغوز، از اول تا آخر؛ یا پدر؛ پدرِ دردمندِ عاشق. دل‌باخته‌ی مادر؛ با همه‌ی وجود؛ آن‌قدرکه سخت‌ترین شرایط را فقط با یادِ او، با تجسمِ او تاب می‌آورد.

: خب مردِ حسابی، اگه راست می‌گی چرا به‌خاطر منم که شده دست برنمی‌داری فدات شم؟ این چه عشق و علاقه‌ایه که باید دلِ معشوق را مدام مثل سیر و سرکه بجوشانی؟...

با گفتنِ معشوق خنده‌اش گرفت. سعی کرد جلو خودش را بگیرد. لب‌هاش را جمع کرد و به‌هم فشرد. دلم غَنج زد؛ اگر طفلِ معصوم تو اتاق نبود می‌پریدم جلو بغلش می‌کردم. خودش هم متوجه شد. خون به

صورتش دوید. پلک‌هاش را پایین انداخت؛ شد عیناً تمثالِ حضرتِ مریم. چرخشِ کوتاهی به تنش داد. چرخشی که رایحه‌ی وجودش را مثل عطر تو هوا منتشر می‌کرد. نگاهی گذرا به اطراف انداخت. بی‌آن‌که پلک بلند کند گلایه‌ی عشوه‌آمیزش آتشی شد به جانم افتاد: من هوو نمی‌خوام!

: هوو؟

می‌دانستم منظورش از هوو چیست؛ الکی پرسیدم. خودم را زدم گیجی؛ حتا سعی کردم خنده رو لب‌هام هم ننشیند: از همین حالا تا صد سالِ دیگه، جلو هر امام و امامزاده‌ای که می‌خوای قسم می‌خورم و قول میدم جز تو اسمِ هیچ زنِ دیگه‌ای را نیارم. تا حالا که نیاوردم، آوردم؟... از این به بعدش هم مَرده و قولش!

اما؛ عده‌ای خیلی کینه‌ای‌تر از این‌اند که به قول‌شان عمل کنند!...

لحظاتی می‌رسد که همه چیز سیاه می‌شود؛ سیاه می‌پوشد؛ از آسمان گرفته تا زمین؛ از اشیاء گرفته تا آدم‌ها؛ از صوت گرفته تا نوشته‌ها، تا خاطره‌ها، حتا ذهن. ذهن، یکپارچه تاریک می‌شود. می‌شوی آدم‌ماشینی؛ آدمی که هر وقت بخواهند، کوکش کنند و هر جور بخواهند، بچرخانندش. این برزخ، این فراتر از برزخ هر ثانیه‌اش یک قرن است؛ قرنی که انگار تمامی ندارد. که البته زمان، هر قدر کِشدار؛ رنج و عذاب، هر قدر کُشنده خواه‌ناخواه تمام می‌شود روزی؛ همان‌طور که انتظارِ من تمام شد. دوباره دیدمش. این‌مرتبه دیگر نه مثلِ قبل؛ نه پُر جنب‌وجوش، نه پُر توش‌وتوان؛ درب‌وداغان، پاره‌پوره، خونین‌ومالین، از رمق افتاده. با دیدنش دیگر هیچ برام نماند. اگرچه همان اول به‌محض ورودش قافیه را باخته بودم، خُرد شده بودم؛ ولی گمان نمی‌کردم عاقبتش بشود این. گمان نمی‌کردم یک‌شبه برسم به نهایتِ نابودی. برسم به جایی که دنیا با همه‌ی بزرگی‌اش گلوله‌ی سربی شود بخورد تو ملاجم. من که خودم را نمی‌دیدم چه ریختی شده‌ام؛

چه قیافه‌ای گرفته‌ام؛ چطور اصلاً می‌توانم ببینم، حرف بزنم؛ چطور یکهو مثل بمب نترکیدم را هم نمی‌دانم. شاید به خاطر او. شاید برای این‌که همان آن فهمیدم چقدر احتیاج به صدای من دارد؛ به دلداری من. سعی کردم دلداری‌اش بدهم؛ نه برای دلخوشی او تنها که، برای خودم هم، با همه‌ی وجود؛ با همه‌ی ایمان. حتا قسم خوردم براش چه مریمِ مقدس چه او؛ چه دورانِ معصومانه‌ی نامزدی‌مان چه الانش. فریاد زدم خیال بد نکند، من که هیچ لکه‌ای نمی‌بینم. حاضر بودم مردانگی‌ام را هم حاشا کنم. تیغ بگیرم بشوم خواجه‌ی تاجدار؛ ولی مگر سر برداشت؛ مگر به عجز و ناله‌هام گوش داد؟... دریغ از یک کلمه جواب؛ لام‌تاکام. حتا اشک هم نمی‌ریخت که کمی سبک شود بی‌انصاف. آن‌همه جاروجنجال‌ها، آن‌همه چنگ‌ودندان نشان‌دادن‌ها، رشادت‌ها، یک‌مرتبه آب شده بود؛ شده بود سایه‌ی سیاهی از شرم، از نفرت، از درماندگی و از همه بدتر، از دست‌رفتگی. زنم از دستم رفته بود. می‌شناختمش. اگرچه همه‌اش هشت سال، نُه سال از شهدِ وجودِ یکدیگر چشیده بودیم ولی همین مدتِ کوتاه اندازه‌ی یک‌عمر، بیشتر از یک‌عمر ما را به‌هم پیوند زده بود؛ از شاخه گرفته تا ریشه. خوب می‌دانستم چه بلایی سرِخودش می‌آورد؛ مثل روز برام روشن بود که تحمل نمی‌آورد!

خودش هم نتوانست تحمل کند، هق‌هق زد زیرِ گریه. شانه‌هاش بشدت لرزید. فشار غم رو قلبم سنگینی کرد؛ اشک تو چشم‌هام نشاند. نمی‌توانستم باور کنم این منم که با چشم‌های خودم خواری پدرم را می‌بینم؛ این منم که شاهد شکسته شدن کوهی از اراده و اقتدار شده‌ام. دلم می‌خواست دست رو شانه‌ی او یا خودم بگذارم؛ سر به سر او یا سر به سرِ خودم بچسبانم و لب به نجوا باز کنم شاید کمی آرام بگیرد؛ شاید کمی آرام بگیرم. شاید بغض اجازه بدهد با کلماتی خیس بگویم: این دکترهای مستعار، این پرستارهای قلابی، این بیمارستانِ موهوم هیچ بیماری را

درمان نمی‌کنن؛ خصوصاً اگه بیماری‌ت آن‌قدر مهلک باشه که همه‌ی توان و تخصص‌شان را به مبارزه بطلبه؛ تلاش‌شان را بی‌نتیجه بذاره. میارن نشان بدن چطور می‌توانن تقاصِ قلدری‌هات را بگیرن. بعدش، یک هفته یا یک ماه بعد خودت را هم مثل دستمالی مچاله می‌ندازن بیرون!

این‌ها را می‌گفت تا نقطه‌ی ابهامی باقی نماند؛ هرچند مرتب تکرار می‌کرد: حیف هنوز بچه‌ای، حیف این حرف‌ها حالی‌ت نیست!

حالی‌ام بود؛ کنارِ گورِ بی‌لحد نشسته بودیم؛ کنار کپه‌ای خاک که مثل گل‌برگ‌هایی شاداب زیر نوازشِ یکنواختِ دست‌هاش درازکشیده بود. هر دو سیاه‌پوش؛ من این‌طرف و او آن‌طرف. موهای سرش دیگر نه به‌گفته‌ی مادر فلفل‌نمکی، یکهو سفید شده بود؛ یک‌دست مثل برف. صورتش، با چاله‌چوله‌های متعدد سیاهی می‌زد؛ چشم‌هاش خون‌گرفته بود. هیچ ابایی نداشت اشک‌هاش را ببینم. می‌گفت: قسمتِ جفت‌مان این شده که بی‌مادر بمانیم؛ هر دو تو دورانِ کودکی؛ آن‌هم درست موقعی که بیشتر از هر وقتِ دیگه‌ای بهشان احتیاج داریم. تو مامانت را از دست می‌دی و من عزیزم را!...

عزیز را با صدایی شکسته گفت. انگار بینِ راه از گفتنش پشیمان شده باشد. مکث کرد. چشم دوخت به خاک. بعد پوزخند زد: عزیز ها... عزیز ها!...

ندانستم رو خاکِ جلوش چه می‌دید که بردش تو فکر؛ کردش مجسمه؛ مجسمه‌ای که انگار هوهوی بادی که شروع شده بود را هم نمی‌شنید. ذراتِ خاک به سر و صورت‌مان می‌خورد؛ تو دهان‌مان می‌رفت؛ زیرِ پلک‌ها. بی‌آن‌که اعتنا بکند؛ حتا پلک بزند؛ تا دوباره لب باز کرد. زمزمه‌کنان نه برای من، برای خودش گفت: آخ‌خ‌خ... چه مقایسه‌ی بدی. خدایی‌ش سیما کجا، عزیز کجا؟ این نمونه‌ی نجابت و پاکی و شرم و

شکیبایی کجا و آن زنیکه‌ی عاشق پیشه‌ی بی‌صفت!...

حرفش را تمام نکرده دوباره رفت تو فکر. فکر باباش شاید که وقتی آمده بود و خانه را خالی دیده بود از زنش. زنی که همه‌ی ظروفِ نقره، همه‌ی عتیقه‌جاتِ سبک بعلاوه‌ی طلاها و لباس‌هاش را پیچیده بود داخل بقچه و پسرش را از سر راه پرت کرده بود کنار؛ یا فکرِ خودش، سیماش که اگرچه رفته بود، همه چیزش را برای او جا گذاشته بود؛ از مانتو آبی‌رنگش گرفته تا حرف‌هاش، تا شیرینی‌هاش، تا خاطره‌هاش، حتا همه‌ی حسرتِ از دست دادنش را...

همراه با خاک، بو گلاب می‌آمد؛ با صدای قرائتِ قرآنی که کم‌وزیاد می‌شد؛ و مویه‌های زنی چادرسیاه که خیلی دورتر از ما رو گورِ عزیزش خم شده بود و بی‌وقفه بالاتنه‌اش را تاب می‌داد. چند قاصدک زیر بوته خاری پوشیده از تارعنکبوت گیر افتاده بودند. پُرزهاشان می‌لرزید. موقع مناسبی بود. سعی کردم خودم را از زیر بوته بیرون بکشم و بسپارم دستِ باد؛ نمی‌شد. خاک، پُرزهام را اسیر کرده بود؛ خارها، تیزتیز احاطه‌ام کرده بودند. نمی‌توانستم تکان بخورم. هر جُنب خوردنی کمترین مجازاتش فرو رفتنِ تیغی بود در پوست، در گوشت، در جسم و روح. درمانده به آسمانِ غبارآلود زل زدم؛ به هوایی که ریه را می‌انباشت از ذراتِ مسموم.

کسی از دور، از خیلی دور، پشتِ هاله‌ی ابهام پرسید: چه شد پس؟... پس چرا سرِپا نمی‌شه دیگه این قزمیت؟

: عجله داری... خیلی عجله داری؟...

: زیاد طول بکشه دستم سرد می‌شه آخه!...

قهقهه زد. جواب شنید: صبرکن ببینم، یک جورهاییه؛ مثل این که نوسان داره...

نوسان داشتم. آویزان شده بودم به پاندولی ناپیدا، بینِ زمین و

آسمان؛ نه تندتند، کُند، آرام، از شرق به غرب، از غرب به شرق؛ از جوانی به کودکی، از کودکی به جوانی؛ با برگشت‌هایی مکرر. شهر، زیر پام بود؛ با کوچه‌ها، خیابان‌ها، ساختمان‌ها، مغازه‌ها، دود و دَم و سروصداهاش که بتدریج دور و نزدیک می‌شد. هر دفعه که از جلو مجتمع رد می‌شدم، سر می‌کشیدم پنجره‌ی طبقه‌ی چهارم. اتاق روشن بود. بزرگ شده بودم. نشسته بودم کنارِ کامپیوتر. انگشت‌هام بی‌وقفه ضربه می‌زد؛ نگاه‌ام به مانیتور، و ذهنم سخت درگیر بود. درگیر دردی که می‌کشیدم؛ پیچ‌وتابی که می‌خوردم؛ زجری که می‌دیدم؛ اما به کوچه پس‌کوچه‌های قدیمی که می‌رسیدم، آرام می‌شدم؛ آرامشی غمبار؛ کوچک می‌شدم، می‌شدم کودکی‌های خودم، پیش از پَر زدنِ مادر؛ می‌شدم کودکی‌های پدر.

پدر گفت: تو نازپرورده نیستی؛ یعنی نمی‌توانی باشی. ببین، اشک‌های بابا را ببین؛ مرگِ مامانت را ببین؛ ایناها، این زیر خوابیده، زیر این همه خاک؛ آن‌هم در اوج جوانی؛ مگه چند سالش بود؟... آن قدِ رعنا، آن قامتِ بلند؛ آن موهای معطر مواج که تا رو کمرش می‌رسید؛ آن صورتِ قشنگِ و چشم‌های درشتِ همیشه خندانش این جاست؛ این زیر، در حالِ گندیدن، در حالِ تجزیه شدن. کسی که نفسش مسیحا دَم بود حالا باید بشه خوراکِ مار و مور؛ آن‌هم بی‌گناه؛ آن‌هم بی‌گناه!...

کلمه‌کلمه‌اش با درد و دریغ همراه بود؛ با اشک؛ با سوز؛ تا یادم بماند، تا فراموش نکنم اگر هست، اگر نترکیده، اگر دق‌مرگ نشده، فقط برای این است که به گفته‌ی خودش: نمی‌دانم، نمی‌دانم اگه بخوام خودم را خلاص کنم تو را بسپارم دستِ کی!...

سوتِ قطار
هشداریست به من
تا ایستگاهِ آخر

فاصله‌ای نیست
ساک دستی‌ام را برای تو می‌گذارم
تو را به کی بسپارم
همسفر کوچکِ من؟

به سختی خوانده می‌شد؛ رو دیوارِ سیمانیِ چرک‌مُرده، نه با مداد، نه با خودکار و یا از این دست؛ با تهِ قاشق شاید؛ آن‌هم به شکلِ خطوطی کژومژ که بیان‌گرِ تلاشِ رنج‌بارِ سراینده‌اش بود؛ در نوری که انگار پایانِ روز را اعلام می‌کرد. داخل، بوِ نَم می‌آمد، بوِ ادرار، بو خون‌های خشکیده. و از بیرون، هنوز صدای ضربه؛ صفیرهای بُرنده‌ای که هر فرودش مو به تنِ انسان راست می‌کرد؛ و ضجه، ناله؛ و کسی که یک‌ریز نفرین می‌کرد. این یکی صداش زنانه بود. از دورترها، کسی کوچه‌باغی می‌خواند. کوچه‌باغی را یک بار دیگر شنیده بودم. کنارِ هم قدم برمی‌داشتیم، در سکوتی سوگوار، از پیچ‌وخمِ کوچه‌های خاکی، رو گُله‌گُله جنازه‌ی مچاله شده‌ی برگ‌ها، رو زمینی که پُر بود از شاخه‌های خشک، از سنگریزه؛ و از بینِ پَرچین‌های کوتاه و بلندِ دو طرف. قارقارِ کلاغ‌ها باغ را پُرکرده بود. نگاهی به آسمانِ غبارآلود انداخت؛ به سیاهی پرنده‌ها؛ و به نیمه‌ی پیدای سپیدارهای تقریباً برهنه‌ای که می‌لرزیدند. گفت: گوش بده. متوجه شدی؟ مدت‌هاست دیگه هیچ سینه‌سرخی، شانه‌به‌سری، قناری‌ای، چیزی آواز نمی‌خوانه. حتا گنجشک‌ها هم غیب‌شان زده. همه‌جا شده جولانگاهِ کلاغ‌ها!

خِش‌خِشِ خُرد شدن می‌آمد. جواب دادم: خب، مالِ این‌همه خاکه بابا. این گردوغباری که مدام تو آسمانه همه را فراری داده!

بی‌آن‌که از رفتن بماند، سر چرخاند و نگاه‌ام کرد؛ طوری که حس کردم هنوز خیلی مانده هم‌قد بشویم؛ اگرچه رُشدم سریع بوده است. سرم را پایین انداختم. خیلی کم اتفاق می‌افتاد با هم باشیم؛ و حالا که بودیم،

نباید آزارش می‌دادم؛ یا خیال می‌کردم آزارش داده‌ام. همین موقع صدا را شنیدیم؛ خیلی دور، تو یکی از خانه‌باغ‌ها، یا زیر درخت‌های شبح‌مانند، یا لبِ جوی‌ای که بی‌نهایت لاغر شده بود شاید. زده بود زیرآواز.

گفت: حالا اسبابِ زحمتِ ما می‌شی به‌جهنم، به جوانی خودت رحم کن دیوانه‌ی احمق. تو مثلاً کتاب‌خوانی. کتاب باید آدمت کنه. باید فهمیده‌ات کنه. باید راه و چاهِ زندگی را نشانت بده نه که هنوزکه هنوزه نفهمیدی تا چشم بزنی به هم پیر شدی. بیست و چهارپنج سال کم نیست. من نوزده‌بیست سالم بود صاحب مال‌ومنال شدم؛ ولی تو چه؟ هنوز نه زنی، نه زندگی‌ای. تا کی می‌خوای همین جور آلاخون‌والاخون دیوانه‌بازی دربیاری؛ تا کی زنجیرت کنیم بلکه آدم بشی آخه؟

نه با من، برای خودش زمزمه کرد انگار: از قدیم گفته‌ان کتاب آدم را دیوانه می‌کنه ها؛ ولی کی به خرجش می‌ره!...

صداش همراهِ بو ادرار می‌آمد و لابه‌لای بوِ خون گم می‌شد. تیری انگار درست نشست وسطِ قلبم. جمع شدم. زن و زندگی را راست می‌گفت؛ هرچند همه‌ی تلاشش را کرده بود خودش را مهربان نشان بدهد؛ خیرخواه. سعی کرده بود کلامش صادقانه باشد اما از ریشخند، از تحقیرِ پنهانِ پشتِ کلمه‌کلمه‌اش نمی‌توانستم غافل بشوم؛ همین‌طور از دردِ کُشنده‌ای که همه‌ی پوستِ بدنم را ریش‌ریش کرده بود. خبر داشت در همه‌ی عمرم دستِ هیچ زنی، دستِ هیچ دختری را لمس نکرده‌ام؛ جز درباره‌ی شعر و داستان، جز درباره‌ی فلسفه و هنر، درباره‌ی روانشناسی و جامعه‌شناسی؛ سرجمع، جز درباره‌ی کتاب با احدی جنسِ مخالف حرف نزده‌ام؛ شور و شوق دارم؛ اهل بحث و جدل هستم اما فارغ از دوپارگی‌ام؛ آنچه هیچ برام معنا ندارد تفاوتِ جنسیت است. البته استثنایی را از قلم انداخته بود که باعث می‌شد دلم قرص باشد؛ احساس امنیت بکنم؛ مطمئن باشم نمی‌شوم پدر.

نه تنها او، هیچ کسِ دیگر خبر نداشت از هفده‌هجده سالگی تا ابد، دختری را دوست دارم که حتا اسمِ واقعی‌اش را هم نمی‌دانم. یک کلمه هم باهاش حرف نزده‌ام. نه‌که نخواهم، نتوانسته‌ام. هفت‌هشت مرتبه بیشتر نیامد به جلساتی که هرازگاه برگزار می‌کردیم؛ اما چه آمدنی؟... مثل شهابی که ناگهان سیاهی گوشه‌ای از آسمانِ زندگی‌ام را پاره کند؛ پیش بشتابد؛ برای اولین و آخرین بار نورِ عشقی واقعی را بتاباند به دلم و به همان سرعت گم شود. بی‌آن‌که مسیرِ آمدورفتش محو بشود؛ انگار جاده‌ای طولانی، تونلی بی‌انتها که دردلِ رشته کوهی بلند حفر شود. با اسمِ مستعار داستان می‌خواند؛ س. سرافراز؛ س. سرباز؛ س. سروساز، یا همچنین اسمی؛ که هیچ‌وقت متوجه تلفظِ درستش نشدم؛ نه اسم خودش و نه اسمِ داستان‌هایی که می‌خواند. دیدنش، گَرَم می‌کرد؛ لالم می‌کرد؛ یکباره پرتم می‌کرد تو رویا؛ تو آبیِ معطرِ آسمان‌ها؛ تو جنگل‌های بکر؛ تو راه‌های کشف نشده؛ تو جاده‌هایی که بی‌گمان به شگفتی‌های دلپذیر ختم می‌شد. فقط آن‌جا بود که براش آغوش بازمی‌کردم؛ زبان می‌گشودم. به شوخی می‌گفتم: راهیه که باید بریم، همسفر!

جدی می‌شد. به حاشیه‌ی جنگل اشاره می‌کرد؛ به فاصله‌ی بینِ درخت‌ها با دریا؛ به وسعتی که همه گُل بود و سبزه. می‌پرسید: از این جاده بریم، پیرمرد؟!..

باد به غبغب می‌انداختم. ابرو گره می‌زدم؛ بظاهر اخم‌آلود؛ پُر تحکم صدا گُلفت می‌کردم: از همه‌ی راه‌ها؛ از همه‌ی جاده‌ها!...

و با حرکتِ دست به زمین تا کهکشان اشاره می‌کردم؛ بقدری اغراق‌آمیز که قهقهه‌ی ظریفش پرندگان را از خواندن باز می‌داشت.

پدر، از عشق و دلبستگی‌ام خبر نداشت. سعی می‌کرد به گفته‌ی خودش مرا با زندگی آشتی دهد. تلطیفم کند. نشوم مردِ میدانِ قلم فقط؛ مردِ قلم و غصه و غرق شدن دررنج و عذاب. می‌گفت: حیف دیر فهمیدم

دارم راه را عوضی میرم. باید خیلی زودتر از این‌ها به خودم می‌آمدم. مشکلم نداشتنِ قدرتِ تجسم بود؛ نمی‌توانستم آینده را برای خودم پیش بکشم و به تماشاش بنشینم!

به دوسه تارمو سرم که خیلی زود سفید شده بود چشم دوخته بود و مرتب آه می‌کشید. نگاه‌اش دور بود؛ انگار پشتِ پرده‌ی زمان را می‌کاوید؛ یا شاید آنچه گفته بود را دوباره در ذهن مرور می‌کرد؛ مجسم می‌کرد: بیست و سه سال همه‌اش مصیبت؛ همه‌اش سختی و بدبختی، نه فقط برا خودم، برای همه؛ خصوصاً برا تو. تا چشم بازکردی یتیم ماندی؛ بدتر از یتیم. یتیم اقلاً خیالش راحته پدر نداره؛ در عوض دوندگی هم نداره؛ دلهره هم نداره؛ ولی تو چه؟ تا آن زنِ سیاه‌بختِ مظلوم بود مجبور بود مدام دستت را بگیره دنبال خودش بکشاندت درِاین جهنم‌دره و آن جهنم‌دره. آن‌هم کی؟... در اوجِ جوانی. تو مقطعی از زندگی‌ش که همه مثل گرگ دندان تیزکرده بودن براش. وقتی هم که رفت، شدی آواره‌ی درِ خانه‌های مردم. نشستی سر سفره‌ی تَرَحُم. کی پدری کردم من برات!...

دنباله‌ی صداش ناگهان در همهمه و ازدحام گم شد. فقط دهانش را دیدم پشتِ شیشه که مرتب باز و بسته می‌شد. معلوم نبود کدام‌مان بیرون ایستاده‌ایم؛ آن‌قدر دیدارهامان این‌شکلی تکرار شده بود؛ تغییر کرده بود، یا تو خاطرات یا در واقعیت. من متوجه تغییراتِ ظاهری خودم نبودم اما او روزبه‌روز شکسته‌تر می‌شد؛ جمع‌تر. شاید جمع‌تر از من که دیگر نفس‌کشیدن هم برام سخت شده بود؛ بی‌آن‌که جریانِ تصاویر متوقف شود؛ عبورِ صداهای متنوع؛ و همین‌طور بوهای متفاوتی که از لابه‌لای حافظه سر می‌کشید و شامه‌ام را پُر می‌کرد؛ بو عرقِ تن، بو سیگار، بو ادوکلنی که ازش متنفر بودم، و خون.

: آخه این هم شد شغل؟!..

رسیده بود به این جمله و طعنه‌آمیز با چشم به کتابی که دستش بود اشاره می‌کرد. گرفته بودش یک دست و مکرر می‌کوبیدش کفِ دستِ دیگر؛ عیناً شلاقی که آماده‌ی ضربه‌زدن باشد. نورِکمِ محیط و فشاری که جسم و جانم را چلانده بود نمی‌گذاشت عنوانش را بخوانم. سیما قهقهه‌ی ریزش را سر داد: می‌ترسی پسرِ تو نباشه فدات‌شم؟...

زبان به لب کشیدم و آبِ دهانم را قورت دادم. به برقِ دندان‌هاش نگاه کردم که نه فقط صورت، اتاق را هم غرقِ نور می‌کرد؛ تشنه‌ام می‌کرد؛ بخصوص وقتی که با شیطنت همراه بود. سراپا می‌شدم چشم؛ بی‌آن‌که مرورِ زمان ذره‌ای از اشتیاقم را کم کند. شاید هم علتِ اصلی‌اش محرومیت‌های هرازگاهی‌ام بود که مدام تازه می‌ماندیم برای هم. گفت: این از خودت با رفیق‌های تاق‌وجفتت که چپ‌وراست دعوتت می‌کنن به‌قول خودت به مهمانی‌های اجباری و این‌هم از پسرت که دلت می‌خواد بشه نویسنده!

یکی از ابروهاش را بالا بُرد؛ گوشه‌ی پلک خواباند و قروغمزه‌ای به سر و بدنش داد. صداش را کلفت کرد: کتاب‌خوان. کتاب‌خوان!...

از این که تقلیدم را درمی‌آورد تو پوستِ خودم نمی‌گنجیدم. نگاهی به قابلمه‌ی رو اجاقِ تو ایوان انداخت که درش باز بود و غلغلِ آبِ سیاه و غلیظ کوفته‌هاش را می‌شد دید، و ادامه داد: چقدر هم آتشت تنده ماشاالله؛ بذار اقلاً دوره‌ی ابتدایی‌اش را بگذارنه؛ بعد براش بخر!

خودم هم متوجه بودم چه شور و شتابی دارم اما نمی‌توانستم دل بکَنَم؛ هرکس، خصوصاً از رفقای واقعی که ازکتابی تعریف می‌کرد هرجا که بود؛ حتا تو بازارِسیاه پیداش می‌کردم؛ می‌آوردم کنجِ صندوق‌خانه، جایی که به عقل جن هم نرسد قایمش می‌کردم برای سال‌های بعدت. برای پشتوانه‌ی داستان‌نویسی‌ات درآینده؛ طوری که بتوانی همه چیز را بنویسی؛ حتا خاطراتِ مرا؛ بی‌اعتنا به هشدارها و سرزنش‌های سیما.

هوسی بود مثل خیلی خیال‌های باطل که یک‌مرتبه رو سرم آوار شده بود. بخصوص اوایل که کتاب‌ها جنایی‌پلیسی بودند؛ واقعاً جذاب؛ واقعاً مسحورکننده، آن‌هم برای نوجوانی مبتدی مثل من. پدر شنیده بود خیلی از داستان‌نویسان بزرگ با همین‌ها شروع کرده، بعد به سَمتِ ادبیاتِ جدی کشیده شده‌اند. من هم غرقِ مطالعه بودم. نه رفت‌وآمدهای بی‌صبرانه‌ی مادر؛ نه صدای صغراخانم که تو درگاه کنارِ چادرِ فرش‌شده رو زمین، جلو کوهی از سبزی خم شده، دستش به کار بود و یک‌ریز از همه چیز حرف می‌زد؛ نه غرغرِ بی‌بی که چمباتمه کنار والور نشسته بود و تو تابه‌ی سیاه شده پیاز سرخ می‌کرد و نه زمزمه‌های سرخوشانه‌ی عزیز کنارِ تاقچه، جلو آینه‌ی سنگی، کمی خم شده به جلو، غرقِ آرایش، هیچ‌کدام نمی‌توانست از دنبال کردنِ سیر ماجراها غافلم کند. عطر ریحان و ترخون و شنبلیله، همراه با بوی پیازداغ و رایحه‌ی سرخاب سفیداب، بعلاوه‌ی حال‌وهوای زمان‌های متفاوت اتاق را پُر کرده بود.

صدایی پرسید: سیماجان حواست به حرف‌های من هست یا نه؟...

جواب ندادم. نه می‌توانستم جواب بدهم و نه می‌خواستم؛ اگرچه این مرتبه خیلی مایه گذاشته بود؛ آن‌قدر که گمان می‌کرد واقعاً ارتباط برقرار شده است. حتا برای محکم‌کاری دوباره گریزی زد به شکستگی آرنجم. ماجرا را می‌دانست. تو کیف، فقط سه نسخه از کتابم بود. اولین کاری که بعد از سال‌ها بیم و امید عاقبت منتشر شده، پشت‌نویسی شده بود برای سه نفر اهالیِ قلم، که موتورسوار و همدستش از پشتِ سر نزدیک شدند. یکهو کیف را قاپیدند و گاز دادند؛ بقدری سریع که دوسه متر دنبال‌شان دویدم؛ بعد افتادم و کمی رو زمین کشیده شدم.

دیگر کتاب را به آن‌یکی دستش نمی‌کوبید. پرتش کرد رو میز و پرسید: واقعاً حیف نیست آدم عمر و جوانی‌ش را فدای این جماعت بکنه.

محرومیت بکشی، عذاب ببینی و قلم به تخم چشمت بزنی برا این‌ها؟... که چه؟... تازه این‌که چیزی نیست. یکی را آورده بودن این‌جا تعریف می‌کرد، جوانِ هفده‌هجده ساله‌ای بود، می‌گفت با جیبِ خالی و هزار فکر و خیال فرار کرده بود غربت، شده بود شاگرد نجار. یارو، سرِ شب به بهانه‌ی این‌که نمی‌خواد شاگردش تنها بمانه و غصه بخوره برمی‌گرده مغازه. می‌گفت کم مانده بود سگ‌کُش کردنِ او هم اضافه بشه به بدبختی‌هام!...

قهقهه زد. خوشحال دست‌ها را به هم کوبید و پرسید: حالا، بعدِ این‌همه حرف و حدیث بهتر نیست به‌جای حبس کردنِ خودت یک گوشه‌جا و غرق شدن تو توّهم آن‌قدر که دیوانه بشی و این‌همه عذاب بکشی، نوشتن را کنار بذاری و خلاص؟... ببین، موضوع خیلی ساده است؛ حسابِ دو دوتا چهارتاست. دو به‌اضافه‌ی دو می‌شه چند؟...

: سه، سه و نیم؛ گاهی هم پنج؛ بیشتر یا کمتر!

زد زیر خنده اما خیلی زود جلو خودش را گرفت. عادت نداشت کسی را تحقیر کند. همین خصوصیاتِ اخلاقی باعث شده بود همه دوستش داشته باشند. از کنار تخته‌سیاه فاصله گرفت. سرش را پایین انداخت و متفکرانه عرضِ کلاس را یک بار رفت و برگشت. پچ‌پچه‌ی هم‌شاگردی‌ها را می‌شنیدم؛ همین‌طور خنده‌های فروخورده‌شان را. تو حیاط، گروهی والیبال می‌کردند و کسی مکرر سوت می‌زد. بعد، روبه‌روم ایستاد. گچ را به طرفم دراز کرد. کلاس سراپا گوش شد: شنیده بودم اهل هنر و ادبی اما نمی‌دانستم تو ریاضیات هم ایده و ابداع داری. می‌توانی این را که گفتی ثابت کنی؟

: حالا بنویس!

قلم را پرت کرد رو میز و گفت: بنویس!

شروع کردم به نوشتن؛ قلبم تندتند می‌زد؛ طوری که صداش را می‌شنیدم. نه فقط قلب، رگ‌های شقیقه‌ام هم؛ زیرِ سیلی از عرق؛

هراسان؛ به امیدِ به‌موقع بودن؛ مانعِ بروزِ بلا شدن؛ درحالی‌که از خشم می‌لرزیدم؛ درحالی‌که آشکارا صدای سایشِ دندان‌هام جمجمه‌ام را پُر کرده بود. دستم به اختیارم نبود؛ سریع پیش می‌رفت. مطمئناً با این سرعت، تا دقایقی بعد هیچ دانسته‌ای باقی نمی‌ماند. برام هم مهم نبود، نه فقط نوشتن، هرکس و هر چیز دیگری؛ حتا زمان. دلم می‌خواست پرده‌ی بلندِ زمان آتش می‌گرفت تبدیل می‌شد به آن؛ به آنی که برگردد قبل از آوردنش؛ یا حالا که به دام افتاده‌ام بلافاصله مقابلِ خودم ببینمش؛ دست نخورده؛ آسیب ندیده؛ بکر.

: پسرجان، مراقب باش چه می‌گی و چه می‌کنی. نه که قصدم امرونهی باشه ها. هیچ‌وقت به خودم اجازه‌ی این کار را ندادم و نمیدم؛ حتا برای شاگردهام. فقط پیشنهاد می‌کنم تو یک مسیر حرکت بکن؛ راهی که بهش واردی، تخصصش را داری. استعداد تو در نوشتنه. هیچ‌کدام از همکلاس‌هات نمی‌توانن یک متنِ خوب مثل تو بنویسن. حیفه با شاخه‌به‌شاخه پریدن بشی عین پدرت که رفت خانه‌نشین شد!...

هیاهوی دانش‌آموزها مجبورش می‌کرد بلند حرف بزند. چشم دوخته بود به ازدحامِ داخلِ حیاط و مراقب بود جلبِ توجه نکند. نه تنها او، اغلبِ دبیرهای سال‌های تحصیلم احترام قائل بودند برام. این یکی، جدا از احترام، نگرانم هم بود. به‌شوخی می‌گفت: حیف تو هم کله‌ت بو قورمه سبزی می‌ده!...

علاوه بر همکار، از دوست‌های سابقِ پدر بود. چند مرتبه پیغام داده بود دلش می‌خواهد او را ببیند اما پدر دورِ خودش تار تنیده بود. از خانه بیرون نمی‌رفت مگر برای خرید؛ برای کارِ بانکی یا چیزی از این دست. زندگی‌اش خلاصه شده بود در مطالعه، در خانه‌داری و افتادن دنبال من؛ آن‌هم اغلب در سکوتی بغض‌آلود. حتا دیگر از خاطراتش هم نمی‌گفت؛ نه از بچگی‌های

خودش و نه از دورانِ کوتاه اما پُر فراز و نشیبِ زندگی با مادر. دوست داشت بیشتر غرق بشود تو خیالاتِ خودش. مشدی، تنها دوستی بود که گاهی عصرها می‌آمد خانه‌ی ما؛ با پدر چایی می‌خورد؛ گپ‌وگفتی، دردِدلی تا قبلِ تاریک شدنِ هوا. صغراخانم هم به بهانه‌ی همراهی شوهرش می‌آمد دستی به سروگوشِ جگرگوشه‌اش بکشد، یعنی من؛ و اصرار برای رُفت‌وروبِ اتاق‌ها؛ برای بردنِ رَخت‌چرک‌ها، پرده‌های دوده‌گرفته و یا هر چیزی که نیاز به شستن داشت؛ اما پدر هیچ‌وقت اجازه نمی‌داد. همیشه می‌گفت: خدا از بزرگی کمت نکنه؛ هستن. هم فک‌وفامیل‌های خودم هستن و هم مادر و خواهرهای سیما؛ ولی نمی‌ذارم آن‌ها هم دست به سیاه‌وسفید بزنن!

یکبار هم برای لحظه‌ای از قالبِ غم بیرون آمد و با لبخندی لرزان گفت: مادرِ خوبِ من، خواهر خوبم، من خودم یک پا خانمم. شما اگه آشپزی، جاروکشی و یا رَخت‌وپَختی دارین برا شستن بدین من ببینین می‌کنمش دسته‌ی گُل یا نه!

در همین دیدارها مشدی و صغراخانم دوسه مرتبه پیشنهاد دادند پدر دوباره ازدواج کند که هر مرتبه بشدت منقلب شد؛ طوری که بغض راهِ گلوش را بست. تا دقایقی نتوانست جواب بدهد. بعد که لب بازکرد، انگار می‌خواست بزند زیر گریه: کی را بیارم بنشانم جای سیما. اصلاً کی پیدا می‌شه بتوانه بشه حتا یک تار مو او؟!..

موهاش زیر نگاهِ حریصِ یکی از شیشه‌های در رها شده بود. سرش را یک‌بَر گرفته بود و شانه به خرمنِ سیاهِ معطرِ مجعدی می‌کشید که نورِ آفتاب بی‌هراس از من، با احتیاط نُکِ پنجه‌اش را گذاشته بود روش. ایستاده بود بینِ درگاهیِ اتاق، به کاری و در حالتی که می‌دانست سِحرم می‌کند؛ خصوصاً با پیراهنِ سفیدِ گُلدارِ راسته‌ای که سینه به برآمدگیِ قشنگِ شکمش ساییده بود؛ شکمی که در سه‌چهار ماهه‌گی شده بود

دنیایی سرشار از طراوت و تازگی؛ از زندگی. اگرچه مستِ تماشا بودم اما وقاحتِ شیشه، دست‌درازیِ شانه، جسارتِ آفتاب و چاپلوسیِ پیراهنش به‌شدت آزارم می‌داد. از حسادت نزدیک بود بتَرَکم. گفت: دلم می‌خواد از همین حالا برا آقازاده‌ی حضرت‌عالی برنامه‌ریزی کنیم. طوری که به امیدِ خدا سربازیش که تمام شد هم از لحاظ مالی و هم از نظر سواد و معرفت و هر چیز دیگه، هیچ کم‌وکسری نداشته باشه!...

سوتِ بلندم باعث شد حرفش را ناتمام رها کند و چشم بدوزد به اعتراضم.

: اوووووه، چه خبره خانم‌جان. اول این‌که فقط آقازاده‌ی بنده نیست؛ هدیه‌ی بی‌نظیر سرکارعلیه است با مشارکت و همکاری منِ ناچیز به جامعه‌ی بشری. بعدش، عزیزکم، سیماخانمِ گُلِ گلاب، صبر کن اول تشریف بیارن خدمت‌مان، بعد گاماس‌گاماس براش برنامه‌ریزی می‌کنیم؛ نه که از جنینی یهو پرتش کنیم به دنیای جوان‌ها. حالا از تولدش شروع می‌کنیم مثلاً تا پنج‌شش سالگی‌ش!

: مگه دستِ خودشه فدات‌شم؟ بخواد نخواد مجبوره تشریف بیاره به‌قول تو!

تشریف آورد. درواقع پدر گفت؛ بعد از این‌که آمد پایینِ قبر چمباتمه زد، انگشت رو سنگ گذاشت، سرش را انداخت پایین و زیرلب فاتحه خواند. من این‌طرفِ مادر نشسته بودم، پدر آن‌طرف. همین‌که دیدمش، سریع بلند شدم. انگار کسی "برپا" داده باشد. نیم‌نگاهی به من انداخت. با اشاره‌ی آرامِ سرانگشت‌ها "برجا" داد. آهسته سلام کرد و نشست. فاتحه که تمام شد، چشم دوخت به پدر: خدا رحمتش کنه!

: ممنون. لطف کردین تشریف آوردین. بفرمایین خرما میل کنین!

کارتنِ کوچک رو سینه‌ی مادر بود؛ طوری سر نایلون را بالا آورده بود

که هم بشود به راحتی از داخلش خرما برداشت و هم گردوغبارِ احتمالی روش ننشیند. قبلِ این‌که خرما را به دهان بگذارد گفت: مطمئنم این بچه پیغام‌هام را بهت می‌رسانه!

کمی مکث کرد و ادامه داد: نیامدم نصیحتت بکنم. در حدی هم نیستم به خودم اجازه بدم تو را نصیحت کنم؛ ولی نه فقط من، همه‌ی دبیرهای دیگه هم نگرانت‌ان....

آمده بود برای دلداری دادن، برای به زندگی عادی برگرداندن؛ برای این‌که بگوید حصارِ بلندِ انزوا هم او را افسرده می‌کند، هم مرا.

گفت و گفت. پدر اما چشم از او برداشته بود. در سکوتی محزونانه گاهی به مادر نگاه می‌کرد، گاه به من. گاهی سر می‌چرخاند سمتِ قبرهای دور و نزدیک به تماشای تنهایی‌شان و یا آن‌هایی که یک‌دو سوگوار جنب‌وجوش راه انداخته بودند دوروبرشان. بعد خیره شد به لکه‌های متعددِ ابر، به عبورِ هرازگاهی پرنده‌ها، به آبیِ آسمان که جای‌جای‌اش بریده‌بریده شده بود؛ هاشورهایی زرد، نارنجی، قرمز، سفید؛ تا دقایقی طولانی. تا زمانی که او از گفتن خسته شد. آن‌وقت آهِ متراکم در سینه‌اش را بیرون ریخت. دوباره از این‌که آمده بود، از این‌که نگرانش بود، از حرف‌هاش تشکر کرد؛ از صمیمیت و مهربانی‌اش هم. بعد گفت: همه می‌دانیم پرواز یعنی آزادی، یعنی رهایی، دور شدن از هرگند و کثافت و چه و چهِ دیگه. درواقع پرواز یعنی خوبی. پرنده هم که کارش معلومه، درسته غذاش از رو زمین تأمین می‌شه ولی باید پرواز بکنه. پرواز، ماهیتشه، تو ذاتشه؛ اما اگه یک‌روز پرواز کرد و دیگه نتوانست بشینه چه؟ فرض کن جفت پاهاش لای شاخه‌های درختی، تو دامی، مهلکه‌ای، جایی گیر افتاده باشه. برا خلاصی‌ش با همه‌ی توان، یکهو جوری زور بکنه که وقتی می‌پره، پاها از زانو قطع بشن بمانن تو چنگی که گرفته بودشان. این پرنده‌ای که نمادِ پریدنه، تا کی می‌توانه تو آسمان دور

بزنه، بچرخه؛ بدون پا چطور می‌خواد بشینه، حالا هرجا، رو درخت یا زمین؟

زمین را که گفت، نگاه‌اش از چشم‌های او سُر خورد افتاد رو سنگِ قبر. آقای بهاری سراپا گوش بود. پدر که ساکت ماند، او کمی صبر کرد و بعد بسته سیگار را بیرون آورد. با ضربه‌های آرامِ دست جیب‌هاش را دنبال کبریت کاوید.

من‌هم شروع کردم گشتن. دوسه برگ کاغذِ سفید تو تاقچه بود. خودکار را که پیدا کردم. گفت: بنویس پسر عزیزم. شروع بکن به نوشتن. هرچه دوست داری!

بی‌تکان، فقط منزجرانه نگاه‌اش کردم. داد زد: خب چرا معطلی؟ بنویس دیگه لندهور!

صداش مثل ناقوس تو سرم طنین داشت؛ تکرار می‌شد؛ کلافه‌ام می‌کرد. نمی‌توانستم راست بنشینم. نمی‌توانستم حتا سرم را بالا بگیرم. زیر پلک‌هام بقدری باد کرده بود که سنگینی‌اش رو چشم‌هام می‌افتاد؛ گونه‌هام هم همین‌طور؛ سایه‌شان را با دیدِ کناری می‌دیدم. بدنم داغان بود؛ دردی کُشنده تو یکایکِ اعضاءم می‌دوید؛ نفسم را بند می‌بُرد. حرف‌های پدر بوضوح در کاسه‌ی سرم می‌چرخید؛ صورتش را می‌دیدم آشکارا؛ قدوقواره‌ی ویران‌شده‌اش را موقع نوشتن؛ ویرانی سراسری‌اش را هم از درون و هم از بیرون. انگار دو تصویر بودیم منطبق بر هم؛ اما من سعی می‌کردم فاصله بگیرم از او؛ نمی‌خواستم شکلِ پدر باشم. سر چرخاندم؛ کجکی، از پایین به بالا، مثل کسی که گردنش شکسته باشد، نگاه‌اش کردم؛ نگاهی که یواش‌یواش چهره‌اش را عوض کرد؛ از قالبِ انسانی بیرونش بُرد؛ کردش هیولایی مخوف؛ هیولایی که آتش گرفت. موجودی هراسناک که به‌هم پیچیده باشیم و چنگ انداخته باشم دور گلوش؛ به‌شکلی که صورتش سیاه شود؛ مهر و محبت‌هاش به باد برود؛

همین‌طور دوستی‌های مصلحتی‌اش. بسختی صدا از دهانش درآمد: لایقِ حرمت نیستی که!...

لایقِ حرمت نیستی را بعدتر گفت. بعد از این که دو بارِ پیاپی با فشارِ سرپنجه به شانه‌ام هُلم داد و گفت: برو. برو!

نمی‌توانستم بروم. با یکی از دوست‌ها قرار گذاشته بودم همان‌جا، کنارِ خیابان، چسبیده به بن‌بستی با چهارپنج خانه که پُر از یاس بودند. غرقِ رایحه‌ی گل‌ها بودم و تماشاگر بازیِ دو قمری عاشق لبِ پنجره‌ای، که مثل اجل معلق سبز شد جلوم؛ با کی کار داری جناب؟

جناب را به مسخره گفت و با کی کار داری را پُر از خشمی فرو خورده. هم‌سنِ خودم بود، شانزده‌هفده ساله؛ اما یکپارچه شَر. "به تو چه" را که شنید، نگاهی به دوروبر انداخت. خیابان در خلوتِ بعداز ظهرش چرت می‌زد؛ فقط دوسه نفر از رفقای خودش رو پله‌ی مغازه‌ای نشسته و منتظر چشم دوخته بودند به ما. بوی هندوانه‌ی گندیده می‌آمد. گفت: چشم‌چرانی تو این محله موقوف؛ وگرنه چشم از کاسه در میاریم. کله‌پزی راه می‌ندازیم. دباغی هم می‌کنیم ها!

و زهرخندش را پُر صدا بیرون ریخت. دستش را که پس زدم رفقاش دویدند. یکهو برق از کله‌ام پرید. سرم به این‌طرف پرت شد؛ به آن‌طرف. دوباره. دوباره. مشتی که زیر چانه‌ام زد باعث شد ولو شوم رو زمین. کمرم خورد به لبه‌ی صندلی. نه که زیاد درد داشته باشد؛ عادت کرده بودم؛ خصوصاً که دیگر رمقِ درد کشیدن هم نمانده بود برام؛ هرچند گاه‌گاهی که بی‌حسی از بین می‌رفت جان‌به‌لب می‌شدم؛ می‌شدم مشتی عذاب که با همه‌ی وجود جمع می‌شد، خم می‌شد؛ می‌شد آرزوی مرگ؛ مرگی که انگار سکوی پرتاب بود، نقطه‌ی رهایی.

نفس‌نفس‌زنان، خیسِ عرق، صندلی را راست گذاشت. کمک کرد

بنشینم پشتِ میز. به‌کندی دست به لب کشیدم؛ داشت می‌سوخت. پشتِ دستم خونی شد. خون را تار دیدم؛ همین‌طور او را؛ انگار پرده‌ای می‌آمد جلو چشم‌هام و رد می‌شد؛ می‌آمد و رد می‌شد. دستمال به پیشانی‌اش کشید. قهقهه زد. خنده‌ای هیستریک، ادامه‌دار؛ آن‌قدر که اشکش سرازیر شد. و به همان سرعت هم ساکت شد. زنگِ صداش در کاسه‌ی سرم طنین همزمانِ هزاران ناقوس بود. زُل زد به چشم‌هام. صورتش محو می‌شد و پیدا، دور می‌شد و نزدیک؛ مثلِ نقابی از خشم که در دلِ تیرگی پس‌وپیش بشود؛ پیدا و پنهان. لب جویید؛ انگار دودل باشد؛ انگار حرفِ مهمی را مزمزه کند بگوید یا نه؛ بگوید یا نه؟... مزه‌ی خون را تو دهانم می‌چشیدم؛ طعمِ تلخ‌ترین دردها را هم که هنوز در خاطرم می‌چرخید و کرختی‌ام را از بین می‌بُرد. بعد، دست به جیبش بُرد؛ پاره‌روزنامه‌ای بیرون کشید. چین‌وچروکش را صاف کرد. انداختش جلوم. زیرِ نگاه‌ام که کم‌فروغ و کم‌فروغ‌تر می‌شد؛ بی‌آن‌که ذره‌ای از رنج کم شود؛ آن به‌آن اضافه‌تر هم می‌شد؛ طاقت‌فرساتر. خطوط ناخوانا بود؛ سطرهایی سیاه که انگار پشتِ جریانِ نازکِ آب باشند. کمک کرد کلمه‌کلمه‌اش را بخوانم. روش نوشته بودند: مجهول‌الهویه. عکسی را هم انداخته بودند سیاه‌سفید، تار، آن‌هم رو کاغذِ کاهیِ رنگ‌رو رفته؛ طوری که اصلاً نمی‌شد تشخیصش داد. فقط جسمِ مچاله‌ای بود رو آسفالتِ خیابانی، گوشه‌ی کوچه‌ی ماشین‌روی، شاید هم خارج از شهر، کنارِ جاده. عکاس، هیچ دقت و سلیقه به کارنبرده بود؛ نه انتخابِ زاویه‌ی مناسب، نه تلاش برای شفافیتِ تصویر و نه حتا زوم رو چهره که دستِ‌کم کمکی کند به متن.

با تحکم گفت: می‌شناسی‌ش؟... خوب دقت بکن!

دقت کردم. مشدی بود؛ شوهرِ دومِ صغراخانم. از مغازه برمی‌گشت. قدش از همه‌ی کسانی‌که تو کوچه ازکنارش می‌گذشتند بلندتر بود. من که برای دیدن صورتش باید حتماً می‌گذاشتمش تو قابِ آسمان. یک

بسته آدامس و دو شکلات گذاشت کفِ دستم. دست کشید رو سرم: حالِ مرد کوچولوی همسایه‌ی ما چجوره؟...

کلاهِ کشبافِ سیاهی سرش بود؛ هندوانه‌ای زیرِ بغل. بو نان‌شیرینیِ تازه می‌داد. پرسید: تو که بچه‌ننه نیستی؛ یعنی دیگه برا خودت مردی شدی؛ غصه نمی‌خوری؛ مگه نه؟...

صداش کهنه بود؛ کهنه و دور. تیری سوزان از بین رگ و ریشه‌ی وجودم گذشت. صغراخانم با همه‌ی وجود دعا کرد: خدا هیچ خانه‌ای را بی‌مَرد نکنه؛ بمیرم برات سیماجان، دخترگلم!...

مشدی جلوتر آمد؛ آشکارتر شد، کوتاه‌تر و پیرتر. پشت کرد به من. سینی سیاه و چرب با نان‌شیرینی‌های داخلش که رو هم چیده شده بود را گذاشت تو ویترین. ادامه که داد، صداش ده‌پانزده سال مسن‌تر بود: ... عینِ پسر نداشته‌م. اصلاً غصه‌ی کار و کاسبی را نخور. هر وقت دوست داشتی بیا بشو صاحبِ این مغازه؛ هرچه درآوردیم نصف‌نصف. اصلاً من میرم خانه می‌شینم که آقابالاسر نداشته باشی. خوبه؟... شغل که داشته باشی، تشکیل زندگی هم می‌توانی بدی. دستِ بنده‌ی خدایی را می‌گیری میاری خانه تا هم عرقِ تو را دربیاوره و هم بابای بیچاره‌ت را تَر و خشک کنه!...

سکته کرده بود. پدر گفت: تازه برده بودنت که نیمه‌های شب جیغِ صغراخانم بیدارم کرد. بیچاره، زنِ اجاق‌کور؛ حالا دیگه نه تنها داغِ بچه رو دلش مانده، به‌قول خودش بی‌سایه‌ی سر هم شده!...

تو ردیفِ مادر خاکش کرده بودند؛ با این تفاوت که عکسش را هم انداخته بودند رو مرمرِ سیاه.

تکرار کرد؛ یا خیال کردم تکرار می‌کند: می‌شناسی؟... خوب دقت بکن!

و اضافه کرد: دیوانه!

دیوانه یا مجنون؟...

از ذهنم گذشت: کدام‌یک دیوانه‌ایم؟...

و بی‌درنگ تصحیح کردم: دیوانه نه؛ عزرائیل. عزرائیل!

این مرتبه نوبتِ من بود اضافه کنم: عزرائیل مگه حرف می‌زنه؟!..

با همه‌ی سخت‌گیری‌ها و گریزها کار به‌جایی رسیده بود که لرز لرزان باورش کنم. خوب که خاطراتم را کاویدم، اتفاقاً جوابش مثبت شد. در روایات آمده بود به هیبتی انسانی اما رعب‌آور آشکار می‌شود. گویی خودش را نشان می‌دهد بیم و هراسِ بیشتری ایجاد کند؛ به خیالش برای من هم صلابتِ مرگ را به نمایش می‌گذارد.

تکرار کرد؛ یا خیال کردم تکرار می‌کند: می‌شناسی؟... خوب دقت کن!

دقت کردم. شبیهِ خیلی‌ها بود که می‌شناختم؛ اما لب از لب باز نکردم؛ همین‌طور گره از ابروهام. پشتم به‌شدت می‌سوخت. همه‌ی توانم را به کار گرفتم تا نیفتم، تا چشم نبندم. گفت: زحمت نکش. جانِ چه می‌کنی؟... خودتی. خودِ خودت. ببین چه بی‌سروصدا مُردی. حالا معلوم نیست ماشین زده و فرار کرده، بدون‌آن‌که راننده‌اش پیدا بشه؛ یا خودکشی کردی بر اثر اعتیادی، مسایل ناموسی، اختلاسی، دزدی، چیزی و یا نهایتِ نهایتش با کلی ارفاق...

دنبالِ ناخن‌های درازش می‌گشتم، دنبالِ داسِ مرگش و شنلِ سیاه‌اش که پقی زد زیرِ خنده. تمسخرکنان ادامه داد: داستان‌نویسی هستی که به قول هم‌پالکی‌هات دچارِ یأس فلسفی شدی. مجنون شدی؛ زده کله‌ت. ها؟... حالا کدام‌شان هستی؟...

: یأس. ناامیدی!

فقط از ذهنم گذشت. نزدیک‌تر آمد. رو میز خم شد. عکس را جلوم گرفت. رنگی بود. زیرزمینِ خانه‌ی پدر؛ جایی که هیچ‌وقت دل ازش نمی‌کند؛ هر قدر اصرار کرده بودم؛ التماسش. قبول نمی‌کرد. می‌گفت: بسه

دیگه؛ چه خیری من داشته‌ام برا خانواده‌ام که بیام سربارِ تو هم بشم!

نمی‌خواستم با رفت‌وآمدها، با نشست‌ها و هیاهوی دوست‌هام آرامشش را به‌هم بزنم؛ خصوصاً که هیچ نشانی از آن تن‌وبدن؛ از آن همه شکوه و اقتدارش نمانده بود. شده بود مشتی پوست و استخوان با صورتی چروکیده، دست‌هایی همیشه لرزان؛ و نگاهی که حسرت، پشیمانی و پریشانی توش موج می‌زد. خودش هم اصرار داشت در همان خانه بماند؛ بینِ خاطراتی که مثل ریشه‌های درختی تناور او را در خود گرفته بود؛ بقدری محکم که اجازه‌ی کمترین جابه‌جایی را نمی‌داد. می‌گفت: اشتباه می‌کنی پسرجان؛ من که تنها نیستم. یعنی تا زمانی که داخل این خانه باشم تنها نمی‌مانم. مرا ببری هر جای دیگه‌ای از بی‌همدمی دق‌مرگ می‌شم. این‌جا سیما هست؛ کودکی‌های تو هست؛ خاطراتِ تو و من و آن جوان‌مرگ و حتا یادهای پراکنده‌ی بابام!...

می‌گفت اگرچه مدام اسیر و در عذاب بوده، اما روزهای خوش هم داشته است؛ و خوش‌ترین و فراموش نشدنی‌ترین ایام، پیش از تولد من بوده است؛ سال اول ازدواج، که شهر به شهر، سراسرِ ایران را گشته بودند؛ از شمال تا جنوب؛ از شرق تا غرب. آن‌قدر که نه فقط همه‌ی اندوخته‌اش را خرج کرده، کُلی قرض هم آورده بود بالا.

رو آخرین پله‌ی جلو اتاقِ سه‌دری نشسته بود؛ اتاقی که دیگر درش به رو هیچ مهمانی باز نمی‌شد. نه که نداشته باشد؛ کافی بود اراده کند؛ رفقای سابقش، هر تعداد که مانده بودند حتماً مشتاقانه می‌آمدند دوروبرش. بارها از این و آن‌شان شنیده بودم همراهِ گلایه‌ها که: چرا دور خودش تار تنیده... چرا خیال می‌کنه درکش نمی‌کنیم؟ خب هر کس ظرفیتی داره؛ نقطه‌ضعفی. این پیرمرد هم...

بهش می‌گفتند پیرمرد؛ پیر نبود که؛ خودشان هم می‌دانستند.

می‌گفتند: حالا موقعش نیست که. تو این اوضاع و احوال؛ تو این حال و روز، این‌همه تنهایی؛ این‌همه پریشانی و پشیمانی که چه... آخرش چه... اگه یک‌شب سکته کرد کی می‌خواد به دادش برسه؟

قبول نمی‌کرد. چشم دوخته بود به تک‌وتوک برگ‌های زرد، مچاله و غبارگرفته‌ی تاکِ پیر و حریصانه پک می‌زد به سیگارش. نگاه‌اش عجیب بود؛ درست مثل جاده‌ی پُرپیچ‌وخمِ ممتدی که یک سرش درماندگی نحوه‌ی دیدار باشد و سمتِ دیگرش التهابِ انتظار. انتظارِ دیدارِ چه را نمی‌دانستم. گفت: اشتباه کردم عزیزم. اشتباه کردم جانم. زندگی خودم به جهنم، جوانیِ خودم به درک؛ آن زنِ بیچاره چه گناهی کرده بود که به آتش من سوخت؛ که جوانمرگ شد. تو چه گناهی کرده بودی که بشی آلتِ دستِ خودخواهی‌های من؛ بشی وسیله‌ی انتقامِ من؟... چرا فکر امروزِ تو را نکردم؟ چرا به عقلم نرسید راهی که برات انتخاب کرده‌م منتهی می‌شه به همان چاهی که خودم افتادم توش. آخه تا کی باید یکی تقاصِ حماقت‌های دیگری را بده. آخه کدام پدرِ با وجدانی کاری می‌کنه بچه‌اش همان عذابی را بکشه که خودش کشیده؟... یعنی آن‌قدر نفهم بودم؟...

بغض به گلوش چنگ انداخت. اشک در چشم‌هاش حلقه زد. سعی کردم آرامش کنم؛ بهش دل بدهم: گاهی وقت‌ها حتا تقریباً یک ملت هم اشتباه می‌کنن، نفرکه چیزی نیست. تازه، کی می‌گه شما اشتباه کرده‌ین؟... راهِ شما درست بوده. راهِ من هم همین‌طور. این را خودم انتخاب کردم. شما فقط می‌خواستین داستان‌نویس بشم؛ فقط خواستن. بقیه‌ی انتخاب‌ها با خودم بوده. هرکاری هم زحمت داره؛ سختی داره؛ هزینه داره. خب من‌هم اگه می‌خواستم می‌تونستم برم بشم دلال؛ بشم محتکر؛ بشم مالِ‌مردم‌خور و یا هرچه. فقط شکم گنده بکنم؛ مدام بخورم و بخوابم و چربی رو چربی؛ نه این‌جور لاغرمُردنی؛ اما عافیت‌طلبی شیوه‌ی

مردان نیست بابا، همیشه خودتان می‌گفتین؛ یادتان رفته؟!..

: نع عزیزم. نه بابای بابام، رستمِ دستان هم که باشی نمی‌توانی ناراحتیِ بچه‌ت را تحمل کنی!

نتوانسته بود تحمل کند؛ من هم دیگر نمی‌توانستم. درد امانم را بریده بود؛ جان به لبم رسانده بود. کافی بود کمی آرام بگیرم، آن‌قدر که بتوانم یک لحظه، فقط یک لحظه پلک بگذارم رو هم؛ حتماً می‌رفتم. می‌رفتم کنار او که حالا تو عکس، تو هوا تاب می‌خورد؛ با همان پیراهنِ بلندِ سپیدش که مدام در خانه می‌پوشید؛ پیراهنی که نیمی از جلوش بازمانده، و از زیرش، موهای سیاه‌وسفیدِ رو شکمش بیرون افتاده بود؛ با پیژامه‌ی راه‌راهِ طوسی‌اش که آلوده به لکه‌های ریز و درشتِ سرخ بود. هنوز دمپایی‌هاش تو هوا نرم‌نرم این‌طرف-آن‌طرف می‌رفت. انگار از سرِ انگشتِ شستش قطره‌ای خون می‌چکید.

گفت: اول با چاقو زده تو قلبش بعد خودش را دار زده. عکس که این را می‌گه. پزشکی قانونی هم باید همین را بگه. حالا چرا با چاقو زده تو قلبِ خودش ما نمی‌دانیم. گمان نکنم از ترسِ پاره شدنِ طناب بوده یا برا این‌که زودتر راحت بشه. خلاصه، برا تو هم نامه نوشته. اظهار پشیمانی کرده؛ ندامت‌نامه!...

صداش کم‌وزیاد می‌شد؛ مثل رادیویی که یواش‌یواش ولومش را بچرخانی. تصویرش هم دور و نزدیک می‌شد؛ گاهی صاف، گاهی مواج. کاغذِ چهارلایی را از همان جیب بیرون کشید. بازش کرد؛ صافش کرد و جلوم گرفت. خطِ پدر بود؛ هرچند لغزان زیرِ موجی که مرتب از روش رد می‌شد. گفت: بگیر بخوان!

نگرفتم. احتیاجی به خواندن نبود؛ همه چیز را می‌دانستم، همه را از سر گذرانده بودم. حتا سه مرگی که اتفاق افتاده بود؛ دوتاش در خانه‌ی ما؛

مرگ‌های خاموش؛ مرگ‌هایی که صدا از هیچ‌کس درنیاورد. تو اولی‌اش صغرا خانم بود؛ مشدی بود؛ و دو زن و سه‌چهار مرد از همسایه‌ها با چند نفری از فامیل، که همه یواشکی گریه کردند. یواشکی شیون کردند. یواشکی حلوا پختند؛ طوری که بوش نرود بیرون. صغرا خانم هم پچ‌پچ می‌کرد؛ طوری آهسته که صداش بسختی شنیده می‌شد. رو لُپ‌های خراشیده‌اش رگه‌های خون خشکیده بود. می‌گفت: بمیرم براش طفلکِ معصوم. یک آقا می‌گفت هزار آقا از دهنش می‌ریخت بیرون. وقتی می‌گفت آقامان، انگار تو دنیا فقط آن جوان‌مرگ شوهر داره و بس. همیشه هم فقط و فقط غصه‌ی شوهرش را می‌خورد؛ انگار نه انگار جوانی و قشنگی خودش هم داشت یواش‌یواش به بادِ فنا می‌رفت؛ آن‌هم آن قشنگی که او داشت؛ آن موهای بلند، آن قدِ رعنا و ابروهای کشیده؛ آن صورتِ به‌قاعده پهنِ مهتابی‌رنگ... مدام همین جا، کنار همین در، رو به حیاط می‌نشست و زل می‌زد بیرون. می‌گفت ببین، دار و درخت را ببین، این آسمانِ آبی را، این حیاط، این هوا، این چای گرم که خیلی آسان برا من و شما مهیاست؛ آخ بمیرم براش که هیچ وقت آبِ خوش از گلوش پایین نمی‌ره همه‌ی کَسَم!...

نگاهی به دوروبر انداخت. سرش را جلوتر برد. ادامه داد: به رو مردش که نمی‌آورد دخترِ گلم آن‌قدر حیا داشت؛ ولی دلش خون بود از کار و بارِ شوهرش و از حرف و حدیث‌های رفقای عالی‌قدرش. می‌گفت کدام رفقا؟ بگو نارفیق؛ بگو دشمن‌های خونی‌ش که تا بگی چه بکنم می‌ریزن کشان‌کشان می‌برنش... همیشه یک چشمش به در بود و یک چشمش به آسمان. مدام شکایت به خدا می‌بُرد و می‌نالید از وضع و حالِ شوهرش؛ غافل که یک روز خودش هم باید بره. آن‌هم جوری که از آن به بعد خانه خالی بشه، بمیره؛ بی‌آن‌که دوباره زنده بشه؛ هرچند روزِ بعدش برگشت با لب‌های داغمه بسته‌ای که تا لحظه‌ی آخر دوخته شده بود به هم!...

نـه کـه بخواهنـد بگویـد؛ مـادر چیـزی نداشـت بـرای گفتـن. بایـد پدر می‌گفت، کـه گفت؛ وقتی شـنید سیماش را می‌آورند. همـان دفعه‌ی اول کـه روبه‌رو شـدند، دل و دین از دسـت رفت. آن قد و بالا، آن نجابت، آن وجاهت، آن همـه‌ی زیبایی‌های زندگی مگر گذاشت رهاش کنم؟... مگـر گذاشـت لحظـه‌ای از خاطـرم بـرود بیـرون؟... پابه‌پاش رفتـم، روزهـا و روزهـا، هفته‌هـا و هفته‌هـا؛ بی‌اهمیـت بـه بی‌اعتنایی‌هـاش، بـه اخم‌هـاش، بـه اعتراض‌هـاش. منتظر ماندم و تو گوشـش خواندم. منتظر ماندم و تو گوشـش خواندم؛ آن‌قـدر کـه وقتی دیـد هوا و هوسـی دربیـن نیسـت کمی نـرم شـد. نـه کـه بخنـدد؛ نـه کـه عشـوه بیایـد. صریـح و قاطـع پرسـید: چـرا مثـل جوان‌هـای نجیـب پا پیـش نمی‌ذاری؟... پدر-مـادری، فک و فامیلی، مراسـمی...

پدر می‌دانسـت طاقـتِ ننگ نـدارد. خـودش هـم طاقـت نداشـت؛ حالا ایـن هفده‌هجـده سـال را چطـور صبـر کـرد، خـدا می‌دانـد. هفده‌هجـده سـال فقـط بـه حـرف آسـان اسـت؛ هـر روزش یـک عمـر بـود؛ طـوری کـه ایـن آخرهـا هیچ‌کس بـاور نمی‌کـرد حتـا زیـر شصت داشـته باشـد.

: آه، بَرش گردانین دیگه پس چه شد؟...

: چه؟...

: می‌گم اگه می‌دانین روبه‌راه سـت برش گردانین طلبش را بده!...

: طلب؟... مگه بدهکاره؟

: این هم یک‌جور طلبه دیگه خنگِ خدا!

صدایی کـه از پشـتِ ویرانه‌های خشتـیِ زمـان می‌آمـد، صفیـری بُرا شـد و در گوشـم نشسـت؛ مـاری بـزرگ کـه پشـتم را نیـش زد. بی‌اراده بدنم جمع شـد. دوبـاره تاریـخ دهان گشـود. دوبـاره آشـکارا صداهـا را شـنیدم، ضجه‌هـا را، ضربه‌هـا را از هرگوشـه؛ و مـردی کـه آن وسـط بـا همـه‌ی وجـود فک می‌فشـرد.

: منم یا پدر؟... منم یا پدر؟...

: نه بابا، چه برش گردانیم!

: مگه نگفتی برگشت؟ خودت گفتی!

: کاذب بود. دلت خوشه ها؛ رفتنیه. گمان نکنم دیگه آدم بشو باشه!...

پیک‌های مرگ یکهو شدند پیامبرانِ شادی؛ شادی‌ای که آمد ناگهان نفسم را بند بُرد؛ طوری که انگار کمربندی را دور بازوهام انداختند و با همه‌ی توان کشیدند. شادی و فشار به‌هم آمیخت. فشاری فراتر از تحمل انسان. تنگی نفس توأم شد با درد؛ دردی که تو بدنم دوید؛ از زیرِ چانه‌ام راه گرفت تا قفسه‌ی سینه، تا پهلوها، تا رو ناف؛ انگار قطاری بود گردش‌کنان رو ریلی مدور، مرتب دور خودش می‌چرخید؛ می‌چرخید و آرام و قرار نمی‌گذاشت برام. ذهنم را به‌هم می‌ریخت؛ کاری می‌کرد که همهمه و هیاهو را بُریده‌بُریده بشنوم. صداها را قاطی کنم. تصاویری که از جلو چشم‌هام می‌گذشت تار بود؛ گوشه‌وکنار نداشت؛ همه پاره‌پوره، مبهم؛ از عکس مردِ مجهول‌الهویه گرفته تا عکس پدر که تاب می‌خورد تو هوا. یک لحظه وقفه افتاد؛ آرامش برقرار شد. عزیز شروع کرد به خواندن. موهای کوتاهِ چتری‌اش را به‌دقت شانه کرده بود و صورتش را آرایش می‌کرد. به لبش که رسید، کمی ساکت شد و بعد ادامه داد. صداش از صدای زنی که از گرامافون پخش می‌شد نازک‌تر بود و قشنگ‌تر؛ این را همه می‌گفتند؛ از خاله مریم تا زن‌های دوست و آشنا. بو عطر، بو سرخاب سفیداب، بو خورشِ سبزی که غلغلش هم شنیده می‌شد، صدای گرامافون و زمزمه‌ی عزیز اتاق را پُر کرده بود.

آرایش که تمام شد، چین و چروکِ لباسِ براقش را صاف کرد. قدمی عقب رفت و از دلِ آینه، قد کوتاهِ پُرو سینه و پَسِ بزرگش را وارسی کرد. بعد، کیفش را برداشت رفت سمتِ در. آماده شدم صداش کنم مرا جا نگذارد که دوباره حالم به‌هم خورد. دوباره تاریکی و درد آمد. یکهو رفت‌وآمدها زیاد و زیادتر شد؛ شتاب گرفت. انگار همه‌ی مردمِ دنیا آمدند جمع شدند

دور من رژه رفتند؛ حرف زدند؛ داد کشیدند؛ دویدند؛ بی‌آن‌که به گفته‌های یکدیگر توجه داشته باشند؛ بی‌آن‌که به فریادهای هم اعتنا کنند؛ به تنه‌زدن‌هاشان به هم. دیدم‌شان، از پشتِ پلک‌های بسته؛ از پشتِ سرخیِ کم‌رنگی که پیاپی رنگ عوض می‌کرد؛ سیاه می‌شد و سرخ؛ سیاه می‌شد و سرخ. ناگهان تیر آمد؛ تیری دوباره؛ قوی‌تر و بزرگ‌تر از همیشه. درست نشست وسطِ قلبم. درد نهایتِ شدت را گرفت؛ مچاله‌ام کرد، هم از درون و هم از بیرون؛ بیرون را اول حدس زدم. دیگر اصلاً نفسم درنیامد. این یکی را دیدم؛ آشکارا. انگار آینه‌ای گرفته باشند روبه‌روم. دیدم صورتم کبود شد؛ کبودی‌ای غرقه در زمینه‌ای سیاه. و خُرخُری که همراه شد با بیرون زدنِ کفی خون‌آلود از دهانم. حباب‌های سرخ جلو لب‌های کبود بزرگ می‌شدند و می‌ترکیدند. کف از گوشه‌ی لبم راه گرفت. خُرخُر، آن به‌آن بیشتر و بلندتر شد؛ همراه شد با عرق‌ریزان؛ با تقلایی پنهانی؛ تقلای مرگ، تا رسیدن به اوج؛ اوجی با نهایتِ عذاب. و ناگهان قطع شد.کسی گفت: رفت. رفت دکتر!

: رفت؟...

رفتم، به‌آنی؛ راحت؛ مثل پرنده‌ای که از لحظه‌ی غفلت استفاده کند، از قفس آزاد شود؛ با همه‌ی سرعت، سبکی، با همه‌ی آسودگی و بی‌دردی.

دور که می‌شدم، روزنامه را دیدم، مردِ مجهول‌الهویه را که شکل من می‌شد، شکلِ پدر، شکلِ همه‌ی آشناها و آن‌ها که در سیاهی حسرت‌زده زل زده بودند به رها شدنم.

: خدا نگهدار... خدا نگهدار صیادهای محرومِ من!...

۱۳ دی‌ماه ۱۳۹۱ – ۱۰ اسفند ماه ۱۳۹۱

آقای نیازی و خریدن پراید

دقیقاً از موقعی که مرتضا نیازی کارت بانکی را توی دستگاهِ کارتخوانش کشیده بود ۴۵ روز می‌گذشت. آقای ز. زرلکی صبح تا ظهر منتظر ماند، خبری که نشد به خودش گفت: حتماً تا شب زنگ می‌زنه!

اگرچه آقای نیازی آدرس خانه را داشت، می‌توانست بیاید حضوری حساب‌شان را تسویه کند؛ اما زرلکی ترجیح می‌داد برود شماره‌ی همراه‌اش را از دکتر ملکشاهی که دو قدمی مغازه‌ی آقا مرتضا داروخانه داشت بگیرد. او دیده بود زرلکی با آقای دکتر دوست است، پس حالا که حجب و حیا مانع می‌شد تا درِ خانه بیاید، تلفنی اطلاع بدهد موعدشان سر آمده و بایستی به وعده‌اش وفا کند.

زرلکی آقای نیازی را از سال‌های دور می‌شناخت. از زمانی که در شهرکِ

حافظیه زندگی می‌کردند و هنوز بازنشسته نشده بود، هر وقت به خودکاری، دفتری و از همه‌ی بیشتر، به فتوکپی از شعری، داستانی و یا مقاله‌ای احتیاج داشت، یک‌راست می‌رفت لوازم‌التحریر فروشی او که هم کمی ارزان حساب می‌کرد و هم آدمِ خوش‌رو و خوش‌زبانی بود؛ به‌قدری که امکان نداشت دیداری داشته باشند و آقای نیازی حکایتی پندآموز، نقلِ قولی از بزرگان، شمه‌ای از کرامات اهلِ کرم و یا سفارش‌هایی از ائمه‌ی اطهار برایش نگوید و او را از چشمه‌ی دانش و فهمِ خودش مستفیض نکند. زرلکی به دوستی با او افتخار می‌کرد. این که مردی تقریباً قدکوتاه، با یک چشمِ معلول که مدام زیر عینکِ آفتابیِ قهوه‌ای رنگی پنهان بود این‌قدر با انصاف باشد و نه مثل بیشترِ مردم، قلباً، عمیقاً به خدا و پیغمبر اعتقاد داشته باشد و مومن و آگاه و مهربان و عارف مسلک باشد، موهبتی بود بی‌نظیر در دوره‌ای وانفسا.

پنج‌شش سالی از کشفِ آقای نیازی نگذشته بود که زرلکی ناچار شد بیاید داخل شهر خانه بخرد؛ به همین علت هفت‌هشت سالی از آن انسانِ بزرگ دور و بی‌خبر ماند اما از خوش‌شانسی‌اش به‌قول خودش روزی که خریدِ زیادی کرده بود، او را دید توی یکی از خیابان‌های قدیمی شهر سمساری باز کرده است. دو دوست چقدر از دیدنِ یکدیگر شاد شدند و این که زرلکی با وجودِ داشتنِ کلی کار چطور همه را نادیده گرفت و ساعتی ماند تا از برکات کلامِ حکیمانه‌ی آقای نیازی بهره‌مند شود، بماند. از آن به بعد رشته‌ی دیدارشان دوباره پیوند خورد. زرلکی اگر احتیاج داشت وسایلِ دستِ دوم بخرد و یا می‌خواست کارِ مهمی انجام بدهد حتماً خدمتِ آقای نیازی می‌رفت چون می‌دانست قیمت‌ها را عادلانه حساب می‌کند و راهنمایی‌هایش هم حتماً مفید و ارزشمند است. این، جدا از دیدارهایی بود که هربار به میدان وزیری می‌رفت برای خریدنِ میوه و سبزی و در مجموع، مایحتاج؛ موقعِ برگشتن، ساعتی را اختصاص می‌داد به این که کیسه‌های خرید را جلوی مغازه‌ی آقا

مرتضا بگذارد و دل بسپارد به حدیث‌ها و تمثیل‌ها و روایات و خاطرات و کلاً حرف‌های دلنشینِ و پندآمیزِ او.

آقای نیازی ناچار بود هرچند دقیقه یک‌بار، عینکِ آفتابی را بردارد و با پشتِ دست اشکی را که از چشمِ کبود شده‌ی معلولش راه گرفته بود پاک کند. این‌طور مواقعی زرلکی خجالت می‌کشید او را نگاه کند. سعی می‌کرد خیلی طبیعی رویش را به سمتِ خیابان و یا اجناس مغازه برگرداند.

یک‌دو سال بعد آقای نیازی شغلش را از سمساری به فروش لوازم خانگی تغییر داد. این، مربوط به زمانی بود که بازار، ثبات نداشت؛ ضمن این که قیمت‌ها مدام رو به افزایش بود، نظارتی هم روی آن‌ها نمی‌شد اما این قضیه برای آقای زرلکی اهمیتِ چندانی نداشت چون او، آقای نیازی را داشت و همین که خانه‌اش را فروخت، یک یخچال‌فریزر و یک ماشینِ لباسشویی نو از او خرید. مطمئن هم بود حتماً ارزان‌تر از سایر مغازه‌دارها با او حساب کرده است. در یکی از دیدارها بحثِ فروشِ خانه که پیش آمد، معلوم شد زرلکی، خانه‌اش را که سه‌چهارسال قبل، موقعِ ارزانیِ نسبی، هفتاد میلیون خریده بود؛ یک ماه قبل از تورمِ مهارگسیخته با بیست‌میلیون ضرر، ارزان فروشش کرده است. آقای نیازی خیلی دلش سوخت. با توجه به شناختی که از او داشت گفت: تو مردِ معامله نیستی، یعنی آنقدر آدم ساده و بی‌شیله‌پیله‌ای هستی که با هرکس معامله کنی کلاه می‌ذاره سرت. مطمئنم همین شندرغاز را هم دوسه‌روزه خرج می‌کنی می‌افتی خاکِ سیاه!

زرلکی آهی کشید و به فکر فرو رفت. آقا مرتضا پرسید: حالا چقدرش مانده؟

: چهل، چهل و پنج تمن

: خیلی‌خب، قبلِ این‌که این‌ها را هم به باد بدی بهتره بندازیش تو معامله. من آدمِ مطمئنی را می‌شناسم ماه به ماه یک پول قلنبه می‌ذاره

جیبت. چطوره؟

و با کلی شرح و تفصیل خیالش را راحت کرد پولی که خواهد گرفت نزول نیست؛ کار، کارِ شرافتمندانه‌ای است و چه و چه. زرلکی خیلی خوشحال شد. جواب داد: باشه، من که از خدامه. فقط باید سفری برم تا ترکیه. می‌دانی که زن‌به‌زورم!

قضیه‌ی زن‌به‌زوری زرلکی مربوط می‌شد به خانمش که هر خواسته‌ی حق یا ناحقی داشت آنقدر سر او غر می‌زد و بموقع و بی‌موقع به بهانه‌های مختلف می‌گفت: تو هیچ به حرف‌های من اهمیت نمیدی و اصلاً به خواسته‌هام توجه نداری...

و از این دست حرف‌ها که مردِ بیچاره جان به‌سر می‌شد. سعی می‌کرد از شرِ غرزدن‌ها و بهانه‌گیری‌ها خودش را خلاص کند تا مدتی بعد و موضوعی دیگر.

سفر ترکیه‌شان نزدیکِ پانزده شانزده میلیون تومان آب خورد. همین که برگشتند چون آقازاده‌اش فارغ‌التحصیل رشته‌ی برقِ قدرت بود و کار، حتا پادویی رستوان‌ها هم برایش پیدا نمی‌شد، ناچار برای این که افسرده نشود تصمیم گرفت برایش ماشینی بخرد برود مسافرکشی. همه‌ی اعضاء سه‌نفره‌ی خانواده گوشی‌های‌شان را دست گرفتند و شروع کردند جستجو توی دیوار. ماشین‌های زیادی بود، پراید مدل نود که یک شاسی‌اش خورده بود ۱۲ میلیون تومان؛ یکی دیگر با جفتِ شاسی‌های خورده ۱۱ میلیون، مدل هشتاد و هشت، سالم به شرط کارشناس پانزده میلیون، شانزده میلیون. به‌قدری ماشین زیاد بود که نمی‌توانست تصمیم بگیرد کدام را بخرد. از طرفی خودش از ماشین چیزی نمی‌دانست، به همین خاطر دست به دامنِ دوستان و آشنایان شد. دلسوزهایش گفتند بهتر است دستِ دوم بخرد، اگر دوررنگ هم بود، مهم نیست چون

آقازاده تازه گواهی‌نامه گرفته خواه‌ناخواه دوررنگش می‌کند برایش. فقط مراقب باشد علاوه بر موتور، شاسی‌هایش سالم، لاستیک‌ها تقریباً نو باشد؛ باطری‌اش کار بکند و کف‌اش آفتاب ندیده باشد و...

بهترین نفر برای انتخابِ پرایدی با این مشخصات شوهرِ دخترعمه‌ی عیال بود که با هم رفت‌وآمدِ خانوادگی داشتند و نان و نمک‌ها خورده بودند و چهل سال مکانیک بود.

یک‌دو ماشین را خودِ آقای زرلکی از توی سایت دیوار پیدا کرد برد تعمیرگاه پیشِ آقامراد نظر بدهد که بنا به تشخیصِ استاد، هر دو کلی ایراد داشتند. ناچار قرار شد صبر کنند شاید کسی که نه بنگاه‌دار است و نه دلال، ماشین‌اش را بیاورد پیش او و یا همان حوالی که خوشبختانه صبرشان خیلی زود جواب داد. یک روز عصر استاد مراد تماس گرفت گفت پرایدِ مدلِ نودی پیدا کرده است نمره‌اش بیست. سالمِ سالم، فقط کمی، خیلی کم، نزدیکِ چراغِ جلو سمت شاگرد خورده است که آن‌هم زیاد مهم نیست. گفت: می‌خوای بیا نگاهش بکن!

زرلکی گفت: برادرِ من، استادِ عزیز، خودت می‌دانی من فرق ماشین و گوشت‌کوب را نمی‌دانم. خودت اگه تأییدش می‌کنی دیگه من بیام چکار؟

جواب شنید: خیالت تختِ تخت. همین حالا پولش را بریز حساب چون دوسه‌نفر دیگه براش دندان تیز کرده‌ن!

قیمت ماشین ۲۲ میلیون بود ولی استاد یک میلیون تخفیف گرفته بود چون فروشنده خیلی احترامش را داشت. باید بیست و یک میلیون می‌ریخت حساب. این مبلغ توی دوتا بانک بود و جابه‌جایی‌اش کلی کار داشت. ناچار همان موقع پنج میلیون واریز کرد به حسابِ آقا مراد و قرار شد بقیه را هرچه زودتر جور کند. فردا اولِ صبح هنوز بانک‌ها باز نشده بود که آقای زرلکی جلوی یکی از موسسات مالی پابه‌پا می‌کرد ساعت

اداری شروع بشود پولش را بگیرد. ۱۳ میلیون را که ریخت به حساب، زنگ زد به استاد مراد تا بگوید بهتر است سه میلیون باقی‌مانده را بگذارند پای سند. جواب شنید: خیلی خب، ایراد نداره. طرف کاری داره باید بره همدان. ماشین را می‌ذارم تو تعمیرگاهِ خودم. نمی‌ذارم کسی دست بهش بزنه تا برگرده با هم برید به‌نامت بزندش!

چهارپنج روز طول کشید تا فروشنده بیاید. موقعی که می‌رفتند برای تعویض پلاک، صدای ضبطِ ماشین گوش آقای زرلکی را کر می‌کرد. معامله که تمام شد و باقی‌مانده پول که توی محضر داده شد، ماشین آمد توی پارکنیک محلِ سکونت آقای زرلکی. مدیر ساختمان همین که مدل و قیمت را شنید بشدت ناراحت شد. گفت: مردِ حسابی چرا به من نگفتی. این پیت چیه خریدی؟ ازکی خریدی؟ چرا نبردی نشانِ کارشناس بدیش؟!

آقای زرلکی نمی‌دانست جایی هست پنجاه هزار تومان می‌گیرند و ماشین را چک می‌کنند. وقتی که رفت، معلوم شد هم دوررنگ است و هم جفتِ شاسی‌ها و سینی جلو خورده و کاپوتش تعویضی است، دو حلقه از لاستیک‌هایش پارگی دارد، از داخل با چسب‌آپاراتی چسبانده‌اندش ووو. درمجموع تا سرپایش کند، نزدیک چهار میلیون هم خرجش کرد. ماشینی که می‌شد بهترش را با دوازده سیزده میلیون خرید ۲۴ میلیون قالب کرده بودند به او. نتیجه‌اش شد شکرآب شدن بین او و استاد مراد و قطعِ رفت‌وآمدهای خانوادگی؛ اگرچه خدشه‌ای به روابط دخترداییِ و دخترعمه وارد نیامد چون آنچه اتفاق افتاده بود معامله‌ای بود مردانه و به مردها ربط داشت.

مرتضا نیازی این‌ها راکه شنید دست روی دست زد و کلی افسوس خورد و رفیق بد و فامیل نادرست را نفرین کرد و درنهایت گفت: همه‌ی پول‌هات راکه دادی به باد. حالا گوش بگیر ببین چه می‌گم. من شش

میلیون احتیاج دارم. نه بعنوان قرض، برای شراکت. بسم‌الله بگو شاید کمی از خسارتت کم بشه!

آقای زرلکی فقط یک میلیون و پانصدهزار تومان برایش مانده بود. گفت: نه دوست عزیزم، بابتِ شراکت شرمنده‌م. این پیتی که خریده‌م چهل و پنجِ روز دیگه بیمه‌ش تمام می‌شه. پول را میدم خدمتت تا ۱۹ یا بیستم اردیبهشتِ ۹۸، یعنی سال آینده، به‌صورت قرض. حرامم باشه اگه یک ریال چشم‌داشت داشته باشم!

پول راکه داد، تا سرِ موعد، یعنی چهل و پنج روز هروقت می‌رفت میدان وزیری خرید می‌کرد، برای آن‌که آقا مرتضا نبیندش و خیال نکند خودش را نشان می‌دهد که طلبش را خاطرنشان کرده باشد، راه‌اش را دور می‌کرد و از خیابانِ پشتی می‌رفت خانه. بیستم اردیبهشت هرچه منتظر ماند خبری از آقای نیازی نشد. رفت دید مغازه‌اش بسته است. با احتیاط از خیاطی که همسایه‌ی او بود حالش را پرسید نکند مریض باشد یا خدای ناکرده بلایی سرش آمده باشد. شنید رفته است مشهد، تا هفته‌ی دیگر نمی‌آید. آه از نهادش درآمد. ناچار شد برای اولین بار توی عمر شصت‌هفتاد ساله‌اش به یکی از دوستان رو بیندازد، پولِ بیمه را جور کند و بعد صبر کرد سفرکرده‌اش برگردد. روزشنبه آقا مرتضا همین که او را دید جلو دوید. شوق‌وذوق‌کنان گفت چه سعادتی داری تو، خوش به‌حالت. به‌خدا قدم‌به‌قدم همراهم بودی. همه‌اش هم بخاطر سادگی و صفای دلته!

معلوم شد ده‌پانزده روزِ قبل پولِ آقای زرلکی آماده بوده، همان موقع یکی از هم‌مسجدی‌ها میاید درِ مغازه می‌گوید بیا که امام تو را هم طلبیده. نیازی از خدا خواسته دست زن و بچه‌اش را می‌گیرد، می‌رود پابوس. همانجا، ضریح را که می‌گیرد، اول برای زرلکی دعا می‌کند. گفت: تو که اهلِ نزول و این حرف‌ها نیستی. به‌جاش چه کردم؟ اگه بدانی... کاری کردم

کارستان. تو حرم دو رکعت نماز برات خواندم با خلوصِ نیت!

وقتی این را گفت طوری چشم‌هایش برق می‌زد و منت گذاشت انگار چندمیلیون از طرفِ امام برایش سوغاتی آورده. بحث که به قضیه‌ی بدهی رسید، گفت: دوستِ خوبم. من که آمده‌م خانه‌ت، می‌دانم آدمِ پولداری نیستی. بازنشسته‌ای هستی که اگه بتوانی با حقوقِ بخورنمیرت امورت را بگذرانی هنرکردی. پولِ تو که خوردن نداره. تقاضای وام کرده‌م. به بانکیه هم گفتم با چه آدم شریف و نجیبی سروکار دارم. هفته‌ی آینده همین روز و همین ساعت پولت حاضره!

هفته‌ی آینده قولِ هفته‌ی بعد را داد و هفته‌ی بعد هم همین‌جور تا عاقبت آقای زرلکی شرم و حیا را کنار گذاشت و عصبانی، البته نه که پرخاش بکند یا صدایش را ببرد بالا، فقط اخم‌آلود پرسید: جوابِ خوبی اینه؟

آقای نیازی با کفِ دست زد توی پیشانی خودش و گفت: آخ ای روزگار!

عینک آفتابی‌اش را برداشت. قطره‌ی اشکی که از چشم معیوبش راه گرفته بود را با پشتِ دست پاک کرد و گفت: خدا لعنت بکنه مرا اگه یک مو از تنم راضی باشه مردی به بزرگی تو را ناراحت بکنم. هفته‌ی بعد اگه کلیه‌م را هم فروختم ردخور نداره. شنبه پولت حاضره.!

شنبه نه که برود جلو، از فاصله‌ای دور دید آقا مرتضا مرتب می‌آید و می‌رود و مدام به سمتی که او باید بیاید نگاه می‌کند. به خودش گفت: ای دلِ غافل، ببین بخاطر مالِ دنیا با این مردِ خدا چه رفتارِ بدی کردم. نگاه کن، بی‌صبرانه منتظره ببینه کی میام!

شرم و حیا باعث شد نرود جلو، صبر کند آقای نیازی زنگ بزند تا خیال نکند دوستی چندین و چندساله‌شان را به پول فروخته است. راه‌اش را کژ کرد، رفت چرخی زد تا غروب. غروب وصل شد به شب اما خبری از زنگ نشد. به خودش گفت: چاره‌ای نیست فردا می‌رم سراغش!

فردا که رفت، مغازه بسته بود. از خیاط‌باشی پرسید. جواب شنید دیروز تا همین موقع اسباب‌کشی می‌کرد، بار کرد و رفت!

آقای زرلکی فهمید سرک کشیدن‌های دیروز آقای نیازی از هول و هراس بوده نه از انتظار، سرخورده و عصبی گوشی‌اش را درآورد و شروع کرد زنگ زدن. هربار که تماس می‌گرفت، زنی با لحنی آرام و صبور جواب می‌داد: مشترکِ محترم، مخاطب در دسترس نیست. تماس شما از طریق پیامک به ایشان اطلاع داده می‌شود.

۱۳۹۹/۴/۱ - ۱۳۹۸/۵/۸

پشتِ خیمه‌ی وهم

هراسان دست از کار می‌کشم. خمیده، دست‌به‌زانو، زل می‌زنم به آن سمت. آفتاب‌پرست است؛ از همین مارمولک‌های خیلی بزرگِ سبز و نارنجی‌رنگ که دُمِ ضخیمِ بلندی دارند. پوستِ پُشت و روی دست و پاهای درازش پُر از گره‌های ریز و درشت است؛ اما زیرِ تنه و دُمش صاف است، به‌رنگِ زردِ متمایل به سفید؛ رنگی که انگار ماسیده است.

به‌فاصله‌ی کمی از من می‌رود؛ تندوتیز، به چپ‌وراست. و دُمش که روی زمین کشیده می‌شود، خطی کژومژ جا می‌گذارد و غبار کم‌رنگی به هوا بلند می‌کند. کمی که می‌رود، یک‌مرتبه می‌چرخد. رو به من می‌ایستد. با چشم‌های ورقلنبیده‌اش، با حرکاتی سریع و مقطع این‌طرف-آن‌طرف را می‌پاید. پلک‌های بادکرده‌ی گره‌دارش را هرازگاهی به‌هم می‌زند. چشم به

چشمم می‌دوزد. گردنش را سیخ می‌گیرد و بالا-پایین می‌برد. این حرکتِ مضحک را چند مرتبه تکرار می‌کند. پوستِ نرم و براقِ زیرگلویش تندتند پُر و خالی می‌شود. بعد، ناگهان برمی‌گردد، شروع می‌کند دویدن. پنجه‌ی دست و پاهایش سنگریزه‌ها را جابه‌جا می‌کند. به سوراخی که کناریکی از قبرهاست می‌رسد. توی آن می‌رود و ناپدید می‌شود.

چشم از آن نقطه برمی‌دارم. نگاهِ دیگری به دوروبرم می‌اندازم. جز بیابانِ زردِ غبارگرفته، خارهای خشکیده‌ی تارعنکبوت بسته، سنگ‌های مستطیل‌شکلی که انگار منتظر دستِ نوازشگری کنار یکدیگر کِزکرده‌اند و لاشه‌ی گنجشکی که میان باریکه راهی خاکی افتاده است، چیز دیگری نیست. فقط در آن دور دورها طرحی از چهاردیواری سرهم‌بندی شده‌ای دیده می‌شود و بعد از آن، محوطه‌ای با دیوارهایی بلند از مرمر سفید و تک‌وتوک درخت‌هایی که شاخه و برگ‌شان جنبشی ندارد.

خورشید زیر پرده‌ی ضخیمی از غبار پنهان مانده؛ هوا، داغ، دَم‌کرده و خفه است.

مطمئن که می‌شوم، دوباره شروع می‌کنم به کندن. اگرچه دست و بازویم گرمِ کار است؛ اگرچه دقیق مراقبِ اطرافم هستم، اما هنوز به گفتگویی که پُشتِ سرگذاشته‌ام فکر می‌کنم و با یادآوریش، هم خنده‌ام می‌گیرد و هم عصبانی می‌شوم: آخر برای این یک وجب زمین باید آن‌همه کلنجار می‌رفتم؟! این‌که اول و آخر مال من می‌شد؛ حالا این تکه نه، یک تکه‌ی دیگر. چه فرقی می‌کرد برای او؟!..

حتماً خیال کرده بود دیوانه‌ام؛ دیوانه شده‌ام؛ یا مردم‌آزاری، چیزی هستم. شاید هنوز هم همین فکر را می‌کند چون تا وقتی از جلویش دور شدم عادی نگاهم نکرد. یعنی قبل از این‌که خواسته‌ام را به اطلاعش برسانم خوب بود؛ اما همین‌که از تصمیمم آگاه شد یکهو برخوردِ بظاهر

صمیمانه‌ی بازاری و آماده به خدمتی‌اش رنگ باخت. برای لحظه‌ای با چشم‌های ریز، تنگ، آب‌چکان و بی‌مژه‌اش کاوش‌گرانه به چشم‌هایم زل زد و دنبال ردِ پایی از جنون، تمسخر و چیزهایی از این‌دست گشت؛ اما من مظلومانه، با قیافه‌ای حق بجانب فقط منتظر ماندم.

بعد، سگرمه‌هایش توی هم رفت. پوستِ چروکیده‌ی صورتِ پیر و کتابی‌اش جمع شد. با نگاهی سنگین سراسرِ پیکرم را سایید. بخت یارم بود از بین دو دست لباسی که دارم، بهترین‌اش را پوشیده بودم چون در غیر این‌صورت ممکن بود از پشتِ میز چوبی بزرگِ سیاه‌اش کنار بیاید و با لگد از در بیندازدم بیرون. هرچند درگیر شدن با آن بدنِ باریکِ پوسیده سخت نبود اما به دردِسرش نمی‌ارزید. ناچار صبر کردم تا تصمیم بگیرد.

وقتی شوخی و شیطنتی را در رفتارم ندید، بلند شد. روبه‌رویم ایستاد. سینه‌ی استخوانی‌اش را جلو داد. سر کوچکش را بالا گرفت -احتمالاً روی پنجه‌ی پاهایش بلند شده بود؛ چون دقایقی سرش موازی شانه‌هایم شد- و شروع به شوخی و دست انداختنِ من کرد. بعد، سعی کرد قیافه‌ی جدی به خودش بگیرد و وانمود کند این موضوع برایش تازگی ندارد، جواز دفن خواست. آن‌را که از جیبِ پشتِ شلوارم درآوردم و نشانش دادم، غافلگیر شد. شوخی و ریشخند جایش را به ناباوری و بدگمانی داد. خیال کرد مأموری، چیزی هستم. سعی کرد خودش را درست‌کار نشان بدهد. حتا شروع به عذرخواهی و لاف‌زدن کرد و تصمیم به نارو زدن گرفت.

قهقهه‌ی خنده‌ام توی اتاقِ خلوت پیچید که: همه‌ی کارها درست شده، فقط این یکی مامور می‌خواهد؟!

پیدا بود کلافه شده است. نیم‌نگاهی به کاغذِ دستم انداخت. در حالی‌که تلاش می‌کرد با نگاهش حدقه‌ی چشم‌هایم را حفر کند، پرسید: این را دیگر چطور پیدا کردی؟

جوابم ساده بود: دکتر هم یکی است مثل تو!

بظاهر قانع شد اما هنوز پیگیرِ فهمیدنِ علت یا انگیزه بود.

گفتم: دلم می‌خواهد!

بعد ادامه دادم: اول و آخر زحمتِ این کار با توست؛ مثل خیلی‌های دیگر که شخصاً اقدام می‌کنند، یا به دستِ دیگران؛ و یا این‌که به مرور زمان جاری می‌شوند و گذرشان پیش تو می‌افتد. مگر غیر از این است؟

جواب نداد. شناسنامه خواست. نشانش دادم؛ هم شناسنامه و هم کارت شناسایی و هم گواهی‌نامه‌ی رانندگی. تازه، اگر می‌دانستم این‌قدر سخت می‌گیرد، مدارک تحصیلی و کلاً هر مدرکِ عکس‌دار دیگری که دارم، همه را می‌آوردم جلویش می‌ریختم تا آن‌ها را یکایک، با بدگمانی، کُندی، لاقیدی، اجبار و هر چیز دیگر از روی میزش بردارد و خیره به عکس شود و خیره به من و دوباره به عکس و به من و دوباره...

بعد، اوراق و مدارک را بی‌وقفه ورق بزند. زیر و بالا بکند. دقیق، هر نکته، هر کلمه، هر مُهر و هر نشانه‌ی رویش را بخواند و بی‌میل، ناباور یا ناراضی آن‌را کناری بگذارد و بعدی را بردارد و چشم بدوزد به عکس و به من و به مُهر و کلمه و نکته و هرچیز دیگری و همین‌طور طولش بدهد و یک‌ریز بگوید: نع، نُچ، نمی‌شود. باید رمقش چیده شده باشد. باید هیچ علامتی از حیات تو وجودش نباشد. برامان ایجادِ زحمت می‌کند، مسئولیت دارد. نه، نُچ، نمی‌شود. باید... باید ...

و این بایدها دلم را بلرزاند. بترسم نکند گوشی تلفن را بردارد و ماجرا را بگوید.

عاقبت وقتی به مبلغ اضافه کردم، راضی شد. سری تکان داد: قصدم فقط این است دچارِ دردسر نشوم...

بقیه‌ی حرفش را خورد. بعد از مکثی کوتاه زیر لب، لُندلُندکنان ادامه

داد: دوره‌ی آخر زمان است، آخر زمان!

هرچه می‌خواست، بگوید؛ مهم نبود؛ من دیگر احساس آرامش می‌کردم، آرامش و شادی. انگار پیروزی بزرگی به‌دست آورده بودم.

سه پا و خُرده‌ای، هشتاد سانت پهنا؛ یک‌متر و نیم عمق و یک و نود درازا. کوچک است. آزمایش کرده‌ام، چند دفعه. خسته که می‌شوم، عرق که می‌کنم، بیل را زمین می‌گذارم و به بهانه‌ی امتحان کردن داخل می‌شوم. دراز می‌کشم و نفسی تازه می‌کنم؛ نفسی که با طعم و بوی خاکِ تازه همراه است: چه سخت است. حتا این هم سخت است؛ اما این سختی آخر است... آخر؟!

خنده‌ام می‌گیرد. گفته بود اندازه‌ها باید یکسان باشد با بقیه؛ و اصرار کرده بود کارگرِ خودشان این کار را بکند. می‌گفت من ناشی هستم و او ماهر؛ یا شاید کسی مشکوک بشود؛ اما تأکید کرده بودم لازم است خودم با همین دست‌هایم این کار را بکنم، نه کسی دیگر. او، این را هم به حسابِ دیوانگی‌ام گذاشته، عاقبت راضی شده بود به دو شرط: اول این‌که باعثِ تحریکِ حس کنجکاوی دیگران نشوم و اگر کسی دید، بگویم خودسرانه این کار را می‌کنم. پای او را به میان نکشم؛ دوم، طبقِ استاندارد بکنم، نه کوچک‌تر و نه بزرگ‌تر.

حالا که ابعاد را حساب می‌کنم می‌بینم کوچک است، اندازه نیست. زجر می‌کشم. هرچند نباید زجر بکشم. نباید سخت بگیرم؛ بعکس، باید عادت کرده باشم؛ باید تن به لاقیدی بدهم، مثل بقیه؛ اما نمی‌توانم؛ دستِ خودم نیست که؛ هرکس اخلاقی دارد. با این همه عرق‌ریزان، با این‌که چندبار وسوسه شده‌ام کلنگم را سهواً بیشتر از خطی که کشیده‌ام، دورتر از مرزِ آن فرود بیاورم، اما نتوانسته‌ام. اندیشه‌ای بوده که به عمل نیامده؛ فقط وسوسه‌ی کلکی که زود از ذهن رانده شده است.

کار که تمام می‌شود، خاک را کنار گودال تپه می‌کنم تا راحت‌تر باشند.

تخته‌سنگ‌ها را هم می‌آورم، این سمتِ حفره می‌گذارم. با وسواس همه‌چیز را، کاری را که انجام داده‌ام از نظر می‌گذرانم. بیل را همان‌جا می‌گذارم. کلنگ را دوش می‌گیرم. خاک‌آلود و عرق کرده راه می‌افتم.

به چهاردیواری سرهم‌بندی شده که می‌رسم، کلنگ را می‌دهم؛ انعامی هم همراه‌اش. می‌گویم: انشاالله در ثوابِ من شریکی!

نمی‌مانم تا تعجبِ کوتوله‌ی سر بزرگِ چشم دَریده را ببینم. خداحافظی می‌کنم و سریع از لابه‌لای بیل و کلنگ‌هایی که این‌جا و آن‌جا افتاده است، رد می‌شوم. دور می‌شوم. به دیوارهای بلندِ مرمرِ سفید می‌رسم. توی محوطه‌ای خلوت و خالی از جنبنده می‌ایستم. لُخت می‌شوم. با دقت لباس‌هایم را می‌تکانم؛ یکایک. اول با دو دست دو گوشه از یک تکه لباس را می‌گیرم و به‌ضرب توی هوا، از بالا به پایین تکان می‌دهم. گرد و خاک که رفت، با صبر و حوصله نگاهش می‌کنم. لکه‌های به‌جا مانده را با آرنجم پاک می‌کنم. آن‌را تا می‌کنم و گوشه‌ای می‌گذارم. تکه‌ی بعدی را برمی‌دارم. حتا کفش‌هایم را هم با کوبیدن به زمین و دست کشیدن به آن، برق می‌اندازم. باید مراقب باشم غافلگیر نشوم.

کارم که تمام می‌شود، لحظه‌ای به زیرجامه‌ام، به تکه پارچه‌ی نرمِ سپید زل می‌زنم. لکه‌لکه است. مُردد می‌شوم. لحظه‌ای به فکر فرو می‌روم. دست‌هایم را از موازاتِ کمر به پایین، به لیفه‌ی آن بند می‌کنم، آماده‌ی پایین کشیدنم؛ اما منصرف می‌شوم.

دلم نمی‌آید دوباره لباس و کفش‌ها را بپوشم. ناچار برهنه، آن‌ها را که دسته کرده‌ام بغل می‌کنم و داخل می‌شوم.

داخل که می‌شوم، تظاهر می‌کند سرش به کار خودش گرم است. اول، زیپِ ساکِ سیاهم را باز می‌کنم و از توی کیسه‌ی پلاستیکی سیاه‌رنگ، پارچه‌ی سفیدِ بکر را بیرون می‌آورم. تایش را باز می‌کنم. جلوی چشم او،

روبه‌روی بدنم، به فاصله‌ای که کثیف‌اش نکنم نگه می‌دارم. از سر تا پا. خیلی بلندتر از قدوقواره‌ام است. می‌خندد. دندان‌های زرد و سیاه، لب‌های سوخته و چین و چروکِ صورتِ تیره‌اش نگاه‌ام را پُر می‌کند. تمسخرآمیز می‌گوید: مثل این‌که خیلی خودت را دوست داری ها. خوب به خودت می‌رسی!

اما راضی است. همین، تا اندازه‌ای باعثِ آرامش خیالم می‌شود. پارچه را می‌گیرد و چند لا می‌کند. لباس و کفش‌ها را زیروبالا می‌کند؛ هر لکه یا زده را زیر ذره‌بینِ نگاهش می‌گیرد. مشتاقانه به جیب‌های کت‌وشلوارم زل می‌زند. حتا دستِ راستش کمی می‌لرزد اما زود خودش را کنترل می‌کند. کنجکاوی و شوقِ یافتن باعث می‌شود برای پایانِ کار لحظه‌شماری کند. چشم به چشمم می‌دوزد و پرسشگرانه خیره به من می‌ماند.

می‌گویم: تو بشور، چکار داری!

: آخر...

: هیچ فرقی نمی‌کند. قول می‌دهم بی‌حرکت بمانم. اگر بخواهی نفس هم نمی‌کشم!

می‌خندد. همه را به‌شوخی برگزار می‌کند. می‌روم داخل حوض دراز می‌شوم. او، با خنده‌ای که زیر پوستِ سیاهِ لب‌های کلفتش دویده است شروع به شستن‌ام می‌کند. خنکی لذت‌بخشِ آب خستگی و گردوغبار را از تنم می‌روبد. زیرجامه‌ام را درآورده‌ام و حالا که دست به بدنم می‌کشد هم غلغلکم می‌آید و هم خجالت می‌کشم؛ اما او خبره‌ی این کار است؛ با گره‌ای بر ابروها، لب‌های به‌هم فشرده و غوطه‌ور در اندیشه؛ انگار راست‌راستی تندیسی از گوشت را می‌شوید و من، جان رها کرده، مجسمه‌ای شده‌ام. خودش پشت و رویم می‌کند، می‌غلتاند و آب می‌ریزد؛ بی‌واهمه از خفه شدنم. آنقدر به سرعت هستی‌ام را نادیده گرفته است که شگفت‌زده شده‌ام.

شستشو که تمام می‌شود، به کیسه‌ی نایلونی سیاه اشاره می‌کنم:

خـودم آورده‌ام، آن‌جاسـت!

رشـتـه‌ی افـکـارش پـاره مـی‌شـود. بـه‌خـودش مـی‌آیـد و زل مـی‌زنـد بـه مـن؛ امـا بعـد از مکثـی کوتـاه همـان خنـده و غیـظ دوبـاره صورتـش را زنـده مـی‌کنـد. مـی‌گویـد: فکـر همـه چیـز را کـرده‌ای!

دسـت تـوی کیسـه مـی‌کنـد. پـودر را بیـرون مـی‌آورد و مشـت‌مشـت روی مـن مـی‌پاشـد؛ طوری‌کـه انـگار آسـفالتی هسـتم کـه رویـم پـودرِ سـنگ مـی‌پاشـند؛ یا کاهگِل بامـی‌ام چکـه کـرده، حـالا رویـش نمـک مـی‌پاشـند؛ و مـن یـک ریـز از خـودم مـی‌پرسـم: فکـرِ همـه‌چیـز را کـرده‌ام؟... فکـرِ همـه‌چیـز را کـرده‌ام؟...

پارچه را که برمی‌دارد، می‌گویم: صبر کن، ادرار دارم!

ناگهان خطوطِ صورتش جمع می‌شود. می‌غرد: حالا یادت آمد؟

: خب چکار کنم، دستِ خودم نیست که!

: نمی‌شود!

از این‌کـه بـا سـماجتش مـی‌خواهـد نقشـه‌ام را بـه هـم بزنـد کفـری مـی‌شـوم. مـی‌پرسـم: چطـور نمـی‌شـود؟ خیلـی‌هـا مـی‌ریننـد بـه کفـن و کسـی کار بـه کارشـان نـدارد، حـالا کـه مـن مـی‌خواهـم فقـط یـک شـاشِ خالـی بکنـم نمـی‌شـود؟!

می‌غرد: از اول می‌دانستم دیوانه‌ای. برو گمشو. زود برگرد!

بلنـد مـی‌شـوم. قطـره‌هـای آب از بدنـم مـی‌چکـد. یـک دسـت جلـو و یـک دسـت عقـب، زیـر نـگاهِ اسـتهزاآمیزیش بـه آن‌سـمتِ اتـاق مـی‌روم. قـدم کـه برمـی‌دارم، نقـشِ خیـسِ پنجـه و پاشـنه‌ی پاهایـم جـا مـی‌مانـد. سـاک را پشـتم مـی‌گیـرم و بـه طـرفِ مسـتراح مـی‌دوم.

می‌پرسد: آن‌را دیگر کجا می‌بری خُل و چِل؟

: نترس، چیزی نمی‌کنم توش، فقط خجالت می‌کشم!

موقـع برگشـتن، پاهایـم را به‌هـم مـی‌چسـبانم. کمـی بـه جلـو خـم مـی‌شـوم و بـا دو دسـت سـاک را مقابلـم مـی‌گیـرم. تنـد و ریـز پیـش مـی‌روم. او سـیگار

می‌کشد. اخم کرده است. نگاهم نمی‌کند. خوشحال می‌شوم. روی سکو درازمی‌کشم. ساک را کناری می‌اندازم و سریع پارچه را روی خودم می‌کشم.

رنجشش را از یاد می‌برد. می‌خندد: اگر دختر بودی چه می‌کردی؟!

همراه با بوی تندِ سیگارش به طرفم می‌آید. می‌گویم: کاش احتیاجی به این‌همه تشریفات نداشت. همان‌جا، چاله را که می‌کَندم، لخت می‌شدم و با همین تکه پارچه می‌رفتم توش تا نه تو این‌همه زحمت بکشی و نه من این‌قدر معطل بمانم!

: مگر می‌شود؛ می‌خواهی همه بفهمند، مچم را بگیرند؟ هرکاری باید با مقررات و تشریفاتِ مخصوص به خودش انجام بشود!

روی سرم می‌ایستد. سیگار را زیر پا له می‌کند. لبخندزنان و تمسخرآمیز می‌پرسد: خیلی عجله داری؟

لحنش شکاک، موذیانه و تحقیرآمیز است. منتظرِ جواب نمی‌ماند. مشغول پیچیدنم که می‌شود، لحظه‌ای خیال می‌کنم برای از بین بردنِ مدرکِ جرم هم که شده، همین حالا دست‌های استخوانی باریکش را دراز می‌کند، گلویم را می‌فشارد.

چیزی نگفته‌ام؛ حتا صورتش را هم دیگر نمی‌بینم اما انگار او صدای ذهنم را شنیده و غلغل افکارم را فهمیده است؛ سرش را نزدیکِ صورتم می‌آورد. می‌گوید: احتیاج ندارم خودم را خسته کنم، احتیاجی به خسته کردن خودم نیست...

بوی گندِ دهان و زهرِ خنده‌اش از پارچه نفوذ می‌کند و روی صورتم می‌ماسد. فقط برای آن‌که اذیتش کرده باشم، می‌گویم: هرکس بیاید می‌گویم کلک زده‌ای!

خشمگین و ریشخندآلود جواب می‌دهد: آن‌هایی که تو را می‌برند اگر لب باز کنی با سنگ سرت را له می‌کنند!

و قهقهه می‌زند. می‌دانم راست می‌گوید؛ بارها سنگ به طرفم پرت شده، سرم شکسته است. باید منتظر بمانم ببینم عاقبت چه می‌شود.

بعد که صدایشان می‌کند و پس از آن‌که صدای پا می‌پیچد، نفسم را در سینه حبس می‌کنم. سعی می‌کنم خیلی آرام و نامحسوس نفس بکشم. دری باز می‌شود و همهمه‌ی نفراتی چند، اتاق را پُر می‌کند. آن‌هایی که آمده‌اند مرا برمی‌دارند؛ روی زمین می‌گذارند. بعد صدای کشیده شدنِ فلزی روی موزاییک‌های کفِ اتاق گوشم را آزار می‌دهد. سر و پایم را می‌گیرند. بلندم می‌کنند، روی پارچه، توی چهارچوبه‌ای می‌گذارند. آن‌را سر دست می‌گیرند و روانه می‌شوند...

اگرچه بیرون آمده‌ایم و مسافتی را پیموده‌ایم اما هنوز خنده‌ی سیاهِ پیرمرد که همه‌ی صورتش را پُر کرده، این طرفِ پارچه، درست روبه‌روی صورتم است و بوی گندِ دهانش توی بینی‌ام می‌پیچد. می‌بینم گاهی حریصانه، شتاب‌زده و دزدانه با انگشت‌های دراز، استخوانی و تیره‌اش بسته‌ی اسکناس‌ها را می‌شمارد و گاه دست از شمارش برمی‌دارد، صورتش را جلو می‌آورد و در حالی‌که برقی از تهدید، تمسخر و تحقیر در چشم‌های پیه گرفته‌اش می‌درخشد، خیره به من می‌ماند.

همان‌طور که دراز شده‌ام، لق‌لق که می‌خورم، این‌که هرآن احتمال دارد زبری ریشِ سیاه‌سفیدش پوستم را بخراشد، مشمئزم می‌کند و مانع می‌شود تا از فرصت استفاده کنم و به استراحتی هرچند کوتاه بپردازم.

در این ارتفاع، داغی هوا را بیشتر حس می‌کنم؛ بیشتر وضعیتِ لرزان و نامتعادل جسمم را درک می‌کنم و در سکوتی که انگار ابدی است به کِرکِرِ کشیده شدن پاها گوش می‌دهم که بی‌شک، سینه‌ی زمین را خط می‌اندازند و با هر قدم توده‌ای غبار بلند می‌کنند.

عاقبت، یکی از دو نفر جلو پرده‌ی سکوت را پاره می‌کند: زن است یا

مرد؟

آن‌که کنارش است جواب می‌دهد: زن؟ این هوا؟ مثل رخش می‌ماند!

صدایی از پایین پایم می‌گوید: اگر زن بود که او نمی‌شُست‌ش!

پرسنده‌ی اولی جواب می‌دهد: پع، ازکجا می‌دانی نشُسته‌ش؟ این‌که بی‌کَس است، او هم که وجدان ندارد؛ اگر داشت، می‌داد نمازش را بخوانند. یعنی یادش رفت؟!

کناریش می‌گوید: خواستم یادش بیندازم، جرأت نکردم!

یکی از دو نفرِ عقب با لحنی تحریک کننده، با صدایی بلند و خش‌دار اصرار می‌کند: امتحانش کنیم، امتحان. فعلاً که کسی این دوروبر نیست. زود باشید، ضرر که ندارد. یاالله!

صدایش شتاب‌آلود است. نفر چهارم که انگار جوان‌ترین‌شان است با همه‌ی وجود آرزو می‌کند: کاش جوان باشد...

هنوز حرفش تمام نشده است که مرا زمین می‌گذارند. یکی از چهارتن می‌غرد: نه، نه!

انگار تصمیم به ممانعت دارد؛ اما خیلی زود صدایش در همهمه‌ی دیگران تحلیل می‌رود؛ دیوار اعتراضش فرو می‌ریزد.

: محاصره شده‌ام. محاصره شده‌ام...

بی‌آن‌که به زبان بیاورم به خودم می‌گویم.

ناگهان، دسته‌ی چوبی بیل و کلنگِ کوچکِ تاشونده‌ای که پنهان کرده‌ام، تکان می‌خورد، گرفته می‌شود و بلافاصله رها می‌شود. یادِ جنگ‌های قبیله‌ای می‌افتم؛ جنگِ چوب، جنگِ بیل، جنگِ کلنگ. رنگم می‌پرد. هراسان می‌شوم. ضربان قلبم شدت می‌گیرد: این‌دفعه دعوا سر چیست؟

آماده‌ی بلند شدن و فرار هستم که غرشِ خفه و رنجیده‌ای مثل آبی خنک وگوارا آتشِ وحشتم را خاموش می‌کند: ای به خیر امواتت هی، چه خبره!

خیال می‌کنم در مجلسِ جشن و سرور نشسته‌ام. سفره پهن است. آن‌طرف، توی اتاق، کسی با لودگی به بقیه تعارف می‌کند: بفرمایید. نوبتِ شماست!

و این‌طرف، داخلِ حیاط، سه نفر منتظر ایستاده‌اند، برای برداشتنِ درپوشِ سنگینِ دیگِ غذا که از شدتِ حرارت باید با دستگیره‌ای چوبی جابه‌جایش کنند. جلو می‌آیند. به‌نوبت دست به طرفِ چوب دراز می‌کنند. آن‌را می‌گیرند و بلافاصله رهایش می‌کنند. داغ است. صدای فحش و قهقهه‌ی خنده‌شان حیاط را پُر می‌کند. یکی می‌گوید: سوراخِ روزی‌مان بسته‌!

دیگری می‌گوید: شیطان رفته تو جلدش. این دومین نفری است که می‌بینم این‌جور می‌شود. فقط تعجبم چرا سربالا نایستاده!

سومی دنباله‌ی کلام او را می‌گیرد: آن‌وقت کفن می‌شد پرچم...

همه با هم می‌خندند. دوباره احساس بی‌وزنی می‌کنم. این‌مرتبه اگرچه بینِ راه یک‌ریز شوخی می‌کنند و مرا بی‌آن‌که مخاطب باشم مسخره می‌کنند اما در بطن صدایشان احترامی عمیق موج می‌زند؛ احترامی که شایسته‌ی بزرگان است. حالا دیگر من برای این‌ها آدمی بی‌کَس نیستم؛ مردِ مهمی‌ام که گذشته‌ی مرموز و پُرشورم زیر سوال رفته است و احتیاج به بازبینی و مرورِ دقیق دارد. آهنگِ کلام‌شان سرشار از حسرت است و تعجب. تعجب از این‌که چرا تنها مانده‌ام.

برای آخرین مرتبه که مرا زمین می‌گذارند و بعد از آن‌که سروصدای سنگ و بیل و ریزشِ خاک، همراه با نفس‌نفس‌زدن‌های خسته و بُریده‌بُریده‌شان بتدریج دور و گنگ شد، نفسم را رها می‌کنم. تکانی می‌خورم. بدنم را کش‌وقوس می‌دهم و همه‌ی هوای مانده در ریه‌ام را یک‌جا بیرون می‌ریزم: آخی...

انگار یک دنیا هوای پوسیده را پس داده‌ام. بعد، دست و پایی می‌زنم.

تقلایی می‌کنم و پارچه را پاره می‌کنم. در تاریکی و سکوت، توی هوای خنکِ نمور که هنوز ذراتِ گرد و خاک در فضایش معلق است، در حالی‌که به پهلو خوابیده و دستم را ستونِ چانه کرده‌ام، به پُشتِ سرم، به ازدحامی که جا گذاشته‌ام دقیق می‌شوم. انگار هلهله و هیاهویی خسته‌کننده، کر کننده و سرسام‌آوری را پشتِ سر گذاشته‌ام. انگار از کشمکشی، از جنجالی، و از غوغایی فراگیر جسته‌ام؛ رها شده‌ام و از این به‌بعد دیگر کمتر به ناامنی فکر خواهم کرد.

اگرچه هنوز تشنه‌ی جرعه‌ای آرامشم؛ مشتاق مجالی هرچند کوتاه تا خستگی از جسم و جان بگیرم؛ اما شوقِ کاوش فرصتِ استراحت نمی‌دهد. ناچار، بی‌آن‌که تعمق بیشتری بر راهِ آمده داشته باشم و زمان را صرفِ تجسم دوباره‌ی آنچه گذشته است بکنم، اول، با لگد دیوارِ قبرِ پایین پایم را که از قبل نازک کرده‌ام فرو می‌ریزم و بعد، دست دراز می‌کنم، بیلچه را از بین پاهایم برمی‌دارم و شروع می‌کنم به کَندن. زمین آن‌قدرها سفت نیست اما راحت هم کنده نمی‌شود. روزنه‌ی کوچکی که از قبل تعبیه کرده‌ام، بد نیست؛ نسبتاً کار خودش را انجام می‌دهد. این‌جا تاریک است؛ فقط یک نقطه نور، درست به اندازه‌ی سکه‌ای کوچک به سه‌کنجِ دیوارِ روبه‌رویم می‌تابد که البته کافی نیست؛ بخصوص گاهی صدای پچ‌پچه‌ای گنگ از آن داخل می‌آید و گاه برای لحظه‌ای کوتاه نور گم می‌شود و در تاریکی مطلق می‌مانم.

بوی خاکِ نمور، سرگیجه‌ای لذت‌بخش همراه دارد و من پاک غرق کار شده‌ام. این‌طور که دراز کشیده‌ام، حرکاتِ دستم، بالا و پایین بُردنِ بیلچه، مشکل است. نمی‌توانم دستم را راحت بالا ببرم و ضربه‌ای جانانه به زمین بکوبم. هرازچندی تراشه‌ی کوچکِ سنگی، تکه کلوخی به صورتم پرت می‌شود، توی چشم و دهانم می‌رود و خرچ‌خرچ زیر دندان‌های

به‌هم فشرده‌ام صدا می‌کند. توانِ تقلای زیاد ندارم. حرکاتم بکندی و با سختی انجام می‌گیرد. پیشرفتِ کارم زیاد خوب نیست اما هر ده‌بیست بیلی که می‌زنم، کم‌کم فضای بیشتری به‌وجود می‌آورم. زیر سر و سینه و شکمم را گود می‌کنم و خاک را به طرف پاهایم هُل می‌دهم و از آن‌جا آن‌را با پا توی قبر کناری می‌ریزم.

عرق کرده‌ام. دست‌هایم خسته شده‌اند. غباری که بلند می‌شود، قاطی عرقم، بشکل گِل به صورت و سینه و دورگردن و مچ و پشتِ دست و لابه‌لای انگشت‌هایم می‌چسبد. نگرانم ستونِ باریکِ غباری که از روزنه بیرون می‌رود توجه کسی را جلب کند.

بیلچه را می‌چرخانم. با نوکِ کلنگ پایین‌ترین نقطه‌ی دیوارِ سمتِ راست را نشانه می‌گیرم و ضربه‌ای مورب و محکم می‌کوبم. ناگهان قسمتی از آن می‌ریزد. خِشه‌ی خفه‌ی ریزش، سکوتِ منتظرِ محیط و پژواکِ ضرباهنگِ یکنواختِ برخورد بیلچه با زمین را که هنوز در فضای بسته می‌پیچد به‌هم می‌زند و همراه با بلند شدنِ گردوخاک، ولوله برپا می‌کند.

لحظه‌ای نفسم می‌گیرد. احساس خفگی می‌کنم. دست از کار می‌کشم. صبر می‌کنم تا پرده‌ی غبار بیفتد. بعد، روزنه‌ای پدید می‌آید و همراه با نور ماتِ کمرنگی که به این سمت می‌تابد، بوی روغنِ تنِ مرده‌ای قدیمی که پس از پوسیدن پوست و گوشت و استخوان، هنوز بر خاک ماسیده است، هجوم می‌آورد؛ بشکلی که ناگهان احساس سرگیجه و سستی و بی‌خودی و رهایی تن و رفتن می‌کنم. رفتن.

این بو، نه مشمئزکننده است و نه بوی گند. آشناست؛ طوری‌که انگار با خودش تصویر همه‌ی تاریخ را حمل می‌کند؛ همه‌ی چهره‌های خاطره‌ای عهدِ باستان را. بویی که انگار اول مست می‌کند، جان را از قیدِ تن می‌رهاند و بعد خاطره‌ها، حادثه‌ها و همه‌ی نشانی‌های فراموش شده را به یاد

می‌آورد؛ بشکلی که با ورودش از آن‌طرف به این‌سمت، خیال می‌کنی همراهِ آن، طرحی کمرنگ از سوارانی با ابهت را می‌بینی بر اسب‌هایی زره‌پوش؛ مردانی آراسته در تن‌پوش‌هایی گوناگون و زنانی باریک‌میان که گیسوی بلندشان را بافه‌بافه بافته‌اند و از زیر نوارهای ابریشمی زرد، سرخ، سپید، سبز و صورتی بسته به پیشانی، تا روی کمر و یا حتا عده‌ای تا قوزکِ پا رها کرده‌اند. همه ساکت و خاموش، غبارگرفته و غرقِ اندیشه به این‌طرف می‌آیند، تجزیه می‌شوند و در تاریکی تحلیل می‌روند؛ طوری‌که چرخش و گردش و فرود و صعودِ ذراتِ آن‌همه تن و توش را از مقابل نگاه و کنار گوش حس می‌کنی و می‌مانی معطل که این‌همه شکوه، این‌همه لطافت و زیبایی و استواری چطور از هم می‌پاشد،رنگ می‌بازد و نابود می‌شود.

و من، که دراز شده‌ام، خودم را می‌بینیم ایستاده کنار این روزنه که نه، کنار دروازه‌ای رفیع و وسیع با لنگه درهای چوبیِ خوشرنگ و گُل‌میخ‌ها و کوبه‌های سنگینِ بزرگِ آهنی‌اش. دروازه باز است و من سینه و شکم فرو برده، پشت به دیوار ساییده‌ام تا مانع عبورِ گذرنده‌های با وقار نباشم. آن‌سمت، هلهله و شور و نور است و این‌سمت، سوگ و سکوت و سیاهی؛ سیاهی مطلق.

بعد، صدای چکاچکِ برخوردِ نیزه و گُرز و شمشیر و سپر می‌آید و شیهه‌ی اسب‌ها و نعره‌ی مَردها.

سر می‌کشم تا دوردست را ببینم. زیر تابشِ شدیدِ آفتابِ زرد، توی ابری از گردوخاک، طرحی از جنگاوران سوار و پیاده پیداست که از هم جدا می‌شوند، درهم می‌روند، به یکدیگر می‌پیچند و می‌چرخند و این چرخش آرام‌آرام شتاب می‌گیرد؛ بقدری که از آمیختن اسب‌ها و اسلحه و انسان‌ها و آن‌همه لباس‌های رنگارنگ رنگین‌کمانی شکل می‌گیرد متحرک که گاهی دور می‌شود و گاه نزدیک. و در دور دایره‌ی این گِردبادِ رنگینِ گردنده، زنان و مردانی حلقه زده‌اند هر یک سرگرمِ کاری: مردی در شکارگاهی با تیر و کمانِ آماده در دست

برای شکارِ گورخر زیبایی که هراسان از مقابلش می‌گریزد، اسب می‌تازد؛ مردی دیگر مصمم و مغرور سینه به صخره‌های سختِ کوهی می‌ساید و صعود می‌کند. فرازِ قله‌ی کبودِ کوه، زنی آرمیده بر تختی طلا، نرم‌نرمک شانه‌ی آبنوسی‌اش را بر انبوه موهای نرم، بلند و سیاهش می‌نشاند و به آرامی آن را پیش می‌راند؛ به‌شکلی که انگار شانه باید قرنی در راه باشد تا از فرق سر، شانه‌ها، کمر، پنجه‌ی پا و حتا قسمتی از آن سمتِ تخت را بپیماید. آفتاب که به لباس زن می‌تابد، خرمنی از رنگ‌های متنوع به اطراف می‌پاشد.

در دامنه‌ی کوه، کنار چشمه‌ای زلال، زیر انبوهِ درخت‌های بیدِ مجنون، دخترکانی بازیگوش، کوزه به دوش، قهقهه‌زن و ترانه‌خوان، یکدیگر را دنبال کرده، به جیغ و جار و جنجال پرداخته‌اند و با ایما و اشاره، بی‌آن‌که خودی بنمایانند، یا مستقیماً نشانه‌ای بنشانند، رازآلود و دل‌انگیز، با حیای صورتی سینه گسترده بر گونه‌هایشان، آن سمتِ دشتِ سبزِ پُر از گُل‌های رنگارنگِ خودرو را به‌هم نشان می‌دهند که در آن‌جا جوانانی برافروخته سیما، خیسِ عرق، تن‌های پیچ‌پیچِ پولادین‌شان را به‌هم گره کرده، به زورآزمایی پرداخته‌اند.

صدای ساز و آوازهای سنتی و بوی گوارای غذاهای فراموش شده‌ی قدیمی که از مطبخ‌های پُر از دیگ و دیگچه و بُنشن و تغارها و غرابه‌های گلو باریکِ شکم‌گُنده‌ی مملو از سیر و سرکه‌ی مانده بیرون می‌آید، مثل لایه ابری سپید، رقیق و معطر بر سراسر چمن سینه گسترده است و زن و مرد، کوچک و بزرگ، شوخ و شاد به سیاحت پرداخته‌اند.

آنقدر غرق تماشای مناظر و شنیدن نغمه‌ی پرندگان هستم که گذشتِ زمان را حس نمی‌کنم. متوجه‌ی عبور خورشید از بالای سرم، رفتن و دور شدن و فرو شدنش پشتِ تپه‌ی مقابلم نمی‌شوم. نه غروب را می‌بینم؛ نه سیاهی شب را که در راه است؛ نه هراسیدن و رمیدنِ آهوان دشت را و نه

جغدی که بال‌بال‌زنان پیش آمده، روی کنگره‌ی قصری نشسته و بی‌وقفه شیونِ شومش را سر داده است. فقط وقتی به خودم می‌آیم که برق شمشیرهای خونی مردانی پابرهنه و پوشیده صورت، سخت چشم‌هایم را می‌آزارد. مردانی که از آن‌طرفِ تپه‌ی بلندِ روبه‌رو بالا آمده، هلهله‌کشان و هیاهوکنان به مردمِ این‌طرف یورش آورده‌اند.

بعد، آوای مکررِ جغد و صدای پاره‌شدن هر چیز، جیغِ زن‌ها، فریادِ کودکان، ناله‌ی جگرخراش زخمی‌ها، شیهه‌ی اسب‌ها، چکاچکِ شمشیرها، نعره‌ها و غرش‌ها و ولوله‌ی آغاز توفان پرده‌ی گوش را به اهتزاز درمی‌آورد.

دقایقی بعد، همه‌جا غرق در تاریکی است؛ این‌طرف و آن‌طرف، در هرجا که به آتش کشیده شده، سایه‌ی سوارانی پیداست درگیرِ نبرد با مهاجمان؛ همچنین زن‌هایی که با تن‌پوش‌های سپیدِ پاره‌پاره‌ی خونین‌شان خودخواسته به دلِ آتشِ زبانه‌کشیده به آسمان می‌پرند و یا در اطرافِ آن، هراسان، جیغ‌زنان به هر سمت می‌گریزند اما در نهایت به‌وسیله‌ی موهای بلندِ سیاهِ مُشک‌زده‌ی بافته‌شان اسیر دست‌های سیاه، زمخت و خونین پیادگان می‌شوند؛ زمین زده می‌شوند؛ دوباره تکه‌ای دیگر از پوشش سپیدشان پاره می‌شود؛ نیش خنجری خراش که نه، شیاری عمیق بر پیکرشان می‌نشاند و بعد، به دنبال آن‌ها که وحشیانه می‌غرند، می‌رقصند، قهقهه می‌زنند و می‌روند، روی زمین کشیده می‌شوند؛ پاره‌پاره می‌شوند.

رشته گیسوهای بافته‌ای مثل حلقه‌های به‌هم پیچیده‌ی گُل‌های نیلوفر به‌هوا پرتاب می‌شود و چرخی در تاریکی، بعد به شکل تاج‌گُلی، یا مثل پرنده‌ای و یا پَری توی آتش فرود می‌آید. سرِ هر رشته گیسو شاخه گُلی و در انتهایش خراشی حاکی از بُرشِ خنجری و قطره‌های به هر سو چکنده‌ی سرخی است که طعمه‌ی حریق می‌شود.

نمی‌توانم واکنشی نشان بدهم، چون بی‌نتیجه است. ناچار می‌مانم تا

سرانجام سوگوارانِ ساکت، غرقه در خود بیایند، از برابرم بگذرند.

آخرین نفر که می‌رود، آن بوی آشنا قدمتِ بیشتری می‌گیرد؛ انگار به مقبره‌ای چندهزارساله آمده‌ام. درد و دریغ به جانم می‌ریزد. همان‌طور که دراز شده‌ام، دست‌هایم را مشت می‌کنم و زیر پیشانی‌ام می‌گذارم. لحظاتی را با چشم‌های بسته، شناور در دریای تاریکِ اندیشه سپری می‌کنم. بعد، از خودم می‌پرسم: با این روزنه چه بکنم؟ رهایش کنم و به کار خودم بپردازم، یا مسدودش کنم؟...

بعد از مکثی طولانی از خودم می‌پرسم: بهتر نیست برای جا دادن خاک‌هایی که می‌کَنَم استفاده‌اش کنم؟

به‌نظر می‌رسد با استفاده از آن، می‌توانم فضای بیشتری در اختیار داشته باشم. پس با پنجه‌هایم شروع می‌کنم به کندن باقیمانده‌ی دیوار. تیغه‌ی مابین، پوسیده است و خاکش مثل خاکستر می‌ریزد. بی‌آن‌که تلاشِ چندانی بکنم بخشِ زیادی را، درست به اندازه‌ی عبور چهار دست و پایی یک انسان از دیوار می‌کَنَم.

حالا دیگر نور و هوای خنکِ مانده‌ی زیادتری به این‌طرف می‌آید. سینه‌خیز خودم را جلو می‌کشم. سر و سینه‌ام را از روزنه داخل می‌برم. حفره‌ی بزرگی را می‌بینم که می‌شود راحت در آن ایستاد؛ حتا دوسه قدم هم رفت و برگشت؛ روشن‌تر و خنک‌تر از جای فعلی‌ام.

سروسینه‌ام را داخلش می‌کشم. تا کمر خم می‌شوم. دست‌هایم را دراز می‌کنم و روی زمین می‌گذارم. آرام‌آرام شکم و پاهایم را به‌دنبالم می‌برم. اگر مراقب نباشم، با سر سقوط می‌کنم. سعی می‌کنم دست‌هایم نلرزند و سنگینی تنم را تحمل کنند.

فرود که می‌آیم، بلند می‌شوم و به اطراف نگاه می‌کنم. دخمه‌ای کهنه است. دیوارهای چهارطرف پوسیده، جای‌جایی‌شان ریخته، در

پایشان کومه‌های کوچکی از خاکِ نرمِ مرطوب جمع شده است. روی سرم دو تخته‌سنگ و تعدادی قلوه‌سنگ هست که رنگ‌شان پریده، لایه‌ای چربی به خود گرفته‌اند. زیر پایم نقش خاکستری اسکلتِ انسانی است که از آن، جز همان نقش باقی نمانده است.

در گوشه‌ای، چیزی توجه‌ام را جلب می‌کند. برمی‌دارمش. سکه‌ی زنگ‌زده‌ای مسی است. نوکِ انگشت به آن می‌مالم و با ساییدنش به سنگِ روی سرم، کمی از گِل و زنگارش را می‌تراشم؛ بقدری که بشود خطوطِ رویش را دید. یک طرفش نقش صورتی است با دهانی باز و چشم‌هایی بسته، و آن‌رو، صورتی با چشم‌هایی باز و دهانی بسته.

تلاشم برای فهمیدنِ صاحب یا صاحبان تصاویر بی‌نتیجه است چون سر و اطرافِ صورت‌شان را زنگ خورده، از بین برده است. از دهانِ باز بزرگ و چشم‌های ریزِ بسته هم نمی‌شود چیزی فهمید. شاید صاحب چهره اخم کرده، گریه کرده، یا دردی داشته و مصمم به گفتن‌اش بوده است؛ اما چشم‌های بسته‌اش نشان می‌دهد فریاد نمی‌زده؛ دهان، بی‌کلام باز شده است.

آن‌طرف، دهانِ بسته، پُر به نظر می‌آید و چشم‌های باز، مملو از تمسخر. طوری وقیحانه نگاهم می‌کند انگار برهنگی‌ام را می‌بیند.

سکه به نظرم آشناست. گویا زمانی گمش کرده‌ام و حالا پیدا شده است. دقت می‌کنم. بارها و بارها با بازی سر انگشت پشت‌ورویش می‌کنم و هر مرتبه کفِ دست نگهش می‌دارم، خیره‌اش می‌شوم تا رازش را بیابم.

بعد، به چشم بسته می‌گویم: لعنتی، باز کن پلک‌هات را دیگر!

طوری می‌گویم انگار جان دارد، صدایم را می‌شنود و احساسم را درک می‌کند. کمی با ایما و اشاره و بعد با خشم و تمسخر آن‌طرفِ سکه را به رُخش می‌کشم و تشر می‌زنم: دهانت که باز است؛ چرا چشم‌ها را

بسته‌ای؛ که چه بشود؟

اصرارم نتیجه ندارد. چشمِ بسته باز نمی‌شود؛ حتا پلک هم نمی‌زند. در آتش خشم و حسرت می‌سوزم. سعی می‌کنم به هر وسیله و با هر زبانی که میسر است دو چشمِ بسته را باز کنم؛ حتا دلسوزانه و ملتمس می‌گویم: می‌بینی، او را می‌بینی، مثل مُرده‌ای گندیده چشم درانیده، همه‌کس و همه‌طرف را نگاه می‌کند. از او کمتری؟

پلک‌ها از هم جدا نمی‌شوند. فریاد می‌کشم: اقلاً داد بزن!

رمقِ دادزدن هم ندارد انگار. چشمِ گشوده با ریشخندِ ماسیده در نگاهِ مشمئزکننده‌اش به جوش‌وخروشم زل زده است. مطمئنم این خشم و غوغا اگر مهار نشود به جنون می‌کشاندم. ناچار دردمند و ناامید لب می‌بندم و به قُطر سکه خیره می‌شوم که مثل پُلی قوسی‌شکل می‌ماند، یا مرزِ بین دریا و کویر.

روی پُل، مردم در رفتن‌اند. عده‌ای شتاب‌زده و برخی به آرامی؛ هرکدام به‌شکلی. یکی لنگ‌لنگان می‌رود. یکی آوازه‌خوان. دیگری سیاحت‌کنان و یا اخم کرده، پرشور، خندان، اشک‌ریزان، نفس‌نفس‌زنان، هراسان؛ اما هیچ‌یک از این جمعیتِ انبوه به انتهای پُل نمی‌رسد. بعضی از همان اول، بعضی از این‌سمت یا از آن‌سمت و یا حتا در انتها، یا با سر، یا با پا، یا به آسانی یا بعد از لرزشی و لغزشی و به چپ و راست متمایل شدن‌های بیهوده و به هر طرف چنگ زدن‌های عبث، گریان یا خندان، فریادزنان یا ناله‌کنان، پس از کش‌وقوسی توی سیل خروشان این‌طرف، یا در دره‌ها و گودال‌ها و روی تیغِ صخره‌های آن‌طرف سقوط می‌کنند.

از هر سمت ولوله برپاست؛ خواه خنده‌های آن‌طرف و یا این‌طرف که همه شیون و ناله و مویه است.

کلافه‌ام. حرصم گرفته است. سعی می‌کنم سکه‌ی منفور را پرت کنم اما

به انگشت‌هایم چسبیده است. هرقدر دست تکان می‌دهم، فایده ندارد. دست به دستش می‌کنم. با هر دست که می‌گیرم به سرانگشت‌هایم می‌چسبد و جدا نمی‌شود.

خسته که می‌شوم، ناچار تصمیم می‌گیرم همراه داشته باشمش. گوشه‌ی دامن پارچه‌ی سپیدی که مثل شنل پاره‌پاره‌ای از دوشم آویزان است می‌پیچمش و پارچه را گره می‌زنم. از داخل روزنه‌ای که به این‌سمت آمده‌ام بیلچه را بیرون می‌آورم و شروع می‌کنم به کندن زمینِ زیرِ پایم. خاک پوسیده است. پیشروی‌ام آسان است. طولی نمی‌کشد که لبه‌ی بیلچه به سنگ می‌خورد. از کلنگ استفاده می‌کنم. هر ضربه که می‌کوبم، جرقه‌های آبی‌رنگی به‌هوا می‌جهد. بازویم درد می‌گیرد. تاولِ دست‌هایم می‌ترکد و از زیرشان قطره‌های آبِ زلال چسبناکی بیرون می‌زند. نوکِ کلنگ را توی شیار باریکِ بین دو سنگ فرو می‌برم و از آن به صورتِ اهرم استفاده می‌کنم. همه‌ی سنگینی‌ام را رویش می‌اندازم. با هر تکان، دسته‌ی بیل، مثل فنر بالا-پایین می‌رود. کمی دستم را سست می‌کنم و بعد، یک فشارِ ناگهانی وارد می‌کنم. سنگ تکان می‌خورد و تِق، نوکِ کلنگ می‌شکند. حسرت به جانم می‌ریزد: بی‌کلنگ شدم!

متعجبم: دسته‌ی چوبی چرا نشکست؟ آن‌که آهن بود!

حیرت و حسرت دردی را درمان نمی‌کند. به سنگ می‌پردازم. زانو می‌زنم و با دست صورتش را پاک می‌کنم. لایه‌ی نازکی از گِل سفت و سخت که رویش را پوشانده، جدا می‌شود. حالا دست که بر آن می‌کشم، زبری خطوطی را زیر انگشت‌هایم حس می‌کنم. عجله می‌کنم. نمی‌دانم چه خواهم خواند، اما شوق و امید به کشفِ کلامی، رازی، چیزی وادارم می‌کند تندتند با کشیدنِ دست و فوت کردن، آخرین ذراتِ خاک را از چهره‌ی سنگ پاک کنم و لحظه‌به‌لحظه خیالم بیشتر ریشه بدواند و

شاخه و برگِ بیشتری بگیرد.

توی سوراخ‌های بینی‌ام پُر از غبار و بین دندان‌هایم ذراتِ گِل و شن است. سر و صورتم را نمی‌بینم اما سنگینی خاک را لابه‌لای موهای سرم حس می‌کنم. سپیدی لایه‌ای از غبار که روی صورتم نشسته، در چشم‌هایم منعکس شده است. هر حرکتی که می‌کنم، پرده‌ای خاک از سر و تنم می‌ریزد.

سینه‌ی سنگ پاک و حروفِ برجسته‌ی رویش آشکار می‌شود. مشتاق و هیجان‌زده خم می‌شوم. سرم را نزدیک می‌برم تا آن‌ها را بخوانم. دقت می‌کنم، از زوایای مختلف، از دور، از نزدیک، از این‌طرف، از آن‌طرف؛ هیچ نتیجه‌ای ندارد. خطوط و اشکال عجیب‌غریبِ بی‌شمار طوری به‌هم گره خورده‌اند که نمی‌شود از یکدیگر تشخیص‌شان داد. شاید کتیبه‌ای قدیمی باشد؛ یا نقشه‌ی گنجی، طلسمی، راهنمای گشایشِ گره‌ای، چاره‌ی دردی و یا هر چیز مرموزِ دیگری. کوششِ بی‌ثمرم برای درکِ این‌همه شکل و خطوطِ تنیده درهم مغزم را به مرز انفجار می‌کشاند. از ناتوانی‌ام بدم می‌آید. می‌خواهم بیلچه را محکم بکوبم به سرم؛ یا سرم را به این سنگ، کتیبه و یا هرچه هست بزنم؛ اما به فکرم می‌رسد شاید چیزی زیرش نهفته باشد که رازِ تصاویر و نوشته‌ها را برایم آشکار کند. پس سعی می‌کنم کنارش بزنم. کلنگ که ندارم، با بیلچه شروع می‌کنم به کندن و خالی کردنِ دور سنگ.

خاکِ گوشه‌ای ریزش می‌کند و به قعر فرو می‌رود. شکافِ باریکی پدید می‌آید. صورتم را به زمین می‌چسبانم و از شکاف، آن‌طرف را نگاه می‌کنم. زیر پارچه‌ای سفید، قامتِ بلندی خوابیده است. برآمدگی‌های درشتِ روی سینه و گودی بین پاها و زیر شکم وادارم می‌کند دقایقی درهمان‌حال بمانم. شوق و حسرت توأماً در جانم می‌نشیند. آرزو می‌کنم گرم باشد. از این فاصله نگاهم به همه جایش سینه می‌ساید. نفس در سینه حبس

می‌کنم. منتظر می‌شوم شاید غلتی بزند، سرفه‌ای کند، عطسه‌ای بزند و یا هر حرکتی هرچند کوتاه؛ آهی، ناله‌ای، خنده‌ای، چیزی که به من جسارتِ اعلام حضور بدهد؛ اما طوری خوابیده انگار عنکبوتِ خوابی که تارهایش را بر او تنیده، خودش مدت‌ها قبل پوسیده است.

ناچار، بی‌آن‌که سروصدای چندانی ایجاد کنم، در حالی‌که مراقبم از ریزشِ خاک به خوابگاه‌اش جلوگیری کنم، با احتیاط سنگ را برمیدارم؛ کناری می‌گذارم و داخل می‌شوم.

این‌جا تفاوتی با محل‌های قبلی ندارد؛ فقط قسمتی از دیوار یک سمت‌اش ریخته، تونل کوچکِ تاریکی آشکار شده است که با اولین خمیدگی نزدیکِ دهانه‌ی آن، انتهایش از دید پنهان می‌ماند.

آهسته، با پنجه‌ی پا نزدیک می‌شوم. کنارش می‌ایستم. می‌مانم کدام گوشه را بگیرم، از سر یا پا، ازکنجکاوی یا هوس؟ می‌دانم این دو راه به هم می‌رسند؛ در یک نقطه یکدیگر را قطع می‌کنند. پس با احتیاط، در حالی‌که قلبم تندتند می‌زند و به نفس‌نفس افتاده‌ام و در تلاشم لرزش دستم را مهار کنم نکند سرانگشت‌هایم صورتش را بخراشد، پارچه را پس می‌زنم. خرمنی مو مثل چتری مشکی اطرافِ سرش ریخته است. خطِ باریکِ ابروهای کمانی‌اش به دو طرف کشیده شده، پیشانی صافِ بلندش صاف‌تر و بلندتر؛ بینی کوچکِ نوک برگشته‌اش کوچک‌تر و صورتِ گرد و پهن مهتابی‌رنگش پهن‌تر شده است؛ در مجموع در وضعیتی که هست همه‌ی اسباب صورتش بازتر، چاق‌تر و شاداب‌تر جلوه می‌کند. مژه‌های خنجری بلندش به‌هم فرو رفته و پلکِ چشم‌های درشتش آماده‌ی تکان خوردن و باز شدن است. موهایش هنوز خیس‌اند. قطراتِ آبِ گرم در گودی زیر گردن و جلو شانه‌ها و وسطِ سینه‌اش مثل شبنم می‌درخشد. خیال می‌کنم اگر صورتم را نزدیک کنم، حتماً بوی حمام و بخار آب و گرمای

وجودش را حس می‌کنم اما می‌ترسم سر و صورتِ خاک‌آلوده‌ام سپیدی تنِ پاکش را لکه‌دار کند. به لب‌های سرخ گوشتالودش نگاه می‌کنم که جمع و گوشه‌هایش کشیده شده است. شاید می‌خواهد بخندد اما جلوی خودش را گرفته است.

دقایقی طولانی که به تماشای این همه ظرافت و زیبایی نشسته‌ام صرفِ پیدا کردن جوابِ سوال‌های متعددی می‌شود که در کاسه‌ی سرم می‌جوشد. می‌خواهم بدانم آخرین لحظه چه چشم‌اندازی دیده که این‌قدر آرام، آسوده و در عین‌حال رازآلود مانده است. آیا پشتِ ظاهرِ بسیار خاموشش که از شدتِ آسودگی، اساطیری جلوه می‌کند، دریای متلاطمی از بی‌قراری نیست؟ اگر نیست، پس چرا سایه‌ی راز روی چهره‌اش نقش شده و این رنگِ ناپیدای تفکر و عصیان، پرده‌مانند رویش کشیده شده است. یا اگر هست، آن‌وقت، چه می‌دیده، چه می‌شنیده، به چه فکر می‌کرده، چه می‌خواسته است بگوید، چرا ساکت مانده، چه کلمه‌ای نیافته و هزار چه و چرای دیگر. چه و چراهایی که باعث شده است گمان کنم زیر پوستِ سپید، ظریف و زلال پیشانی و سینه‌اش، دریایی توفانی می‌غرد، می‌خروشد و کف‌آلود خود را به سنگ‌های غول‌آسای ساحل می‌کوبد؛ و من، هرچه بیشتر می‌اندیشم، بیشتر به ساحل نزدیک می‌شوم و بیشتر آماج تازیانه‌های پیاپی توفانی که بر همه‌ی پیکرم فرود می‌آید، قرار می‌گیرم؛ طوری‌که بیم دارم موج‌های خشمگین سینه بسایند، پیش بیایند، کف‌آلود و غران دهان بگشایند، اول پاهایم را ببلعند و بعد مرا به خود بکشند، فرو ببرند و در گردابی بی‌انتها غرق کنند؛ به‌شکلی‌که تا ابد بی‌هیچ نقطه اتکایی و یا یافتنِ دستاویزی دور خودم بچرخم و با هر چرخش، بیشتر به قعر بروم.

عاقبت، خسته از فکر و خیال، برای لذتی هرچه زیادتر، تصمیم می‌گیرم تسلطِ کاملی داشته باشم به آنچه مقابلم است. اگرچه دلم نمی‌آید

شادابی‌اش را خاک‌مال کنم اما شوقِ دیدن باعث می‌شود آرام و محتاط با دو دست شانه و قسمتی از رانش را بگیرم و به پهلو بخوابانمش.

تکانش که می‌دهم، بوی تعفنِ لاشه‌ی گندیده مثل بخارِ لزجِ چسبناکی از زیر تنش بلند می‌شود و بیزاری را تا اعماق وجودم رسوخ می‌دهد. آن‌طرف، سرِ زانوها، طبله‌ی شکم و روی چین و چروک‌های سینه و پیشانی و ابرو و چانه و دماغ، خاکی است. شوره‌ی خاک روی تن چروکیده‌اش سفیدی می‌زند. چهره‌ی پیرِ زشتش فرو رفته، صورتش جمع شده است و لاغرتر و خشمگین‌تر به‌نظر می‌رسد.

از این‌که حرکتش داده‌ام سخت پشیمانم چون هرآن محتمل است یکی از این دو، چشم باز کند و دیگری هم بیدار شود. از تضادِ دو روی تنی یگانه حدس می‌زنم پیرزن از این‌که دختر زیبا به او پشت کرده، ناراضی است و دختر از واکنش پیرزن و پشت کردنش نهایتِ رضایت را دارد.

یادم می‌آید هروقت پدرم خربوزه‌ها را توی اتاق خالی‌ای که داشتیم می‌چید، می‌گفت: مراقب باشید هر دوسه روز یک‌مرتبه زیر و رو بشوند!

غفلت که می‌کردیم، بعد از مدتی قسمتی که روی خاک مانده بود، شوره می‌زد، تلخ می‌شد و ما هراسان از سرایتِ گندیدگی، آن تکه را می‌بُریدیم و دور می‌انداختیم.

تحمل دیدنِ گندیدگی را ندارم. بلند می‌شوم و به آن‌طرف می‌روم. روبه‌رویش می‌نشینم و خیره‌اش می‌مانم؛ سخت در تلاشِ زدودنِ غبار فراموشی از خاطرات.

بعد از لحظه‌ای مژه‌های بلندش تکان می‌خورد. پلک‌هایش باز می‌شود و خنده برلب‌هایش می‌شکفد. دستش را ستونِ سر می‌کند و همان‌طور که به پهلو خوابیده و پا روی پا انداخته است نگاهم می‌کند.

اول، حالتِ چشم‌های سیاهِ گیرایش دور و ناآشناست اما کم‌کم

سیاهی‌اش برق می‌زند؛ رنگِ تیره و ماتاش شفاف و براق می‌شود. نمی‌دانم قلباً رنجیده یا فقط بظاهر قهر کرده، آماده‌ی آشتی است؛ و یا این‌که با نگاه مرا در بوته‌ی آزمایش گذاشته است. اما طولی نمی‌کشد که حالتِ نگاهش مهربان، با گذشت و پُر تمنا می‌شود. پارچه از روی بدنش به کناری لغزیده است. سعی می‌کند رندانه آن‌را روی خودش بکشد و همه‌ی پا و شکم و سینه و حتا تا زیر چانه‌اش را بپوشاند.

می‌گوید: فکر کردم دیگر نمی‌آیی، خوابم برده بود!

: همه‌اش در راه بودم. می‌بینی چقدر خسته و خاک‌آلوده‌ام؟

دست جلوی دهان می‌گیرد و خمیازه می‌کشد: خسته شدم. بدنم خواب رفته...

و همان دست را زمین می‌گذارد، حرکت می‌کند به‌رو بخوابد که صورتِ چروکیده‌ی پیرزن که بی‌صبرانه منتظر دعوا با من است ظاهر می‌شود. حتا قبل از این‌که روبه‌رو شویم چشم‌های غیظآلودش پیشاپیش دویده و دهان چروکیده‌ی جمع شده‌اش آماده‌ی تف انداختن است.

عجولانه با دست‌هایم مانع به‌رو خوابیدن دختر می‌شوم اما او که به‌نظر می‌رسد از همه‌جا بی‌خبر است طوری خونسرد و پرسشگر نگاهم می‌کند که ترسم می‌ریزد. می‌گویم؛ ولی تو قبلاً فقط همین بودی!

انگار نمی‌فهمد چه می‌گویم. روی چشم‌هایش بی‌خبری سایه انداخته است. معصومانه نگاهم می‌کند. دلم می‌سوزد. گره‌ی پارچه را باز می‌کنم و سکه را نشانش می‌دهم. چشم‌هایش از شادی برق می‌زند. دست دراز می‌کند: کاش زیاد می‌آوردی تا باهاشان برای خودم سینه‌ریزی از طلا می‌ساختم!

: طلا؟!

جواب نمی‌دهد. چشم به سکه دوخته است. اما این‌مرتبه دیگر آن را

نمی‌دهم تا کفِ دستش را نبینم؛ شک به دلم رخنه کرده است.

رنجیده و معترض می‌پرسد: چرا؟

چه جوابی می‌توانم بدهم؛ چه کاری جز این‌که فقط ساکت بمانم و نگاهش کنم؟ نگاهی که هزار حرفِ نگفته دارد. او، بعد از مکثی کوتاه ناگهان قهقهه سر می‌دهد و خودش را رها می‌کند تا به پشت روی زمین بیفتد. جیغِ خفه‌شده و به دنبالش، غرغر پیرزن از زیر تنش به‌گوش می‌رسد. دختر بی‌اعتنا به او، لوندانه و طعنه‌زن می‌پرسد: خب چرا، چرا آن بالا نماندی؟

: نمی‌شد. حالا دیگر آن بالا همه لباس پوشیده، بزک کرده‌اند. با هرکس حرف می‌زنی شک می‌کنی این همان است که می‌خواستی هم‌کلامش بشوی یا کسی دیگر است به قیافه‌ی او. امیدوارم این‌جا دستِ‌کم از بزک‌دوزک و پوشش خبری نباشد. راحت‌تر بتوانی مخاطبت را انتخاب کنی!

لحظه‌ای متعجب زل می‌زند به من. بعد، با خنده‌ای آمیخته به شرم و شماتت می‌گوید: تو هم چه توقعاتی داری ها. یعنی باید همه لُخت باشند تا هرچه می‌خواهی دید بزنی؟

دوباره سوزی دردناک در زوایای ذهنم می‌پیچد. دلم تنگ می‌شود. سکه را توی پارچه می‌پیچم و بلند می‌شوم بروم. هراسان نیم‌خیز می‌شود: کجا؟

جواب نمی‌دهم. می‌فهمد رنجیده‌ام. دست و پایش را گم می‌کند. بعمد یا سهو پارچه پس می‌رود و نیمی از بدنش نمایان می‌شود. تکانی به سرش می‌دهد. موها را از جلو چشم و پیشانی و این‌طرفِ صورتش به آن‌طرف پرتاب می‌کند. سینه‌اش می‌لرزد. می‌پرسد: پشیمان شدی؟

نگاه ملتمس‌اش را به من می‌دوزد. صدایش لرزشی دارد که انگار همین حالا به هق‌هق گریه تبدیل می‌شود. دلم می‌سوزد. جواب می‌دهم: هم آری و هم نه. یعنی بعضی وقت‌ها از این‌همه گشت‌وگذار خسته می‌شوم

و به عاقبتش فکر می‌کنم که هیچ است؛ ولی حالا از آمدنم ناراضی نیستم. آخر، اگر نمی‌آمدم، چطور می‌توانستم زنده بمانم. تازه، شاید بعدها کسی مثل من بیاید همین کار را بکند. آن‌وقت به نظر او من، منی که قبل از او بوده‌ام، چه کرده‌ام، چه بوده‌ام؛ اصلاً چطور جلوه می‌کنم در نظرش؟

درمانده چشم به چشمم می‌دوزد. دنبال جوابی مناسب است اما هرچه می‌گردد پیدا نمی‌کند. ناچار بغضش را فرو می‌دهد. می‌گوید: نمی‌فه...

و بلافاصله جلوی زبانش را می‌گیرد. حرفش را عوض می‌کند: خب اقلاً بگو برای چه آمده‌ای. عقب چه می‌گردی؟

: نمی‌توانم دقیقاً بگویم برای چه آمده‌ام و دنبال چه می‌گردم. شاید برای ارضاء حس کنجکاوی‌ام که ببینم این زیر چه خبر است. شاید برای اثباتِ ادعایم و آنچه باور داشتم. به هرحال آمده‌ام دیگر. یعنی این راه را مدت‌هاست در پیش گرفته‌ام. نصفِ بیشترش را که خودت شاهد بودی آن بالا طی کردم و حالا هم که این‌جا هستم؛ دیگر راهِ بازگشتی نیست. باید از اول نمی‌آمدم!

نمی‌خواهد بگوید و برای فرار از اظهار ناتوانی بشدت می‌خندد. چشم و ابرو تکان می‌دهد و دو دست را از پشت روی زمین، ستونِ تن می‌کند. طوری قرار می‌گیرد که همه‌ی چشم‌اندازم را پُر کند.

لحظه‌ای با خودم کلنجار می‌روم. به دلیل آمدنم فکر می‌کنم و به وسوسه‌ای که سعی می‌کند دنیا را خلاصه کند در میراثِ پدران؛ آن هم با نیرویی عظیم که عاقبت ناچارم می‌کند پا روی لاشه‌ی عقل بگذارم؛ دل بدهم به کوره‌ی گداخته‌ی اوهام.

زانو می‌زنم و به امیدِ لمس گرمای دستاویزی موهوم، دست به هرطرف می‌چرخانم؛ اما انگشت‌هایم فقط سردی خلاء را در خود می‌فشارند؛ و

او که انگار سال‌ها دورتر از من ایستاده است، نگران، ریزترین تغییراتِ خطوطِ صورتم را می‌کاود و می‌کوشد خنده‌اش را مهار کند.

می‌گوید: پیف پیف، چقدر خاکی هستی!

لحن و کلامش طوری است که هم به قامتِ خاک‌آلوده‌ی من اشاره دارد و هم تمیزی و تازگی خودش را به‌رخ می‌کشد؛ اما دستم که دور می‌شود، آن‌را در هوا می‌قاپد: چه دست‌های مردانه‌ای؛ معلوم است خیلی کار کُشته‌اند!...

صورت جلو می‌برم تا عطر ملایمی را به مشام بکشم. بوی پوسیدگی و چربی مانده آزارم می‌دهد. مجبور می‌شوم نفس هم نکشم هرچند بیشتر از هر وقتِ دیگری به هوای تازه احتیاج دارم.

او، بی‌خبر از حساسیتِ حباب‌مانندم هرازگاه غُر می‌زند تا عقده‌های سرکوفته‌ی همه‌ی عمرش را سرِ من خالی کند. گاهی بیزار می‌گوید: چه ریش زبری! چرا صورتت را خوب نتراشیدی؟!

و گاه جیغ می‌زند: خفه‌ام کردی، خفه؛ خل و چل...

آنقدر ادامه می‌دهد تا عقل تکانی بخورد، به‌هوش بیاید و بپرسد: مگر خیال می‌کند کیست، یا چه هست؟!

یک‌مرتبه شراره‌های آتشِ درون فرو می‌نشیند. دست‌هایم سست می‌شود و لبم از حرکت می‌ماند. او هم بی‌جنب‌وجوش می‌شود: چه شد؟!

جواب نمی‌دهم. بلند می‌شوم و منزجر نگاهش می‌کنم. هراسان چشم به چشمم می‌دوزد. دست به طرفم دراز می‌کند. تف که به زمین می‌اندازم، ناگهان بغضش می‌ترکد. ناامید و رنجیده به‌رو می‌خوابد و هق‌هق گریه سر می‌دهد.

قهقهه‌ی چندش‌آورِ پیرزن داخل دخمه‌ی خالی می‌پیچد. او که

چشم‌های شرربارش را به من دوخته است وقیحانه تنِ پیر چروکیده‌اش را بی‌هیچ شرم و حیایی به نمایش می‌گذارد و با اشاره‌ی چشم و ابرو و پیچش تهوع‌آور بدن، مرا به خودش می‌خواند و می‌غرد: کجا؟

صدایش مثل طنین برخوردِ دو ظرفِ مسی زنگ‌زده است. با هر تکانی که به تن می‌دهد، لایه‌ای بوی گند و تُرشیده در هوا منتشر می‌کند. حالم به‌هم می‌خورد. خشمگین و تمسخرآمیز می‌پرسد: خب چرا خلبانی، چیزی نشدی نازنازی؟

همه‌ی حرف‌هایم را شنیده است. نمی‌خواهم جواب بدهم اما از این‌که پیر پوسیده‌ای دستم بیندازد و منفعلم کند بیزارم. جواب می‌دهم: که چه، سر شاخه‌ها را دید بزنم؟ در صورتی‌که ریشه‌ها خیلی پیچ‌درپیچ‌تر و مرموزترند. تازه، تا وقتی عمق را طی نکرده‌ایم اگر فضانورد هم بشویم باز بی‌نتیجه است. خلبانی که نداند کجا می‌نشیند پا در هواست. هرجا فرود بیاید غریبه است. نمی‌تواند آسان با اطرافش ارتباط بر قرار کند!

با همان لحن ریشخندآمیز می‌پرسد: حالا کی گفته حتماً باید خلبان بشوی شازده؟

داد می‌زنم: خلبان نه، هر چیز دیگری. چه فرقی می‌کند عجوزه؟

دوباره زنگِ شوم خنده‌اش به‌صدا در می‌آید. بی‌آن‌که نگاهِ حریصش از گردش روی تنم بماند می‌گوید: بی‌خود خودت را زجر نده عزیز. بیا همین‌جا پهلوی من بمان تا خوش باشیم، بی‌دردسر...

و خودش را یک‌بر می‌کند تا پاهای جوانِ دختر را که آن‌طرفِ ران‌های پلاسیده و آویخته‌اش هست ببینم. بدنِ دختر خاکی شده و زیرِ سرِ کم‌موی پیرزن، درست روبه‌روی صورتِ گِلی شده‌ی دختر، قطره‌های اشک قسمتی از زمین را خیس کرده است.

دیگر تحمل ماندن ندارم. بیلچه را برمی‌دارم و رو به تونل می‌روم. داخل

تاریکی که می‌شوم، صدای ظریف و لطیفِ دختر و لحنِ خشن، خش‌دار و استهزاگرِ پیرزن را پشتِ سرم می‌شنوم که به‌هم گره خورده‌اند و یک صدا می‌پرسند: کجا، کجا؟...

مسافتی در تاریکی می‌روم. به محوطه‌ی نمور پوسیده‌ی وسیعی می‌رسم که مثل چهارسوق بازارهای سرپوشیده‌ی نیمه‌تاریکِ قدیمی است؛ با دکان‌هایی ویران. از حجره‌های مفروش، قفسه‌های انباشته از طاقه‌های رنگارنگِ پارچه، جار و جنجال فروشنده‌ها و مشتری‌ها و همهمه‌ی عبورومرور رهگذرها خبری نیست. این‌جا و آن‌جا، کنار دیوارهای خرابه، رو و بین انبوهِ زباله که سطح زمین را پوشانده است عده‌ای زن و مرد و کودک با حرص و ولع مشغول خوردن‌اند؛ تنها صدایی که هست ملچ‌ملچ دهان‌ها، حرکتِ آرواره‌ها و شلاقه‌زدنِ زبان در بزاقِ دهان‌هاست که ولوله ایجاد کرده.

شگفت‌زده به آن‌همه دهانِ جنبنده زل می‌زنم. از خودم می‌پرسم: چرا می‌خورند؟!

دلم برای آنچه خورده می‌شود می‌سوزد؛ انگار در حقش اجحاف شده است؛ و این‌ها کار بیهوده‌ای می‌کنند مثل پَرپَر کردنِ گُلی، یا ریختن میوه‌های خوش‌رنگ و بو در فاضلاب.

در فضای سردِ نمورِ تیره، کُنجی می‌ایستم و به ستونی نیمه‌ویران تکیه می‌دهم؛ می‌مانم شاید هوا روشن‌تر شود؛ یا دریچه‌ای از گوشه‌ای باز بشود و این هیاهوی بیزارکننده رنگ ببازد؛ اما آن‌ها ساعت‌های متمادی یک‌جا می‌نشینند؛ بی‌اعتنا به اطراف، مشغول بلعیدن و نفس‌نفس‌زدن می‌شوند. پیاپی آروغ می‌زنند. هرازچندی پایین‌تنه‌شان را جابه‌جا می‌کنند؛ پوزه‌ی چرب‌شان را تکان می‌دهند؛ گستاخانه چشم به یکدیگر می‌دوزند و یک‌مرتبه قهقهه در دهان می‌ترکانند.

بعد از زمانی دراز کم‌کم از هـر کنـج و زاویه زمزمـه‌ای بلنـد می‌شـود و کلمـه‌ی «معرکـه» بارهـا و بارهـا از لابه‌لای لقمه‌هـا شنیده می‌شـود. آرام‌آرام وسطِ محوطه خالی می‌شـود. حاضران ایسـتاده، لمیده یا نشسـته، خـود را عقـب می‌کشـند و دور دایـره‌ی ایجـاد شـده حلقـه می‌زننـد. چنـد زن و مـرد از هرطـرف بلنـد می‌شـوند؛ وسطِ دایـره می‌رونـد و شـروع می‌کننـد بـه خـوردن هرچـه همـراه دارنـد. تماشـاگران برایشـان دسـت می‌زننـد، هـورا می‌کشـند و تشویق‌شـان می‌کننـد.

این صحنـه لحظاتـی ادامه دارد. بعد، دسـت از خـوردن می‌کشـند. چرخـی می‌زننـد. روبه‌روی هـم می‌ایسـتند. نوبـت به آمیزش‌شـان کـه می‌رسـد خیـال می‌کنـم حـالا دیگر فصل جفت‌گیـری اسـت. نفـرت تـا اعمـاق وجـودم رسـوخ می‌کنـد. توجـه‌ای به قهقهه‌هـا نـدارم. همـه‌ی حواسـم به خرناسـه و غـرش و ملچ‌ملچ درنده‌هایـی اسـت که هرجـا و هرلحظه کمیـن کـرده، آمـاده‌ی پریـدن و دریدن‌انـد، در بیشـه‌ای سـیاه کـه جـز سـنگ‌های دوده‌گرفتـه، چـوب و بـرگ و خـاک و خاشـاکِ سـوخته و حیوان‌هـای یال‌ودُم ریختـه چیـزی در آن نیسـت. بـالای سـرم ابـر سـیاهِ خشـکیده‌ای اختاپوس‌وار روی چشـم‌اندازم خیمـه زده اسـت. جانـوران بـا موهـای ریختـه، تنِ سـوخته و زخمی‌شـان چنگ و دنـدان نشـان می‌دهنـد. می‌غرنـد. می‌پرنـد و سـر و گـوش یکدیگـر را گاز می‌گیرنـد. حیوان‌هـای مـاده، موذیانـه به نرهـا نـگاه می‌کننـد. هـر نـری کـه به نظرشـان قوی‌تر اسـت را انتخاب می‌کننـد. چاپلوسـانه و بـا اطـوار خودشـان را بـه او می‌سـایند کـه کلـه‌اش گـرم از پیـروزی اسـت.

بـرای لحظـه‌ی خیلـی کوتاهـی هـوس می‌کنـم هـم ‌مـن هـم یکی از آن‌هـا باشـم مغـرور و پیـروز؛ یـا به دخمـه برگـردم؛ امـا ناگهان همـه‌ی جانـوران، از نـر و مـاده به پـاره کـردن یکدیگـر می‌پردازنـد. صـدای غـرش و زوزه و تصویرشـان کـه از سـروکول هـم بـالا می‌رونـد و این‌طـرف-آن‌طـرف می‌دونـد و به همـه چیـز و

همه جا می‌پرند، گوش و زوایای دیدم را پُر می‌کند؛ طوری که دیگر چیزی نمی‌بینم جز پارچه‌های سفیدِ پاره‌پاره‌ی خونی که همراهِ حیوان‌ها در هوا می‌چرخد، به دست و پا می‌پیچد و هرگوشه روی زمین پخش می‌شود. توی گوشم غرش و قهر و خشم و خنده و لودگی ولوله برپا می‌کند. هراسان و بیزار، سرم را بشدت تکان می‌دهم. ناگهان همه‌چیز عوض می‌شود. نشانی از آن مناظر نمی‌ماند. همان بازار هست و همان دایره که زن‌ها و مردهایش رفته‌اند. حالا به‌جای آن‌ها صدها دختر و پسر در قد و قواره‌های متفاوت به ورجه‌ورجه پرداخته‌اند. پسربچه‌ها ریش و سیبل قلابی گذاشته‌اند و دختربچه‌ها بچه‌های کوچک‌تر از خودشان را در آغوش گرفته‌اند؛ برایشان لالایی می‌خوانند و نمایشی تروخشک‌شان می‌کنند. تماشاچی‌ها که هنوز تندتند مشغول خوردن و خندیدن و آروغ زدن‌اند، سخت به هیجان آمده‌اند؛ مرتب دست می‌زنند و هورا می‌کشند.

تماشای صحنه‌های تکراری حوصله‌ام را سر می‌برد؛ گره به ابروهایم می‌نشاند و نفرت را از درونم به بیرون می‌کشاند. لب‌هایم می‌جنبد. جنبش لبِ دیگری را هم می‌شنوم. برمی‌گردم پشت سرم را ببینم. صدا از راهرو باریک و تنگی می‌آید. موجی از شادی سراپایم را می‌گیرد. سریع به آن‌سمت می‌روم.

دهلیز تاریک است؛ با سقفی که باید سر خم کنم تا از زیرش بگذرم. نمی‌توانم تُند بروم. دست به دیوار می‌گیرم و پاورچین جلو می‌روم. بعد از مسافتی، به نقطه‌ای می‌رسم که گمان می‌کنم صدا از آن‌جا بوده است. همه‌جا تاریک و ساکت است؛ اما در آن سکوت، در آن سیاهی، حضور جاندارانی را حس می‌کنم که انگار نزدیکم، بی‌حرکت ایستاده، نفس در سینه حبس کرده‌اند. خاموشی حاکم، با اضطراب و انتظار همراه است.

از خودم می‌پرسم: پس چه شد، کجا رفت؟

ناگهان سوتِ هراس‌انگیزِ ماری پرده‌ی سکوت و سیاهی را می‌دَرَد. موجودِ دهشتناک محکم روی چیزی شبیه به نیمکتِ چوبی که وسطِ دهلیز گذاشته باشند فرود می‌آید. صفیرش بقدری بُراست که پشتم را می‌لرزاند. ستون فقراتم تیر می‌کشد. ناباور به نقطه‌ای چشم می‌دوزم که خیال می‌کنم آخر دنیاست. آشکارا او را می‌بینم و همین‌طور آثار نیش مار را که به شکل خطوطِ چپ و راستِ درازی رویش کشیده می‌شود. دستِ لرزانم را به اطراف می‌سایم تا وجود کسانی که کنارم هستند را حس کنم. انگشت‌هایم خلأ را در خود می‌فشارند. دوباره همان حسِ غریب به سراغم می‌آید. خیال می‌کنم بین زمین و آسمان، روی بندِ باریکی ایستاده‌ام بی‌آن‌که بندباز باشم؛ یا تکیه‌گاهی داشته باشم و یا آن پایین کسی نگرانم باشد. من هستم و ارتفاعی سرگیجه‌آور و گودالی، چاهی، دره‌ای عمیق که دهان دهشتناکش را برای بلعیدنم بازکرده است.

نیرویی مرموز مرا پس می‌کشد و از آن مکان دور می‌کند. بی‌آن‌که بخواهم، به طرفی رانده می‌شوم. پاهایم به اراده‌ام نیستند. لَخت و سنگین پیش می‌روند؛ با سوزشی بی‌امان بر سینه‌شان. دست‌هایم آویزان است؛ مثل دو زائده‌ی بی‌مصرف؛ و ذهنم مشغول. اگرچه می‌روم، اما خیال می‌کنم هنوز همان نقطه ایستاده‌ام و همان صفیرهای پیاپی را می‌شنوم و همان انسانِ تنها را می‌بینم که سرگردان، نگران، ناباور و لرزان چشم به روبه‌رو دوخته است؛ با شیارهای سرخ ضربدری درد که جسمش را چلانده است و خستگی؛ خستگی بی‌امانی که فشار می‌آورد وجودش را به خاک بمالد.

نمی‌دانم چقدر راه رفته‌ام یا ازکجا و کدام مسیر گذشته‌ام فقط وقتی به خودم می‌آیم که به میدانچه‌ی مخروبه‌ی تارعنکبوت بسته‌ای می‌رسم که دورادورش مجسمه است. هزاران تندیسِ سنگی کهنه به‌شکل زن‌ها و مردهایی که با دهانی بازچشم به میانه‌ی میدان دوخته‌اند. لابه‌لایشان

می‌ایستم تا خستگی از تن بگیرم. ناخواسته، مسیر نگاه‌شان را پی می‌گیرم. آن وسط، چند بظاهر عروسک انگار، به‌نخ‌هایی وصل‌اند. یکی از نخ‌ها بیشتر سنگین شده است. شاخه‌ی خشک که می‌شکند، همراه با صدای خفه‌ی سقوط، فریادِ «هاااااا»مانندی از دهانِ بی‌تکانِ تندیس‌ها بیرون می‌ریزد.

چشم می‌گردانم دنبال عروسک‌گردانِ مفلوک که آخرشب‌ها خسته و کوفته که به‌خانه می‌رفت، هنوز آثار سوزشِ سرما روی دست و صورتش باقی بود. پیچه‌ی پس‌مانده از روی میزها را در بغل می‌فشرد. شتاب‌زده و مشتاق قدم برمی‌داشت؛ اما هربار که می‌رسید، بچه‌هایش خواب بودند.

دوباره و سه‌باره همان نخ شاخه‌ای را می‌شکند و همان صحنه و همان صدای بی‌روحِ کشیده تکرار می‌شود.

اگرچه آنچه جلویم جریان دارد بقدری غیرمنتظره و هراس‌انگیز است که رمقِ جنبیدن برایم نگذاشته است اما اگر همین لحظه سر برگردانم و اطرافم را بگردم، بدون شک حدقه‌ی چشمِ مجسمه‌ها را می‌بینم که یکی بعد از دیگری تَرَک برمی‌دارد. ترک‌های عمیقی که قبل از زلزله از ویرانی‌های زودرس خبر می‌دهد.

آخرین مرتبه لوله‌ی آهنی کوتاه، باریک و زنگ‌زده‌ای از گوشه‌ای سر می‌کشد و قد می‌کشد رو به پاهای نخ، همراه با هول و هراس و مکثی که سکوت و دلهره را به نهایت می‌رساند در انتظارِ تماشای تکانی شدید.

ناگهان صدایی مهیب سکوتِ مرگبار را منفجر می‌کند؛ باران سرخ و سفیدِ چسبنده‌ای به سر و رویمان می‌پاشد. به دنبالش، خِش‌خِشِ ریزش دیواره‌ی تندیس‌ها به گوشم می‌رسد. عده‌ای‌شان خم می‌شوند، کژ می‌شوند، از هم می‌پاشند و روی زمین می‌ریزند. روی زمینِ سرخ، انبوهی بیضه‌ی چشم‌های تَرَک برداشته است و از هر طرف نفرین و ناله، عُق‌عُقِ تهوع و هِق‌هِق گریه.

شگفت‌زده از خودم می‌پرسم: این منم این‌جا ایستاده‌ام... به همین راحتی؟!

می‌خواهم همین را از بغل دستی‌ام بپرسم. بی‌صدا اشک می‌ریزد. پهنه‌ی صورتش خیس است. آه می‌کشد. سر تکان می‌دهد و می‌نالد: چقدر تنهام...

: همه‌ی ما تنهاییم!

ناگهان از این‌که توانسته‌ام تکان بخورم، سر برگردانم و از همه مهم‌تر، حرف بزنم، تعجب می‌کنم. تعجبی همراه با پرسشی که از عمق وجودم می‌جوشد، بالا می‌آید و سرریز می‌شود: مگر سنگ نیستم؟!...

نه، نیستم. انسانی هستم که وارد آمدنِ چند ضربه، ضربه‌هایی آشکار یا پنهانی گیج‌اش کرده است؛ منگ شده است؛ مثل خوابگردها، مثل طلسم شده‌ها حرف می‌زند، می‌جنبد و حتا راه می‌رود؛ شانه‌به‌شانه‌ی همراهی که یافته است؛ در سکوتی تیره که احاطه‌شان کرده است.

پیش که می‌رویم، نگاهِ گرمم به اوست که با سری فروافتاده، با بدنی جمع شده، بی‌اراده و بی‌مقصد قدم برمی‌دارد. های‌های گریه می‌کند. شانه‌هایش از شدت گریه می‌لرزد. دلم تنگ می‌شود. بغض راهِ گلویم را می‌بندد. دست دراز می‌کنم بازویش را بگیرم و بپرسم: گم شده‌ایم؟!

دستم به جایی بند نمی‌شود. پژواکِ پرسشم را می‌شنوم که تاکید می‌کند: گُم شده‌ایم... گم شده‌ایم...

تکانی می‌خورم و به خودم می‌آیم. هیچ‌کس کنارم نیست. تنها هستم؛ درآستانه‌ی دخمه‌ای پوسیده. دست به درگاه‌اش گرفته‌ام. به داخلش سرکشیده‌ام: همین جاست؟ همین جاست؟

از خودم می‌پرسم انگار. اما چیزی این‌جا نیست جز کاهگلِ داغ و پوسیده. نه روزنه‌ای، نه نوری و نه نفسی. اشکِ صورتم را پاک می‌کنم.

نگاهی به پشتِ سرم می‌اندازم ببینم از کجا آمده‌ام. فقط یک راه است: تونل باریکِ پُر پیچ‌وخمی که هرچه دورتر می‌رود، تاریک‌تر می‌شود؛ راهی که خستگی‌ام را به نهایت رسانده است.

به دلِ دخمه زل می‌زنم. صبر می‌کنم چشمم به تاریکی عادت کند. کومه‌ی کاهگِلی بزرگِ خیمه‌زده روی زمینِ پُر از زباله را می‌بینم. قسمت‌هایی از رویه‌ی کومه ریخته و از زیر آن، خشت‌های گِلی بزرگ مثل دندان‌های زرد و سیاهِ جمجمه‌ای کهنه بیرون زده است. بوی نم و پوسیدگی آزارم می‌دهد. این‌جا انگار زمان از حرکت مانده است. سر خم می‌کنم. قدم برمی‌دارم و آماده‌ی داخل شدنم که اول صدای خُرناس و بعد وق‌زدنِ موجودی که به طرفم یورش آورده است موهای بدنم را سیخ می‌کند. صدا در گلویم می‌ماسد. دهانم با فریادِ خفه‌ای باز می‌ماند. به عقب می‌پرم. آماده‌ی فرار و یا مبارزه می‌شوم. تا به خودم بیایم، کفتارِ پیر با بدنِ لاغر، خونین، کثیف و گَر ش از کنار پایم بیرون رفته، گریخته است. خیال می‌کنم دستم انداخته است. عصبانی، خم می‌شوم و دنبالِ سنگ می‌گردم. تکه کلوخی برمی‌دارم و به طرفش می‌اندازم که هراسان در بیابانِ خشک و سوزان می‌دود. کلوخ به فاصله‌ی پنجاه‌شصت متر مانده به او، به زمین می‌خورد و ریزریز می‌شود. تلخ‌خندی روی لب‌هایم می‌نشیند. حس می‌کنم موهای سرم هنوز سیخ ایستاده است. چشم از کفتار می‌گیرم و داخلِ دخمه را می‌کاوم. در گوشه‌هایی از سقف و سه‌کنج دیوارها تارهای خاکستری‌رنگِ غبارگرفته‌ی عنکبوت مثل پرده‌های پاره‌ی چرکینی آویزان است. پای دیوارها، جای‌جایی کومه‌های ریز و درشتی از خاکِ نرمِ مرطوب ریخته شده است. برق چشم‌ها و جنب‌وجوش چند موش را می‌بینم و صدایشان را می‌شنوم که برای تصاحب طعمه‌ای به جانِ هم افتاده‌اند. بی‌گمان اگر زباله‌ها و بوی گند و ماندگی و موش‌ها نبود این مکان جای خنک و دلپذیری بود برای استراحت؛ استراحتی که جسم

خسته، خراشیده و مانده‌ام نیازش دارد؛ اما این‌ها از یک طرف و تجسم خزیدنِ مارهای مهلک از طرفِ دیگر باعث می‌شود بیرون بیایم؛ پُشتِ دخمه بروم و زیرِ سایه‌ی ناچیزش، روی زمینِ داغ دراز بکشم.

دست زیرِ سرم می‌گذارم و چشم می‌دوزم به پرچم کهنه‌ی سیاهی که آن دوردورها، توی آسمان، لَخت و سنگین به چوبِ کژومژی آویزان است. خستگی امان فکرکردن نمی‌دهد. خیلی زود پلک‌هایم روی‌هم می‌افتد. شوق جستجو و نیاز به مرور آنچه گذشته است را فراموش می‌کنم. دقایقی را در بی‌خبری مطلق می‌گذارنم. نه به چیزی فکر می‌کنم، نه چیزی می‌بینم و نه چیزی می‌شنوم. حتا وجودِ خودم را هم فراموش می‌کنم. انگار اصلاً نیستم. اما بعد، متوجه می‌شوم گوشه‌ای ایستاده‌ام، اخم‌آلود لب می‌جنبانم. ناگهان سایه‌ی دو چنگکِ آهنی روی سرم می‌افتد و صدای سیاهِ خوفناک دوباره در گوشم می‌پیچید: پس این تو بودی... پس این تو بودی...

یک آن صحنه‌های توصیف‌ناپذیر بسیاری در نظرم جان می‌گیرد و نهیب اشباحِ بی‌شماری که محاصره‌ام کرده‌اند توی جمجمه‌ام طنین می‌اندازد: بگو... بگو کجا قایمش کرده‌ای... بگو!...

اما نمی‌گویم؛ اگرچه پشتم می‌لرزد. می‌دانم غفلت که بکنم، گرفتار شده‌ام در دامِ مرگ. پس سریع فرار می‌کنم. صدای قدم‌های سنگین‌شان را می‌شنوم که به‌فاصله‌ای کم دنبالم می‌آیند. ضرباهنگِ تیره‌ی پاهایشان طنینِ دهشتناکی دارد مثل خِش‌خِشِ زنجیر. نفس‌های تندِ خاکستری‌شان را پُشتِ گردنم حس می‌کنم. به معبری می‌رسم که انگار زمانی کوچه‌ی باریکِ پیچ‌درپیچی بوده است با درهای پوسیده‌ی بسته و پنجره‌های مسدودِ فروریخته که به میله‌های قطور آهنی نرده‌کشی شده‌ی پشت‌شان بند شده‌اند. و ارواحِ خشکیده‌ی انسان‌هایی که سر به شیشه‌های چرک پنجره‌ها چسبانده‌اند و ساکت و سرد نگاه‌مان می‌کنند. در چشم‌های گود

رفته‌شان ته‌رنگی از آشنایی‌ست.

به انتهای کوچه می‌رسم. بن‌بست است. معطل نمی‌کنم. از تیر برق سیاه و چربی که هیچ‌وقت به آن چراغ نصب نکرده‌اند بالا می‌کشم و خودم را به پُشتِ بام می‌رسانم. خطی سیاه جلوی بدنم را دو قسمت می‌کند؛ اما آن‌جا هم، پشت هر خرپشته، روی تیغه‌ی هر دیوار یا کنار هر راه‌پله، شبحی مشتاق و منتظر ایستاده است.

بی‌واهمه از شکستن دست و پایم، از آن ارتفاع داخل خرابه‌ای می‌پَرم که همان نزدیکی است. پایم می‌پیچد. از درد جمع می‌شوم. فرصتی برای آه‌وناله نیست. همهمه‌ی پیروزمندانه‌شان را بالایِ سرم می‌شنوم. لنگ‌لنگان اما تندوتیز به سمتی می‌روم. ضرباهنگِ قدم‌های آهنین‌شان دنبالم کشیده می‌شود. جز آن، فقط سکوت است و سکوت.

عرق کرده‌ام. نفس‌نفس می‌زنم. درد می‌کشم. باید خودم را به جمعیت برسانم. جماعتِ مردگان همه می‌دوند. کسی اعتنایی به آنچه در اطرافش می‌گذرد ندارد. روزِ رستاخیز است. مردگان و خودروهای تابوت‌کش به‌سرعتِ برق از کنار یکدیگر می‌گذرند. به‌هم گره می‌خورند. کرکره‌های زنگ‌زده‌ی مغازه‌ها بی‌وقفه پایین‌وبالا می‌رود. سروصدای کرکره‌ها، بوقِ نعش‌کش‌ها، جیغ ترمزها، فریادِ کفن‌فروش‌ها، همهمه‌ی آن‌هایی که سر قیمتِ قبر و غسل و کافور و کفن و خیرات چانه می‌زنند و ازدحام مُرده‌های تازه و قدیمی بقدری زیاد است که صدای کسی به گوش دیگری نمی‌رسد. وجودِ همه چشم شده، متعجب به دستِ دراز شده‌ام نگاه می‌کنند و سریع ازکنارم رد می‌شوند. یقه‌ی دوسه نفر را می‌گیرم. بی‌آن‌که بپرسند چرا، خودشان را از چنگم بیرون می‌کشند، فرار می‌کنند. هیچ‌کس به چشم‌هایم نگاه نمی‌کند. همه دست‌هایم را می‌بینند. بوی مرگ فضا را پُر کرده است.

مینو می‌پرسد: خب پس چرا آرام نمی‌گیری؟ کمی آرام باش تا کابوس

نبینی!

جواب می‌دهم: آرام؟! آرام به چه می‌گویی؟

سر بلند می‌کنم و به او زل می‌زنم که روبه‌رویم ایستاده است؛ با موهای انبوهِ سیاه و صورتِ گردِ مهتابی. دست‌هایش را به کمر زده، رنجش و سرزنش در چشم‌هایش نشانده است. به بچه‌ها اشاره می‌کند که شکم‌شان را در مشت می‌فشارند و به خودش که حسرتِ داشتن کمی زیورآلات دارد هرقدر ناچیز.

: می‌دانم، شکمِ خالی، جیبِ خالی، ولی...

نمی‌گذارد حرفم تمام شود. حلقه را از انگشت‌اش بیرون می‌آورد و به طرفم پرت می‌کند. می‌غرد: منتظرت می‌مانم. هروقت سرعقل آمدی دنبالم بیا!

چمدانش را برمی‌دارد. ناگهان اتاق خالی می‌شود؛ خلوت و خالی. بعد، سوزِ صداست؛ سوزِ صدایی که تا اعماقِ وجود نفوذ می‌کند. با خون، با عصب و با همه‌ی حواسم عجین می‌شود. انگار غمِ دنیا را در این صدا ریخته‌اند. انگار جز این، هیچ نیست و اگر هست، لایه‌ای از این بر آن ماسیده است. نمی‌دانم بگویم از کی شروع شده. انگار قرن‌هاست ادامه دارد. می‌ترسم چشم بازکنم و بی‌رنگ شود؛ یا مثل خواب از زیر پلک‌هایم بیرون بپرد. می‌دانم حیف است بخوابم و بیش از این هم نمی‌خواهم در بستر بمانم؛ اگرچه انگار به تخت دوخته شده‌ام؛ اما صدا مرا به خودش می‌کشد و با خودش می‌برد. شعر است، مویه است، موسیقی یا مرثیه؟... هرچه هست در جانم رسوخ کرده؛ آمیخته است با آنچه در ذهنم قُل می‌زند؛ آنچه تبدیل به این سوز شد. حیف هرچه تلاش کردم تا از پسِ غبار، از پشتِ مهِ غلیظ، صورتِ صاحبِ صدای آشنا را ببینم، بشناسم، میسر نشد. من، بیمار بودم و او سرگردان بود؛ سرگردانِ حصارهای محرومیت. فقط زمزمه‌اش را شنیدم که

می‌گفت: نمی‌خواهد بگویی. نباید هم بگویی. خودم همه‌چیز را از نگاهت، از خطوطِ به‌هم رفته‌ی صورتت می‌خوانم. می‌دانم. نمی‌خواهی شبنم‌ها با نشستن روی تنم تباه شوند. از نظرِ تو این بدن پوسیده‌ی خاکستری که مثل لکه‌ی ناجوری به سینه‌ی سبز و با طراوتِ دنیا تف شده، باید دور انداخته شود. باید لگدمالم کنی؛ اما آن‌وقت زیر کفش‌هایت را چطور پاک می‌کنی؟ چطور می‌خواهی این اخ‌وتف -به‌زعم خودت- را بی‌آن‌که مشمئز شوی، با پا بمالی؟ بعد باید نگاهِ سرگردانت برای پیدا کردنِ مشتی خاک همه‌ی این باغ و گلزار را بکاود. شاید هم آرزو می‌کنی موقعی که بهار نبود تف شده بودم تا با گِل و لجن یکی می‌شدم؛ نه حالا که بهتر به چشم می‌نشینم.

عزیز من! عاشقِ گلستانِ گُل‌های واهی! تماشاگرِ شبنمِ سراب‌ها! بارها از خودم پرسیده‌ام من وجود دارم یا تو؟ انگار تو؛ چون رعایتِ همین سبزه‌های خیالی را هم نمی‌کنی؛ طوری قدم برمی‌داری گویی همه‌ی رُستنی‌ها -البته اگر رُسته باشند- را فقط برای تو رویانده‌اند. انگار مالکِ زمین و آسمانی. در صورتی‌که من همیشه مراقب بوده‌ام خطی، خراشی به جایی یا چیزی نکشم!...

روبه‌رویم را که نگاه می‌کردم، هیچ نبود؛ نه گُل و گیاهی، نه دشت و آسمانی و یا هر چشم‌اندازی از طبیعت؛ فقط گوشه‌گوشه کومه‌های تاریکِ ناله و زاری و شیون بود؛ اما پشتِ سر، راهی که از آن آمده بودم، مثل منظره‌ای غبارگرفته در خاطرم نقش بسته بود. هنوز هم نقش بسته است؛ حالا که آن کلام فقط صدای یکنواختِ پُرسوزی شده است که وجودم را می‌سوزاند.

انگار وسطِ بیابانی بی‌انتها سرگردان مانده‌ام؛ با دنیایی از غم و تنهایی. به هر طرف نگاه می‌کنم شاید جنبنده‌ای ببینم، سایه‌ای؛ و یا زمزمه‌ای بشنوم. همه‌جا خشک و خالی است. فقط آهنگِ سوزناک است که به

گوش می‌رسد. انگار زیر حبابی مات و داغ هستم، زیر روشنایی‌ای بی‌جلا؛ حبابی که فشارم می‌دهد؛ نفسم را سنگین می‌کند. می‌خواهم قدم بردارم اگرچه درگودالی ازلجن گیرکرده‌ام. هرقدم که می‌گذارم، پایم جای پای قبلی فرود می‌آید. آن‌هم چه حرکتی! کُند، کُشنده، عرق‌ریزان و بی‌حاصل.

آرزو می‌کنم خواب باشم؛ خوابی آرام؛ دوراز کابوس؛ اما مطمئنم بیدارم، مدت‌هاست. ازخودم می‌پرسم: چند قرن؟!

سوزِ صدا لحظه‌به‌لحظه دلتنگ‌ترم می‌کند. می‌خواهم بلند شوم. نمی‌توانم. بستر خسته‌ام کرده است. پشتم تیر می‌کشد. خشک شده‌ام. سر برمی‌گردانم سمتِ پنجره‌ای دیگر که روی شیشه‌اش، تصویرم به‌شکلی تقریباً تار نقش شده است. مردی زیر پارچه‌ای سفید، با موهایی نقره‌ای و صورتی لاغر.

اگر چشم‌هایم را هم ببینم، حتماً آن‌همه انتظارِ نشسته در آن، دلم را می‌سوزاند. به لاشه‌ام زل می‌زنم. تعجب می‌کنم چطور قد کشیده‌ام؛ چطور بزرگ شده‌ام و چه زود پیر شده‌ام. باور نمی‌کنم. انگار هنوز کودکی هستم در انتظار نوازش. کودکی که همبازی‌هایش اسباب‌بازی‌هایش را برده‌اند. سنگ به سرش زده‌اند. فیس‌وافاده و لج‌بازی و خریت کرده‌اند. دلش را شکسته‌اند. زجرش داده‌اند.

چقدر از دست‌شان کلافه می‌شدم، با این‌که دوست‌شان داشتم؛ هنوز هم. کلک بودند. نارو می‌زدند. برای هیچ‌وپوچ سروکله‌ی هم را داغان می‌کردند. ناخنک می‌زدند. می‌دزدیدند. می‌قاپیدند. هرچه توی دستِ یکدیگر بود را می‌خوردند. برای مردم‌آزاری، فحاشی، کتک‌کاری، قلدری و قیافه‌گرفتن تک بودند؛ اما به میز و مدرسه که می‌رسید، جا می‌زدند، لَنگ می‌شدند؛ جز دوسه نفرشان، انگار برای این‌کار آفریده نشده بودند.

حالا کودکم سرگردان در هیاهوی آن‌هاست، با فرسنگ‌ها فاصله از

مـن؛ نحیـف، پژمـرده، زودرنـج و حسـاس. دلـم می‌سـوزد. خیـال می‌کنـم راهِ
پیـش رویـش تا انتهـا تونلی اسـت تاریـک. از این‌که عاقبـت محو خواهـد شد
تعجب می‌کنـم.

سـوزِ صدا هنـوز ادامـه دارد. چسـبیده‌ام به دامنـه‌ی تپـه‌ای بلنـد؛ خسـته
و مجـروح. آن‌قـدر چنـگ زده‌ام کـه ناخن‌هایـم افتاده‌انـد. ایـن سربالایـی،
ناپیمودنـی اسـت. یـک سینه‌خیـز کـه خـودم را پیـش می‌کشـم، همان‌قـدر
بـه عقـب کشـیده می‌شـوم. نتیجـه‌اش فقـط بیشـتر شـدنِ زخم‌هایـم اسـت و
بـس. بـه عقـب نـگاه می‌کنـم بفهمـم چقـدر راه آمـده‌ام. همه‌جـا تاریـک اسـت.
قـدم از قـدم برنداشـته‌ام. انـگار همان‌جـا هسـتم کـه بـوده‌ام.

: چـه مرگم شـده. چرا نمی‌توانـم بـروم؟!

سـنگینی دنیـا روی دوشـم اسـت. همـه‌ی تاریـخ را بـه کول می‌کشـم. هرچه
تندیـس و کتیبـه و خاطـره هسـت همـه را بـه مـن آویخته‌انـد. چشـم‌هایم را
بسـته‌اند. بـه دهانـم دهان‌بنـد زده‌انـد؛ مثـل اسـب عصـاری.

: چـه هسـتم. چـه هسـتم؟!..

بـرای پیـدا کـردن جـواب چشـم بـه هرطـرف می‌چرخانـم. این‌سـمت،
حیوان‌هایـی ماهرانـه نقـش بـازی می‌کننـد؛ شـکلک‌ها، غرغرهـا،
دست‌انداختن‌هـا، قیافه‌گرفتن‌هـا، موس‌موس‌هـای اولیـه و بعـد، بـه
ذات‌شـان برمی‌گردنـد: به‌هـم پریدن‌هـا، نشـخوارکردن و سـر و دُم جنباندن
و خَـرغلت‌زدن و عرعـر کـردن و دلخـوش بـودن بـه کاهِ زردِ کهنـه.

آن‌طـرف، عـده‌ای گرفتارنـد؛ عاشـقانِ سینه‌چاک، همـه مجـروح. بـا
سـرهایی تراشـیده، لباس‌هایـی پـاره، خسـته، عرق‌ریـزان و منزجـر؛ انزجـاری
متراکـم در نـگاه، در کلام و در همـه‌ی وجودشـان. آرزوی رسـیدن دارنـد، بـه
بـاغِ وصـال، زیـر هیاهـو، زیـرِ هلهلـه، زیـر پا بـه زمین‌زدن‌هـا، سـر جنباندن‌هـا و
خنده‌هـای تمسـخرآمیزِ این‌طرفی‌هـا کـه پُرشـور و شـاد بـه تماشـا ایسـتاده‌اند.

سـوز ادامـه دارد. غبـاری کـه از عبـورِ کاروان بلنـد می‌شـود مـرا به‌خـودش می‌کشـاند. تـوی آن می‌روم و قـدم برمی‌دارم تـا در منزلی، در مقصـدی بیابمـش و علـتِ این‌همـه سـوز را بپرسـم. پاهایـم شـتاب دارنـد. گردوغبـار وجـودم را پوشـانده اسـت. احسـاس تنگـی نفـس می‌کنـم؛ و خسـتگی. از لابه‌لای تن‌هـای تکیـده می‌گـذرم؛ از لابـه‌لای لباس‌هـای پاره‌پاره بـه هرطـرف سـر می‌کشـم. دقـت می‌کنـم بیـن هلهلـه‌ی غـل و زنجیـر سـمتِ صـدا را تشـخیص بدهـم. بـه چهره‌هـای درهـم، افسـرده و خشـمگین زل می‌زنـم؛ بـه امیـدِ مـواج درآن‌همـه نـگاه؛ بـه تازیانه‌هـای خسـتگی‌ناپذیر، بـه نعره‌هـا، ناله‌هـا و خنده‌هـا.

عاقبـت پیدایـش می‌کنـم؛ آن وسـط، پابه‌پـای کاروان. انـگار خـودش را روی زمیـن می‌کشـد. رمـقِ رفتـن نـدارد. با لباسـی پـاره و خاکـی، پاهایـی زخمـی، بدنـی خونیـن. خرواری زنجیـر بـه دنبـال می‌کشـد. تـلاش می‌کنـد قـدم بـردارد؛ تلوتلو خـوران؛ درحالی‌کـه هرآن محتمـل اسـت بیفتـد و هرگـز پـا نشـود.

دقایقـی منتظـر می‌مانـم ببینـم کسـی بـه کمکـش می‌شـتابد یـا نـه. نـه، حدقـه‌ی همـه‌ی چشـم‌ها پشـت کرده‌انـد. انـگار هرکـس فقـط خـودش را می‌بینـد. تن‌هـا به‌هـم می‌سـایند امـا فاصله‌هـا طولانـی اسـت. هرکـس فقـط راه یـا روزنـه‌ای بـرای عبـور خـودش می‌جویـد.

منتظـرِ تلاقـی نگاه‌هـا می‌شـوم؛ بی‌نتیجـه اسـت. هیـچ دو دسـتی به‌هـم گـره نمی‌خـورد؛ هیـچ دو لبی برای‌هـم نمی‌خنـدد؛ دو قلـب برای‌هـم نمی‌تپـد؛ دو کـس بـه یـک منظـره نـگاه نمی‌کنـد -اگرچـه چشـم‌اندازی هـم نیسـت- هرکـس بـا تنهایـی خـودش تنهـا مـی‌رود. کسـی کسـی را نمی‌بینـد. همـه قهـر کرده‌انـد؛ پشـت کرده‌انـد. هرکـس گنـاهِ خرابـی راه، گنـاه گردوخـاک و این‌همـه مصیبـت را بـه گـردن دیگـری می‌انـدازد. دنیـا خالـی اسـت.

سـوزِ صـدا هنـوز ادامـه دارد. بـه او نزدیـک می‌شـوم کـه سـعی می‌کنـد قـدم بـردارد؛ سـینه‌کشِ زمیـن اسـت؛ بی‌رمـق، بیـزار، غمگیـن.

از لابه‌لای پاره‌لباس‌های گذرنده، تنِ کبودشده‌اش پیداست و ردِ بی‌شمارِ نیش؛ همین‌طور لب‌های باد کرده و سیاهی دورِ چشم‌ها و خراش دست‌هایش؛ انگشت‌هایی که بقدری چنگ‌زده، لغزیده و دوباره چنگ‌زده، ناخن‌هایش افتاده است. پاهایی که نای رفتن ندارند. پر سوز می‌خواند؛ با همه‌ی وجود.

جلوتر می‌روم صورتش را ببینم؛ بدانم جانمایه‌ی این سوز از چیست؛ از کیست.

موهایش سپید و تنش استخوانی، در بستر افتاده است، زیر ملافه، گرفتارِ هذیان و تب، لاشه‌ایست در آستانه‌ی مرگ. جان‌به‌لب رسیده‌ای که تلاش می‌کند صدایش را به گوش دیگری برساند.

سرم را جلو می‌برم. دقیق‌تر می‌شوم. آینه از مقابلم پیشاپیش می‌رود؛ در آن، با سوز، با همه‌ی وجود مرثیه‌خوانِ کاروانِ سرگردانی‌ام.

سوزِ صدا ادامه دارد. غلت می‌زنم و اشک‌هایم را پاک می‌کنم. چشم به در می‌دوزم. منتظر می‌مانم پسرکم کاسه‌ای آب برایم بیاورد اما نه از در نشانی هست و نه از پسر. همان‌جا هستم، پُشتِ همان دخمه. عرق کرده‌ام. از گرما کلافه شده‌ام. مگس‌ها و خرمگس‌ها روی تنم نشسته‌اند. زیر گوشم وزوز می‌کنند. بلند می‌شوم: چند ساعت است خوابیده‌ام؟

نمی‌دانم. به خودم نهیب می‌زنم: برای خوابیدن آمده‌ای این‌جا؟!

از این‌که وقت را به‌هدر داده‌ام ناراضی‌ام. راه می‌افتم. بعد از آن همه خواب هنوز خسته‌ام؛ حتا خستگی‌ام زیادتر شده است. احساس کوفتگی می‌کنم؛ انگار کوه کنده‌ام. کلافه، گرمازده و نگرانم. هرچند هنوز شوق کاوش در رگ‌وپی‌ام می‌دود اما این خستگی، این تنهایی، این خلوتِ مرده‌ای که احاطه‌ام کرده است، آزارم می‌دهد. شوق یافتن دارم، یافتنِ کسی که آرزو دارم ببینمش؛ یا دستکم چیزی که شادم کند؛ که بقبولاند

سفرکُشنده‌ام بیهوده نبوده است. اما هرطرف را که نگاه می‌کنم نشانی ازکسی یا چیزی نیست. انگار در برهوتی تنها مانده‌ام. بیابانی داغ، کویری محصور، دَم کرده، خفه، بی‌خورشید، پُرغبار و دود.

عاقبت، به خرابه‌ای می‌رسم که هم‌رنگِ غروب است، دلگیر. و آن‌ها حسرت‌زده نگاهم می‌کنند. اگرچه حدقه‌ی چشم‌هایشان خالی است؛ اگرچه به‌جای چشم فقط دو حفره‌ی سیاه در صورتِ بی‌گوشت و پوست‌شان هست اما ازگردش سر و مشایعت‌اش می‌فهمم نگاهم می‌کنند؛ نگاهی عجیب. انگاربوی دنیای گذشته، بوی روزگارِشادِ کودکی هنوزمثل نسیمی خنک روی تنم مانده است؛ نسیمی که با فضای خفه و پوسیده‌ی این‌جا سازگارنیست. و این‌ها نسیم را حس می‌کنند. حسرتش را دارند. یکایک یا درحلقه‌های سه‌چهارنفره روی کومه‌های کوچکِ خاکِ نرم و تیره نشسته‌اند؛ ساکت، بی‌حرکت، بی‌کلام. فقط چشم به یکدیگر دوخته‌اند. در حدقه‌ی چشم‌هایشان هیچ نیست؛ نه انعکاس سایه‌ی اشکی، یا گردشِ مردمکی، یا برقِ خشم و یا رنگ شادی. حدقه‌ی چشم‌ها حفره‌های سیاه، کوچک و هراس‌انگیزی است که دیواره‌ی پوسیده‌ی برخی‌شان تَرَک برداشته و یا ریخته است. دندان‌های زردِ بلندشان بی‌هیچ پوششی طوری روی‌هم مانده که انگارمی‌خندند؛ خنده‌ای حقیرانه، یا زهرخندی دردمند.

نزدیک که می‌شوم، خودشان را به ندیدن می‌زنند. وانمود می‌کنند بقدری مشتاقِ هم‌اند که مرا نمی‌بینند اما از جلویشان که رد می‌شوم، گردشِ سر و سنگینی نگاه‌شان را حس می‌کنم.

این‌جا، هوای مانده، گیج کننده است. موقعِ عبورخیال می‌کنم زمانی دور، در دورانی فراموش شده ازتاریخ، هرازگاه نسیمِ معطر و ملایمی توی کوچه پس‌کوچه‌های آبادِ آن‌موقعِ این‌جا می‌گذشته است؛ و برگ‌هایی سبز یا زرد خش‌خش‌کنان به زمین کشیده می‌شده است. حالا همه‌ی آن

کوچه‌پس‌کوچه‌ها ویران شده؛ نسیم قرن‌هاست قهر کرده، رفته است. نه از برگ نشانی هست و نه از باقی‌مانده‌ی پژواکِ خش‌خشش؛ و من، در خلأ افتاده‌ام. حتا عبورِ بی‌صدای پاهای برهنه‌ام و دنباله‌ی کفن که با هر قدم سر به ساقِ پاهایم می‌کوبد هیچ صدا، جنبش و یا کمترین حرکتی در هوا ایجاد نمی‌کند.

این‌جا، روشنایی نیست. آنچه هست، نور نیست. مثل پَرپَر زدنِ غروب؛ طلیعه‌ی تیرگی؛ آخرین نفس‌های روز و پای‌کوبی پیروزمندانه‌ی شب.

مدام از خودم می‌پرسم؛ تا کجا می‌روم؟... تا کجا می‌روم؟...

خیال می‌کنم با هر قدم که برمی‌دارم قسمتی از گوشتِ تنم آرام‌آرام آماس می‌کند، سنگین می‌شود و یک‌مرتبه می‌ریزد. استخوان دستِ راستم که پوسیده است، از کتف جدا می‌شود. صدای افتادنِ چوب خشکی را تداعی می‌کند. خسته‌ام، از بس بیهوده راه رفته‌ام. نه چیزی شنیده‌ام و نه چیزی گفته‌ام. انگار اصلاً منی نبوده‌ام. حاصل این سفر، تماشای تکه‌های پراکنده‌ی کوچک و بزرگِ استخوان بوده است و یا دیدنِ اسکلت‌هایی زانوی غم بغل‌کرده، و هنگام چرخش جمجمه‌ای روی مهره‌های گردنی، دربُهتِ نشنیدن صدایی، یا حتا جیرجیر سایش دو قطعه‌ی خشک به‌هم؛ یا آهِ خفه‌ی ریزش جسم پوسیده‌ای.

مانده‌ام انتخابم درست بوده است یا نه. همان‌وقت که خودم را توی حفره انداختم، باید می‌آمدم یا نه. باید می‌ماندم و تا ابد استراحت می‌کردم یا می‌آمدم و خسته‌تر از هر وقتِ دیگری می‌شدم؟

: نه، ماجرا از حفره شروع نشد، خیلی قبل‌تر بود. از وقتی که به خودم آمدم و پرسیدم کی‌ام، کجایم و چرا آمده‌ام؟ پرسشی که ماجراهای متعددی سر راهم قرار داد و آوجش لحظه‌ی گرفتنِ تصمیمِ نهایی بود؛ یا رومی روم یا زنگی زنگ!

: عشق آمد و خانه‌خرابی در پی داشت. نه؟

: این‌طور هم می‌شود تعبیر کرد؛ اما مهم‌تر، پنهان نماندنی بودنِ به‌قولِ تو عشق بود. دلبر میل به جلوه‌گری دارد، به‌هر قیمتی. مگر می‌شود پنهانش کرد در پستوی دل؟

پرسیدم یا جواب دادم؟...

: بعد از راهی طولانی و پیچ‌درپیچ؛ با احتیاط گوشه‌ی پارچه را پس زدم. اطراف را پاییدم. بیم بود گوشه‌ای کمین کرده باشند، حتا توی همان گودال، با لباس‌های چسبنده‌ی چابک و سلاح‌های سرد و گرم، و زهرخندشان، منتظر دیدن کمترین علائمِ حیات تا دوباره یورش بیاورند. همه‌ی سوراخ‌سنبه‌ها را بگردند. بیابند و کشان‌کشان ببرندش؛ درمانده شوم دوباره!

با آرواره‌های بی‌پوششِ چفت‌شده‌اش طوری نگاهم می‌کند انگار اصلاً چیزی نشنیده و یا من بی‌آن‌که لب بازکنم، آمده‌ام درست روبه‌رویش، روی کومه‌ای خاک نشسته‌ام و چشم به نوشته‌های روی استخوانِ لُختِ پیشانی‌اش دوخته‌ام. شاید کاتبی بوده که نتوانسته است آنچه می‌خواهد بنویسد؛ ناچار خودش را کشته است: لعنت به واژه‌ها. چقدر کوچکند. هرجور و هرقدر می‌چینم و می‌چرخانم‌شان باز ناقص‌اند، ناجورند، به دلخواهم نمی‌نشینند. سعی می‌کنند بگریزند؛ یا از دهانم بیرون نمی‌آیند؛ و یا اگر بر صفحه‌ای نقش می‌شوند، شکلک درمی‌آورند، مسخ می‌شوند. به‌شکل فحش، دروغ و کلک. تولیدمثل می‌کنند. تکثیر می‌شوند؛ آنقدر که راهِ گریزی نمی‌ماند. خفه می‌شوم. مگر دهان بازکنم و دوباره ببلعم‌شان...

از مطالعه‌ی پیشانی‌اش دست می‌کشم و چشم می‌دوزم به دهان که نه، به دندان‌هایش. آرواره‌هایش را حرکت می‌دهد بی‌آن‌که صدایی از بین‌شان بیرون بیاید؛ مثل خمیازه. شاید می‌پرسد: چرا؟

جواب می‌دهم: خب، مگر نگفتی، عاشق بودم. عشق می‌دانی یعنی چه؟

اضافه می‌کنم: بو برده بودند. خیال می‌کردند جایی قایمش کرده‌ام!

همان حرکت را تکرار می‌کند. انگار دوباره می‌پرسد: چرا؟

آماده می‌شوم بگویم: پستو به پستو دنبالم بودند. هر دفعه می‌گرفتند، می‌گشتند. اول، کتک بود و چشم‌غره. بعدها به اذیت و آزارشان اضافه کردند. دستِ راستم را گچ گرفتند. قانع نشدند. دو چیزم را بردند!

اما کلمه از دهانم بیرون نمی‌آید. ارتعاش عصبی نیم‌پاره گوشتی را حس می‌کنم در انتهای دهان؛ در دهانه‌ی گلو. یادِ اصواتِ عجیب و بی‌معنی‌ای می‌افتم که بعضی وقت‌ها باعثِ ترحم بی‌موردِ کسانی می‌شد و گاهی اوقات دستاویزِ تمسخر و لودگی عده‌ای دیگر.

با انگشت‌های بی‌گوشتش به دهانم اشاره می‌کند و خمیازه می‌کشد. می‌خواهم فریاد بزنم: تنها این، نه. آن!

اما می‌مانم معطل «آن»را چطور بگویم. ناگهان قهقهه‌ی خنده‌ی بی‌صدایش را می‌بینم. خنده که نه، باز و بسته شدن و برخوردِ پیاپی آرواره‌ها. انگار موضوعِ خنده‌داری گفته‌ام. تعجب می‌کنم. دقیق می‌شوم تا علتِ خنده و تمسخرِ وحشتناکِ بی‌موقعش را بدانم. می‌دانم. می‌دانم اشتباه کرده‌ام، به من نمی‌خندد. حتا مرا نمی‌بیند. این‌جا نیست، کنار من. فاصله‌ی من و او سر به قرن‌ها می‌ساید. شاید قرنی پیش یا بیش‌تر، کسی این‌جا نشسته بوده است؛ همین جایی که من نشسته‌ام، روی همین تَلِ خاک یا خاکستر. و با او به گفتگو بوده؛ یا ردوبدل‌کردنِ اشارات. حالا این، او را می‌بیند. به آنچه او می‌گفته است، می‌خندد. انگار هنوز روبه‌رویش است، بعد از سپری شدن آن‌همه سال.

هراسان بلند می‌شوم و به کومه‌ی خاکستری که رویش نشسته بودم چشم می‌دوزم: در این‌جا مگر زمان نمی‌گذرد؟!..

می‌گذرد، اما خیلی کُند؛ به‌تأنی؛ هر لحظه به درازای قرنی.

بعد از مدتی کوتاه، مدتی که خیال می‌کنم هیچ‌وقت سپری نمی‌شود، بی‌آن‌که چیزی پیدا کرده باشم، سرگردان قدم برمی‌دارم. از بین توده‌های خاک و خاکستر عبور می‌کنم. می‌بینم‌شان چمباتمه‌زده روبه‌روی هم؛ در سکوت؛ سربه‌زانو. و می‌اندیشم به سفر طولانی کلمه‌ها؛ به این‌که مسافتِ کوتاهِ بین دو تن را به کُندی‌ای صدساله، هزارساله می‌پیمایند. موقعی به گوش مخاطب می‌رسند که دیگر از گوینده‌اش اثری نیست.

می‌خندم؛ زهرخندی که بیانگر درماندگی‌ام است؛ ناتوانی‌ام را بروز می‌دهد؛ اما این‌مرتبه دیگر اشتباه نمی‌کنم. مشایعتِ سرها را به حساب تماشایم نمی‌گذارم. از خودم می‌پرسم: آن که پشتِ این زمان پوسیده از همین جایی که من می‌گذرم، گذشته، کی بوده، چه دیده و کجا رفته است؟...

شاید از ژرفای سیاهی بیرون آمده و به عمق تاریکی رفته باشد.

درحینی که می‌روم، دقت می‌کنم پا روی استخوان‌های کهنه‌ی ازهم‌گسیخته نگذارم؛ تَل‌های کوچکِ خاکستر را با سرانگشتِ پاهایم از هم نپاشم. می‌گردم و منتظرم. شوقی در من هست دردآلود. بغض توی گلویم قوس برداشته، بزرگ شده و آماده‌ی ترکیدن است. اشک نمی‌ریزم نکند دیدم تار شود. چشم‌هایم گرسنه‌اند. گذشتِ زمان را با تراکمِ احساس می‌سنجم. می‌جویم و عاقبت گمان می‌کنم یافته‌ام. آن‌طرف، زیر پارچه‌ی سفیدِ زردشده‌ی آلوده به لکه‌های روغن، کسی سر روی مشتی خاک گذاشته، خوابیده است.

دلشاد می‌شوم. حالا دیگر می‌توانم جلو بروم و پارچه را پس بزنم. بیدارش کنم و هرکس بود، از او بخواهم دقیق به حرکاتِ دست و دهان و ابرویم نگاه کند تا بفهمد چه می‌گویم. شاید از آنچه در دلم می‌گذرد آگاه شود. شاید رازِ این‌همه رکود و سکوت و خاموشی را بداند. بخواهم بلند شود و همراهم طلسمِ یخین را بشکند.

روی موهای بلندِ سیاهِ آلوده به خاک و چربی‌اش که از زیر پارچه بیرون مانده، عنکبوت تار تنیده است؛ تارهای گرد و خاک‌گرفته‌ای که هر نقطه‌اش لاشه‌ی پوکِ نیمه‌پوسیده‌ی عنکبوتی هست. هوس که نه، شوق و انتظاری سراسیمه چشم‌هایم را بر سراسر پیکرِ خفته می‌دواند تا پستی و بلندی‌های دلپذیرش را تماشاگر باشم که نشانه‌ی زایش و خواهش و زندگی است.

جمله‌ای در ذهنم می‌جوشد و سر به دیواره‌ی جمجمه‌ام می‌کوبد: گرسنه‌ام. حتماً او هم گرسنه است. گرسنگی از هرطرف زبانه می‌کشد!

چیزی ندارم به او بخورانم. شرم دست‌های خالی‌ام مانع بیدارکردنش می‌شود اما این حالت دیرپا نیست. نیاز مجبورم می‌کند با احتیاط خم شوم؛ با سرانگشت گوشه‌ی پارچه را بگیرم، آهسته و آرام بلند کنم؛ آماده‌ی دیدنِ مژه‌های بلندی که حتماً تکان خواهد خورد و پلک‌های بسته‌ای که باز خواهد شد. درآن‌صورت، من، سرافکنده، عذرخواه سعی می‌کنم بگویم: تنها بودم؛ مجبور شدم بیدارت کنم!

مدتی هم حتماً زیر نگاهِ بیزار، یا کاوشگرش دوام می‌آورم شاید، شاید که نه، بدون‌شک از دیدنم به‌وجد می‌آید. بلند می‌شود. خودش را بین پارچه می‌پیچد و با تکانِ سر، غبارِ موهایش را می‌تکاند. بعد، می‌گوید: آخ، خسته شدم. داشتم می‌پوسیدم. چه خوب شد آمدی!

اما ناگهان دچار ترس و تردید می‌شوم: نکند همانی باشد که رهایش کرده‌ام؟!

پا پس می‌کشم و کمر راست می‌کنم. این حرکتِ سریع باعث می‌شود تا گوشه‌ی کفنی که گرفته‌ام همراهِ پسروی من کشیده شود و از روی او کنار برود. با همین سایشِ نرم، هم بافتِ پارچه و هم نسوج استخوان‌های پوسیده‌ی او متلاشی می‌شود و درهم می‌ریزد؛ به‌شکلی که جز مشتی

خاکستر زرد که طرح اسکلتی است بر سینه‌ی خاک و پودرِ سفیدی که مورب از روی طرح تا پیش پای من پاشیده شده است چیزی نمی‌ماند. نه انسانی، نه جسدی و نه حتا کفنی. هیچ.

دقایقی به آنچه مقابلم هست زل می‌زنم. سرخورده‌ام. حسرت‌زده. تهی شده‌ام. به چیزی فکر نمی‌کنم. پوچ و بیهوده شده‌ام با همه‌ی رگ و پی‌ام. می‌مانم، ساکت و سرد، شاید لحظه‌ای، شاید سال‌ها، قرن‌ها؛ و ندامت به‌جانم می‌ریزد. به‌جان می‌آیم: چه انتخابی بود که کردم، که چه؟...

تلنبار شده است توی ذهنم. غلغله‌ایست در درونم؛ اما چه فایده؛ این‌جا کسی صدایم را نمی‌شنود. حتا اصواتِ عصبی یا آرامی نیست که نشانگر روحیه‌ای باشد. خستگی‌ام رفع نمی‌شود. کاوش‌هایم بیهوده است. اگر چشم‌هایم بپوسند، اگر نگاهم تهی شود، اگر این یکی دستم هم بیفتد، با چه اشاره کنم، چه بگویم، چه کاری می‌توانم بکنم... اصلا دنبال چه می‌گردم؟...

این‌همه سکوت، این‌همه پوسیدگی، بی‌همکلامی، بی‌کسی، ناآشنایی. به‌فرض نوشته‌های روی پیشانی فسیل‌شده‌ی این‌ها را هم خواندم؛ بین‌شان پلکیدم، ماندم. که چه؟ این بود آنچه شوق دیدارش را داشتم، که سعی کردم بیایم، بیابم و ببینم؟

سر به عصیان می‌زنم. گوشه‌ای از پارچه را که به دست‌وپایم می‌پیچد می‌گیرم و پاره می‌کنم. دهان باز می‌کنم تا مهارِ صدا را بِبُرم. با مشت و لگد به هرطرف می‌کوبم. روی سرم سقفی هست سخت. دستم درد می‌گیرد. خونِ انگشت‌هایم ازکنار مچم جاری می‌شود. مکث نمی‌کنم. به چنگ‌زدن ادامه می‌دهم. قسمتی از سقف می‌ریزد. شتاب‌زده شکاف را وسیع می‌کنم. سر از روزنه بیرون می‌برم و با همه‌ی وجود فریاد می‌زنم. فریاد می‌زنم. فریاد...

تعجب می‌کنم: این، صدای من است؟!

ساکت می‌مانم و به پژواکش گوش می‌دهم: چه مرگم شده، چرا این جور شدم؟

به دست‌هایم نگاه می‌کنم؛ خون‌آلوده‌اند و آغشته به خاک. کمی آرام می‌گیرم. سعی می‌کنم خشم، عصیان، درد، درماندگی و اوهام را از خودم برانم. باید به جستجویم ادامه بدهم. راهی است که آمده‌ام، باید تا آخرش بروم.

دقایقی صبر می‌کنم نفس تازه کنم. بعد، کنار دیوارِ نیمه‌خرابه‌ای که سمتِ چپم است می‌روم. سر می‌کشم تا از بالای آن، آن‌طرفش را ببینم. راهِ باریکِ پُر پیچ‌وخمی است محصور بین دو دیوارِگِلی باستانی که معلوم نیست به‌کجا منتهی می‌شود. دست به لبه‌ی دیوار می‌گذارم، خودم را بالا می‌کشم و به آن‌طرف می‌پرم.

قسمتی از پارچه‌ی سفیدِ آویخته از دوشم به گوشه‌ای گیر می‌کند. دامن آن‌را می‌گیرم و محکم تکان می‌دهم. پارچه رها می‌شود و همراه با آن، تکه‌ای از دیوار می‌ریزد. گردوغبار بلند می‌شود. خاکِ گوشه‌ی پارچه را می‌تکانم و روانه می‌شوم. روی دیوارهای دو طرف، با فاصله‌های معین، سنگِ قبرهایی هست و سینه‌ی هر سنگ، نقش و نوشته‌ای.

کنجکاوی باعث می‌شود از سرعتِ قدم‌هایم بکاهم و به تماشای تصاویر و خواندن نوشته‌ها بپردازم.

با مطالعه‌ی اولین نوشته خشکم می‌زند. روی سنگ، اسمِ مرا نوشته‌اند و طرح قنداقه‌ای هست و خطی سرخ که به سراسر سنگ کشیده‌اند. از خودم می‌پرسم: یعنی مُرده‌ام؟ از همان نوزادی؟!

نمی‌توانم باور کنم. شک و تردید مرا در چنگالش می‌فشارد. هراسان به دیوارِ سمتِ دیگر نگاه می‌کنم. این‌جا هم عکس و اسمم روی سنگ حک شده است. نه، این شوخی نیست چون نوشته‌ها و سنگ‌ها و

دیوارها همه قدیمی‌اند. خیلی خیلی قدیمی‌تر از سنِ من. شاید قرن‌ها قبل از تولدم نام و چهره و همه‌ی حالت‌هایم را بی‌کمترین خطا و خلافی رویشان نقش زده‌اند!

غرقِ اندیشه، بی‌آن‌که توجه‌ای به قدم‌هایم داشته باشم، ناخودآگاه به جلو کشیده می‌شوم. پاهایم بعد از هرچند قدم، مرا جلوی این سنگ و لحظه‌ای بعد، مقابل سنگِ دیگری می‌ایستانند. در طول مسیر مدام اسمم را می‌خوانم و تصاویرم را می‌بینم در حالات و رفتار و قد و قواره و سن‌های مختلف. تصاویری که در آن‌ها خندیده‌ام، گریه کرده‌ام، فریاد زده‌ام، نشسته‌ام، خمیده‌ام، خوابیده‌ام، گریخته‌ام و یا یورش برده‌ام. و در پس‌زمینه‌ی هر یک، پشتِ این‌همه نام و این‌همه عکس، طرحی کمرنگ از او نقش شده که مدام در یک شکل و یک سن و یک حالت، غرقِ اندیشه، محزون، چشم به روبه‌رو دوخته است.

خطِ باریکِ سرخی که سراسر دیوارِ دو سمت رسم شده، کمرِ سنگ‌ها را بُریده است؛ انگار مردود یا باطل شد را نوشته‌اند. خطِ سرخ برق می‌زند. انگشت رویش می‌کشم و جلوی صورتم می‌گیرم؛ خون است؛ خونِ تازه و گرم. انگار پیشِ پای من آن‌را به دیوارها زده‌اند.

حالا، همه‌ی وجودم به سه بخش تقسیم شده است: پاهایی برای رفتن؛ چشم‌هایی برای دیدن و ذهنی پُرسوال که بی‌قرارِ پیدا کردن جواب است. اما قبل از رسیدن به جواب، راه به انتها می‌رسد. به بن‌بست رسیده‌ام. این‌جا دیگر از سنگ‌ها و نوشته‌ها و دیوارها اثری نیست. دخمه‌ی تنگ و تاریکی است که راحت نمی‌شود هیچ‌جایش را دید. کورمال‌کورمال دست به سقف و اطراف می‌کشم. روزنه یا راهِ عبوری ندارد. زانو می‌زنم و بیلچه را به کار می‌گیرم. خاکِ پوسیده مثل خاکستر به آسانی برداشته می‌شود. طولی نمی‌کشد که نوکِ بیلچه به سنگی می‌خورد که درست زیر پاهایم

است. عجولانه خاک‌ها را کناری می‌ریزم. تخته‌سنگ را برمی‌دارم، گوشه‌ای می‌گذارم. نور کمی به این‌طرف می‌تابد. دست‌هایم را دو طرفِ گودال می‌گذارم و با پا داخل می‌شوم. این‌جا هم دخمه‌ایست که با دخمه‌های قبلی تفاوتِ چشم‌گیری ندارد؛ فقط قدیمی‌تر به‌نظر می‌رسد. تَل کوچکی از خاک، کنار دیوار، روی زمین ریخته شده است؛ مثل کومه‌ی ریزِ خاکِ نرمی که بر اثر فعالیتِ مورچه‌ها جلوی لانه‌شان به وجود می‌آید.

نگاهم به بالای آن کشیده می‌شود. روی دیوار، سوراخ شده و نوکِ کلنگی از آن بیرون آمده است؛ کلنگی خیلی بزرگ‌تر از آنچه همراه داشتم. انگار آن‌طرف، کس یا کسانی در تلاش بوده و یا هستند که به این‌طرف بیایند.

به‌وجد می‌آیم. تجسم روبه‌رو شدن با کاوشگرانی که مثل من به سیاحتِ این سرزمین که نه، به جستجو در این زیرِ زمین پرداخته‌اند شورانگیز است. آرزو می‌کنم نرفته باشند؛ نمرده باشند، زنده و سالم باشند تا از تنهایی رها شوم.

بیلچه را محکم به دیوار می‌کوبم؛ چند مرتبه. اول، صدای خفه‌ی افتادنِ کلنگ را می‌شنوم در آن‌طرف و بعد دیوار فرو می‌ریزد و روزنه‌ای پدید می‌آید وسیع. خم می‌شوم و به آن‌سمت می‌روم. مقابلم مردی هست به قامتِ من، شاید کمی بلندتر که پوست و استخوانی بیشتر نیست اما تهِ حدقه‌ی چشم‌هایش دو شعله‌ی سرخ می‌درخشد. او هم پارچه‌ای مثل شنل به‌دوش دارد با زمینه‌ی سفید که حالا زرد شده است، آغشته به لکه‌های چربی. روی پارچه و همه جای بدنش، جز دست و بازوی راست را با رنگِ قرمز مطالبی نوشته است. ایستاده است یا نشسته؟...

از نحوه‌ی قرارگرفتن‌اش چیزی دستگیرم نمی‌شود. نگاهم می‌کند بی‌آن که پلک بزند. در صورتش هیچ ردی از ترس، تعجب و یا هر حس‌وحال دیگری نیست. شاید مرا نمی‌بیند؛ شاید هم منتظر ورودم بوده و یا حضور و عدم

حضورم برایش بی‌اهمیت است. سرِ بزرگ، چانه‌ی باریک، چهره‌ای مصمم و عصبی دارد. مشتاق خواندنِ خطوطِ نقش شده بر اندامش هستم. نگاهم روی بازوی راستش می‌نشیند و از آن‌جا به پایین سُر می‌خورد. سرانگشتِ اشاره‌ی دستِ راستش را تراشیده است؛ پوست و گوشت و استخوان را، طوری که شبیه نوکِ قلمِ ریزی شده است؛ و آن بالاتر، در نقطه‌ی اتصالِ بندِ دوم همان انگشت، روی استخوان، محلی برای ریختن و نگهداری جوهر یا مرکب ایجاد کرده که دهانه و اطرافش پوشیده از لایه‌ی خونِ خشک است.

با دیدن شکافِ عمیقِ سرانگشتِ دستِ چپ‌اش، بی‌آن‌که بپرسم می‌فهمم با ریختن خونِ این دست داخل سوراخ ایجاد شده‌ی انگشتِ دستِ راست، از آن به‌جای خودنویس استفاده می‌کند که عوض جوهر، قطره‌های خون از سوراخ به درون استخوان و از آن‌جا به سرانگشت و یا بهتر بگویم، به قلمش جاری می‌شود.

می‌گویم: ولی پاک می‌شوند!

لب تکان نمی‌دهد. حتا حرکت هم نمی‌کند اما جواب می‌دهد: آثاری ولو ناچیز باقی خواهد ماند!

صدایش طنینی عجیب دارد؛ در عین‌حال که انگار از فاصله‌ای دور، از پشتِ دیوارها، مکان‌ها و حتا زمان‌های متفاوت شنیده می‌شود، در همان‌حال دارای ارتعاش و پژواک محکمی است که از هر سمت رسا و پُر قدرت به گوش می‌رسد.

می‌خواهم بپرسم آن خط یا مُهر باطل شد را او به سنگ‌قبرهای من زده یا نه اما مطمئنم پرسش بیهوده‌ایست چون او به این بازی‌های کودکانه علاقه‌ای ندارد.

می‌پرسد: چرا نمی‌پرسی؟

: نه. نباید بپرسم. دیدم که همه‌جا پشتِ من ایستاده بودی؛ یا مودب‌تر

بگویم، مرا در خودت جا داده بودی. اگرچه فقط طرحی از تو دیده می‌شد اما همان بس بود تا به من بشناساندت. حالا چطور می‌توانم تهمت بزنم؟ مثل این می‌ماند کسی خودش را متهم کند که از روی غرض، مرض یا هر چیز دیگری چهره‌ی خودش را خط‌خطی کرده است. اگرچه احتمال دارد معنی یک خط با خطی دیگر از بیخ و بُن مغایر باشد اما کار تو نیست. می‌دانم...

بی‌آن‌که حرکتی کند یا کلامی بگوید یا لب بجنباند، دقیقاً مثل عکس کهنه‌ای که خیره‌ی آدم باشد، زل زده است به من اما صدای خنده‌ی متین‌اش گوشم را نوازش می‌کند. می‌شنوم که می‌گوید: خوشحالم که برخی مسائل را درک می‌کنی!

گوشه‌ای از شنلش مثل گره‌ی بازشده‌ی پیچه‌ای روی زمین افتاده است. مقداری نانِ خشک و ظرفِ زنگ‌زده‌ی آب توی آن است. از خودم می‌پرسم: چند قرن است که داخل این ظرف آب ریخته‌اند و این نان متعلق به کدام دوران، کدام سلسله و یا کدامیک از قبایلِ تاریخ است؟

احساس گرسنگی می‌کنم. صدایش در گوشم می‌نشیند: بیش از این نصیب‌مان نخواهد شد!

گره‌ی گوشه‌ی کفن را باز می‌کنم و سکه‌ی زنگارگرفته را به رخ‌اش می‌کشم. قهقهه‌ی خنده‌ی تمسخرآمیزش دیوارهای اطراف را می‌لرزاند؛ آنقدر که شگفت‌زده و ترسان به آن دهانِ بسته و صورتِ سردِ متفکر نگاه می‌کنم که چطور ممکن است این‌طور دیوانه‌وار بخندد. ترس به دلم می‌نشیند نکند جنون به سرش بزند، جلو بیاید و با کلنگ مغزم را داغان کند؛ اما او خنده‌اش را به آخر می‌رساند. می‌گوید: نه. دیگر به دردِ ما نمی‌خورد؛ یا دست‌کم به دردِ من یکی نمی‌خورد. تو اگر از خودت دورش کنی با خودم به سیر و سفر می‌برمت!

پارچه را می‌تکانم. سکه به زمین می‌افتد. تکه‌ای نان به دستم

می‌دهد. گاز که می‌زنم، منتظر چشیدنِ مزه‌ی خاک یا استخوان‌کهنه‌ام اما تُرد، نرم و معطر است؛ عطری دارد که در عمرم به خوبی‌اش ندیده‌ام. بیلچه زیر بغلم است و با همان دست نان را به دهان می‌برم و گاز می‌زنم. او، دامن شنلش را به دسته‌ی کلنگ گره می‌زند. با یک دست کلنگ را روی دوش و با دستِ دیگرش مُچ باریکم را بین پنجه‌ی توانمندش می‌گیرد و دنبال خودش می‌کشاند.

خیال می‌کنم کودک شده‌ام و او یک‌مرتبه قد کشیده است؛ بلند و با ابهت؛ به‌قدری که اگر سر بالا کنم، صورتش را نمی‌بینم. و طوری تنومند که صدای پاهایش ضربه‌هایی است بر طبل. هر قدمی که می‌گذارد، ابری از گردوخاک بلند می‌کند. و من، پسربچه‌ای هستم که سعی می‌کنم با برداشتن قدم‌هایی بلند، پابه‌پای مردی بزرگ راه بروم؛ اما مدام جا می‌مانم. در نتیجه پشتِ سرش کشیده می‌شوم. به این‌شکل با او به گشتی شتاب‌زده می‌پردازم.

از روی قبرهای خرابه، از بین دیوارهای پوسیده که مثل تونل‌های بی‌انتهایی می‌مانند می‌گذریم؛ گاهی به چپ، گاهی به راست، گاه بالا و گاه پایین؛ و نگاهِ حریصِ من، مشتاقانه به همه‌جا سر می‌کشد. زمانی از کنار کومه استخوان‌هایی زرد عبور می‌کنیم؛ یا از دل قبری تهی. هرچه در گوشه و کنارهاست به علتِ سرعتِ پایمان به‌هم متصل می‌شوند، گره می‌خورند و دنبال هم، پیوسته از مقابل چشم‌هایم رژه می‌روند. تکه پارچه‌های کهنه‌ای که زمانی سفید بوده‌اند، استخوان‌های پوسیده، دیوارهای فروریخته‌ی سوخته؛ یکایک یا تعدادی یک‌جا از همان سکه‌ی زنگ‌زده‌ی مسی که مثل سوسک، عقرب و سایر حشراتِ بدقواره روی زمین، کنار یا لابه‌لای درزِ دیوارها قرار دارد.

جلو که می‌رویم، نگاهم روی سکه‌ها جا می‌ماند. می‌گوید: خیلی‌شان

را دور ریخته‌ام. می‌بینی، هنوز ما را به خود می‌خوانند!

هراسان می‌شوم. از ترسِ تماس با این حشراتِ موذی به سرعتِ پاهایم می‌افزایم تا در پناهِ او از هرگزندی در امان باشم. در حالی‌که می‌رویم، به هرجا که می‌رسیم، هرگوشه که سر می‌کشیم، مدام یک یا دو جمله را که وردِ زبانش است تکرار می‌کند: می‌بینی؟ هیچ نیست. هیچ نیست!

و من برای دیدنِ هیچ، همه‌جا را نگاه می‌کنم. خسته نمی‌شوم. سوال‌های بی‌شماری دارم اما مجالی برای طرح کردن‌شان نیست. نمی‌دانم اگر فرصتی پیش آمد اول کدامیک را بپرسم.

عاقبت می‌ایستیم. پاهایم بشدت درد گرفته‌اند. شُرشُر عرق از تنم جاریست؛ اما هیچ اثری از خستگی در او نیست، حتا نفس‌نفس هم نمی‌زند. سر خم می‌کند. با چشم‌هایش در نگاهم می‌خندد. بی‌آن‌که لب باز کند، می‌پرسد: از این راهی که آمدیم نگذشته بودی که؟

: نه!

: خودم هموارش کرده‌ام، به تنهایی. اگرچه هموارِ هموار هم نیست. خب، بهتر است معطل نشویم، شروع کنیم!

: نمانیم خستگی درکنیم؟

کلنگ را از گره‌ی پارچه جدا می‌کند. شروع می‌کند به کندن زمین. از این‌که می‌خواهد خودش را خستگی‌ناپذیر نشان دهد لجم می‌گیرد. می‌گویم: وقتی دیدمت، خسته بودی. استراحت می‌کردی!

دست از کار نمی‌کشد. جواب می‌دهد: بودم. حالا هم هستم؛ حتا بیشتر از تو!

حدس می‌زنم از حرفم رنجید. ناچار دهان می‌بندم و با بیلچه‌ام شروع می‌کنم به برداشتنِ خاک‌های روی زمین. او کلنگ می‌زند و من با بیل همراهی‌اش می‌کنم. حالا دیگر جرأت پرسیدن ندارم. می‌ترسم باعثِ

رنجش بیشترش بشوم.

در سکوتی که فقط صدای نفس‌هایمان به آن رنگ می‌زند، پیش می‌رویم. گاهی دیواری را فرو می‌ریزیم؛ گاه زمینی را می‌شکافیم و می‌گذریم. خسته که می‌شویم، فقط آب می‌نوشیم. آبِ این ظرف انگار تمام‌شدنی نیست. بوی کهنه‌ی قدیمی هنوز مشامم را پُر کرده و توی سوراخ‌های بینی و ریه‌ام لایه‌لایه روی هم نشسته است. به نظرم می‌رسد هوای این‌جا تفاوتی با بیرون ندارد، فقط مانده‌تر، کهنه‌تر و سنگین‌تر است و هرچه جلوتر می‌رویم به سنگینی و کهنگی‌اش اضافه می‌شود؛ تا جایی که دیگر تراکم هوایی راکد و نامرئی با حرکتِ ما متحرک می‌شود، نمایان می‌شود و با هر تکانِ دست یا پا، توده‌ی خاکستری‌رنگی سینه به زمین می‌ساید و به چرخش درمی‌آید. قدم که برمی‌داریم، مثل راه رفتن در مهِ غلیظِ تیره است. به پشتِ سر که نگاه می‌کنیم، ردِ پاهایمان را می‌بینیم که روی سینه‌ی دوده‌گرفته‌ی زمین نقش بسته است.

در حینی که می‌رویم، آرزو می‌کنم برای یک دفعه هم که شده از جاهایی که تنها گذشته‌ام بگذریم؛ یا او به آن‌ها اشاره‌ای کند. اما نه راه‌مان به آن‌جاها می‌افتد و نه او اشاره می‌کند. انگار هیچ‌وقت آن‌ها را ندیده، از وجودشان بی‌خبر است. طاقت نمی‌آورم. دل به دریا می‌زنم. می‌گویم: مثل این‌که گفتی همه‌ی راه‌ها را تو هموار کرده‌ای!

: همه را نه، فقط همان مقدار که با هم گذشتیم!

دمغ می‌شوم. از این‌که نسنجیده حرف زده‌ام خجالت می‌کشم. او، ردِ پاهایی را روی سینه‌ی نرمِ خاک نشانم می‌دهد. انگار قبل از ما دیگرانی هم از این مسیر گذشته‌اند و بعد از رفتن هر یک یا هر عده، خاک‌های ریخته از سقف و دیوارهای اطراف، دوباره سد و مرزی شکل داده‌اند، دیواری شده‌اند مقابل آیندگان.

می‌خواهـم بپرسـم؛ امـا او یک‌ریز می‌گوید هیچ نیسـت؛ و مـن هنـوز مشتاق دیدن هیچم.

عاقبت به جایـی می‌رسیم کـه دیـواری جلـوی مـا قـد کشیده است. ناگهان درنگ می‌کنـد و مـردد می‌مانـد؛ امـا مـن بیـل می‌زنـم. در حالی‌که غـرقِ تلاشـم به سیمای اندیشناکش نگاه می‌کنم و از خودم می‌پرسم: چه شد. دوباره رنجید، یا فقط خسته شده... نکند از همراهی با من پشیمان شده قصدِ جدایـی دارد؟!

به خودم دلداری می‌دهم برنمی‌گردد. تنهایـم نمی‌گذارد. به چشم‌هایش نگاه می‌کنـم کـه مهربانانـه خیـره به من‌انـد. نگاه‌مـان به‌هـم گـره می‌خـورد. بـرای اولیـن مرتبـه، بعد از‌آن‌همه مـدت می‌بینـم خطـوطِ صورتـش حرکـت می‌کنـد. لب‌هایـش بـاز می‌شـود؛ غمگیـن و مهربان به‌رویـم لبخنـد می‌زنـد. ناگهان هیبـت و سهمگینی‌اش رنـگ می‌بـازد؛ بلنـدا و اقتـدارش محـو می‌شـود. می‌شـود انسـانی مثـل مـن. درسـت به انـدازه‌ی مـن؛ بـا همیـن قدوقـواره و همیـن ضعف‌هـا و همیـن سـن.

کلنگ را برمی‌دارد و به دیوار می‌کوبد: بپرس!

از شـادی سـر از پا نمی‌شناسـم. نمی‌دانـم از‌کجـا شـروع کنـم. اول بیـل را زمیـن بینـدازم، او را بغـل کنـم، ببوسـم و بپرسـم یا پرسـش‌ها را بگـذارم بـرای بعد؛ بـرای لحظـه‌ی اسـتراحت؛ فعـلاً کمکـش باشـم؛ یا بایسـتم و یکایـک، سـوال‌هایم را روبه‌رویـش بچینـم.

او دوباره می‌گوید: بپرس!

این‌مرتبـه در صدایـش شـتاب و تحکـم اسـت. چهـره‌اش گرفتـه و قطره‌هـای درشـتِ عـرق روی پیشـانی‌اش نشسـته اسـت. نفس‌نفـس می‌زنـد. دسـت‌پاچه می‌شـوم. دلـم می‌سـوزد. می‌خواهـم بیلچـه را بینـدازم، بـروم دسـتش را بگیـرم امـا می‌ترسـم با این حرکـت صمیمیت و یگانگی‌مان

از بین برود؛ دوباره بین ما فاصله بیفتد؛ دیگر به سوال‌هایم جواب ندهد. او تکرار می‌کند: بپرس. بپرس!

دل به دریا می‌زنم. محجوبانه جلو می‌روم تا بیلچه را به او بدهم و کلنگ را بگیرم. سخت امتناع می‌کند. ناگزیرش می‌کنم. دوباره گرمِ کار می‌شویم و این‌دفعه او، نه که بگوید، انگار فریاد می‌زند: بپرس. بپرس. بپرس!

ناچار، بی‌آن‌که دست از کوبش بردارم، لب باز می‌کنم بپرسم؛ غافل که آخرین ضربه را فرود آورده‌ام.

ناگهان دیوار فرو می‌ریزد. خلأیی مِکنده مرا به دل خودش می‌کشاند. هراسان چنگ می‌اندازم دستش را بگیرم شاید کمکم کند؛ شاید به قعر پرتاب نشوم؛ اما انگار سال‌ها دورتر از من ایستاده است. هرگز دستم به او نخواهد رسید. گوشه‌ای از کفنش را می‌گیرم؛ پوسیده است، پاره می‌شود و در چنگم باقی می‌ماند.

کلنگ، جا مانده است و خودم در سیاهی بی‌انتها معلق شده‌ام. چرخ می‌خورم. هرطرف را چنگ می‌زنم. نه پنجه‌هایم به جایی می‌گیرد، نه پایم به چیزی می‌خورد و نه در نقطه‌ای می‌مانم.

در فاصله‌ای خیلی خیلی دور، سایه‌ی دو مرد را تشخیص می‌دهم. آن‌که کوتاه‌تر است، ساکِ سیاهم را به دستِ دارد و آن یکی که روپوشِ سفیدی روی لباس سیاهش پوشیده، در یک دست دسته‌ای اسکناس و در دستِ دیگرش، کاغذیست که حدس می‌زنم مجوز دفن باشد. آن‌ها توی سیاهی، درگوشه‌ای ایستاده‌اند؛ به‌هم تکیه داده‌اند؛ با اشاره‌ی دست این فاصله‌ی دور را به‌هم نشان می‌دهند و از خنده ریسه می‌روند.

۱۳۷۰/۶/۲۷ - ۱۳۷۰/۱۱/۲۳

قبیله‌ی مرگ

این‌که چطور آدمی که هیچ میانه‌ای با خرافات ندارد ناگهان با یکی از اهالی قبیله‌ی مرگ ملاقات می‌کند قضیه‌ایست که هرچه به آن فکر می‌کنم هضمش برایم سخت‌تر می‌شود. دیداری غیرمترقبه، آن هم در شرایطی سخت. اگر بگویم برای یک‌بار هم که شده نفرینِ راضیه دامن‌گیرم شد، دیگر کاملاً به خرافی بودنم مهرِ تأیید زده‌ام؛ اما به‌واقع هرچه اتفاق افتاد در حین و بعد از دعوای لفظی‌مان بود. اصرار داشت خانه را بکوبیم به جایش آپارتمان بسازیم تا بچه‌ها به شهر خودمان برگردند و پیشِ ما زندگی بکنند. آپارتمان‌نشینی را دوست نداشتم؛ اما این، زیاد مهم نبود؛ مشکلِ اساسی، ناتوانی‌ام بود. رمقی برایم نمانده نبود دنبال عمله-بنا و دنگ‌وفنگ‌های ساخت‌وساز بدوم. از آن مهم‌تر، با شندرغاز حقوقِ

بازنشستگی نه می‌توانستم و نه می‌خواستم زیر بارِ سنگینِ وامی بروم که بشود با آن دستِ‌کم آپارتمانی چهار واحده بسازم که مطمئن بودم توانِ بازپرداختش را ندارم.

سر یکدیگر داد می‌زدیم که گوشی‌ام زنگ خورد. خبر دادند سریع خودم را به بیمارستان برسانم چون آخرین نفس‌هایش را می‌کشد و اصرار دارد مرا ببیند. تأکید کردند: لطفاً هرچه زودتر خودتان را برسانید!

به راضیه گفتم: باید بروم!

جواب داد: من‌هم می‌روم؛ پس فکر کردی چه، می‌مانم فقط برای کلفَتیِ تو؟ ولی بهت گفته باشم تا تصمیمت را نگرفته‌ای حق نداری دنبالم بیایی‌ها!

فرصتی برای جروبحث نبود. سریع حاضر شدم. او هم درحالی‌که آماده می‌شد غر زد: این محله‌ی کوفتی حتا یک آژانس ندارد باهاش بروم!

سویچ ماشین را که می‌گرفت، گفت: چشمت کور، هر قبرستانی می‌روی، با تاکسی برو!

ماشینِ نوِ مدل بالا می‌خواست، که نمی‌توانستم برایش بخرم. مدام امروز و فردا می‌کردم و امید می‌دادم در صورتی که خودم پاک ناامید بودم.

هم‌زمان از خانه بیرون آمدیم. در را که قفل کرد، سوار شد و سریع رفت. به‌قدری عصبانی بود که حتا رغبت نکرد سرِ راه‌اش مرا برساند. به خیابان که رسیدم تازه یادم آمد قبل از ظهر، بعد از خریدنِ هندوانه، کیفم را زده بودند. نخواسته بودم اوقاتِ راضیه را تلخ و یا به‌واقع ناهارمان را زهرمار کنم. گذاشته بودم بعد از غذا برایش بگویم که کار به مشاجره کشید. هیچ توی جیبم نبود. نمی‌توانستم به خانه برگردم از گوشه‌وکنار پولی پیدا کنم. کلیدِ درِ خانه همراهِ سویچِ ماشین بود. ناچار زنگ زدم به راضیه؛ اگرچه می‌دانستم هنوز پشتِ فرمان است. جواب نداد. سرگردان مانده بودم چه بکنم و رو به کی بیندازم به طریقی مبلغی برایم بفرستد که

صدایش را شنیدم: شما هم منتظر اتوبوس هستید؟

به فاصله‌ی سه‌چهار قدمی‌ام ایستاده بود. بلند، لاغر؛ تقریباً هم‌سنِ خودم؛ با صورتِ پهنِ استخوانیِ رنگ‌پریده و لهجه‌ای که انگار ایرانی نبود. جواب دادم: نه، اتوبوس نه. عجله دارم. می‌خواهم با تاکسی بروم ولی جیبم را زده‌اند!

خطوط صورتش باز شد. پوزخند زد: بله، همه همین را می‌گویند. متأسفانه جیب مرا هم زده‌اند؛ اما بلیت‌های اتوبوسم را نبرده‌اند. اگر می‌خواهید همسفر بشویم، ایرادی ندارد، مهمانِ من!

معلوم بود باور نکرده است؛ مسخره‌ام می‌کند. از این که ناگهان پیشِ غریبه‌ای طوری حرف زده بودم که به نظرش گدا بیایم شرمنده شدم. خواستم بگویم "مردِ حسابی قیافه‌ی من، اصلاً سرووضعم به آدم‌های فقیر می‌خورد؟" که جلوی خودم را گرفتم. حق داشت. مدت‌هاست بعضی گداها با ظاهری کاملاً غلط‌انداز سرِ مردم را شیره می‌مالند.

از سکوتم استفاده کرد و پرسید: بهتر نیست رو صندلی‌های ایستگاه بنشینیم؟ این آفتابِ داغ مغز آدم را آب می‌کند!

راست می‌گفت؛ هوا گرم بود؛ به‌قدری زیاد که کسی رفت‌وآمد نمی‌کرد. چاره‌ای نداشتم؛ رفتارِ صمیمانه‌اش هم باعث شد همراهش بروم. با ایستگاهِ اتوبوس فاصله‌ی چندانی نداشتیم. زیرِ سایبانش که نشستیم، آرام‌آرام موضوع را کشاند به تعریفِ ماجرا: ... نرسیده به بالای تپه می‌افتادند؛ کلی جنازه!...

کابوس دیده بود یا مکرر دچار جنونِ لحظه‌ای می‌شد را نمی‌دانستم؛ به‌واقع، دقایقِ اول ندانستم با که و یا با چه مواجه شده‌ام. حتا خیال کردم چاخان می‌کند و بعد، حدس زدم دیوانه باشد. بخصوص حالتِ نگاهش که لحظاتی گنگ می‌شد و دور می‌شد؛ انگار می‌رفت دنیایی

دیگر؛ یا پشتِ سرِ من، نه نزدیکم، در فاصله‌ای خیلی دور صحنه‌ی نبردی عجیب‌غریب را می‌دید. می‌ایستاد به تماشا؛ یک دقیقه، دو دقیقه؛ کمتر یا بیشتر. بعد ناگهان برمی‌گشت و گره می‌خورد به نگاهِ من؛ دوباره برقِ چشم‌هایش اذیتم می‌کرد. البته اول این‌طور نبود. همین که نشستیم مودبانه پرسید: خیلی وقت بود منتظر بودید؟

نگاهِ پُرسانم را که دید، جمله‌اش را تکمیل کرد: برای ماشین!

: بله بله. یعنی نه.

آماده شدم قضیه‌ی راضیه و زدنِ کیف پولم را شرح بدهم که زود پشیمان شدم. به خودم گفتم: من که نباید جلوی هر اجنبی سفره‌ی دلم را باز بکنم. خدا می‌داند از کدام خراب‌شده آمده!

در عوض جواب دادم: نه؛ سه‌چهار دقیقه‌ای بیشتر نبود که شما تشریف آوردید اما توی این گرما فکر نکنم اتوبوس‌ها راه بیفتند!

می‌خواستم تشویقش کنم با تاکسی و یا مسافرکش‌های شخصی برویم. با اشاره‌ی دست سروته خیابان را هم نشان دادم که خلوت بود. مغازه‌ها همه بسته؛ بدون رهگذر. فقط هرازگاه سواری‌ای می‌آمد به‌سرعت رد می‌شد. زمزمه کرد: العطش. بگویید گرمای سوزان. البته نه برای ما. ما دیگر عادت کرده‌ایم. درست است یا نه؟

: ما؟... عادت کرده‌ایم؟...

لحن‌اش و بخصوص استفاده از ضمیر ما باعث شد دقیق نگاهش کنم. پرسید: چرا این‌طور زل زده‌اید به من. نکند فراموشم کرده‌اید همکارِ محترم؟

به چشم‌های آبی‌اش خیره شدم که لایه‌ی نازکِ سفیدی مثل پرده‌ای توری رویش کشیده شده بود. نگاهش تا عمقِ وجودم رخنه کرد؛ طوری بُرا که رعشه‌ی ریزی از پشتِ گردن تا پایینِ ستونِ فقراتم دوید. لب باز کردم

جواب بدهم هیچ‌وقت او را ندیده‌ام که با اشاره‌ی دست ساکتم کرد: باید هم حاشا بکنید؛ پیریست دیگر. خیلی از جنگجوها پیر که می‌شوند، شَروشورِ جوانی‌شان را حاشا می‌کنند. البته می‌گذارندش پای پیری و فراموش‌کاری. خب، من هم خیلی چیزها را فراموش می‌کنم اما نه همه‌ی همه را که!

سرش را نزدیک آورد و شیطنت‌آمیز پرسید: خیال می‌کنید اگر همکار نبودیم حرف‌تان را، همان موضوع سرقت پول را باور می‌کردم؟ خدمت‌تان عرض کردم که، این کلک‌ها را همه می‌زنند!

منظورش از همکار بودن را فهمیدم. مهلت نداد انکار بکنم. شروع که کرد، کم‌کم موضوع را از یارانِ جنگاور و سختی‌ها و لذت‌های دورانِ اشتغال کشاند به تعریفِ جزئیاتِ میدانِ نبرد؛ طوری ماهرانه که انگار هم در جنگِ ویتنام شرکت کرده و هم بازمانده‌ی جنگِ جهانی دوم است. کلامش گرم و گیرا بود اما من عجله داشتم بی‌آن‌که بتوانم اعتراضی بکنم. به خودم گفتم: این‌هم گوشِ مفت گیر آورده، می‌خواهد یک ماجرای جنگی تعریف بکند مثل همه‌ی ماجراهای دیگر!

خودم بی‌حدوحساب دیده و شنیده بودم؛ اما وقتی رسید به فرمانده‌اش که با دوربین نگاه می‌کرده است، شک و تردید احاطه‌ام کرد. جمله‌ای را انگار کسی بگوید، آمد و درکاسه‌ی سرم طنین انداخت: نکند آدم نباشد!

به بحث‌های ماوراءالطبیعه اعتقاد نداشتم اما نمی‌توانستم مرگ را هم باور نکنم. گفت: با چشمِ غیرمسلح هم دیده می‌شدند، ولی نه آشکارا که؛ عده‌ای بالا، حدودِ یالِ تپه؛ چندتا لیز می‌خوردند می‌افتادند پایین‌تر؛ یکی‌دوتاشان هم که تقریباً تا پایین تپه می‌غلتیدند!

صحنه‌های جنگی برایم تازگی نداشت؛ به‌قدری فیلم و سریال دیده و روزنامه و کتاب خوانده بودم. راحت می‌توانستم مجسم کنم گردوغباری که بلند می‌شود و روی هم می‌غلتد؛ کمی پیچ‌وتاب می‌خورد و به هوا

می‌رود. بعد سروکله‌ی یک مینی‌بوس، دو مینی‌بوس و یا هرچندتا پیدا می‌شود که گازش را گرفته باشند بیایند؛ بعضی‌هایشان هم زیگ‌زاگ حرکت کنند که مثلاً از تیر مستقیم دشمن در امان باشند؛ اما طوری که او تعریف می‌کرد به نظر نمی‌رسید ماجرا از دیدِ یک انسان روایت می‌شود. کلمه‌ی جوخه مرگ آمد و در ذهنم جا گرفت. بعد جوخه‌اش رنگ باخت و شد قبیله. حس کردم با یکی از اهالی قبیله‌ی مرگ همدم شده‌ام.

گفت: نه که بشماریم‌شان. هرازچند روز می‌آمدند. پُر. فرق نمی‌کرد که؛ سی‌نفر، بیست‌وپنج نفر؛ چهل نفر؛ نه برای همه‌ی همه. من که از دلِ همه خبر نداشتم؛ ولی برای خودم عذاب بود؛ یعنی اسباب زحمت؛ جنازه‌کشی تو جهنم. دلم می‌خواست زیر سایه‌ای دراز بکشم و دستمالم را بیندازم رو صورتم؛ درست عینِ فرمانده که سعی می‌کرد حتا تکان هم نخورد نکند آبِ بدنش تبخیر بشود!...

گرمای بالای چهل‌وپنج- پنجاه درجه را سال‌ها تجربه کرده بودم اما تبخیر شدنِ آبِ بدن بر اثر حرکت کردن را درک نمی‌کردم. حدس زدم می‌خواهد احساساتِ انسانی را توصیف کند اما تجربه‌اش را ندارد، اغراق می‌کند. این‌که ناچار بشوند زیرپیراهن‌شان را هم بِکَنند؛ با بالاتنه‌ی لخت زیر حرارتِ شدیدِ پلیت‌ها یا آلاچیق‌هایی از نی بنشینند و یا دراز بشوند، وسطِ بیابان‌های زرد، در پناهِ پشته‌ای دست‌ساز یا طبیعی مدام عرقِ سر و بدن‌شان را خشک کنند؛ چاره‌ای نداشته باشند؛ نبودنِ امکانات؛ راضی نباشند و البته راهِ دیگری هم نداشته باشند؛ درمجموع، بودن در برهوت، با یک تانکر آبِ جوشان و بیشترِ وقت‌ها سر کردن با جیره‌ای خشک، همه، برای هر سربازِ جنگ‌دیده‌ای عادیست؛ اما آنچه او می‌گفت از جنسِ دیگری بود.

گرمِ گفتن بود که گوشی‌ام زنگ خورد. از بیمارستان بود. پرسیدند چرا معطل می‌کنم. و با لحنی هشداردهنده افزودند به‌نظر می‌رسد وقت

چندانی نمانده است. اصرارکردند زودتر بجنبم. رویم نشد بگویم ماشینم را راضیه برده. پول هم ندارم؛ قرار است با اتوبوس بیایم. جواب دادم: دارم میایم. همین حالا. همین حالا!

او که گوش ایستاده بود با لحنی تمسخرآمیز پرسید: ماشین کو؟... تو این گرمای العطش سگ هم از لانه‌اش بیرون نمی‌آید!

ناگهان دلم هُری ریخت پایین. هراسان شدم اما بلافاصله دلداری‌ام داد: شوخی کردم. تو فکرش نرو، عاقبت می‌آید. مگر می‌شود نیاید؟ بگیر چشم تا دوسه دقیقه‌ی دیگر سروکله‌اش پیدا می‌شود. من هم که حسابی سرت را گرم کرده‌ام. بد می‌کنم؟...

مهلت نداد جواب بدهم. پرسید: کجا بودیم؟

لحن‌اش صمیمانه‌تر از قبل شده بود. یادش آمد. گفت: همین را هم مگر می‌گذاشتند؟ پیاده که می‌شدند، هلهله‌کشان، هیاهوکنان، اسلحه سر دست هول می‌زدند بروند جلو. اما هفت و هشت، بخصوص هشت، انگار دنیا را بهشان می‌دادند. ما که عدد نبودیم؛ بنا به شرایطِ جنگی ناچار بودیم به‌جای اسم از شماره استفاده کنیم؛ مثلاً من ده بودم. شماره‌ها که یادت هست. آن‌ها ذوق می‌کردند. بالا که می‌رسیدند، قبلِ جمع کردن، می‌رفتند جلو سنگرهاشان: جیگارت، جیگارت!

با انگشت و لب هم نشان می‌دادند؛ نه که مدام همراه‌شان باشم. به‌نوبت می‌رفتیم. برگشتنی، بعضی‌ها تقلیدشان را درمی‌آوردند، مسخره‌شان می‌کردند؛ انگشتِ اشاره و میانی را رو به بالا می‌گرفتند؛ تقریباً شکلِ "وی" می‌شد، علامتِ پیروزی. صداشان را مضحک می‌کردند: جیگارت. جیگارت!

"وی" را سروته می‌کردند. معنی‌اش بد می‌شد. باز می‌گفتند: جیگارت. جیگارت!

قهقهه می‌زدند. کفرِ هفت و هشت درمیامد. فقط به‌خاطر شوخی. اوایل که نمی‌دانستند، نمی‌شناختند. احتیاط می‌کردند. اسلحه به دست، از داخل سنگر، یا خیلی که شجاعت به خرج می‌دادند می‌آمدند بیرون. اخم می‌کردند. متعجب زل می‌زدند به حرکات عجیب‌غریب‌شان؛ به لبخندهای چاپلوسانه؛ به سرووضعِ خاکی؛ به لباس‌های شوره‌بسته از عرق، به بدن‌های بو کرده. چشم‌های بدگمانِ اغلب سرخ‌شان برق می‌زد. ولی کم‌کم براشان عادی شده بود. همین که می‌دیدند، می‌زدند زیرِ خنده. چیزی می‌گفتند که هفت و هشت نمی‌فهمیدند. می‌دانستند به یک نخ-دونخ، حتا به یک بسته هم قانع نیستند.

: باکس. باکس!

با اشاره‌ی دست، با تأکید روی کلمه، با پیچ‌وخم دادن به سر و گردن و بدن منظور را رسانده بودند. حالا دیگر می‌دانستند تا یک‌دو باکس نگیرند برنمی‌گردند. حتا می‌دانستند وقتی می‌رسند بالا هلاک‌اند از تشنگی. زیر تابش سوزانِ آفتاب. گرمای چهل و پنج-پنجاه درجه؛ گاهی هم بیشتر. بخصوص که امکانات‌شان تکمیل بود، کولرِگازی، آبِ تگری، تلویزیون و خانم بیشترِوقت‌ها. نه که همه‌مان آب بخوریم ها، هرقدرهم خنک و گوارا باشد؛ یا خوش‌وبش. من یکی که هر دفعه می‌رفتم بالا اصلاً دوست نداشتم قیافه‌ی نحس‌شان را ببینم. تا هفت و هشت به نوایی برسند چند نفر بقیه خیسِ خون و عرق کار خودمان را می‌کردیم. این‌ها را گاهی می‌دیدم...

خیلی راحت و روان تعریف می‌کرد؛ مثل ماشینی که افتاده باشد توی سرازیری؛ اما من اگرچه حرف‌هایش را می‌شنیدم، بیشتر حواسم به قبیله مرگ بود که عبارت مناسبی به نظر نمی‌رسید؛ همین‌طور اکیپِ مرگ. دنبالِ جمله‌ی بهتری می‌گشتم که مرگ را در قالبِ فرمانده‌ای نشان بدهد با گروه یا دسته‌ی تحتِ امرش، بخصوص وقتی گفت فرمانده‌اش دوربین

به دست تماس می‌گرفته است؛ گزارش بده... تمام؟

گفت صدای دیده‌بان را می‌شنیدم از گوشیِ بی‌سیم: تمام!

جنازه‌ها را باید می‌آوردیم پایین. برانکارهای پاره‌پوره، خاک‌آلود. ماشین‌ها خیلی وقت بود رفته بودند. کارشان این بود. همین که خیلِ شور و هیجان را پیاده می‌کردند، گازش را می‌گرفتند سریع برمی‌گشتند. ما می‌ماندیم و خواسته‌ها‌شان، اصرارها‌شان، پافشاری‌های بیش از اندازه‌شان. تفنگ‌ها را سر دست گرفته بودند. گاهی یک یا دوتا‌شان توپ و تشری هم می‌زد، قهر هم می‌کرد بس که هول می‌زدند بروند جلو. فرمانده دستمال را از رو صورتش کنار می‌زد. کلافه از گرما، خیسِ عرق. میامد کلی حرف می‌زد. خسته و بی‌حوصله که می‌شد، راه را نشان می‌داد. چشم‌ها، ده‌ها جفت چشم حرکت دستش را دنبال می‌کردند، از جلو‌شان تا دشت، تا تپه، تا خط‌الرأس. هنوز حرفش تمام نشده بود که سریع پخش می‌شدند. آرایش نظامی می‌گرفتند؛ ذوق‌وشوق‌کنان؛ پُر سروصدا. هرکس به دیگری می‌گفت چه بکند یا نکند. یکدیگر را ترغیب می‌کردند سرعت‌عمل بیش‌تری داشته باشند. دشت را که می‌رفتند، از تپه که بالا می‌کشیدند، تفنگ‌ها دست‌فنگ بود، همه مشتاق، قدم‌ها‌شان شتابان.

فرمانده به دیده‌بان زنگ می‌زد: هروقت تمام شد خبر بده!

می‌ایستاد به تماشا. شور و اشتیاق عمری طولانی نداشت. گرما و شیبِ تند تپه خیلی زود رمق‌شان را می‌چید. فاصله‌ی بین‌شان را کم می‌کرد. بی‌آن که بدانند انگار به هم پناه می‌بردند. کم‌کم سر تفنگ‌ها شل می‌شد. دست‌فنگ می‌شد نگون‌فنگ. نه که از شانه آویزان بکنند یا روی خاک دنبالِ خودشان بکشند. از سرعت و صحبت‌ها‌شان هم کاسته می‌شد. می‌افتادند به نفس‌نفس زدن؛ به کُند رفتن؛ به کشیدنِ خودشان سمتِ بالای تپه. خیسِ عرق، خاک‌آلود. به مقصد نرسیده رمق‌شان چیده

می‌شد؛ آنقدر که حتا توان نداشتند دوباره دست‌فنگ بکنند؛ لوله‌های داغِ تفنگ‌هاشان؛ حتا وقتی مرگ را روبه‌روشان می‌دیدند بالای تپه. سر بالا می‌کردند یا نه؛ حس می‌کردند یکهو غافلگیر شده‌اند یا نه؟ این‌ها را دیگر ما نمی‌دانستیم؛ یا من نمی‌دانستم. ولی آن‌ها می‌دانستند. می‌دانستند رمقی نمانده براشان. هیچ تهدیدی را حس نمی‌کردند. ناگهان ظاهر می‌شدند دقیقاً نوکِ تپه، به خطِ دشتبان، چسبیده به هم. عینهو فیلم‌های وسترن. نه که طبقِ معمولِ حمله‌هاشان رگبار بگیرند و خلاص. عشق می‌کردند تک‌تیر بزنند. یکی‌یکی. انتخاب می‌کردند کدام تیر را به کجای کدام‌یک شلیک کنند. توانِ دفاع که براشان نمانده بود. فقط می‌افتادند زمین بی‌آن که فرصت کنند یا حالش را داشته باشند واکنشی نشان بدهند.

بارشان که می‌کردیم، پشتِ وانت دیگر جا نداشت. روهم روهم. نه که سرها یک‌طرف، پاها طرفِ دیگر؛ قروقاطی؛ به هرشکل که انداخته می‌شدند بالا. بیشترِ وقت‌ها مجبور بودیم بالایی‌ها را طناب‌پیچ کنیم با تکان‌های ماشین نیفتند. جاده‌ی آسفالت نبود که. کوره‌راهی پُر چاله‌چوله. راه که می‌افتاد، ردِ خون تا دوردست‌ها می‌رفت همراه‌شان...

چانه‌اش حسابی گرم شده بود؛ با لذت و بدون مکث تعریف می‌کرد؛ طوری که گاهی از ترس تهِ دلم می‌لرزید؛ بخصوص که کلمه‌به‌کلمه‌ی حرف‌هایش برایم مجسم می‌شد.

خودم را می‌دیدم بین‌شان؛ در فاصله‌ی میانِ قبیله‌ی مرگ و آن‌هایی که به خاک‌وخون کشیده شده بودند. حس می‌کردم شده‌ام ناظری که هیچ کاری نمی‌تواند بکند جز آن‌که چشم بدوزد به دهانِ گوینده. زمان کُند می‌گذشت. نه اتوبوس می‌آمد و نه مسافر یا رهگذری که رشته‌ی افسونی را که دچارش شده بودم بِبُرد. باعث بشود تکانی بخورم و به بهانه‌ای از شرِ کلامِ شومش خلاص بشوم. از خاطرم گذشت: نکند زمان را

متوقف کرده باشد تا موقعی که داستانش را تعریف می‌کند؟!

گفت دیده‌بان گزارش می‌داد: تمام!...

هربار که به کلمه‌ی تمام می‌رسید چشم‌هایش برق می‌زد؛ طوری که انگار رعدوبرق‌هایی پیاپی را می‌دیدم. دهانش خشک شده بود، مکرر زبان به لب‌هایش می‌کشید. نوکِ زبانش باریک و سفید بود، عینِ زبانِ مار. گفت: منظورش پایان گزارش نبود که. تمام یعنی تمام.

: خیلی خب، کاری را که گفتم انجام بده!

زیرپیراهنِ چرک و خیس‌اش را درمیاورد می‌زد سرِ تفنگ. سرِ تفنگ را تا جایی که می‌توانست می‌داد بالا. ما از پایین، سنگرِ دیده‌بانی را می‌دیدیم. زیرپیراهن سه‌چهار دور تو هوا می‌چرخید. رو تپه هیچ‌کس نبود. کارشان را کرده بودند رفته بودند استراحت. نوبت بچه‌های ما بود بدوند بالا برای جمع کردنِ جنازه‌ها. ولی باید صبر می‌کردند تا افسرشان بیاید؛ مثل همیشه، مرتب و منظم، با لباسِ اتوکشیده، حتا پوتین‌های واکس‌زده. کلاه‌بره زیر پاگون، عینکِ آفتابی، احتمالاً عطرو ادوکلن هم. بیاید بالا. نوکِ قله بایستد، با پاهایی قیروقاچ. نگاهی به پایین بیندازد؛ به جنازه‌های غرقِ خون؛ یا شاید هم به ما که درامتداد جنازه‌ها چشم دوخته بودیم به او. دست بکند جیب. دستمال سفید چهارتا شده‌اش را بیاورد بیرون. با سرانگشت گوشه‌اش را بگیرد. نرم بتکاند؛ طوری که تاش بازبشود، آرام تو هوا تکان بدهد. نه زیاد که. یک‌دور، دو دوربه‌شکلِ چرخشی یا نیم‌چرخ. بعد پشت بکند برود...

فرمانده می‌گفته است: بچه‌ها بپرید جمع کنید!

گفت: همیشه همین را می‌گفت. تکیه کلامش بود.

ماشین که راه می‌افتاده، ردِ خون تا دوردست‌ها دنبالش می‌رفته است. چشم از آن برمی‌داشته‌اند و دوباره پناه می‌برده‌اند به سایه‌های داغِ بنا

به‌گفته‌ی خـودش. فرمانـده روی زمیـن دراز می‌شـده و دسـتمال را می‌کشـیده
است روی صورتـش.

صـدای بـالا رفتنِ کرکـره‌ای باعـث شـد رویـم را برگردانـم بـه طـرفِ دیگـر.
صاحب مغـازه جوانی بـود ریشـو، قدکوتـاه و بـا بدنـی پُر. مـوی سـرش را از پشت
بسـته و روی بازویـش را خالکوبـی کـرده بـود. گفتـم: عاقبـت یکـی بازکـرد!

همیـن موقع دوبـاره تلفنـم زنـگ خـورد. هق‌هق‌کنـان، بـه طعنـه گفتنـد:
دیگـر لازم نیسـت زحمـت بکشـید. تشـریف نیاوریـد. تمـام کـرد!

: تمام کرد.

نپرسـیدم. بی‌اراده گفتـم. هنـوز صـدای بـوقِ تلفـن تـوی گوشـم می‌پیچیـد
کـه سـر برگردانـدم کسـی کنـارم نبـود. اتوبـوس لخ‌لخ‌کنـان از دور می‌آمـد.

۱۳۹۹/۳/۱۶ - ۱۳۹۹/۳/۶

مردها با هم می‌میرند

پلک‌هاش تکان خورد. چشم بازکرد. صبح شده بود؛ این را از زیاد شدنِ سروصدا و آمدورفتِ مردم فهمید. اتاق هنوز تاریک بود و ساکت. به صداهای بیرون گوش داد. خِت‌خِتِ خشکِ جاروی رفتگر، بوق یک ماشین، صدای پای چند رهگذرکه شتاب‌زده از زیر پنجره گذشتند و عبور ماشین سنگینی که شیشه‌ها را لرزاند.

رغبتی به جدا شدن از رختخواب نداشت مثل هر روز ماند و با پرسشی که در ذهنش غلغله راه انداخته بود کلنجار رفت؛ چرا رفت؟... گفت کی برمی‌گردم؟... نگفت؟... اسمش چه بود؟... خوب دقت نکردم، خوب، دقت نکردم؟...

غلت زد. به‌پهلو خوابید. خودش را دلداری داد؛ شاید امروز بیاد.

خودش بیاد...

پلک‌ها را بست تا آمدنش را مجسم کند. یک‌باره توی چاهِ تاریکی معلق شد. هراسان چشم باز کرد: امروز دیگه میاد. حتماً میاد. فقط باید حواسم باشه اشتباهی نره!

تکانی به خودش داد. لحافِ شندره از رویش کنار رفت. تختخوابِ چوبی به جیروجار افتاد. پاهای استخوانی‌اش را از لبه‌ی تخت آویزان کرد. نشست: اِم، خاک به سرم. مُفت از دستش دادم. باید رو پاهاش می‌افتادم. دست به دامنش می‌شدم. نمی‌ذاشتم بره. نمی‌ذاشتم!

صدای خفه‌ی کشیده شدنِ دمپایی روی فرشِ کهنه‌ی اتاق، سکوت را خراشید. پاهاش درد می‌کرد. جلوی پنجره رسید. پرده‌ی مخمل قهوه‌ای را که کنار زد، ذراتِ ریزِ گردوغبار روی سر و صورتش ریخت: هر روز همینه هر شبانه‌روز انگار یک قرنه. هر شب که پرده کشیده می‌شه یک خروار خاک می‌شینه رو چین‌هاش!

دست روی سرش کشید. پشدری را پس زد. نور بی‌رمقی به درون تابید. بیرون، روی بلندترین شاخه‌ی چنارِ جلوی پنجره، قمری کوچکی کِز کرده بود. درخت لخُت بود؛ فقط به بعضی از شاخه‌هاش برگِ قهوه‌ای خشکی چسبیده بود.

چشم از درخت گرفت و به آسمان نگاه کرد. هوا گرگ‌ومیش بود. چند لکه ابر با تیرگی آسمان آمیخته بود. کوهِ بلندِ انتهای شهر مثل سایه‌ی خواب‌آلوده‌ای قد برافراشته بود. شهر هنوز بیدار نشده بود. همه‌ی دکان‌ها بسته و پیاده‌روها خالی بود. کنار خیابانِ خلوت، سه نفر با فاصله‌ی زیاد از یکدیگر ایستاده بودند و برای ماشین‌هایی که گاهی می‌آمدند و به‌سرعت می‌گذشتند دست بلند می‌کردند. نور چراغِ ماشین‌ها در مه رقیقِ صبحگاهی پخش می‌شد. تاکسی‌ای جلوی پای

یکی‌شان ترمز کرد. لب‌های پیرزن جنبید: یکهو پرید. رفت!

روی پنجه‌ی پا بلند شد پایین را ببیند. زیر پنجره، رفتگر با جاروی بلندش، با حرکاتی مقطع و تکراری گرمِ کار بود. با یک‌دست وسطِ دسته‌ی جارو و با دست دیگرش انتهای آن‌را گرفته بود. پای چپ را یک‌قدم پیش می‌گذاشت. کمی به جلو خم می‌شد. بازوها را از تن جدا می‌کرد. چرخشِ کوتاهی به شانه‌هاش می‌داد. قسمتِ معینی از زمین را جارو می‌کرد. کمرش راست می‌شد. بازوها به تن می‌چسبید. پای راست را کنار پای چپ می‌گذاشت. قدم بعدی را برمی‌داشت. این حرکاتِ یکنواخت تکرار می‌شد. قدم‌به‌قدم پیش می‌رفت و با خودش کومه‌ای از برگ‌های خشکیده را می‌بُرد. ردِ جارو به‌شکل خطوطِ خمی‌ده‌ی موازی روی پیاده‌رو جا می‌ماند: چه گرد و خاکی راه انداخته! کاش زودتر تمامش کنه نره حلقش!

به پوستِ دماغش چین انداخت. سر به آسمان چرخاند. سپیده‌ی صبح می‌کوشید تاریکی را پس بزند. دقت کرد نشانه‌ای از طلوع خورشید را ببیند اما پنجره رو به مغرب باز می‌شد: تا آفتاب نزده کارهام را بکنم!

برگشت. هر قدم که برمی‌داشت دردِ پاهاش توی شقیقه‌اش می‌پیچید. زوایای اتاق همچنان در تاریکی مانده بود. رختخواب را مرتب کرد. سفره‌ی کوچک را از تاقچه برداشت. زیر سفره خاک‌آلود بود. سر انگشت‌هاش هم که با سطحِ تاقچه تماس گرفت خاکی شد: باید گردگیری درست‌حسابی بکنم... خاک به‌گورم، این چه وضعیه. اگه بیاد آبروم می‌ره!

: «به‌به، چه سلیقه‌ای داری. واقعاً یک کدبانوی درست‌حسابی. این‌جا را خودت تنهایی تزیین کردی کلک؟»

سفره را روی سکوی پنجره گذاشت. نگاهی به بیرون انداخت. لب‌های چین افتاده‌اش جنبید: کله‌ی سحر که راه نمی‌افته.

برقی در چشم‌های به‌زردی نشسته‌اش درخشید: از کجا معلوم؟

آینه‌ی قدیِ رنگ‌رو رفته‌ای به دیوارِ کنار پنجره نصب بود. روبه‌روی آن، یک عسلی کوتاه و یک صندلی لهستانی زهوار دررفته قرار داشت. روی پشتی صندلی لباسی از تورِ سپید افتاده بود. با احتیاط لباس را بلند کرد. تور، کهنه بود. جای‌جایی‌اش پاره شده و پاره‌ها آویزان مانده بود. سپیدی‌اش به زردی گراییده بود. با سرانگشت، آرام لباس را نوازش کرد. آن‌را به سینه فشرد. بویید و بوسید. بوی خاک، کهنگی و عرقِ تن می‌داد. مقابل آینه ایستاد. با احتیاط تور را پوشید. مراقب بود پارگی‌ها بیشتر نشود. چین‌وچروکش را صاف کرد. به تنش زار می‌زد. نیم‌تاجِ غبارگرفته را از روی عسلی برداشت. رنگِ مُهره‌ها و منجوق‌های سفیدش رفته بود. فوتش کرد. ذراتِ غبار به آینه پاشیده شد: اول موهام را شانه کنم!

دندانه‌های شانه‌ی چوبی یک‌درمیان افتاده بود. شانه را به موهای خاکستری چرک‌مُرده‌اش کشید؛ بقدری آرام انگار تارهای نازکِ کم‌پُشت پوسیده باشند: موهام را رنگ می‌کنم. خودم را خوشگل می‌کنم. صبرکن بیاد!

خسته شد. روی صندلی نشست. یکی از پایه‌های صندلی لق می‌زد: خوبه تن و بدنِ سنگینی ندارم. درست عین پره‌ی کاه؛ به سبکی یک گربه‌ی کوچولو!

چشم به آینه دوخت. جیوه‌های پشتش نقطه‌نقطه ریخته بود. تصاویر را رنگ‌پریده و مات نشان می‌داد. از دل آن، اتاق پیدا بود. تختخوابِ چوبی زهوار دررفته؛ بستر چرک؛ چراغ‌خوابِ همیشه خاموش کنار تخت؛ گوشه‌ای از یخچال و قسمتی از سقف و دیوارها که با دوده و غبار پوشیده شده بود همه در هوای نیمه‌تاریک کزکرده بودند: انگار هیچ‌وقت رنگِ این‌جا آبی نبوده!

دست از شانه‌کردن کشید. لب‌هاش را به‌هم فشرد. به‌خودش دقیق شد: همین‌که آمد اول میدم اتاق را رنگ کنن. یک رنگِ شیکِ خوشگل.

بعد، همه‌ی چیزها را می‌شورم و برق می‌ندازم!

دوباره شانه به کار افتاد: کهنه‌ها را می‌ندازم دور. اسباب-اثاثه را همه نو می‌کنم... حیفه تو کهنگی بمانه...

شانه را لبه‌ی آینه گذاشت. نیم‌تاج را روی سرش گذاشت. کمی جابه‌جاش کرد. دقیق به خودش زل زد. صورتِ پیرِ درهم شکسته‌ای که حسرت‌زده چشم به او دوخته بود؛ رنگ‌پریده، لاغر، کوتاه، با صورتی گرد و پیشانی بلند: چین‌وچروک‌هام خیلی زیاد شده‌ن!

گونه‌اش را گرفت و کشید؛ پوست کِش آمد. چشم‌هاش گود رفته بود. هنوز آثاری از زیبایی دوران جوانی در صورتش دیده می‌شد: کاش پا شم برم حمام خودم را تمیز کنم. دستی به سر و زلفم بکشم!

به طرفِ پنجره چرخید. نور بی‌رمقی که به درون می‌تابید فقط پای پنجره را روشن می‌کرد: نه. حالا نه. نکنه بیاد نباشم. همین‌که آمد می‌رم. وسمه می‌کشم. خودم را خوشگل و تروتمیز می‌کنم.

بلند شد. صندلی را بُرد جلوی پنجره گذاشت. دستگیره را گرفت و چرخاند. چرتِ قمری پاره شد. هراسان به اطراف نگاه کرد. ناگهان خیز برداشت و پروازکرد. برگِ خشکی از درخت جدا شد و تاب‌زنان سقوط کرد. پنجره باز شد. سوزِ گزنده‌ای به داخل یورش آورد. زن لرزید اما اعتنایی به سرما نکرد. هوا کم‌کم روشن‌تر می‌شد. روی صندلی نشست: حالا میاد ... حالا میاد!...

شهر به‌تدریج به جنب‌وجوش می‌افتاد. دقایقی بعد مردم شتابان در رفت‌وآمد بودند: هیشکی سر بلند نمی‌کنه مرا ببینه. همه سرشان به کار خودشان گرمه... کجا میرن با این عجله؟...

ماشین‌ها سریع و پر سروصدا می‌گذشتند. همهمه‌ی مردم همراهِ مه بالا می‌آمد و به داخل می‌خزید. مغازه‌ها یکی پس از دیگری باز می‌شد:

شاید صبر کرده همه‌جا باز شه، کادو بگیره...

سفره را باز کرد. به طرفِ یخچال رفت. شیشه‌ی آب را بیرون آورد. جرعه‌ای نوشید. مزه‌ی دهانش تلخ بود. آب، طعمِ ماندگی می‌داد. برگشت. یک لقمه نانِ مانده، یک جرعه آب؛ دوباره یک لقمه نان، یک جرعه آب. دندان نداشت. جویدنِ براش سخت بود. اشتهایی هم به خوردن نداشت. سفره را پیچید و کنار گذاشت: وقتی بیاد هر روز کله‌ی سحر پا می‌شم سماور آتش می‌کنم. می‌رم دو تا بربریِ تازه می‌گیرم با یک قابلمه حلیمِ بوقلمونِ داغ. چای دَم می‌کنم. سفره می‌ندازم وسطِ اتاق. این نه، یک سفره‌ی نو. همه‌چیز که مهیا شد یواش نازش می‌کنم.

سر برگرداند و به تختخواب زل زد: تختِ شیک و محکم... نو... با لحاف تشکِ پَرِقو...

زیر لحاف خوابیده بود؛ ورزیده و جوان. زیرپیراهن سفیدِ رکابی داشت، بازوهای قوی و سینه‌ی پُر مو: چقدر آرام خوابیده. چه نرم نفس می‌کشه! .. بیدارش کنم؟... صداش کنم؟...

لب‌هاش لرزید. به خودش فشار آورد: اسمش چه بود؟...

یادش نیامد. آه کشید: وقتی آمد می‌گم فراموش کردم اسمت چه بود. یادم رفته. شاید هم نگفتی، گفتی؟

بیرون، خورشید سر زده بود. اثری از مه نبود. سوزی سرد می‌وزید. آفتاب انگار از پشتِ پرده‌ای چرک می‌تابید. پرنده‌ای در آسمان دیده نمی‌شد. چند لکه ابر در گوشه‌ی افق خیمه زده بودند. خیابان از انبوه ماشین‌ها موج می‌زد. مردم بین هم می‌پلکیدند. به چهره‌ی رهگذرها دقت کرد. تعدادشان زیاد بود. نمی‌توانست همه را ببیند: چه شکلی بود؟... موهای سرش فِر و سیاه... صورتِ پهنِ سفیدِ؟... نه به گمانم موهای سرش خرمایی بود. سبیل‌هاش بور... نه. نه. صورتش...

ذهنش را کاوید. چیزی یادش نیامد: ولی قدش بلند بود. بلندقد و ورزیده. چهارشانه. فداش بشم چرا دیر کرد؟

از نقطه‌ی ناپیدایی صدای رادیو به گوش می‌رسید. گوینده با لحنی محزون چیزی می‌گفت. کلمات را به‌وضوح نمی‌شنید: از کجا معلوم آدرسم را گم نکرده. شاید حیران و سرگردان دنبالم می‌گرده. کوچه به کوچه، خیابان به خیابان؟... همیشه که راحت پیدا می‌کرد!...

به سمتِ اتاق چرخید که حالا روشن شده بود. کنارِ تخت، والور سبزرنگی دیده می‌شد. توی رف‌ها و تاقچه‌ها سماورِ برنجی، قلیانِ ورشوی پایه بلور، شیرینی‌خوری‌های نقره‌ای پایه‌دار، تُنگ‌های شیشه‌ای سورمه‌ای و فیروزه‌ای‌رنگِ ناصرالدین‌شاهی همه زیر لایه‌ای از غبار مانده بودند. پوستر منظره‌ای از آبشار به دیوار نصب بود. بالای پیش‌بخاری، نزدیکِ آینه، قالیچه‌ی کوچکِ خاک‌آلوده‌ای پهن شده که رویش فانوسی با شیشه‌ی سیاهِ ترک برداشته بود و همچنین کنارش قابِ‌عکس چوبی پوسته‌پوسته‌ای. توی قاب، مردی باریک و بلند، با شب‌کلاهِ سفید، لباده و عصا، در حیاطی آجرفرش ایستاده و به روبه‌رو زل زده بود. رنگِ عکس به زردی می‌زد.

: وقتی آمد دیگه این را می‌برم می‌ذارمش گوشه‌جایی؛ خیلی کهنه شده. پوستر را هم می‌گنم می‌اندازم دور. نواش را می‌خرم؛ از آن‌ها که گربه‌های ریزه‌ی خوشگل توشه. کجا دیدم؟...

بیرون، هیاهوی مردم ادامه داشت. دو ماشین تصادف کرده بود. راننده‌هاشان پیاده شده بودند و با هم جروبحث می‌کردند. عده‌ای دورشان جمع شده بودند: نکنه تصادف کرده بردنش زندان؟...

دلشوره به جانش افتاد: وای خدا نکنه... زبانم لال.

پلیس آمد با راننده‌ها حرف زد. دور ماشین چرخید. چیزی گفت.

راننده‌ها سوار شدند و رفتند. تماشاچی‌ها متفرق شدند. نفسش را بیرون ریخت: آخیش، به‌خیر گذشت. تصادف نکرده، مطمئنم نکرده. حالا حتماً تو راهه داره میاد!

هرقدر خورشید بیشتر بالا می‌آمد همان‌قدر به آلودگی هوا اضافه می‌شد. پیرزن نفس که می‌کشید، آشکارا بو و چربی دوده‌ای که به ریه‌هاش فرو می‌رفت را حس می‌کرد. مراقب بود چشم از خیابان برندارد. احساس گرسنگی کرد. بی‌آن‌که سر برگرداند از توی سفره لقمه‌ای نان بیرون آورد و به دهان گذاشت. جرعه‌ای آب نوشید: اگه تو ماشین باشه چه؟... ماشین خریده باشه... من که نمی‌بینمش از این‌جا. کارش چه بود؟...

یادش نیامد. سعی کرد داخل ماشین‌ها را هم ببیند. مشکل بود؛ ماشینش کجا بود؟ حتماً پیاده میاد. تازه، سوار هم باشه همین‌جا پیاده می‌شه. تاکسی ترمز می‌کنه آن‌طرفِ خیابان؛ درست جلو پنجره. درش باز می‌شه. بیرون میاد. پولِ راننده را می‌ده. خوش‌وبش هم باهاش می‌کنه. خوش‌اخلاقه. دوست داره با همه بگه و بخنده. بعد، سر بلند می‌کنه برام دست تکان می‌ده...

براش دست تکان داد. خندید. دندان‌های سفیدش برق زد. چمدان بزرگی داشت. شال و کتش را رو مچ دستش انداخته بود؛ چه قدوبالایی؛ شیک و خوشگل؛ جوان، عین پنجه‌ی آفتاب...

می‌خواست از عرض خیابان بگذرد. خیابان شلوغ بود؛ خیلی. سر از پنجره بیرون برد. خم شد. داد زد: مواظب باش، مواظب باش!

کسی صداش را نشنید. ماشین‌ها در رفت‌وآمد بودند. مردم اعتنایی به او نداشتند. زنی دستِ بچه‌ای را گرفته بود و نگران از عرضِ خیابان می‌گذشت. بوقِ یک تاکسی اتصال کرد. راننده نگه‌داشت. پیاده شد. کاپوت را بالا زد. بوق از صدا افتاد. تاکسی راه افتاد پیرزن کمر راست کرد

خستگی بگیرد. دست به پشتش گذاشت. سر و سینه‌اش را عقب کشید. درد در صورتش جمع شد. مهره‌های پشتش تق‌تق صدا کرد. جابه‌جا شد. پاهاش خواب رفته بود. پایین‌تنه‌اش مورمور می‌شد. چرخشی به سر و چانه‌اش داد. نگاهش به آسمان افتاد. خورشید رسیده بود وسط؛ زیر لایه‌ی ضخیمی از دود و غبار؛ سرِ ظهره. اگه حالا بیاد ناهار چه بپزم؟...

بوی کباب می‌آمد. پرده‌ی شب تکان خورد. سایه‌ای از پله‌های ایوان بالا آمد. درگاه را پُر کرد. صدای زنانه‌ای را شنید که انگار اعتراض می‌کرد. سعی کرد صاحبِ سایه را ببیند، همین‌طور صاحبِ صدا را. سایه فرار بود. دقت که می‌کرد، پس می‌رفت، در تاریکی گم می‌شد؛ و چشم که از درگاه برمی‌داشت، دوباره می‌آمد روی کُنجِ نگاهش سنگینی می‌انداخت. لب‌هاش جنبید. به صدا دقت کرد. فقط چند کلمه‌ی بریده‌بریده شنید: «... تا این وقتِ شب... بچه‌ها!...»

می‌دانست بچه‌ها بیش از اندازه عزیزند چون دیر آمده‌اند؛ خیلی دیر. بارها شنیده بود: «خب، من مَرد بودم. مردها زیاد مقید نیستن چون بیرون سرشان گرمه، اگه هم باشن بروز نمیدن. ولی آن جوان‌مرگ عالم آشکارا له‌له می‌زد. دو سال، سه سال، پنج سال، هفت سال طول کشید. اگه بدانین چه زجری می‌کشید؛ چقدر دوا-درمان کرد؛ چقدر نذر و نیاز؛ چه گریه و زاری‌هایی؛ تا عاقبت خدا یک‌هو دو تا بهش داد، شما دو تا را با هم تو یک روز و یک ساعت. یک‌مرتبه زندگی‌ش این‌رو به آن‌رو شد؛ خلق‌وخو و روحیاتش هم. آن زنِ لاغرِ اخموی غرغرو یکهو شد خانمِ خوش‌اخلاقِ چاق و چله‌ای که از شوخی و خنده دست برنمی‌داشت. مثل قناری چهچه می‌زد. شد یک کدبانوی مهربان درست‌حسابی که خودش را وقفِ شوهر و بچه‌هاش کرده بود. حالا دیگه هیچ آرزویی نداشت جز این‌که بره تو یک خانه‌ی تازه‌سازِ نُقلی. نه به‌خاطر خودش، فقط محضِ

بچه‌ها. می‌گفت: این درندشت را می‌خوام چکار. خانه‌های قدیمی پُرِ مار و عقربند. اگه یکی از عزیزهام را نیش بزنه چه خاکی بریزم سر؟»

حرف که می‌زد، چشم‌هاش حسرت‌زده‌ی خانمِ خانه‌اش بود، پُر از درد و دریغ اما دهانش بوی کباب می‌داد؛ دست‌هاش هم؛ لباسش؛ اصلاً هر جا که بود یا هر جا که می‌رفت آن‌جا را پُر از رایحه‌ی کباب می‌کرد. حالا هم بوی او، اتاق را پُر کرده بود.

: سینی را می‌زنم زیر بغل!

چشمش چرخید سمت سینی مسی پُر نقش‌ونگارِ توی پیش‌بخاری: یکی-دو نان می‌ذارم توش. تازه و داغ. عینِ مینا. مینا یا مریم؟... از پله‌ها می‌رم پایین...

نگاهش به سمتِ قاب‌عکس پَر کشید: از کجا معلوم، شاید حالا تو دکانِ تازه‌اش مشتری‌ها را راه می‌ندازه، سیخ‌سیخ کباب. مگه مریم نگفت: «مال خودمانه، دو دهنه مغازه؛ هر ماه کرایه‌اش را می‌گیریم. پس از گور بابام میارم می‌ریزم حلقِ تو!»... مریم گفت یا مینا؟...

می‌دانست مغازه، برِ خیابان، زیر همین اتاق است؛ پدرش گفته بود: «عاقبت براش خریدم، یک خانه‌ی تازه‌سازِ به قولِ خودش نُقلی که دکانِ بزرگی هم زیرش هست. دلم نمی‌خواست ناراحت ببینمش که جوان‌مرگ را. حیف. حیف اجل مهلت نداد بیاد توش پا دراز بکنه!»

به خودش آمد. اتاق در سکوتی سرد فرو رفته بود: ولی خودش تا آخرِ عمر دل از بازارچه نکند. تو همان دکانِ اجاره‌ای ماند!

بلند شد: خسته شدم!

پابه‌پا کرد. چین‌وچروکِ لباسش را دست کشید. به لبه‌ی پنجره تکیه داد. خیابان شلوغ‌تر از هر ساعتِ دیگر بود. پیاده‌روها از جمعیت موج می‌زد. زن و مرد بینِ هم می‌پلکیدند. شتاب‌زده بودند. دیدنِ صورتِ همه‌ی

مردها غیرممکن بود. خودش را دلداری داد: از همه بلندتره؛ خوشگل‌تر و چهارشانه‌تر. تو هزار نفر هم که باشه می‌شناسمش. فقط ببینمش. ابروهاش... چشم‌هاش...

به خودش فشار آورد چشم و ابرو را مجسم کند. یادش نیامد. همین که نشست ناله‌ی صندلی بلند شد. آه کشید: ولی او که مرا می‌شناسه حتماً. قیافه‌م یادشه. چجور فراموشم می‌کنه. آن‌همه دوستم داشت... قربان‌صدقه‌ام می‌رفت. مگه می‌شه فراموشم کنه؟...

: «عزیزم... عزیزم!...»

صدا، دور و گنگ بود. برگشت به پشت سرش نگاه کرد. اتاق، زیر نور بی‌رمقِ آفتاب در سکوت فرو رفته بود. ستونی از ذراتِ غبار در فضا معلق بود: گفت عزیزم یا نگفت؟...

صورتش جمع شد. به نقطه‌ای زل زد: گفت. مطمئنم گفت. دوستم داشت. اگه نداشت که نمی‌گفت. نمی‌آمد. گفت. آمد. دستم را بوسید. بوسید؟... مگه نوازشم نکرد؟...

دقایقی بی‌حرکت ماند. حتا پلک نزد. غرقِ فکر. سعی می‌کرد به یاد بیاورد، اما در ذهنش خلأ ایجاد شده بود. نمی‌توانست. همه‌جا را خاکستری می‌دید. آه کشید. شانه بالا انداخت. به بیرون پرداخت. از انبوهِ جمعیت کاسته شده بود. خیابان می‌رفت کم‌کم زیر گرمای نامحسوسِ بعدازظهر کمی آرام بگیرد: پنجره را می‌بندم سر و صدا داخل نیاد. پرده را می‌کشم نور اذیتش نکنه. بذار راحت بخوابه. آهسته میام و می‌رم؛ آن‌قدر یواش که خش‌خشِ قدم‌هام به‌گوشِ خودم هم نرسه. نباید بخوابم. باید بادش بزنم. گرمش شده. عرق کرده. چقدر آرام نفس می‌کشه عزیزِ من. خسته است!

سر به سمتِ تخت چرخاند. خالی بود. دستش را توی هوا تکان داد مگسِ خیالی را از روی او براند: یادم باشه «به‌به» بخرم. هم به‌خاطر بوش

و هم به‌خاطر این مگس‌های لعنتی. چه وزوزی می‌کنن. نمی‌ذارن راحت بخوابه که... آه، خسته شدم. بعدازظهرها جان می‌ده برای خوابیدن!

در خیابان، رفت‌وآمدِ ماشین‌ها کم شده بود. از هیاهو و ازدحام اثری نبود. رهگذرهایی که تک‌وتوک در رفت‌وآمد بودند خسته، خواب‌آلود، سرگشته و کِز به نظر می‌رسیدند: بعدازظهرها همیشه خلوت و غم‌گرفته‌ست. خصوصاً اگه آدم پیر هم باشه!

برگشت خودش را ببیند شاداب و جوان توی اتاق راه می‌رود. بادی تند وزید؛ پرده را تکان داد و در دامنِ زن پیچید. همراه با خودش، برگ قهوه‌ای مچاله و کمی خاشاک به اتاق آورد: کلاهش را باد می‌بره...

کلاه توی هوا چرخید، رفت، مسافتی پایین‌تر افتاد. روی زمین قِل خورد. مرد دنبالش می‌دوید؛ چمدان به دست. کتش را روی دستِ دیگرش انداخته بود.

: بپوش. کتت را بپوش؛ سرده سرما می‌خوری!

خم شد کلاه را بردارد. برگِ مچاله را برداشت: کلاه داشت و...؟... نه، بی‌کلاه بود. فکلی!

برگ را از پنجره بیرون انداخت. به ابرها اضافه شده بود. از دوردست، قله‌ی کوه دیده می‌شد. مهی غلیظ قله و سینه‌ی کوه را از هم جدا می‌کرد. روی قله، برف نشسته بود: کاش تا نباریده بیاد. برف که بیاد بین راه گیر می‌کنه. نمی‌توانه بیاد. نمیاد!

گردنه‌ی بلند، باریک و پُرپیچ‌وخم پوشیده از برف بود. راه بند آمده بود. بالا و پایینِ جاده، ماشین‌ها منتظر بودند. وسطِ گردنه، در نقطه‌ای خلوت، مینی‌بوسی زیر کومه‌ی بزرگ برف مانده بود. برف‌پاک‌کن‌هاش تندتند کار می‌کرد اما از پشتِ شیشه، جز مه چیزی دیده نمی‌شد. توی ماشین سیاهی سهمناکی سایه انداخته بود. سردش شد. لرزید: خدایا نباره!

خورشید زیر لکه‌ی درشت ابری پنهان شد. ابر روی خیابان سایه انداخت. پیاده‌روها دوباره شلوغ شده بود. سوز سرما صورت مردم را سرخ می‌کرد. زن جوانی که چادر مشکی نو داشت از عرض خیابان گذشت. گوشه‌ای از نان‌های زیر چادرش پیدا بود. نگاهِ پیرزن به سمتِ سفره کشیده شد: پس چرا نیامد لشِ مرگش؟

هر روز نزدیکِ غروب صدای در را می‌شنید. خودش را می‌دید کوتاه، با ابروهای کم‌پشت، دماغِ نوک‌تیز، لب‌های نازک، پیر اما چاق و جوان؛ با خشم و نفرتی که در چشم‌هاش شعله می‌کشید و چادر مشکی نوی که به سر داشت: خاک تو سرش عزیز مرده. اصلاً نمی‌خوام بیاد!

سعی کرد چشم از خیابان نگیرد اما نگاهش به طرف در اتاق کشیده شد: کیه؟ بیا تو!

نپرسید. فقط به در زل زد: کاش خودش باشه. خودش!

گوش داد. صدایی نشنید. منتظر ماند در باز بشود. نشد: پس چرا نمیاد... شد چند روز؟...

رایحه‌ی عطر و بوی نان اتاق را انباشت. در را پشت سرش بست و چادر را از سر گرفت روی تخت انداخت. سفره را باز کرد، نان‌ها را توی آن گذاشت و گفت: «شاید مدتی نتوانم بیام بهت سر بزنم. برای همین زیاد گرفتم گشنه نمانی!»

نگاهی به اطراف انداخت. در چشم‌هاش حسرت و نفرت موج می‌زد. روبه‌روی پیرزن ایستاد. لحظه‌ای ساکت ماند و فقط لب‌هاش را به‌هم فشرد. گوشه‌ای از دندان‌های ریزِ سفیدش پیدا بود. غرید: «امیر مریضه. افتاده تو جا. نمی‌توانم ولش کنم بیام تو را تروخشک کنم که...»

در صداش بغض و درماندگی موج می‌زد. به لباسِ او اشاره کرد. پیرزن، اشاره‌ی انگشتش را دنبال کرد تا رسید روی لباسِ توری. شنید: «این

| ۲۲۰ | مردها با هم می‌میرند |

دیگه لباسِ عروسی نیست؛ لباسِ عزاست!»

به خودش گفت: چه عجب امروز حرف می‌زنه. حتماً دلش پُره!

سکوت‌شان سرشار از نفرت و بی‌اعتنایی بود. آن‌که داخل شده بود، لحظه‌ای پابه‌پا شد. لب‌هاش را به‌هم می‌فشرد. انگار دنبال کلمه‌ای مناسب می‌گشت. خسته که شد، آه کشید: «امیر مریضه. افتاده تو جا. باید بهش برسم»

سر به اطراف چرخاند. رفت پتو را از روی تخت برداشت. سالم و سریع قدم برمی‌داشت. آورد انداخت رو شانه‌های پیرزن. غرید: «سرماگرما هم که حالی‌ت نیست شکرِ خدا. اقلاً خودت را بپوشان!»

جواب نداد. فقط چشم به او دوخت که روی تخت نشسته بود. گفت: «نمی‌توانم هر روز یک‌بسته نان بزنم زیر بغل بیام. قناعت کن ببینم چه می‌شه... خوبه اقلاً کم خوراکی!».

جواب نداد. فکر کرد: چه عجب، به حرف آمد. آن‌هم بعدِ این‌همه سال!

ترمز شدیدِ ماشینی او را به خودش آورد. چشم از اتاقِ خلوت گرفت و به خیابان نگاه کرد. مرد میان‌سالی روی آسفالت افتاده بود و دست‌وپا می‌زد. خون از بدنش راه گرفته بود. پالتوی ماهوتی دودی‌رنگ، شالِ پشمی سورمه‌ای چهارخانه و کلاهِ کپی خاکستری‌رنگش خونین و گِل‌آلود شده بود. سواری زردرنگی به فاصله‌ی یک‌قدم از او ایستاده بود. شیشه‌ی جلوی سواری خُرد شده بود. مردم دور مرد و ماشین حلقه زده بودند. پیرزن سر از پنجره بیرون برد و داد زد: وای امیر. امیر!

و بی‌درنگ سرش را عقب کشید. پرسید: امیر کیه؟

: «چاره‌ی چفت. چاره‌ی چفت!»

به خودش فشار آورد صاحبِ صدا را تشخیص بدهد. لب‌هاش جنبید:

رو تختِ من نشسته بود. گفت: «اقلاً پنجره را ببند. از پشتِ شیشه نگاه کن. نمی‌توانی؟» بعد غرید: «سرده، سرد. نمی‌فهمی؟»

جواب نشنید. جابه‌جا شد. تخت به جیروجار افتاد. گفت: «کاش بمی‌ری تا از دستِ تو یکی راحت بشم»

لحظه‌ای ساکت ماند و چشم به او دوخت که پشت به پنجره، رو به اتاق ایستاده بود. زردی انتظار را روی سفیدی چشم‌هاش می‌دید. زارید: «ای چاره‌ی چفت. گفتم خوبه می‌رم اقلاً از دستِ خُل‌بازی‌های تو راحت می‌شم. ندانستم خودم را از چاله درمیارم می‌ندازم تو چاه. بسوزی شانسِ بد. بسوزی بختِ سیاه!»

از روی تخت بلند شد و نزدیکِ پیرزن آمد. نگاهش به آینه افتاد. ایستاد و به خودش زل زد. از لحاظِ شکل و قدوقواره تفاوتی با هم نداشتند اما دندان‌های او سالم بود. جوان‌تر می‌نمود. پیراهنِ سفیدی با گل‌های ریزِ سرخ و صورتی به تن داشت و روسری نوِ گُل‌وبته‌داری به سر.

نگاهِ پیرزن به خیابان بود اما آن را نمی‌دید. حتا همهمه‌ی جمعیت را نمی‌شنید. ساکت مانده، غرقِ فکر بود. سایه‌ای از مقابل نگاهش گذشت. ردِ سایه را گرفت. چشمش به آسمان افتاد. خورشید می‌رفت در انتهای افق، پشتِ بُریدگی‌های کوه غروب کند. لکه‌های کوچک و بزرگِ ابر نیمی از آسمان را پوشانده بود.

هیاهوی گنجشک‌ها بلند بود. روی شاخه‌های لُختِ چنار پروازهای کوتاهی می‌کردند و دوباره می‌نشستند. با جابه‌جا شدن‌های مکرر تعادل یکدیگر را به‌هم می‌زدند. بینِ هم می‌پلکیدند.

قطره‌ای اشک از مژه‌هاش چکید. با سرانگشت گوشه‌ی چشمش را پاک کرد. هق‌هقی را شنید. به پشت سرش نگاه کرد. اتاق رو به تاریکی می‌رفت: چه عجب عاقبت یک دفعه گریه کرد. آن‌هم بعدِ این‌همه

| ۲۲۲ | مردها با هم می‌میرند |

سال... لابد دلش خیلی پُر بود!

شانه‌هاش می‌لرزید. دقایقی فقط صدای گریه‌ی او در سکوتِ اتاق پیچید. بعد، مُفش را بالا کشید. با پشتِ دست اشک‌هاش را پاک کرد. سعی کرد بخندد. گفت: «چقدر حرف زدم!»

رفت والور را تکان داد: «هنوز که نفتش تمام نشده. مگه شب‌ها روشنش نمی‌کنی؟»

و چشم به او دوخت که سرد و ساکت به حرکاتش خیره شده بود. والور را رها کرد. بلند شد: «یک شب از سرما یخ می‌زنی ها. اقلاً به فکر خودت باش!»

گشتی دور اتاق زد. رختخواب را مرتب کرد. دو سه ضربه به متکا زد و رهاش کرد. به طرف یخچال رفت. درش را باز کرد و بست. انگار می‌خواست دستی به اتاق بکشد اما حوصله نداشت. گفت: «سی ساله باهات نامهربانی می‌کنم. بهت نمی‌رسم. تروخشکت نمی‌کنم. با این‌که تو دنیا جز من کسی را نداری. من هم جز تو هیچ‌کس را ندارم؛ اما شاید نمیدانی چرا باهات خوب نیستم. شاید تو دلت نفرینم می‌کنی؛ ولی خب، دلیل دارم. اگرچه عذاب می‌کشم اما خودم را راضی کرده‌م دارم تقاص می‌گیرم. آخه تو باعث شدی دستپاچه بشم چشم‌وگوش‌بسته خودم را بندازم تو چاه. یک دختر جوان بیست و چهارپنج ساله که بیشتر نبودم. یک دختر بی‌گس. تو هم امان نمی‌دادی فکر کنم که. همه‌ش نگران بودم. اگه نبودی، خانه خلوت بود. می‌شد محکش بزنم. این را حالا می‌گم که دیگه آب از سرم گذشته. کاش از روز اول نبودیم. نه من، نه تو!»

چادرش را برداشت و نگاهی به بیرون انداخت: «باید برم، دیرم شد»

چادر را سرش کرد. جلوی درکه رسید، برگشت: «همین روزها هم درد می‌شیم. تو هم دیگه منتظر نمان. آخه منتظر کی هستی بدبخت؟...»

پیرزن، چشم به درِ بسته دوخته بود. هنوز صدا در کاسه‌ی سرش طنین می‌انداخت: «آخه منتظرِ کی هستی بدبخت؟...»

لب‌هاش جنبید: کی بود؟... چند روزه رفته؟... پس چرا دیگه نمیاد؟...

آه کشید: نه این میاد نه آن!

خیال کرد پتو از روی شانه‌های لاغرش لغزید؛ افتاد. به زمین نگاه کرد. چیزی ندید. سوزی سرد تا اعماقِ وجودش رخنه کرد. لرز ریزی سر و صورتش را تکان داد. چشم از اتاقِ تاریک گرفت و به خیابان زل زد. چراغ‌ها روشن شده بود. ماشین‌ها به‌سرعت در رفت‌وآمد بودند. پیاده‌روها از جمعیت موج می‌زد. انگار همه عجله داشتند. اثری از مردِ مصدوم نبود اما ماشین زردرنگ گوشه‌ای، زیر درختِ چنار، توی تاریکی پارک شده بود.

زمزمه کرد: اگه برده باشنش کلانتری چه؟

هراسان شد. سعی کرد این خیال را بلافاصله از خودش براند: مگه چکارکرده؟... اهل هیچی نیست. یک جوانِ خوبِ شوخ و شنگِ نجیب. کار به کارکسی نداره که... پس چرا نیامد؟...

دختربچه‌ای سرگردان این‌طرف و آن‌طرف می‌دوید. اشک می‌ریخت. سر بلند می‌کرد و به زن‌ها نگاه می‌کرد. به هر طرف سر می‌کشید. مسافتی رو به بالا می‌رفت. داخلِ مغازه‌ها، خیابان و مردم را نگاه می‌کرد. دوباره برمی‌گشت؛ همان‌قدر که رفته بود رو به پایین می‌دوید. اشک از پهنه‌ی صورتش راه گرفته بود. لب‌هاش می‌لرزید. انگار اسمی را تکرار می‌کرد. هر زنی را که می‌دید برای لحظه‌ای از گریه می‌ماند؛ می‌دوید. از او جلو می‌زد. سر بلند می‌کرد و نگاهش می‌کرد. ناامید که می‌شد، دوباره گریه را از سر می‌گرفت. پیرمردی که توی پالتوی ضخیمش خم شده بود، عصازنان نزدیک شد. جلوی او را گرفت: بچه جان گم شدی؟...

طوفان وزید. همه‌کس و همه‌جا را در خود پیچید. بقیه‌ی گفته‌ی

| ۲۲۴ | مردها با هم می‌میرند |

پیرمرد را با خود بُرد. رهگذرها پشت به باد ایستادند. باد در لباس‌هاشان پیچید. دختربچه سرش را تکان داد. قدمی به عقب پرت شد. سعی کرد مقابل باد مقاومت کند. وحشت‌زده به پیرمرد نگاه کرد. پیرمرد زانو زد نوازشش کند. بچه خودش را پس کشید. رفت. پیرمرد با صدایی لرزان داد زد: جایی نرو. همین‌جا باش تا زود پیدات کنن!

دخترک بین جمعیت گم شد. پیرمرد رفت. سیاهی شب روی شهر سایه انداخته بود. پیرزن گفت: یعنی گم شده؟... شهر را گم کرده یا خانه را؟...

به‌خودش فشار آورد. پاسخی نیافت. آسمان زیر ابرها گم شده بود: خدایا برف نیاد... اگه بباره که دیگه نمیاد!...

توی خیابان، اگرچه چراغِ ماشین‌ها و مغازه‌ها روشن بود اما چهره‌ی مردم دیده نمی‌شد. صورت‌شان در سیاهی فرو رفته بود. اگر از مقابلِ ویترینی یا زیر تیر چراغی می‌گذشتند نوری که می‌تابید فقط قسمتی از چهره‌شان را روشن می‌کرد که بلافاصله در تاریکی فرو می‌رفت. پیرزن سعی می‌کرد قیافه‌ها را تشخیص بدهد. مشکل بود. دست درازکرد لقمه‌ای نان از سفره بیرون آورد و به دهان گذاشت. جرعه‌ای آب نوشید. سفره را برد توی تاقچه گذاشت. اتاق در تاریکی فرو رفته بود. جایی را نمی‌دید. به‌سختی راهش را پیدا می‌کرد. شیشه‌ی آب را توی یخچال گذاشت. به طرف پنجره برگشت. خم شد و به بیرون سرکشید: نخیر. هیچ‌جا پیدا نیست!

از انبوهِ جمعیت کاسته شده بود؛ از تعدادِ ماشین‌ها هم. تک‌وتوکی از مغازه‌دارها کرکره‌شان را پایین می‌کشیدند. پیرزن دقایقی ماند. خسته شد. آه کشید. پنجره را بست و به سمتِ تخت رفت. روی آن نشست. لباسش را بیرون آورد. سر به اطراف چرخاند. همه‌جا تاریک بود. احساسِ سرما کرد. دراز شد و لحاف را روی خودش کشید. پاهاش را جمع کرد. به تاریکی زل زد. شنید: «آخه منتظر کی هستی بدبخت؟...»

: منتظرکی هستم؟...

کم‌کم سرما از تنش بیرون می‌رفت. نگاهش به پنجره افتاد. پرده را نکشیده بود؛ پشدری‌ها را هم. خواست برود بکشدشان. حالِ جنبیدن نداشت. منصرف شد. تنش گرم شده بود اما هنوز سرما روی صورتش می‌دوید. پلک‌هاش را روی هم گذاشت: منتظرِکی هستم؟...

لحظه‌ای بین سیاهی سرگردان ماند: وقتی بیاد، اول می‌گم فراموش کردم؛ اسمت چه بود؟

چشم‌هاش گرم شد: دروغ گفت. میاد. خودش گفت برمی‌گردم.

سینه‌اش بالا و پایین رفت. خواب‌آلود زمزمه کرد: امروز هم نیامد...

همه‌جا در سیاهی و سکوت فرو رفت.

•••

تقه‌ای به درخورد. سکوتِ اتاق شکست: دلم هُری می‌ریزه پایین.

چشم به تاریکی دوخت: کیه؟... کیه؟...

: منم. مینا منم. چرا باز نمی‌کنی؟

صدا آشنا بود. یادش آمد اولین دفعه است می‌گوید «مینا». تعجب کرد. سریع نیم‌خیز شد. لحاف لغزید و از روی شانه‌هاش کنار رفت. ذوق کرد. قلبش تندتند تپید. رعشه‌ی شادی به جانش افتاد. داد زد: در بازه. من‌که قفلش نکرده‌م!

: یعنی حالا دیگه صدام را می‌شناسه... بعدِ این‌همه سال؟ کاش اتاق را تمیز کرده بودم. به خودم رسیده بودم!

دستی به سر و صورتش کشید. به موهای تُنُکش چنگ زد. از انگشت‌های لاغرش به‌جای شانه استفاده کرد. جیروجارِ تخته‌های پوسیده بلند شد. در باز شد. سیاهی اتاق جنبید. سرما و بوی خاک و پوسیدگی به درون دوید. زن، با چشم‌های رک‌زده به روبه‌رو خیره ماند. چیزی نمی‌دید. حرف که زد،

| ۲۲۶ | مردها با هم می‌میرند |

صدا توی گلوش گره خورد. کم مانده بود اشکش سرازیر بشود: چقدر دیر آمدی؛ ولی خب، خوبه این‌دفعه دیگه خودتی!

تق‌تق مشتی استخوان بلند شد. آمد جلوتر. در چشم‌هاش دو شعله‌ی سرخ زبانه می‌کشید. دهان که بازکرد، بوی خاک و کهنگی بیشتر شد: دیر آمدم؟

چشم‌هاش تاریکی را کم‌وزیاد می‌کرد. زن گفت: برق نیست. فانوس روشن بکنم؟

حالا دیگر صداش نمی‌لرزید. گرم شده بود. خودش را جمع‌وجورکرد. روی تخت نشست. کمرش را راست گرفت. حس کرد رایحه‌ای خوش به مشامش می‌رسد. شنید: نه. نمی‌خواد. می‌خوام برم!

صدا، خسته و دور بود. زن خندید. لثه‌ی بی‌دندانش بیرون افتاد. دقت کرد قامتِ ورزیده و شادابی را ببیند. فقط سیاهی دید: پس دروغ بود. گفت می‌خوای بری. می‌بینم نرفتی که. الهی‌شکر!

جابه‌جا شد. خواست از تخت پایین بیاید. پشیمان شد: چه عجب این‌دفعه اشتباه نکردی. تو که هر شب می‌گفتی مریم. تازه یادت افتاد، بعدِ این‌همه سال؟

ازخودش پرسید: مینا یا مریم؟...

لب بازکرد: کدام‌مان...

زود حرفش را ناتمام رها کرد. هراسان شد: می‌خوای بری... به همین زودی؟... تو که حالا آمدی!

: چاره‌ای نیست. زندگیه دیگه، چکارش می‌شه کرد؛ باید رفت.

از بین لنگه‌های در نسیمی به داخل وزید. اتاق سرد شد. سرما روی پوستِ زن دوید. لرزید. بغض کرد. شور و شوقش رنگ باخت: کجا؟

دوباره صداش می‌لرزید.

: یک سفرِ دور و دراز به جایی‌که حتا از اسمش هم وحشت می‌کنی!
: همین حالا... همین حالا؟...
: ای...

رنگِ صدای مرد سیاه به‌نظر می‌رسید. حرف که زد، تمسخر و حسرت در کلامش موج زد: یک هفته است سفرم شروع شده؛ درست از پنجشنبه شبِ هفته‌ی قبل. به‌خاطر تو از نیمه‌ی راه برگشتم. آمدم باهات خداحافظی کنم. یادم رفته بود. نترس...

اما زن ترسید. به تاریکی زل زد. گمان کرد استخوان‌های خاک‌آلوده‌ای توی پارچه‌ی سفیدی پیچیده شده‌اند. دستِ راست تا کتف و پای چپ تا زانو از پارچه بیرون مانده؛ روی جمجمه‌اش چند تار موی سفید است. موهای سفیدی که نیمی‌اش با حنا رنگ شده و بین آرواره‌های بی‌پوشش سه چهار دندانِ کژومژ است. گوشه‌ی پارچه با وزش نسیم تکان می‌خورد. باورش نشد: بهش می‌گم برق نیست، فانوس روشن بکنم؟

دلش می‌خواست بلند شود به پاش بیفتد؛ مثل هر شب. و او دست روی شانه‌اش بگذارد. دستش گرم و نرم باشد. بگوید: «تو کارِ هزار برق را می‌کنی، فانوس می‌خوام چکار؟»

لحنش مثل بارانِ بهاری ملایم باشد؛ و لذت‌بخش. موهای بلندِ بافته‌اش را نوازش کند.

دلش می‌خواست بلند شود پذیرایی کند. بشنود: «زحمت نکش. نمی‌خواد. می‌خوام برم. فقط آمدم بگم اگه چند روزی دیر کردم نگران نشو. زودی برمی‌گردم»

: می‌دانم برمی‌گرده. می‌دانم فردا شب هم همین را می‌گه.

اما ترسید. دستپاچه شد؛ مثل هر شب که می‌پرسید: کجا. کجا می‌خوای بری؟

هنوز از این‌که تنبلی کرده اتاق را گردگیری نکرده بود ناراحت بود: نمی‌دانم تو تاریکی جایی را می‌بینه یا نه.

دلش می‌خواست بشنود: «یک سفرِ کوتاه. همین دوروبرها. فقط آمدم بگم اگه چند روزی دیر کردم نگران نشو. برمی‌گردم».

دیوارِ سکوت فرو ریخت: آمدم ازت عذرخواهی کنم. حلالیت بخوام!

صدا از دلِ تونلی از غبار بیرون می‌آمد. زن پرسید: به‌خاطر این چند شبی که نیامدی؟...

یک هفته غیبت داشت؛ دقیقاً از پنج‌شنبه شبِ هفته‌ی قبل؛ آن‌هم پس از آن‌همه سال که بی‌وقفه هر شب آمده بود. زن، لب بازکرد ادامه بدهد: این چند شب خیلی سخت گذشت. اتاق بی‌روح بود!

خواست بپرسد: چرا نیامدی؟

شهابی در ذهنش گذشت. ترس سراپاش را گرفت. بغض در گلوش جمع شد. از سرما لرزید: چه حلالیتی؟... حلالیت برای چه؟...

سیاهی تکان خورد. صدای سایش و خرچ‌خرچ به‌هم خوردنِ استخوان‌ها بلند شد. بوی نا اتاق را پُر کرد. کلامی خفه و شکسته منتشر شد: برای این‌همه سالی که منتظرم بودی. می‌دیدم چقدر زجر می‌کشی و چطور هرروز پشتِ پنجره چشم می‌دوزی مرا ببینی. آن‌قدر منتظر مانده‌ی که چشم‌هات شده رنگِ انتظار. می‌دیدم، هر روز؛ اما منِ بی‌رحم، منِ سنگ‌دل آشنایی نمی‌دادم که. پوزخند می‌زدم و رد می‌شدم. تو مرا نمی‌شناختی حتا اگه برات دست تکان می‌دادم، که ندادم؛ هیچ‌وقت. حالا پشیمانم. یک هفته وقت بود برای فکرکردن. گوشه‌جایی ماندم و فکرکردم. دیدم خیلی ظلم کرده‌م. به تو بیشتر از همه. اقلاً باید خودم را از خیالت بیرون می‌راندم. کاری می‌کردم. قدمی برمی‌داشتم، با نصیحت، با حرف؛ هزار راه داشت؛ اما هیچ قدمی برنداشتم. نه موقعی که جوان بودم؛

مغرور و سرمست و نه دورانِ پیری که دیگه عشق و عاشقی برام مفهومی نداشت؛ حتا وقتی هم که حسابیِ حسابی پیر شدم. این غرورِ لامذهب چه هست! چه لذتی می‌بُردم از این‌که پشتِ پنجره کاشته‌مت. یک عمر. ولی چه فایده. وقتی آدم به خودش میاد و می‌فهمه اشتباه کرده که دیگه خیلی دیره. پشیمانی و عذرخواهی و حسرتِ فرصت‌های خوبِ از دست رفته، نعمتِ دورانِ ناتوانیه؛ وقتی آدم از پا بیفته!

اعتراض کرد: چه می‌گی. این حرف‌ها چیه؟ تو که هرشب این‌جایی. زود یادت رفت... تو یک هفته؟!

خیال کرد مرد پوزخند می‌زند، اگرچه ساکت بود؛ حتماً نگاهش را هم به زمین دوخته بود. زن حس کرد از پا درآمده است. کمرش خم شد. قطره‌ای اشک در چشم‌هاش حلقه زد: پس راست‌راستی رفتی. آخه تو که هیچ‌وقت این‌جوری حرف نمی‌زدی. همیشه شوخ و شنگول بودی!

و حسرت‌زده به سیاهی زل زد: ولی مگه تو یک‌هفته همه‌ی گوشتِ تنِ آدم می‌ریزه؟

گره‌ی بغض، صداش را شکست. جواب شنید: نه. گوشت‌هام را جا گذاشتم سبک‌تر باشم!

: چه سبکی‌ای؟ من می‌خوام امیدِ دلم سنگین باشه. سنگین و با ابهت. مردی که هیچ زنی از دیدنش سیر نشه. جوان، رشید، چهارشانه، چشم و ابرو مشکی، خوش قدوبالا، رعنا، شوخ، خوشگل!

از این‌که یک‌باره همه‌ی مشخصات در ذهنش نقش بست تعجب کرد. هیچ وقت با این دقت و ظرافت فکر نکرده بود. هرشب فقط حضورش را حس می‌کرد. با او به گفت‌گو می‌نشست اما به چهره و قدوقامتش توجه نکرده بود. انگار با توده‌ی درهم فشرده‌ی مِهِ دیدار می‌کرد. حالا می‌دید براش شکل گرفته است؛ مثل عکسِ کهنه‌ای که ناگهان از پستوی خانه

| ۲۳۰ | مردها با هم می‌میرند |

پیدا شود و با دیدنش خاطراتِ محو شده و روزهای گم‌شده به‌یاد بیاید.

: به چه فکر می‌کنی؟

صدا، سکوتِ اتاق را لرزاند و بی‌درنگ در سیاهی حل شد. لب‌های زن همچنان به‌هم فشرده بود: دوباره می‌پرسم کجا؟ کجا می‌خوای بری؟ سرم را تکان می‌دم تا خرمنِ موهای قشنگ و سیاهم مثل دامنِ بلندِ مشکی چرخ بزنه. سینه‌ام را جلو می‌دم. خودم را می‌کشم رُخش. خوب شد جورابِ سفیدِ ساقه کوتاه پوشیدم با دامنِ پلیسه‌ی مشکی، بلوزِ نازکِ قرمز، چسبِ تنم. چه بدنِ شادابی دارم. چقدر جوانم؛ مثل قرصِ ماه، چاق و سفید و تُپل. می‌گه: «همین دوروبرها. چه می‌خوای برات سوقات بیارم؟» آه. به جدایی راضی نیستم؛ هر چقدر هم کوتاه باشه. می‌گم: هیچی. فقط خودت! می‌خنده. برق دندان‌های سفیدش را می‌بینم. چه عطر و ادوکلنی زده. می‌گه: «شوخی نکن. من‌که هیچم. یک سوقاتی خوب بگو» ساکت می‌مانم. آخه چه چیزی خوب‌تر از خودش. نگاهش که می‌کنم گرمای تنش به جانم می‌ریزه. دست‌های لطیفم به‌هم حلقه شده‌ن. شوخی نیست. جدی می‌گم. فقط خودش را می‌خوام. اصرار می‌کنه: «بگو. بگو دیگه، چه می‌خوای؟»

کلمه‌ای که از دهان پیرزن بیرون آمد مثل آه بود، وارفته و ناپایدار: دلت!

خیال کرد نشیند؛ غرقِ فکر است؛ به‌شکلی که انگار می‌خندد.

: خنده از لب‌هاش دور نمی‌شه. همیشه شاد و شنگوله. جواب می‌ده: «دلم که همین‌جا گِروِ پیشِ خودت. یک چیز دیگه بگو.» چه بگم؟ چه می‌خوام جز خودش؟ می‌خوام زار بزنم: یک عمر منتظرت بودم. چشم‌هام خشکید. گیسم سفید شد. استخوان‌هام پوک شد آن‌قدر چشم به‌راه ماندم. حالا زود می‌خوای بری بی‌انصاف؟... ولی نه، نمی‌گم. نباید ناراحتش

کنم. مگه دیوانه‌م؟

پرسید: پس چرا همین‌جور جلو درمانده‌ای؟ بیا جلو؛ می‌خوام ببینمت!

: باشد!

تاریکی تکان خورد. کِش‌کِشِ سایشِ پارچه و آهنگِ خشک و خفه‌ی پاها در سکوتِ اتاق پیچید. جلو آمد. جیروجارِ استخوان‌ها همهمه ایجاد کرد. به‌فاصله‌ی کمی از زن، لبه‌ی تخت نشست. دستِ زن را گرفت و بوسید. دست و دندان‌هاش سرد بود: آن گرمای روز اول، آن داغی که بعد از سی سال، چهل سال، چند سال؟ هنوز زیر پوستم می‌دوده پس کو؟

: بیرون خیلی سرده ...؟

جواب شنید: همه‌جا یخ کرده. دارم می‌لرزم!

: من‌هم می‌لرزم. سرمای تنت ریخته تن من هم. یک چیزی بگو گرم شیم!

شعله‌ی چشم‌ها کم‌سو شد. مهربانانه پرسید: از چه؟

زن سعی کرد طرح تیره‌ی شانه‌های عریض و قامتِ بلندش را از سیاهی تشخیص بدهد: از چیزهای خوب. از خودمان.

: از خودمان؟! ... بینِ ما که چیزی نبوده!

رنجید. آشکارا صدای شکستنِ دل را شنید. نخواست خودش را از تک‌وتا بیندازد. اعتراض کرد: چجور چیزی نبوده؛ پس آن دفعه چه بود؟ خب، یک نگاه، اگه اتفاقی هم باشه مگه باعثِ عشق نمی‌شه؟ تازه، فقط نگاه نبود که. دستم را بوسیدی. نوازشم کردی. یادت نیست؟ مگه نگفتی مینا؟

زمزمه‌اش را شنید: اشتباه کردم!

بعد، سکوت سایه انداخت.

: می‌گم، از چیزهای خوب بگو. از خودمان، عشق‌مان. می‌خنده. چشم‌های درشتِ قشنگش را می‌دوزه به من. لب‌هاش خوشگل و گوشتالوه. می‌گه:

«تو بگو. من دوست دارم فقط گوش کنم. صدات را بشنوم.»

چشم‌های زن برق زد. رشته‌ی افکارش پاره شد. پرسید: اگه گفتی اولین دفعه که همدیگه را لمس کردیم کی بود و کجا بود؟

صداش سیاهی اتاق را لرزاند. دقایقی در سکوت گذشت. جواب شنید: تو بگو. من فراموش کرده‌ام!

صدا سرد و دور بود. لب‌های زن لرزید. رنجش در کلامش موج زد: چجور فراموش کردی؟... من‌که هیچ‌وقت فراموشش نمی‌کنم. یعنی با همان زنده‌م؛ با همان مانده‌م این‌همه سال!

شعله‌ی آبی چشمها به او دوخته شد. از نگاه‌اش مهربانی می‌بارید. دست درازکرد با احتیاط موهای سفید و کم‌پشتِ او را نوازش کرد: خب مشغله‌ی من زیاده بوده. حالا تو بگو شاید یادم بیاد!

زن کمی نرم شد اما همچنان صدای پیر و ناتوانش از اعتراض می‌لرزید: ولی من اگه همه‌ی کارهای دنیا رو سرم بریزه باز فراموشش نمی‌کنم. این‌که می‌گن مردها بی‌وفان، راسته ها!

مرد خندید. خنده‌اش بی‌صدا بود. لب که نداشت، از حرکتِ آرواره‌هاش پیدا بود. شکافِ سیاهی در تاریکی بازوبسته شد. زن، خودش را جمع کرد. رعشه‌ای زیر پوستش دوید. بوی خاک و کهنگی آزارش می‌داد. خیال کرد صدای مرد را می‌شنود که اصرار می‌کند: «بگو. مرگِ من بگو.»

: مرگِ تو؟!

جوابی نشنید. لحظه‌ای به فکر رفت. بعد زمزمه‌کرد: همین‌جا نشسته بودم، تو همین اتاق و رو همین تخت؛ ولی نه. آن‌وقت‌ها تخت نبود، مبل بود، صندلی؛ یادم نیست. خوشگل بودم و تُپل‌مُپل. پوستم مثل برف سفید بود؛ دندان‌هام سالم؛ موهام سیاهِ سیاه. آن‌قدر قشنگ بودم که هر پسری عاشقم می‌شد. مگه جرأت داشتم برم کوچه؟ تازه، اگه می‌خواستم

برم مگه می‌ذاشت؟ مثل دیو زنجیرم کرده بود. می‌دانست همه برام کمین کرده‌ن. دوستم دارن. حسودیش می‌شد. بعد، تو درزدی؛ مثل امشب؛ مثل آن‌روزها که هر روز غروب می‌آمدی. کمی زودتر آمده بودی. تنها و غمگین بودم. لباس کهنه‌های خانه را پوشیده بودم با روسریی که تو دوستش داشتی. پرسیدم: کیه؟... کیه؟... گفتی: «منم مریم، چرا باز نمی‌کنی؟» از این‌که اشتباه کرده بودی لجم گرفت. گفتم: دربازه. من‌که قفلش نکرده‌م. آن‌وقت متوجه شدی چفت را از بیرون انداخته‌ن. بازکردی آمدی تو. قدت بلندتر از حالا بود. شانه‌هات پهن‌تر. موهات یک‌دست سیاه. صورتت قشنگ. چشم‌هات درشت. با چشم و لب می‌خندیدی. از این‌که تنها بودم تعجب کردی. اولین دفعه بود می‌دیدی تنهام. پرسیدی: «چیه، خل‌وچل زندانی‌ت کرده؟» از این‌که خل‌وچل از دهنت پرید ترسیدی. خودت را جمع‌وجورکردی و جوری نگاهم کردی که دلم سوخت. خیال کردی بدم می‌آد. اگه او بود جرأت نداشتی بگی. اشک تو چشم‌هام جمع شد. بغض کردم. گفتم: آره. دارم دق می‌کنم از دستش. پرسیدی: «کجا رفته؟ گم نشه.» گفتم: گورش را گم کرده رفته خرید. پرسیدی: «خرید؟» ترس و تعجب تو چشم‌هات بود. طاقت نیاوردم؛ زدم زیر گریه. آمدی روبه‌روم زانو زدی. پرسیدی: «چیه. چرا گریه می‌کنی؟» نالیدم: دیگه طاقت ندارم. دارم دق می‌کنم. تو این خانه دارم می‌پوسم! دستم را گرفتی بوسیدی. اولین دفعه بود که لمسم می‌کردی. لب‌هات داغ بود، داغِ داغ. نوازشم کردی. گفتی: «ناراحت نباش. دوسه روز دیگه عروسی می‌کنیم؛ می‌ذاریمش همین‌جا، تو همین خانه؛ خودمان می‌رویم جایی دیگه؛ ولی خدا را خوش نمیاد، هر روز باید بیایی بهش سر بزنی؛ به‌فکر خوراک و پوشاکش باشی؛ خصوصاً زمستان‌ها از سرما نمی‌ره» گفتم: نمی‌می‌ره. او، نمی‌می‌ره. اصلاً کاش بمی‌ره از دستش راحت شم. خندیدی. دوباره دستم را بوسیدی. لب‌هات داغ

بود. داغِ داغ. گفتی: «خدا نکنه. چکارش داری بیچاره را؟» می‌بینی؟ همه‌ش یادمه؛ موبه‌مو. تعجب نمی‌کنی؛ آن‌هم بعدِ این‌همه سال؟ بعد رفتی بسته را از پشتِ درآوردی. خیلی بزرگ بود. بازش کردی. لباسی از تور سپیدِ مرواری‌دوزی شده. می‌بینی چقدر کهنه شده؟ ولی نگهش داشتم. نذاشتم از بین بره. گفتی: «این‌هم لباسی که انتخاب کردی، از همان مغازه. کرایه‌اش نکردم، خریدمش تا همیشه داشته باشیش» چشم‌هات برق می‌زد از شادی. از جا پریدم. گرفتمش و دور اتاق چرخیدم. تندتند اشک‌هام را پاک کردم. جلو آینه رفتم. همین آینه‌ی قدی. آن‌وقت‌ها نو بود. لکه و زده‌ای نداشت. به‌آنی کهنه‌ها را دور انداختم و تور را پوشیدم. آخ چقدر قشنگ شده بودم؛ عین ماه، پنجه‌ی آفتاب. تو با لذت نگاهم می‌کردی. صورتت سرخ شده بود. چشم‌هات کم‌کم پشتِ هاله‌ای از گرما گم می‌شد. پا شدی. جلو آمدی. دست‌هات داغِ داغ بود. داشتم گرم می‌شدم که یکهو در باز شد. آمد. مثل دیوانه‌ها داد زد. دوید طرفم. خودش را انداخت روم. چنگ زد به سروصورتم. موهام را گرفت کشید. فحشم داد. تو متعجب نگاه‌مان می‌کردی. یادته؟

مرد سری تکان داد. طرحی از غمخند روی آرواره‌هاش نقش شده بود. زمزمه کرد: همان موقع متوجه اشتباهم شدم ولی ضرر نکرده بودم. چشم‌هام باز شد. فهمیدم نباید از تو غافل باشم. واقعاً قشنگ بودی؛ ولی چه فایده، با حلوا حلوا گفتن که دهن شیرین نمی‌شه!

آه کشید و ساکت ماند. هر دو در تاریکی چشم به یکدیگر دوختند. لحظاتی ساکت ماندند. زن دستی به لباس توری کشید. آرام دست پیش برد پنجه‌ی یخزده‌ی مرد را فشرد. دل‌دل کرد آن را به لب نزدیک کند؛ ببوسد و روی قلبش بگذارد: می‌بینی؟ داره می‌پوسه. به هزار سختی نگهش داشته‌م. بعدِ آن‌همه جنگ و مرافعه، مگه گذاشتم از تنم درش بیاره؟

لحظه‌ای مکث کرد. بعد پرسید: پس دیگه کی عروسی می‌کنیم؟

در صداش التماس موج می‌زد. می‌خواست گریه کند؛ رنجیده بگوید: بیشتر از این بتُرشم؟

نگفت. ساکت چشم به آرواره‌های چفت شده او دوخت.

: صداش را می‌شنوم عین مخمل نرمه. می‌گه: «خیلی وقته تو آسمان‌ها خطبه‌ی عقدِ ما را خوانده‌ن؛ فقط مانده یک جشن و سرورِ زمینی!»

هر دو خاموش به نجوای سکوت گوش می‌دادند. زن، حرف‌های بسیاری برای گفتن داشت. می‌خواست بگوید: یادم نیست کی رفتی ولی از وقتی رفتی دیگه پا از خانه بیرون نذاشتم، بیست‌سال، سی‌سال، چهل‌سال، چقدر؟... همه‌ش می‌ترسیدم بیایی و من نباشم. دلم می‌خواست وقتی در می‌زنی، بدوم خودم در را برات باز بکنم. این تنها آرزوم بود. هیچ‌جا نرفتم. دست به هیچ کاری نزدم تا تو بیایی. همه‌ی زحماتم به‌عهده‌ی خواهرم بود. خواهرِ بیچاره‌م. خواهرِ دوقلوم که هی با من عوضی می‌گرفتی‌ش. رو به من می‌کردی اسم او را صدا می‌زدی. یادته؟

خنده‌ی دردناکی روی لب‌های چروکیده‌اش نشست: او که پشتِ سرت بود، کرکر می‌خندید. خل‌وچل بود دیگه. حواس‌پرتی داشت. به شوخی هشدار می‌داد: «دفعه‌ی آخرت باشه ها. چیه مدام عوضی می‌گیری؟» ولی شوخی نبود. جدی بود. می‌ترسیدم با من عوضی بگیریش. آخه مو نمی‌زدیم با هم. به‌خاطر همین غدغن کردم وقتی تو می‌آیی، خانه نباشه. اما مگه گوش می‌داد. مگه به خرجش می‌رفت؟ تو که خبر نداشتی چقدر دعوا کردیم سرِ تو. خصوصاً بعدِ ماجرای لباس. قبل‌تر اهمیت نمی‌دادم به هرچه اطرافم می‌گذشت؛ ولی لباس چشم و گوشم را باز کرد. فهمیدم دنیا دستِ کیه. اگرچه تا تو بودی باهم می‌خندیدیم؛ خوش بودیم؛ ولی همین‌که می‌رفتی دعوا مرافعه‌مان شروع می‌شد. می‌گفت: «آبروم

| ۲۳۶ | مردها با هم می‌میرند |

را می‌بری. کاری می‌کنی که جلو مردم شرمنده باشم.» اگه بدانی چقدر گیسِ هم را کشیدیم. خب البته او همیشه بَرنده می‌شد. درسته هم‌قد و هم‌شکل بودیم ولی زورش بیشتر بود. کتکم می‌زد. فحشم می‌داد. کار به جایی رسید مجبور شدم تهدیدش کنم اگه خانه‌اش را جدا نکنه خودم را می‌کُشم. داد زد: «باشه خل‌وچل، باشه، دوسه روز دیگه می‌رم از دستت خلاص می‌شم بوزینه.» به من می‌گفت خل‌وچل، بوزینه. می‌خواستم چنگ بندازم چشم‌هاش را دربیارم؛ زبانش را ببُرم؛ ولی نکردم. صبر کردم شاید بنده‌ی خدایی پیدا شه دستش را بذارم تو دستش، بفرستمش خانه‌ی بخت. پیدا هم شد و رفت. وقتی رفت که رو تختِ بیمارستان بودم، هشت روز، نُه روز، یا بیشتر. یادته که، بهش گفتی: «اوخ اوخ، چکارش کردی بیچاره را!» به من گفتی بیچاره. بغض راهِ گلوم را بست. راستی که بیچاره شده بودم. چکار می‌توانستم بکنم، با چه زبانی؟ مگه قسم-قرآن حالی‌ت می‌شد؟ مگه می‌توانستم حریفِ زبانِ وروره‌ی جادو بشم؟ یکهو شده بود سخنور و سخنران، چه می‌دانم افلاطون. برقِ جنون تو چشم‌هاش می‌درخشید، خوب دیدم. پاک دیوانه شده بود. جواب داد: «من که کاریش نکردم. خودش افتاد سرش خورد جرزِ دیوار. چکارش کردم مگه؟» من خودم افتادم؟ سرم خورد جرزِ دیوار؟ باورکردی؟ اصلاً دانستی دعوا سرِ چه بود؟ خب، چاره‌ای نداشتم؛ باید قیدِ همه را می‌زدم، حتا عزیزترین کَسَم. سخت بود؛ ولی عقده‌ی دلم خالی می‌شد؛ نفسِ راحتی می‌کشیدم. غدغن کردم نه خودش نه شوهرش حق ندارن پا بذارن تو خانه. این را به‌خاطر راحتی خیالِ تو می‌گم. بعدِ تو پای هیچ مردی به این خانه باز نشد. هرچند آمد، شوهرش. دوسه روز بعدِ عروسی آمد در زد. پرسیدم: کیه. کیه؟ مثل هر شب که می‌آیی و می‌پرسم. ولی او که رمزِ ما را نمی‌دانست. نگفت: «منم مریم، منم. چرا باز نمی‌کنی؟» یا مثل امشب که گفتی مینا، نگفت: «منم

مینا، منم. چرا باز نمی‌کنی؟» گفت: «منم امیر، در را باز کن!» باز نکردم که. داد زدم: برو گم‌شو. برو کثافتِ احمق!

نرفت. در زد. التماس کرد. سر از پنجره بیرون بردم داد زدم: های‌ی‌ی کمک. امیر آمده، امیر!

ترسید؛ فرار کرد. از آن به بعد دیگه پاش به این‌جا نخورد؛ ولی او آمد، بی‌اعتنا به اخم‌وتخم و توپ‌وتشرم. هنوز هم میاد. هر روز با هدیه‌ای که زیر چادرِ سیاهش می‌زنه. هدیه‌اش نانه. سفره را باز می‌کنه. نان را لاش می‌پیچه. به درودیوار زل می‌زنه ساعتی، نه، کمتر، می‌مانه و چشم می‌دوزه به من؛ بی‌آن‌که حرفی بزنه، یا من بزنم؛ لام تا کام. عین دو بخت‌النصر. بعد پا می‌شه می‌ره؛ همین. فقط هفت‌هشت روز قبل بود که با هم حرف زدیم؛ یعنی او زد؛ یک عالمه. بعدِ آن‌همه سال. دلش حسابی پُر بود. نمی‌توانست ساکت بمانه. حتا گریه هم کرد. بعد رفت. از آن روز تا حالا برنگشته. خب، روزهای اول که راضی نبودم بیاد ولی حالا دیگه عادت کردم. می‌دانم اگه نیاد از گرسنگی تلف می‌شم؛ هرچند بود و نبود او و خودم برام مهم نیست. مهم فقط تویی که این‌همه منتظرت بودم. کجا رفته بودی؟

پرسش در نگاهش بود اما لب باز نکرد. چشم به تاریکی دوخته بود. مرد به‌سختی کمر راست کرد. مهره‌های پشتش تق‌تق صدا کرد، خشک و تو خالی. جواب داد: بگم کجا؟ راستش گیر افتاده بودم تو جهنم. جهنمِ واقعی را تو همین دنیا به‌چشم خودم دیدم و با همه‌ی رگ و پی چشیدم. خیال نکن این مدت همه‌اش عشق کرده‌م و خوش گذرانده‌م. نه. به‌خدا اگه آدم مثل تو یک‌عمر گوشه‌جایی بگیره و سال تا سال مونسش فقط خودش باشه و درو دیوارها، باز کمتر زجر می‌کشه تا کسی که هی پاچه‌ش را بگیرن و زخم‌زبانش بزنن و سربه‌سرش بذارن و روزی هزار و یک بهانه ازش بگیرن و منت سرش بذارن و چه و چه و چه؛ تازه هیچ هم عایدش نشه. این‌که می‌گم هر روز

| ۲۳۸ | مردها با هم می‌میرند |

دیده‌مت و کیف کرده‌م از خوشی‌م نبوده که. راستش دیگه از زن جماعت بدم می‌آمد. آخه چقدر باید خون‌به‌دل می‌شدم؟ بعضی وقت‌ها که حسابی دمغ می‌شدم از خودم می‌پرسیدم: نکنه اشتباه کرده‌م؛ مینا کدام‌شان بود؟

زن قهقهه زد: تو هم گُم‌مان کردی؟!

و خندان پرسید: ته دلت، آن تهِ ته، کدام‌مان را می‌خواستی. مرگِ من راستش را بگو!

: خب، اول مینا. مینا را دیده بودم موقعِ خرید تو کوچه‌بازار و تو مسیرِ خانه؛ زیر بازارچه؛ از خانه‌ی قدیمی‌تان تا این‌جا. خانه‌ی قدیم‌تان که یادت هست؟ چیزی کم و کسر نداشت، نه از خوشگلی، نه از نجابت و قدوبالا. وقتی هم که با هزاردوندگی و خواهش و التماس و تملق آن‌هم بعد از مدت‌ها علافی توانستم دلش را به دست بیارم و هم‌کلامش بشم تازه فهمیدم چه دخترِ با مسئولیتی هم هست؛ چه‌جور تو این شهرِ گل و گشاد تنها و بی‌کس زندگی خودش و خواهرش را فقط با کرایه‌ی بخور-نمیرِ یک دکان اداره می‌کنه بدون آن‌که دستِ کمک به طرف بنی‌بشری درازکرده باشه. مینا...

نتوانست ادامه بدهد. بغض کرد. سرش را پایین انداخت. مدتی در سکوتی سوگوار به نجوای شب گوش دادند. نورِ سرخِ بی‌رمقی که از پنجره به درون می‌تابید فقط شبح‌شان را می‌نمایاند.

عاقبت لب‌های پیرزن لرزید: بعدش چه شد، بعدش؟

پاسخ طول کشید. انگار نمی‌خواست جواب بدهد. بلند شد و سمتِ پنجره رفت. دقایقی در سکوت به آسمانِ عبوسِ سرخ نگاه کرد. از اندامش فقط هاشورهایی سیاه در نگاه می‌نشست.

شروع به گفتن که کرد، حسرت در صداش موج زد: بعدش هیچی. مینا گم شد. آن دخترِ متینِ نجیبِ سربه‌زیر گم شد. مریم ماند؛ مریمِ دریده‌ی تندخو. نمی‌دانم شاید هم فقط مریم به دردم می‌خورد. نه این

که بودها؛ آن‌که می‌شناختم. از اول باید می‌رفتم سراغِ او. هرچند مطمئنم او هم اگه بود هیچ‌وقت طعمِ زندگی واقعی را نمی‌چشیدم...

ناگهان کلافه شد. لحنش را عوض کرد: بی‌خیالش؛ چه مریم، چه مینا، در هرصورت هرکدام هستی از حالا به بعد دیگه منتظر نمان. ازت خواهش می‌کنم. صبح که شد پاشو برو تو شهر بگرد. با در و همسایه‌ها گپ بزن؛ بگو، بخند. آخه تا کی می‌خوای این بالا خودت را حبس بکنی؟ آمد کنارِ زن نشست؛ آخ‌خ‌خ، خسته شدم. وقتِ رفتنه. باید رفت. خوب شد آمدم عذرخواهی کردم. این‌جور سبک‌تر شدم. برای تو هم خوب شد، مگه نه؟

جوابی نشنید. تلخ‌خندی روی صورتش نقش بست: راستش از تو چه پنهان، عمداً با این شکل و شمایل آمدم که حسابی دلت را بزنم. می‌توانستم سالم بیایم، یعنی با گوشت و پوست؛ ولی این‌جوری خوبه چون نقشی که از من تو خیالت داری بیرون می‌ریزی. این‌جوری اقلاً خدمتی بهت کرده‌م. مگه نه؟

جوابی نیامد. اتاق در سکوت فرو رفته بود. بیرون، جزهوهوی باد صدایی شنیده نمی‌شد. چشم‌های پیرزن در تاریکی برق می‌زد. مرد نگاهی به اطراف انداخت. جابه‌جا شد؛ خب، موقعِ خداحافظیه مریم‌جان، مینا جان؛ هرکدام که هستی. دیگه نمی‌توانم بمانم. تو هم بهتره منتظر نمانی. این چند روزه‌ی عمر را خوش باش. دستی هم به سر و رو اتاقت بکش. این‌همه گردوغبار، آن‌همه تار عنکبوت چیه؟ پاک‌شان کن. از همه‌جا بو پوسیدگی میاد!

زن توجه‌ای به حرف‌های او نداشت. آخرین جمله‌هایی را که شنیده بود مرور می‌کرد. روزِ آخر، بعد از آن‌که او از در بیرون رفته بود، مرد که چمدان بزرگی در دست داشت، شاد و مهربان گفته بود: «خداحافظ مریم‌جان. دخترِ خوبی باش!»

| ۲۴۰ | مردها با هم می‌میرند |

و در را بسته و رفته بود. از آن‌موقع سال‌ها می‌گذشت اما این دو جمله هرگز رنگ نباخته بود. قبل از رفتن، موقعی که مرد برای خداحافظی آمده، تازه در آستانه‌ی در ایستاده، چشم به اطراف چرخانده، دست‌ها را به‌هم مالیده و گفته بود: «به‌به، مریم‌خانم. واقعاً سلیقه داری ها. یک کدبانوی درست‌حسابی. این‌جا را خودت تنهایی تزیین کرده‌ای کلک؟»

رگه‌ای از شوخی و شیطنت به صداش خش انداخته بود. چشم‌هاش می‌خندید. کت‌وشلوار طوسیِ نو پوشیده بود. موهای فرِ سینه‌اش از لای یقه‌ی پیراهن دودی‌رنگش پیدا بود. قدم که برمی‌داشت، بوی عطر و ادوکلن‌اش در اتاق پخش می‌شد. با حرکتِ دست، رف‌ها و تاقچه‌ها و در و دیوار را نشان داده بود. دستش که حرکت می‌کرد، ساعتِ مچی، حلقه‌ی طلا و دگمه‌ی نقره‌ای سردستش زیر نور آفتاب برق می‌زد. رنگِ دیوار آبیِ روشن بود. کفِ اتاق فرشِ دستبافِ نو خوش نقش‌ونگاری پهن شده بود. قلیان ورشوِ پایه‌بلور، تنگ‌های سورمه‌ای و فیروزه‌ای‌رنگِ ناصرالدین‌شاهی، شیرینی‌خوری‌های پایه‌دار نقره، کاسه‌بشقاب‌های بلور و همه‌ی خردوریزهای توی رف‌ها و تاقچه‌ها از تمیزی برق می‌زد. پوستر بزرگی از منظره‌ی آبشار، صخره‌ها و زمین‌های سرسبزِ کنارش به دیوار نصب بود که دورِ آن‌را با روبانِ قرمز تزیین کرده بودند. پدرش با عبای شتری و عصای زردِ صیقلی، تمام قد توی قاب روی پیش‌بخاری ایستاده بود. قسمتی از زنجیرِ ساعتی که در جیبِ جلیقه‌اش بود بیرون مانده بود. شب‌کلاهِ سفید، نیمی از طاسی جلوی سرِ کوچکش را می‌پوشاند. آن‌طرف‌تر، نزدیکِ پنجره، آینه‌ای قدی تصویر اتاق را باز می‌تاباند.

بعد، جوان رفته بود روی صندلی کنار پنجره نشسته و بیرون را نگاه کرده بود. او، در گوشه‌ی اتاق زانو زده، کومه‌ای لباس و پرده و پیش‌بند و خرت‌وپرت‌های دیگر جلوش تلنبار کرده بود و چمدانِ بزرگ را پُر می‌کرد.

تصویر خودش را در آینه دیده بود، چاق و سفید، جوان، در لباسی از تورِ سپید که سرگردان وسطِ اتاق مانده بود. خواسته بود بگوید: مینا!

مینا روز قبل مقداری از اثاثه را با خود برده و قبل از رفتن دستی به در و دیوارِ اتاق کشیده و حالا دوباره سخت سرگرمِ غارتِ اموال بود. رغبت نکرده بود. گفته بود: مادر... مادرجان...

مادر، بیست سال پیش مرده بود؛ دقیقاً زمانی که او هنوز پنج سالش نشده بود. درست یک روز قبل از این‌که مریم از بام سقوط کند: رفته بود چکار؟

توی حیاطِ درندشت، زن‌ها و مردهای سیاه‌پوش می‌آمدند و می‌رفتند. پدرش زیر سایه‌ی تاکِ گوشه‌ی حیاط، کنار حوضِ آبی، روی قالیچه نشسته بود و قلیان می‌کشید؛ سوگوار و غرقِ فکر؛ با تنی تکیده و سروکله‌ای ژولیده چشم به جنب‌وجوش دیگران دوخته بود بی‌آن‌که آن‌ها را ببیند. هرازگاه کسی از کنارش می‌گذشت و تسلیتی می‌گفت؛ اما او در خودش بود. گیج‌وگنگ گوینده را نگاه می‌کرد و بلافاصله چشم از او می‌گرفت و به لاکِ تنهایی‌اش پناه می‌برد. عبای شیرشتری روی دوش انداخته بود و شب‌کلاهِ سفید به سر داشت. جثه‌ی پیر و لاغرش کوچک‌تر از همیشه می‌نمود. از توی اتاقِ سه‌دری مویه‌ی محزونِ یکی از زن‌های همسایه شنیده می‌شد که پُرسوز می‌خواند: «بی‌کس و غریبم شیرین‌جان. جوانِ ناکامم شیرین‌جان. آی روله بچه‌هات چشم به راهت مانده‌ن. کجا رفتی روله. داغِ بی‌مادری گذاشتی دلِ بچه‌هات. روله رفتی و دخترهات را تنها گذاشتی. حالا کی وقتِ رفتنت بود روله!» صدای زن فضای خانه را پُر می‌کرد. درِ اتاق‌ها و زیرزمین‌ها باز بود. آبِ سبزرنگِ حوضِ سنگی بزرگ وسطِ حیاطِ آجرفرش لب‌پَر می‌زد و نور آفتاب را بازتاب می‌داد. روی سکوی داخل حوض چند ردیف قلیان چیده شده بود. آن‌طرف‌تر، چهار مرد لُنگ‌های قرمز به کمر

بسته بودند و با دیگ‌های سیاهِ بزرگی کلنجار می‌رفتند. زیر دیگ‌ها آتش و دود زبانه می‌کشید. از اتاقِ بالاخانه قرائتِ قرآن شنیده می‌شد. بالاخانه را اختصاص داده بودند به مجلس مردانه. مویه و شیون زن‌ها، قرائتِ قرآن، تسلیتِ گروه‌گروهِ مردها و همهمه‌ی آمدورفتِ مردم خانه را انباشته بود. مینا با چشم‌های سرخِ خیس، سرگردان توی اتاق‌ها، حیاط و لابه‌لای زن‌ها می‌پلکید و دنبال مادرش می‌گشت اما مریم وقت را غنیمت شمرده، به پشتِ بام رفته بود. چند بچه‌ی دیگر هم همراهش بودند. پشتِ بام پوشیده از سبزه و گل‌های رنگارنگِ خودرو بود. بچه‌ها ورجه‌ورجه می‌کردند. از سروکول یکدیگر بالا می‌رفتند. طولی نکشید که به بام‌غلتانِ بزرگِ سنگی پرداختند. سنگ با نیروی دست‌های کوچک‌شان به حرکت افتاد. غلتید. گُل‌ها و گیاهان زیر سنگینی‌اش له شدند. مریم سعی کرد مانع بشود. نتوانست. کنارش زدند. به توپ‌وتشرش و جیغ‌وجنجالش توجه نکردند. لبه‌ی بام آمد. سر کشید. داد زد: «پدر، پدر این‌ها...»

حرفش ناتمام ماند. جیغ زد. دید با سرعت به حیاط نزدیک می‌شود. چشم‌هاش را بست.

مرد پرسید: نمی‌خوای چیزی بگی؟ باید برم. داره دیرم می‌شه!

ساکت به کفِ اتاق زل زده بود. به نور آفتاب که از پشتِ شیشه‌های رنگارنگ می‌تابید؛ به اشکالِ هندسی شیشه‌ها که روی قالی افتاده بود، دایره‌های سرخ، مثلث‌های زرد، چندضلعی‌های سبز، هلالی‌های آبی، بته‌جقه‌ای‌های سورمه‌ای و صدایی که می‌گفت: «مینا افتاد پدر من نبودم. من نیفتادم. من نیفتادم‌ها!»

پدر خندید و سرتکان داد. اشک لابه‌لای ریشِ جوگندمی‌اش راه گرفته بود. توی بستر بود. لاغر، استخوانی، با موهای خاکستری سر و ریشِ زبرِ کوتاه؛ پژمرده و بی‌رمق. نالید: «دخترم. عزیزم. این‌که زنجیری نیست.

فقط کمی حواس‌پرتی داره. خیالاتیه؛ آن‌هم گاهی. جز تو کسی را نداره. می‌سپارمش دستِ تو!»

نفس به‌سختی از گلوش بیرون می‌آمد. سینه‌اش تندتند بالا-پایین می‌شد. صورتش سفید شده بود و دهانش خشک. هرکلمه را با درد و رنج بیان می‌کرد. مینا گفت: «چشم پدر. تا زنده‌م مراقب‌شم» و زیرگریه زد. پدر، دست استخوانی‌اش را روی سر مینا کشید. بُریده‌بُریده گفت: «تو دنیا فقط تو را داره، نذاری اذیت بش...»

گفته‌اش ناتمام ماند. تکانی خورد. در خودش جمع شد و یک‌باره رها شد؛ لَخت و لمس. دستش از روی سر مینا افتاد. نگاهش به سقف دوخته شد. دهانش بازماند. مینا فریاد زد. خودش را روی او انداخت. داد زد: «تنهامان نذار پدر. تنهامان نذار»

پرسید : زود برمی‌گردی؟

جوابی نشنید. به‌تدریج روشنایی کم‌رنگ می‌شد. بستر و پدر و مینا محو شد. تاریکی همه‌جا را گرفت. تکانی به خودش داد و سوالش را تکرار کرد: زود برمی‌گردی؟ با توام... قهرکردی؟...

مرد جواب نداد. بلند شد. پارچه‌ی سفید را بازو بسته کرد. زن هراسان پرسید: آخه به این زودی؟

: دیرم شده!

پشت کرد و راه افتاد. زن سعی کرد بلند شود. نتوانست. دست‌وپا زد. داد زد: نرو. نرو!

مرد، نزدیکِ در ایستاد.

حسرت در سینه‌ی زن متراکم شد: قدِ بلند و شانه‌های پهن‌اش آستانه‌ی در را پُر می‌کنه. دلم برای دیدنِ صورتش لک زده. می‌خوام چشم‌هاش را ببینم، ابروها، لب‌ها، خنده‌ش و هر خطی که تو صورتِ قشنگش هست!

داد زد: کجا می‌ری؟... صبرکن. با توام!

سـعی کـرد بلنـد شـود. نتوانسـت. انـگار بـه تخـت زنجیـر شـده بـود؛ بـا توام... بـا تـو....

تلاش کرد به اسم صداش کند شاید برگردد. اسمش را فراموش کرده بود. فقط داد می‌زد: با توام... با تو...

سرشار از التماس شد؛ یعنی نمی‌شنوه؟!

در باز و بسته شـد. تقلاش بیهـوده بـود. سـاکت مانـد و گوش داد شـاید ضرباهنگِ قدم‌هاش را بشـنود کـه می‌رود، یا می‌آید.

هیچ نشـنید. انـگار کسـی بیـرون نرفتـه بـود. بـه سـیاهی زل زد. اتـاق در سـکوتِ سـنگینِ غبارآلـوده فـرو رفتـه بـود. نفـس در سـینه حبـس کـرد. بی‌حرکـت چشـم بـه درِ بسـته دوخـت. گـوش تیـز کـرد.

: حالا کـه همه‌چیـز یادم آمد چرا گذاشتم بره؟... چرا رفت؟...

از این‌کـه یک‌بـاره خاطـراتِ فرامـوش شـده را در ذهـن مـرور کـرده بـود تعجـب کـرد. آه کشـید. نسـیم خنکـی وزیـد. از هیاهـوی ذهنـش کاسـته شـد. کم‌کم شـور و التهـاب ته‌نشـین شـد. جایـش را خـلاء گرفـت. احسـاسِ آرامـش کـرد. سـبک شـد. لحظاتـی در همان‌حال مانـد. بعـد، پلک‌هـاش تـکان خـورد. چشـم بازکـرد. متوجـه شـد صبـح شـده اسـت. ایـن را از زیـاد شـدنِ سروصـدا و آمدورفتِ مـردم فهمیـد. اتـاق همچنـان تاریـک بـود؛ تاریکـی‌ای رنـگ باختـه. بـه صداهای بیـرون گوش داد؛ بـه خِش‌خِشِ خفـه‌ی ریـزشِ جسـمی سـبک؛ بـوق یـک ماشـین؛ صـدای پـای چنـد عابـر کـه عجولانـه از زیـر پنجـره گذشـتند و عبـور ماشـین سـنگینی کـه شیشـه‌ها را لرزانـد. رغبتـی بـه جـدا شـدن از رختخـواب نداشـت. مثـل هر روز مانـد و بـا پرسشـی کـه در وجـودش غلغلـه راه انداختـه بـود کلنجـار رفـت: چـرا رفـت؟... گفـت کـی برمی‌گـردم؟... نگفـت؟... اسـمش چـه بـود؟... خـوب دقـت نکـردم. خـوب، دقـت نکـردم...

ناگهان یادش آمد؛ رفتگر... رفتگر؟...

گوش داد. خِت‌خِتِ خشکِ جاروی رفتگر را نشنید. به سمتِ پنجره چرخید. برفی سنگین می‌بارید. دانه‌های درشت چرخ‌زنان از پشتِ شیشه پایین می‌رفتند.

وحشت‌زده به بلورهای رقصانِ تنیده درهم نگاه کرد. بعد آه کشید: برف آمد. برف آمد!

ناامید شد. زیرِگریه زد؛ دیگه نمیاد... دیگه نمیاد...

گریه‌اش شدت گرفت. غلت زد. صورتش را به متکا فشرد. نالید: دیگه نمیاد. دیگر نمیاد!

زمزمه‌هاش تبدیل به هق‌هق شد.

• • •

جیروجارِ لولا و تخته‌های پوسیده رشته‌ی افکارش را پاره کرد. سر برگرداند سمتِ صدا. در باز شد. داخل آمد. چادری سیاه به سر داشت. روی چادر، لایه‌ای برف نشسته بود. صبر کرد تا چشمش به نورِکمِ اتاق عادت کند. روی صورتش آثار خون و خراش دیده می‌شد. خونی که از ردِ ناخن‌ها بر گونه‌ها مانده بود خشکیده بود. نگاهش محزون و سنگین بود. سرفه کرد. چادر از سر گرفت. دستش را بیرون برد و چادر را پشتِ در تکاند. در را بست و جلو آمد. بسته‌ای نان زیر بغلش بود. خم شد روی پیرزن؛ بیداری؟ گفتم شاید خواب باشی.

پیرزن از خودش پرسید؛ یعنی چه... چرا اینقدر زود؟ این که هر روز غروب می‌آمد!

و با نگاه دنبالش کرد که رفت نان را روی صندلی گذاشت. چادر خیس را لبه‌ی تخت آویزان کرد. سوزِ سرما نوکِ دماغ و قسمت‌هایی از صورتش را سرخ کرده بود. چند قطره آب روی پیشانی و بینی و ابروهاش نشسته

| ۲۴۶ | مردها با هم می‌میرند |

بود. گفت: اووی، چه سرده!

پیرزن متوجه شد امروز سیاه پوشیده است. از خودش پرسید: این از کجا می‌دانه مرده؟

زن به طرفِ والور رفت. داخلش سر کشید: خاموشه که. پس چرا روشنش نکردی؟

چشم چرخاند. رفت کبریت را از تاقچه برداشت و برگشت. زانو زد. والور را روشن کرد. فتیله‌ی چراغ را که تنظیم می‌کرد، بغض‌آلوده غرید: دیگه منتظر نباش. رفت. رفت دیگه. یک هفته است رفته. پنج‌شنبه‌ی قبل مُرد. به خاطر همین نتوانستم بیام سر بزنم. بی‌نان که نماندی؟

سمتِ تاقچه رفت. سفره را دست زد: خوبه، برای امروز هم داشتی!

نان‌های تازه را توی سفره پیچید. لباس توری را دید روی صندلی: بهتره دیگه بندازیش دور. به دردت نمی‌خوره. شد میراثش!

آرام به لباس دست کشید: چقدر چشمم دنبالش بود!... از این‌که شده بود مال تو نزدیک بود بترکم. می‌خواستم خفه‌ت کنم؛ اگرچه بهترش را برام خرید، ولی دل که از این نمی‌کندم. عاقبت هم شد آینه‌ی دق برام؛ هر روز که می‌دیدمش تنت داغم تازه می‌شد.

پقی زیر خنده زد، بی‌آن که از غم و حسرت صداش بکاهد: یادته چه دعوای جانانه‌ای کردیم سر این؟

خنده از لب‌هاش دور شد: چقدر خِنگ بودیم، سرِ چی، سرِ کی؟!

لحظه‌ای ساکت ماند و بعد ادامه داد: همه‌اش درگیر بودم. یک هفته عزاداری آدم را از پا می‌ندازه!

پیرزن مُهر خاموشی به لب زده بود. فقط نگاه می‌کرد. زن گفت: اما خب رفت دیگه. برای همیشه رفت. مُرد. ببینم حالا راحت می‌شی یا نه، حسود!

: کی رفت؟... کی مُرد؟

نپرسید. پرسش در نگاهش بود. زن جواب داد: امیر دیگه، شوهرم. پس چه گفتم تا حالا؟

کسی از زوایای تاریکِ ذهنش فریاد زد: مگه مردها همه با هم می‌میرن، یک‌مرتبه؟!

به کلمه‌ی «حسود» فکر کرد: من‌که می‌خواستم سر به تنِ تو و شوهرت نباشه. چه حسادتی. مگه تحفه بود؟... اصلاً شوهرِ تو کی بود؟

دل‌دل کرد بپرسد. نپرسید. ساکت نگاهش کرد که جلوی پنجره ایستاده و به بیرون زل زده بود. برف، نرم و سنگین می‌بارید. همه‌جا سفید شده بود. گروهی کلاغ قارقارکنان توی آسمان می‌چرخیدند. شاخه‌های خیس و لُختِ چنارِ نزدیکِ پنجره زیر سنگینی برف خم شده بود. آسمان دیده نمی‌شد. هرازگاه خیابان، مغازه‌ها، ماشین‌ها و مردمی که چتر به دست، شتابان در آمدورفت بودند، از پشتِ پرده‌ای سفید پیدا و پنهان می‌شدند.

زن آه کشید. به سکوتِ اتاق گوش داد و به خِش‌خِشِ بارشِ آن‌طرفِ پنجره. بعد، برگشت پیرزن را نگاه کرد که هنوز روی تخت بود: پاشو دیگه. نمی‌خوای پاشی؟

جواب نداد. پلک هم نزد. زن گفت: آدم اگه بشه هزار سالش باز هم بعضی وقت‌ها یادِ پدر-مادرش می‌افته. دلش براشان تنگ می‌شه، خصوصاً اگه غم و غصه هم داشته باشه!

قطره‌ای اشک روی چشم‌هاش حلقه زد. مُفش را بالا کشید. سعی کرد بخندد: می‌دانی دیشب کی آمد خوابم؛ آن‌هم کجا؟ باور نمی‌کنی اگه بگم پدر. اوووه، بعد از یک عمر. یادته سالی که می‌خواستیم بریم همدان سر به فک‌وفامیل‌ها بزنیم درست بالای گردنه تو برف گیر کردیم؟ کی بود، چند سال‌مان بود؟ پانزده‌شانزده سال. درسته؟ دیدم تو مینی‌بوس نشسته‌یم. جز من و تو دو سه زن و دخترِ دیگه هم بودن ولی راننده چشم

| ۲۴۸ | مردها با هم می‌میرند |

از ما برنمی‌داشت. از اولش هم برنداشته بود؛ از وقتی حرکت کرده بودیم مدام یک چشمش به جاده بود و یکی از تو آینه به ما. رو گردنه هم به‌جای این‌که بره پایین کمکِ مسافرها، الکی خودش را سرگرم کرده بود که حسابی دید بزنه. عاقبت طاقتِ پدر تاق شد. بلند شد رفت جلو. یکی‌دو ضربه‌ی یواشکی پسِ کله‌ش زد. چیزی گفت و چیزی شنید که یکهو دست به یقه شدن. شروع کردن زدنِ همدیگه. راننده زد زیر کلاهِ لگنی پدر. پدر شروع کرد دویدن دنبال کلاه که از شیبِ کوچه قِل می‌خورد می‌رفت پایین. آخرهای تابستان بود و باد تندی که می‌وزید ما را تو خودش می‌پیچاند. سه‌چهار جوان که از کنارمان می‌گذشتن هِرهِر شروع کردن خندیدن. به ما هم متلک گفتن. ولی پدر نشنید. حسابی دور شده بود...

پیرزن تعجب کرد: من که می‌دانستم حواسش پرت نیست، خصوصاً برای جَلَب‌گری و موذی‌گری، ولی این اندازه؟! موبه‌مو یادشه. هر جا پای پسری، مردی در میان بوده همه را داده حافظه. انگار همین دیروز بوده. گیس بریده‌ی بدجنس. موذیِ آب زیرکاه!

زن از خنده ریسه می‌رفت. پیرزن نشنیده بود چه گفته است. منزجر چشم به او دوخته بود. بعد، آرام شد. با پشتِ دست اشک‌هاش را پاک کرد. سرفه زد. از پنجره جدا شد. رفت جلوی آینه. به خودش نگاه کرد. به صورتش که در نورِ بی‌رمقِ اتاق دور و گنگ می‌نمود: می‌دانی، خیال می‌کردم می‌رم از دستِ خُل‌بازی‌هات خلاص می‌شم. ندانستم می‌رم گیر یک نامردِ بد دهنِ لیچارگو می‌افتم!

پیرزن تکان خورد. عصبانی شد: لیچارگو؟ خل‌بازی؟... خل بودم مگه؟

صدا از گلوش بیرون نیامد. فقط لب‌هاش تکان خورد. زن اعتنایی به تقلای او نداشت. غرقِ تماشای خودش بود: اگه آن‌جور عاشقانه دوروبرش نمی‌پلکیدی هول نمی‌شدم بیفتم تو هچل. گیر نامردی بیفتم که فقط با

حرف سی سالِ تمام نگهم داشت. می‌فهمی؟ سی سال، یک عمر!

لحظه‌ای ساکت ماند. پلک‌ها را به‌هم فشرد. دست به خراش‌های روی گونه‌اش کشید. بغض کرد. لب‌هاش لرزید. سعی کرد خودش را کنترل کند. نتوانست. زیر گریه زد: هرچند شوهر نبود. هرچند طوقِ لعنتی بود افتاده بود گردنم ولی هرچه بود دوستش داشتم. سایه‌ی سرم بود. بهش انس گرفته بودم. به خودش، به حرف‌هاش، به متلک‌ها و کتک‌هاش. خب، اول‌ها سخت بود، بد بود. وقتی فهمیدم به کاهدان زده‌م که دیگه کار از کار گذشته بود. چه می‌توانستم بکنم؟ کس و کاری که نداشتم برم پیشش چاره‌جویی. ازش بیزار می‌شدم؛ خصوصاً اگه اسم تو را می‌آورد، مسخره‌ت می‌کرد. تنفرش عین عقرب به جانم نیش می‌زد. عشقِ مسخره‌ی تو شده بود باعثِ غرور او. سینه جلو می‌داد. می‌گفت: «می‌بینی، همین‌جوری هم هزار عاشقِ سینه‌چاک دارم!»

سر به آسمان بلند کرد و مشت به سینه کوبید: الهی شکر آن سینه‌ی پُر مو افتاد رو تخت مرده‌شورخانه تا دیگه پُز ندی. می‌گفت مزه‌ش را چشیدی. بخاطر همین هر روز این‌جا می‌ایستی. او هم تو را می‌بینه. برات شکلک درمیاره. با سر و دست اشاره می‌کنه. مسخره‌ات می‌کنه ولی تو انگار نمی‌بینیش. نمی‌دیدیش؟

برگشت سمتِ تخت. جوابی نشنید. پیرزن ساکت و متعجب چشم دوخته بود به او. از خودش می‌پرسید: چه خبر شده، این شِرووِرها چیه می‌گه اول صبحی؛ زده کله‌اش؟!

زن به نیم‌رخِ خودش در آینه نگاه کرد. خیال کرد چادرِ تیره‌ای روی صورتش سایه انداخته است. دقایقی به خِش‌خِشِ بارشِ برف گوش داد. دوباره که لب باز کرد، صداش هم‌رنگِ اتاق بود: می‌دانی؟ به پدر قول داده بودم ازت مراقبت کنم. مراقبت هم کردم، آن‌همه سال. بیست

سال تروخشکت کردم. شوخی نیست که. یکهو چشم بازکردم دیدم دارم می‌تُرشم. سی و پنج سالم شده بود و هنوز شوهر نکرده بودم. یعنی به فکرش نبودم؛ خواستگارها را یکی یکی جواب کرده بودم. گوش به حرف هیچ‌کدام از قوم و خویش و در و همسایه‌ها نمی‌دادم تا امیر جلوم سبز شد و زیر گوشم زمزمه کرد. آن‌وقت فهمیدم عاشق شده‌ام؛ فهمیدم من‌هم دل دارم. چه می‌دانستم. خیال می‌کردم عاشقِ سینه‌چاکمه. غافل که فقط دنبالِ دخترِ چشم‌وگوش بسته‌ی بی‌کس و کاری می‌گرده تا هم پیش این و آن پُز عیالواری بده و هم سرِ صبر دنبال چاره‌ی ضعف‌هاش بگرده. گشت‌وگذاری که سی سال طول کشید. از کجا می‌دانستم این جور می‌شه؟ حساب کرده بودم خودم می‌رم خانه‌ی بخت خوشبخت می‌شم، دستِ تو را هم می‌ذارم تو دستِ بنده‌ی خدایی. خب، عیب و ایرادِ زیادی که نداشتی. تازه، در عوض خوشگل و سرخ و سفید بودی که. خیال می‌کردم شوهر که بکنی کم‌کم خوب می‌شی. به خاطر همین راهش دادم بیاد خانه. ندانستم با دیدنِ او دیوانگی تو بیشتر می‌شه. وقتی هم که بریم، یکهو خودت را می‌بازی؛ پاک خل‌وچل می‌شی؛ کاری می‌کنی که دیگه هیچ‌کس سراغت نیاد. همه‌ش چشم به‌راه می‌دوزی و منتظر می‌مانی؛ منتظر شوهرِ من!

تحملِ پیرزن تمام شد. یک‌پارچه خشم شده بود. خواست فریاد بزند: چه می‌گی خل‌وچل؟ چه می‌گی احمقِ دیوانه‌ی زنجیری. کدام‌مان خوب بشیم. چرا چرت‌وپرت می‌بافی؛ چرا دروغ می‌گی. اصلاً شوهرِ تو کجا بود؟...

نتوانست. هر قدر تلاش کرد، نتیجه‌ای نداشت. سعی کرد از تخت پایین برود، سینه‌به‌سینه‌اش بایستد، چشم در چشم، و فریاد بزند: کدام‌مان هول شدیم. کدام‌مان کلک زدیم؛ تو یا من؟ من عیب و ایراد داشتم؟ من به قصدِ کُشت با دسته هاون کوبیدم تو سرت؟ من...

ناگهان متوجه شد قدرت حرکت دادنِ دست و پای چپ‌اش را ندارد.

یک‌طرفِ بدنش در اختیارش نیست. هراسان شد. سعی کرد جیغ بزند. دهانش به آرامی کژومژ شد. جز خرخر خفه‌ای از گلوش بیرون نیامد. از خودش پرسید: چه مرگم شد. چه مرگم شد یکهو؟

به‌خودش پیچید. وحشت‌زده چشم به خواهرش دوخت شاید به کمکش بشتابد.

زن، بی‌خبر از هیاهوی درون او، با احتیاط روی صندلی نشست. به آن‌سوی پنجره زل زد. دانه‌های درشتِ برف درهم می‌پیچیدند و فرود می‌آمدند. قارقارکلاغی با بوقِ ممتدِ ماشینی به‌هم آمیخت. سرکشید تا خیابان را ببیند. کسی و جایی دیده نمی‌شد. کولاکِ برف مثل چادرِ چرخانِ سفیدی همه‌جا را درخود پوشانده بود. آه کشید. زمزمه کرد: سی سالِ آزگاره آرزوی بچه مانده رو دلم. تو چه می‌دانی. نیامدی خانه‌ام را ببینی که. همه‌ی اتاق‌هام پُر از اسباب‌بازیه، از توپ و عروسک گرفته تا روروک و دوچرخه و تاب و هزار خردوریزِ دیگه. درو دیوار خانه‌ام پوشیده از پوسترهای ریزودرشتِ بچه‌هاست. تو این‌مدت هر وقت رفته‌ام خیابان، بازار یا جایی هر اسباب‌بازی قشنگی که دیده‌م، خریدمش برای بچه‌ی خیالیم. خیال کرده‌م بچه‌م همراهمه یا خانه، یا توکوچه، مدرسه، یا هرجای دیگه است. هروقت چند بچه را دیده‌م بازی می‌کنن خیال کرده‌م بچه‌ی من‌هم بین آن‌هاست. آخ، اگه بدانی چه روزهای سردِ زمستانی، وسطِ حیاط آدم‌برفی و سُرسُره درست کرده‌م تا کوچولوم باهاش بازی کنه. اگه بدانی چه‌جور هروقت به پارکی رفته‌م، به خیابانی، جایی، چجور چشم دنبال بچه‌م چرخانده‌م؛ بچه‌ای که هیچ‌وقت نداشتم. هرچند، عزیزکِ ملوسکِ شیرین‌سخنِ نازنازیم گاه و بیگاه تو خواب یا بیداری میاد جثه‌ی کوچکِ گرمش را به پروپام می‌ماله، به سر و سینه‌م. عطر نفسش را حس می‌کنم رو پوستم. صدای زلالِ قشنگش را می‌شنوم که یک‌ریز می‌گه: «مامان... مامان... مامانی...»

حبابِ بغض ترکید. دوباره هق‌هق از سرگرفته شد. این‌مرتبه بی‌امان؛ آن‌قدرکه دست جلوی صورتش گرفت. شانه‌هاش لرزید؛ اما پیرزن ساکت بود. متوجه شده بود هول و هراس نتیجه‌ای ندارد. امیدی هم به یاری خواهرش نداشت. خیلی زود با وضعیتِ تازه‌اش اخت شده بود. خودش را دلداری می‌داد: به جهنم، فلج شده‌م که شده‌م. حالاکه دیگه برف میاد، حالاکه دیگه مطمئنم نمیاد، زندگی را می‌خوام چکار؟ اصلاً خوب شد که رفت. یک پیرزنِ علیل به چه دردش می‌خورد؟!

زن، کمی که آرام شد ادامه داد: خیال نکن دوا-درمان نکردم ها. یواشکی پیش هر دکتر و داروخانه‌چی و عطار و بقال و رمال که می‌شناختم یا آدرس می‌گرفتم، رفتم. چه دوندگی‌ها و بریز-بپاشی و چقدر خرج کردم شاید اقلاً یک دخترکور وکچل نصیبم بشه. نشد که نشد. گلیمِ بخت کسی اگه سیاه باشه با آب زمزم هم سفید نمی‌شه!

نفسِ بلندش را بیرون داد: خوب شد او هم رفت. حالا دیگه تنهای تنهام. نه شوهر، نه بچه، نه جوانی، هیچ؛ شده‌م عینِ تو. هرچند از اولش هم تنها بودم، بی‌کس و کار. آخه تو که کس نیستی؛ مرده‌ی متحرکی، یک دیوانه‌ی پوسیده. آن‌هم از او. شوهر. اِم. کسی که همه‌ش به فکرِ مقام بود، به فکرِ ریاست و تجمل و عیاشی و خوش‌گذرانی و تحقیر و تمسخرِ مردم. آن‌هم کسی که خودش مسخره‌ی عالم و آدم بود. آن‌قدر بد بود که حتا طبیعت هم دستش انداخته بود. ناجنس سی سال خونم را کرد تو شیشه. به هزار تمهید نگهم داشت. پول ریخت پام، قربان‌صدقه‌م رفت. از شیر مرغ تا جانِ آدمیزاد برام مهیا کرد. کتکم زد، تهدیدم کرد جیک نزنم، که اگه شکایت بکنم خونم را می‌ریزه. این را همان روزهای اول گفت. درسته محبت می‌کرد، شوخی می‌کرد، ولی سهم و صلابتی داشت که پشتِ آدم را می‌لرزاند. هرچند سهم و صلابتش هم نبود فرقی نمی‌کرد.

دوستش داشتم. تازه، جز او کی را داشتم؟ یک زنِ تنها و بی‌کَس. گیر افتاده بودم. هم دوستش داشتم و هم ازش بدم می‌آمد، متنفر بودم. وقتی تنفرم اوج می‌گرفت که کتکم می‌زد؛ فحشم می‌داد. به من می‌گفت: «خیابان‌گردِ بدکاره» بدکاره، آن‌هم من که از برگِ گُل پاک‌تر بودم!

سینه‌اش بالا و پایین رفت. از صندلی جدا شد. کنار پنجره ایستاد و به وَهمِ سفیدِ بیرون زل زد. بعد از لحظاتی چرخی دور اتاق زد. ساکت و مغموم به رف‌ها، تاقچه‌ها و آینه نگاه کرد. نزدیکِ والور رسید. ایستاد. دست‌هاش را روی آن گرفت و به شعله‌ی چراغ خیره شد. پرت‌پرت بالا و پایین پریدنِ شعله سکوتِ اتاق را سنگین‌تر می‌کرد. دقایق به‌کندی می‌گذشت. پیرزن از جنب‌وجوش افتاده بود. حالا دیگر به هیچ‌کس و هیچ‌چیز فکر نمی‌کرد. مستقیم چشم به نقطه‌ای دوخته بود و بی‌حرکت، فقط به صدایی که در ذهنش طنین می‌انداخت گوش می‌داد؛ بی‌آن‌که براش مفهومی داشته باشد. صدا، مرتب تکرار می‌کرد: دروغگو... دروغگو... دروغگو...

زن، بغض‌آلوده زمزمه کرد: ولی هیچ‌وقت شکایت نکردم؛ پیشِ هیچ‌کس؛ حتا تو. سوختم و ساختم. نمی‌خواستم از دست بدمش. هزار دفعه براش قسم خوردم پا از خانه بیرون نذاشته‌م؛ زود مچم را می‌گرفت: «دروغگو کم‌حافظه است. نرفتی؟ خانه‌ی پدریت چه، آن خواهرِ خل‌وچلت چه، آن، بیرون نیست؟» نمی‌دانستم چکارش کنم؛ با چه زبانی حالیش کنم که بابا، هرکسی حقی داره. از حق و حقوقم که ابدا، اصلاً نباید می‌گفتم. فقط قهر می‌کردم؛ اخم می‌کردم. آن‌وقت ناچار می‌شد بیاد دوروبرم. قدِ بلندِ چهارشانه‌اش را به رُخم بکشه، بازوهای قویش را، سینه‌ی پُر موش را. یادته که، همیشه تو خانه زیرپیراهنِ سفیدِ رکابی می‌پوشید. عادتش را تا آخر عمر ترک نکرد. بعد با حرف‌ها و حرکاتش داغم می‌کرد. ذلیل‌مرده‌ی عیار، وقتی حرف می‌زد یک هنرپیشه‌ی درست‌حسابی بود، یک عاشقِ تمام عیار و

یک مردِ گرم و دوست‌داشتنی. ولی چه فایده؟ دلم را فقط به حرف خوش کرده بودم. زود می‌بخشیدمش. خب، گناهی هم نداشت که. مقصر اصلی تو بودی؛ حالا که همه‌چیز تمام شده می‌گم. می‌دانی چرا سی سالِ تمام به تو اخم‌وتَخم کردم با این‌که هر روز که از خانه می‌زدم بیرون بیام این‌جا با خودم قرار می‌ذاشتم ناز و نوازشت بکنم، غمخوارت باشم؛ ولی به‌محضِ دیدنت همه‌ش یادم می‌رفت. می‌دانی چرا؟

چشم به پیرزن دوخت. منتظر ماند. جوابی نشنید. شعله‌ی خشم در وجودش زبانه کشید: برای این‌که قلباً از زندگی‌م راضی نبودم. بدبخت بودم. کمبود داشتم. یک زنِ آرزو به‌دلِ عقده‌ای بودم. مسببش هم تو بودی، از اول تا آخر. چه وقتی که بچه بودیم و خودت را برای پدر لوس می‌کردی، شیرین‌زبانی می‌کردی، حسابی تو دلش جا کرده بودی، بقدری که اصلاً مرا آدم حساب نمی‌کرد؛ جوری نگاهم می‌کرد انگار کرمِ خاکی‌م افتاده‌م گوشه‌ی خانه؛ و چه بعدها که بزرگ شدیم، همه‌ی رُفت‌وُزُفتِ زندگی‌مان را غصب کردی؛ شدی همه‌کاره‌ی خودت و من و پدر. خیال نکن خل‌وچل بودم نمی‌فهمیدم. خوب هم می‌فهمیدم. حسابی هم زجر می‌کشیدم. از غصه داشتم می‌ترکیدم؛ ولی چکار می‌توانستم بکنم جز این‌که خودم را بزنم به آن راه؛ از بیخ بشم عرب؟ موقع شوهرکردن هم که هولم کردی. باعث شدی بیفتم تو هچل. تو که نمی‌فهمی. اصلاً تجربه نکردی بدانی هیچ رستمِ دستانی جای یک شوهرِ خوب، جای یک شوهرِ درست‌حسابی را نمی‌گیره. اگه سالم بودی، اگه از تو فراری نبودم، اگه نمی‌ترسیدم لقمه را از چنگم بقاپی چشم و گوش بسته خودم را به دستِ سرنوشت نمی‌سپردم که. آن‌وقت می‌آمدم می‌دیدم تو با این لباسِ عروسی میراث مانده چشم به راهِ او هستی. چشم به راهِ شوهرِ من. اِم، شوهر! آن‌هم بدون این‌که از سوز و گدازِ من خبر داشته باشی؛ از داغِ دلم چیزی بدانی دندان تیز کرده بودی

برای یک مردِ خیالی. خاک تو سرت بدبخت!

یک‌ریز حرف زده بود. از نفس افتاد. لحظه‌ای دهان بست و کفِ سفیدِ گوشه‌ی لبش را پاک کرد. منتظر حرفی، حرکتی؛ اما او بی‌تکان به درونش زُل زده بود؛ به کلمه‌ی دروغ که در هیئت هولناکی از دلِ سیاهی‌های ذهنش بیرون آمده، همه‌ی چشم‌اندازش را پُرکرده بود.

زن با لحن ملایم‌تری ادامه داد: فقط یک شانس آوردم که زرنگ بودم. هیچ‌وقت نه از توپ‌وتشرش ترسیدم و نه از تهدید و کتک‌هاش. با حرفِ هیچ‌کسی هم خر نشدم. یادت نرفته که، نقشه‌ریختنم، فیلم بازی‌کردنم نقص نداشت. بیمارستان که یادته؟ اگه زرنگ نبودم حالا حالاها جای تو، یک دخترِ شصت و پنج‌شش ساله‌ی ترشیده بودم.

پقی زیر خنده زد: ترشیده که نه دیگه، پوسیده. مگه نه؟ پوسیدیم دیگه، قبول نداری؟

قهقهه زد. نزدیکِ تخت شد. دست روی پیشانی پیرزن کشید: خب دیگه هرچه بود تمام شد. بغض و حسدهای دوره‌ی جوانی، سرعت و سبقت‌گرفتن‌ها برای پیدا کردنِ شوهر، دعوا-مرافعه‌ها، دوز و کلک‌ها همه تمام شد. یک‌عمر الکی پیش این و آن پُز دادم و شوهر-شوهر گفتم. جلو زن‌های غریبه و آشنا هی سینه سپرکردم و به دروغ ازش تعریف کردم، گفتم اِله است، بِله است، این‌جوری، این‌ریختی. همه‌ش کشک. هیچ گُهی نبود. خوب شد لشِ بی‌خاصیتش افتاد رو تخت مرده‌شورخانه. خودش هم راحت شد. درسته بروز نمی‌داد، ولی زجر...

دوباره گریه را از سر گرفت. زانو زد. سرش را لبه‌ی تخت گذاشت و مدتی به همان‌حال ماند تا کم‌کم آرام گرفت. بعد بلند شد. اشک‌هاش را پاک کرد. چادرش را سر کرد: دیگه باید برم. درسته کسی تو خانه منتظرم نیست و هیچ کاری ندارم، حتا حوصله‌ی پخت‌وپز؛ ولی چکارکنم، عادت

کردم. باید برم. نمی‌توانم از آن‌جا دل بکنم هرچند هیچ خیری ازش ندیدم. تو هم دیگه منتظر نمان. آخه منتظر کی هستی؟ منتظر چه؟... من هر روز میام بهت سر می‌زنم!

به طرفِ در راه افتاد. پیرزن سعی کرد قبل از رفتنش با همه‌ی وجود فریاد بزند: دروغگو. دروغگو. همه‌ی حرف‌هات دروغه. سالم بود. دق‌مرگش کردی!

دهان باز کرد. دست‌وپا زد. تقلا کرد. به خودش پیچید. نتوانست؛ فقط خرخر خفه‌ای از گلوش بیرون آمد.

زن رفت. پیرزن از درد جمع شد و یکباره رها شد. نگاهش روی پنجره‌ی بسته ماند.

۷۲/۱۱/۱۷ - ۷۴/۹/۱۲، کرمانشاه

بازنگری: زمستان ۸۲

آثار منتشر شده اسماعیل زرعی:

۱- سفر در غبار (مجموعه داستان)، انتشارات نگاه.
۲- جهنم به انتخاب خودم (مجموعه داستان)، انتشارات مروارید.
۳- خواب‌های غمگین (مجموعه داستان)، انتشارات آشنایی.
۴- شوهر ایرانی خانمِ لیزا (مجموعه داستان)، انتشارات آشنایی.
۵- جنگ‌افزارهای معیوب (مجموعه داستان)، انتشارات آشنایی.
۶- نفرین شده (مجموعه داستان)، انتشارات آشنایی.
۷- نوشته‌هایی که هرگز خوانده نشد (مجموعه داستان)، انتشارات آشنایی.
۸- فصل‌ها نمی‌خواهند بروند (مجموعه داستان)، انتشارات آشنایی.
۹- پیامک‌های تاریک (مجموعه داستان)، انتشارات دوات معاصر.
۱۰- یکشنبه‌های داستانی (منتخبی از آثار اعضاء یکشنبه‌های داستانی)،

انتشارات دیباچه.

۱۱– میرویم هیزیم بچینیم (مجموعه داستان)، انتشارات دیباچه.

●●●

۱۲– رویای برزخی (داستان بلند)، انتشارات مروارید.

۱۳– همه‌ی زن‌های زندگی من (داستان بلند)، انتشارات انار (کانادا).

۱۴– روزشمار اموات (داستان بلند)، انتشارات آشنایی.

۱۵– شـادی و شیـون (داسـتان بلنـد بـا لهجـه‌ی فارسـی کرمانشـاهی)، نشـر دیباچـه.

●●●

۱۶– شادی‌های شوم (رمان)، انتشارات آشنایی.

۱۷– رازِ معبدِ آفتاب (رمان)، انتشارات آشنایی.

۱۸– سایه‌های ناگزیر (رمان)، کتاب سبز.

●●●

۱۹– افسانه‌های عامیانه (فولکلور)، انتشارات چشمه‌ی هنر و دانش.

۲۰– سرزمین قصه‌ها (فولکلور)، انتشارات چشمه‌ی هنر و دانش.

●●●

۲۱– چه می‌پرسی از سوگواران مجنون؟ (شعر)، انتشارات آشنایی.

کتاب‌های منتشرشده درباره اسماعیل زرعی:

۱- اسماعیل زرعی درآینه‌ی آثارش (مجموعه برخی نقدها برآثاراسماعیل زرعی) به کوشش کیومرث کریمی، انتشارات طاقبستان.
۲- اسماعیل زرعی، بصیرت و ذخایر ذهنی و داستانی (یادنامه) به همتِ ناصرگلستانی‌فر، روزنامه بیستون.
۳- داستان‌نویسِ وقایع محال (نقد مجموعه داستان کمی ازکابوس‌های من)، به قلمِ فریبرز ابراهیم‌پور، کتاب سبز.